青春不定式

党柳灵 著

群众出版社

图书在版编目（CIP）数据

青春不定式 / 党柳灵著 .—北京：群众出版社，2021.4
ISBN 978-7-5014-5931-5
Ⅰ.①青… Ⅱ.①党… Ⅲ.①长篇小说—中国—当代 Ⅳ. ①I247.5
中国版本图书馆 CIP 数据核字（2021）第 043695 号

青春不定式 党柳灵 著

出版发行：群众出版社
地　　址：北京市丰台区方庄芳星园三区十五号楼
邮政编码：100078
经　　销：新华书店
印　　刷：天津嘉恒印务有限公司

版　　次：2021 年 5 月第 1 版
印　　次：2021 年 5 月第 1 次
印　　张：14.125
开　　本：880 毫米×1230 毫米　1/32
字　　数：314 千字

书　　号：ISBN 978-7-5014-5931-5
定　　价：48.00 元

网　　址：www.qzcbs.com
电子邮箱：843195700@ qq.com

营销中心电话：010-83903991
读者服务部电话（门市）：010-83903257
警官读者俱乐部电话（网购、邮购）：010-83901775
文艺分社电话：010-83901730

目 录

前　章

写作的时候，我是不接任何电话的，就怕这一通话下来，会把难得的灵感击得七零八落，再也捡不回来。通常来说，我的办法总能奏效。但今天这个电话好奇怪，顽强得很，一遍遍地打来。虽然调到了静音，电话号码却像调皮的小鹿，在手机屏幕上跳啊跳，把我的眼睛跳得一闪一闪的。我一度想到关机，可鬼使神差般的拿起手机后按的却是接听键。

“你是林灵吗？”对方口气大得惊人。

“我是！你是谁？”

“我是覃红枫！还记不记得？军校老同学。”激动的声音猛地传来，震得我的手直打哆嗦，差点儿把手机给扔掉。

“哦，覃红枫，原来是你。”惊疑之下，我也不自觉地兴奋起来，“你怎么知道我电话号码的？又怎么想起给我打电话了？”

“你以为，你躲起来我们就找不到你了？也不想想我现在是干什么的！猎狐办，知道吗？找你的电话，那还不是如烹小鲜。”

“天呐！敢情你这个大处长，是把我当狐狸来猎、当小鲜来烹了！”

“哈哈哈哈……”覃红枫在电话里一阵大笑。三十年过去了，她一样没变——爽朗耿直，大气豪放。

“说正事！入校三十年聚会，参不参加？”

“不参加。”我也不含糊，斩钉截铁道。

“你就不想知道真相吗？我们没一个相信那是你干的。都三十年了，真相也该水落石出了。”

“但吴瑕相信了，她恨了我三十年。”

“二十年。二十年我们同学聚会时，她就说不恨你了。她也相信不是你干的。她现在过得很好，是杭西大学日语教授，日语教研室主任，指挥家夫人。费鹏是指挥家了，杭西交响乐团的，你知道吗？”

“我不知道。他们过得好，那就祝福他们吧！”

“黄莲也很想念你。她现在是女外交官了，你就不想见见她吗？三十年了，你这大作家，也该见见老同学了。再不见，大家都要老得不认识了。”

“不是我不想见她们，是她们不想见我。毕业时你又不是不知道，人人看我的眼神，就好像我是叛徒一样，恨不得把我生吞活剥了。”

“那也只是个别人，比如刘美娜。她也是恨乌及屋。她和区队长钟思丹的事，就是别人告密所致。别说她们了，就连我，当初不也是不明真相，误会了你。”

“刘美娜现在怎么样了？”

“她转业回了四川老家，在电视台做主持人；年纪大了改做制片人，制作了很多名牌栏目。朱荔香是电视台台长，对她一直不离不弃。也活该她这么幸福。还记得孙红星吧，留校后出版了很多有关越南语的学术专著，成了知名的专家和教授。

真想象不到，当年如孙猴子一般上蹿下跳、上天入地的他，现在也能坐稳屁股了。”

一听至此，我居然忍不住大笑起来。

“我都能面对，你怎么就不能面对吴瑕呢？”看到我开心，覃红枫不失时机地规劝道，“对了，周健秀现在海珠市外事办，好像是联络部主任。谷小粒也转业到北京哪个街道办，当上街道办副主任了。只有徐志文，意外得很，牺牲了。除了他，我们班的人都活得好好的。”说到这里，覃红枫爽朗的声音不自觉地有些低沉了。

“徐志文牺牲我听说了。毕业才两年啊，真是令人心痛！”

“徐志文牺牲你知道，但你知不知道他牺牲时衣袋里揣着的是你们诗社出的那本诗集——《三角帆》，知不知道扉页上是他为你那首《火红的木棉花》谱的曲。诗集都被鲜血浸红了。”说到这里，她的声音竟隐约有些哽咽了。

“啊，这我真不知道。他还将我的诗谱成了曲？你为什么不告诉我？”

“我告诉你有什么用，当时你正和安以康热恋着。为了不影响你的心情，我就把这本《三角帆》保留了下来。算是徐志文的遗物吧，有朝一日把它交还你。”

“可是，这有些奇怪哦。他把诗集揣在衣袋里是为了随时翻看，里面也有他的一首诗。”

“你是真不明白还是假不明白啊，他一直暗恋你。我怀疑，就是你这首诗让他上前线成英雄的——什么‘火红的木棉花，献给英雄的边防战士’。”

“错错错！他这个英雄的梦想是与生俱来的，跟我一点儿关系也没有。他上军校，就是为了实现这个梦想，只不过我这首诗恰巧与他的梦想吻合罢了。”

“不管怎么样，他牺牲时衣袋里装着这本诗集，扉页上是他为你那《火红的木棉花》谱的曲。这次聚会，费鹏还打算指挥大家唱这首歌，以此怀念他哩。”

“哦，那这次聚会到的同学，应该挺齐的。”

“当然，都这把年纪了，大家都放下了恩恩怨怨。郑山河队长也专门从北京赶回来，师母莫玉也会随同前来。袁哲教导员、夏晔铮队长还在河洛市，就住在学院里。这次聚会定在五一，正是河洛市牡丹花盛开的时候。对了，兰沁和厉芬芳两位区队长也会来。”

“兰沁和厉芬芳也来吗？这真是太好了！太想见见她们了！三十年了，不知道她们现在怎么样了。”我按捺不住地叫了起来。

“那你决定参加聚会了？”

“我再考虑考虑。”

“别再考虑了！郑队长说，他要在这次聚会上把真相说出来，不能让你蒙冤二十多年，而且继续蒙冤下去。”

覃红枫的这句话，让我最后下了决心。

我太想知道这个真相了。这个困扰了我近三十年、折磨了我近三十年的真相，我没想到还有解封的那一天，虽然我早已分析出事件的前因后果，觉得自己实在是比窦娥还冤。这也是我能坚强地活下去的精神支柱。否则，这口黑锅早已将我压得粉身碎骨、片甲不存了。

其实，这个真相说不说出来已无所谓了。所有人都心知肚明，我干不出这样的事，一定另有其人，而这个人大家也心知肚明。但是，如能有人亲口说出来，将其大白于天下，我也是很欣慰的。

这说明，大家都放下了，我也应该放下了。

其实，我又何尝没有放下呢？从我想明白的那天起，我就已经原谅了这个人、这件事，以及与这事相关的任何一个人。即便我从不参加同学聚会，但也从来没有把自己和同学、队干部，还有学校对立起来。相反，我是那么地怀念母校，怀念那里的一草一木、一花一叶。

我没有选择飞机，我买的是高铁票。在从南州到河洛市的十几个小时里，我可以借助窗外的景物，慢慢地拉回到三十年前的记忆，回到那一段属于我、属于我们八系三队的青春年华。

第一章

我是柳宁市最后一个接到解放军河洛外国语学院录取通知书的。迟迟等不来这份通知书，我以为无望了，就跟父亲说，可能是体育成绩不好吧。潜意识里，我总觉得军事院校应该会很重视体育运动的。毕竟有了强健的体魄才能制胜，而这恰恰是我的弱项。每年的体育期末考，我都是勉强及格，都还是毕业于北京体育学院的体育教研室主任照顾的。每次上体育课，他看我就好像鹰隼的眼睛，阴沉得可怕。他本来就长了一个鹰钩鼻，神情凌厉。尤其是爬杆和单双杠，我原本就恐惧。在他鹰般犀利的目光下，我更加不会爬，不会转了，好几次从竹竿和单双杠上掉落下来。

父亲同意我的看法。我的成绩一向优异，在文科班是数一数二的，年年都是市里的三好学生。按现在说法，是名副其实的学霸。本来他想让我报考北京大学、复旦大学、南开大学之类的名校，无奈我高考发挥失常，只超出了重点线三十多分。父亲和大姐一合计，没有征求我的意见，就给我报了解放军河洛外国语学院。解放军院校是第一批录取，又是重点院校，否则，我只能读普通大学。父亲以为这是为我好，却恰恰违背了我的意愿。我最想读的是中文系，我的志向是当作家，而不是当兵。懵懵懂懂的我，就这样听从了家里人的安排。

就在我和父亲几乎觉得没有希望的时候，大姐接到了我的录取通知书。是河洛外国语学院负责招生的两个老师亲自送到大姐家的，而不是寄过来。这表明他们对这件事是多么的慎重。大姐是上个世纪六十年代的大学生，能言善辩，能说会道，家里的大小事都由她去处理。她不知怎么七说八说，就把招生老师的心说动了。他们还专门嘱咐大姐，去南原市报到前千万让我注意安全，不要到处闲逛，好好待在家里。

提前一周去南原市报到的念头，我是一闪而过的。我跟父亲说，请他陪我去吧。我不知道当初为什么一定要父亲陪我去，而不是母亲。大概是南原市有父亲的大女儿在，那是他和前妻生下的孩子。父亲当然很高兴，即便留母亲一个人在家。要知道，过去但凡涉及我的事，我都不让父亲参加的。他五十岁才有了我，满头银发，参加我的家长会，常常有同学问："林灵，这是你爷爷吗？"经常把我羞得无地自容。自尊心很强的我，以后的家长会都由母亲承担了，即便她有严重的哮喘病，爬到三楼就呼哧呼哧地喘着粗气，像拉风箱一样。

在父亲的大女儿家住了没几天，就要去南原市军分区招待所集中住一晚，第二天坐火车去河洛市了。我依然没有让父亲送我，而是让同父异母的大姐的大儿子代劳，他比我小一岁。听到我的提议时，我感觉父亲的脸瞬间黑了下去，想必他当时有多么伤心和难过。

在军分区的那晚，我住的房间有四张床。我到得早，就把行李放在最里面靠窗的那张床头。窗外有婆娑的翠竹，我喜欢这样的风景，很有诗情画意。行李也没解开，我就斜倚在床头，静静欣赏窗外的景物。

忽然，一阵细碎的脚步声向我走来。我心上一惊，回过头，看到一张俊秀的面孔正朝着我微笑。

"我叫周健秀。对不起，打扰你的好兴致了。"她边说，边把手上拎的包放在我对面的那张床上，依然悄无声息，如同一片树叶轻轻拂过水面，没有一丝涟漪。

这让我想起了一个词——身轻如燕。"你是体操运动员吗，动作如此轻巧？"我诧异地问道。

“我是运动员，但不是练体操的，而是跨栏、短跑、跳高和跳远的。我父亲才是体操运动员。”

“啊，你是短跑运动员，怎么那么不像啊。”我印象中的田径运动员都是五大三粗的，但周健秀却如竹子般瘦弱，一阵风就可以把她吹得东摇西摆。

“你怎么不像你父亲那样去练体操呢？”我不好意思说出“你这么纤弱，练体操最合适了”这句话。

“我从小体质弱，父亲就让我练跑步，增强体能。但练来练去，体育上去了，体能却还是老样子，上不去。”周健秀看出我的疑惑，解释道，“不仅你看着不像，好多人看我都不像运动员。”

的确，周健秀哪哪都不像运动员，身形不像，性格也不像——说话慢条斯理，动作从容不迫，给人端庄贤淑、沉稳踏实的感觉。

我和周健秀正说话间，突听门“哐当”一声响后，“噔噔噔”地走进来一个人。她背上一个大包，左右手各一个拎包。正是这些大包小包，将门撞得“砰砰”响。我觉得她才像运动员啊，矮胖矮胖的，小腿粗得像萝卜，那是短跑运动员才有的腿。但她却没有运动员的矫健和敏捷，甚至还有些笨拙。

她把包“噔”的一下扔在靠门的床上，包里的玉米、红薯、芋头全滚到地下去了，有的还滚到了我和周健秀的床底下。她又“噔”的一下将背上的包甩到床上，就去捡地下的玉米、红薯和芋头了。当她欲钻进我的床底下时，又圆又胖的屁股碰到床沿，“啊呀”一声，瘪下了屁股。我和周健秀使劲抿着嘴，涨红着脸，才不让笑声发出来。不知她是浑然不觉还是毫不介意，把捡回的玉米、红薯、芋头在衣服上擦擦，就递给我和周健秀。“家里自种的，尝一尝！不打农药，很甜的。”

我们拿着这些玉米、红薯、芋头，吃也不是，不吃也不是，对望着，默不作声。

她又恍然大悟似的，“噢，忘了洗了。”说着，从我们手里拿回了玉米、红薯、芋头，“我洗洗再给你们。”

当她转身走出门口时，我和周健秀才将憋了很久的笑声发出来。

这个同学叫谷小粒，名如其人。她来自农村，带着浓浓的乡土气息，朴实又不失热情，憨厚亦不失精明。

另一张床是覃红枫的。她当天没有来，家就在南原市。第二天上午上火车的时候，一辆军车直接开进了站台。车门还未全开，就跳下一个穿军装的女孩。细看就会发现，那军装是没有红领章的。只见她转身朝车里的人敬了个军礼，就提着行李，雄赳赳、气昂昂地上了火车。

“哪方神圣啊，这么牛?!车可以直接开进站台?!”周健秀很是感慨。

“我长这么大，第一次见军车。农村只有拖拉机，突突突，突突突。”谷小粒羡慕地说道。

我正想接着谷小粒的话说下去，那个穿军装、没领章的女孩子一屁股就坐在我的旁边。

“介绍一下我自己！我叫覃红枫，外号‘疯丫头’。昨晚没去跟你们睡，出去疯了。”说着，自顾自地哈哈大笑起来。

她长得并不漂亮，是南西壮族姑娘的长相，小眼、塌鼻、阔嘴，皮肤也黑。说也奇怪，她那不美的脸却因这笑，顿时变得生动美丽起来。

那天，我的父亲也来到了站台。大概是同父异母的大姐的儿子回去后，跟他说了火车从南原市开往河洛市的时间。大热天的，父亲一般总是穿着背心和大裤衩，那天却在背心外披了件白衬衣。我刚想通过车窗跟父亲说几句，覃红枫却将大半个身子靠在了车窗上，跟军车上下来的人不停地挥手致意、大声告别，及至火车启动。

她坐下后，才看到我在她身后正焦灼地盯着窗外。“不好意思，让你没能跟亲人告别。”

我以为刚刚告别亲人的她一定是泪流满面的，没想到她却笑得像太阳花般灿烂。

“终于脱离‘军阀们的统治’了，我真是开心得不得了。一到军校，我就要把这身假军装给脱掉。太受约束了！”覃红枫边跟我挤眉弄眼，边说道，“不是我妈逼我，我才不会穿上这身假军装去报到哩。要穿就穿真军装。”

“你妈为什么要逼你？”我很好奇。

“她随时随地都要我像个军人，不能像野丫头一样疯来疯去。你说，我能做到吗？就像这颗风纪扣，太紧，会勒脖子的。”她边说，边解开风纪扣。“妈呀，这天怎么这么热！简直热死我了！河洛市不会这么热吧。”

谷小粒不失时机地递给她一把葵扇。葵扇的四周，有的已散了架，露出直愣愣的葵枝。

她扇了几下，就放下来，“这是什么玩意儿？一点儿风也没有，还有股鸡屎味。”

谷小粒的脸一阵红，一阵白。家里鸡鸭乱跑，有可能就把屎拉到了葵扇上。屎干了，印迹留在葵扇上，她没注意到。

覃红枫像变戏法般，变出了一把折扇，“刷”地打开，一阵凉风就从她那儿吹到了我这儿。“看，这才叫扇子。能开又能合，清风徐徐来。”

她话还没说完，周健秀“呃”的一声，似要呕吐。谷小粒忙将车上的垃圾桶放到她面前，起身给她倒热水。这时，火车一颠簸，她一个趔趄，又险些摔倒，杯子里的热水洒到了周健秀的手上。周健秀捂着手，大叫起来。

带队干部夏晔铮听到叫声，走过来关切地问道：“给开水烫着了？没烫伤吧？”

周健秀摇摇头。

“我这儿有风油精。”话音刚落，覃红枫又变戏法般的掏出一瓶风油精，给周健秀烫红的手背涂了涂，又给她的额头点了点，“这样就不容易晕车了。”

“晕车了？那你俩换个位吧。”夏晔铮让坐在窗边的覃红枫跟周健秀对调一下，“风一吹，会好一些。”

此时，一阵悠扬的长笛声响起。没响两下，覃红枫就大喊道：“这时候吹什么笛子？！瞎凑什么热闹，还嫌不够乱吗？”

“就是想让你们轻松一下，不要那么紧张。”坐在我们斜后座的一个下巴尖尖、如猴子般精瘦灵活的男孩子说道。

“孙红星，不要再吹了！没见大家都忙着吗，哪有空欣赏你的笛声！”夏晔铮吼道。

笛声没有了，歌声却响起了。“读你千遍也不厌倦，读你的感觉像三月。浪漫的季节，醉人的诗篇，呜呜呜呜呜呜呜。”

覃红枫想骂几句，但那长长一串的“呜呜呜”却让她忍俊不禁，“扑哧”笑了起来。周健秀也想笑，却没能笑出，而是捂住嘴，“呕”的一声又吐了起来。

“你们俩真是没完没了，此起彼伏。费鹏，你要读谁，在心里读去，不要在这儿扰乱公共秩序。”夏晔铮朝着坐在孙红星旁边的一个身材高大、长相俊美的男孩子厉声斥责道。

“有吹的，有唱的，我们这届学员热闹了，肯定很好玩。军校没来错。”覃红枫喜不自禁，喃喃自语着。

“别说别人了，先说你自己，不要人来疯。还有，你身上好像揣着个百宝箱，需要的时候，就把宝贝拿出来，帮助一下同学战友。”夏晔铮对覃红枫吩咐道。

“保证完成任务！”覃红枫向夏晔铮行了个军礼。

“这军礼不标准，盗版的。军训时好好练！”夏晔铮撂下这句话，就走回了自己的座位。

覃红枫朝着他的背影挥了几下拳头，“敢瞧不起我，哼！”

两天两夜艰苦的跋涉，火车终于停靠在河洛市。一辆军用敞篷大卡车已停在站外，接站的人将车后的挡板“咣当”一声放下，我们就一个接一个地登上卡车。没有座位，几十个人全部站在车上，手抓着头顶的铁杆。车再颠簸，人再拥挤，也能透过人之间的缝隙，看到车外面的景物。

一路风驰电掣，这座位于中原大地的河洛市，在我们眼皮子底下一晃而过。最后，敞篷大卡车驶进了一座有哨兵持枪站岗的大门。

突然，一声惊呼传来："好大的操场啊！"

我从人缝里循声望去，孙红星正张大嘴，开心地笑着。我定睛细看，果然车的左右两侧出现了两个绿茵茵的操场，比高中校园的操场要大出好几倍。难怪孙红星要发出这声惊呼，他们可有地方踢球了。我抿嘴偷笑了一下。从这一刻开始，我知道，我是大学生了，而且是军校大学生。

我们鱼贯地下了车，按夏晔铮的指令，自动排成两列。刚刚站定，我的眼前忽然一亮，看到了世界上最美的服装和最美的人。这种感觉，及至现在——转业离开部队，二十年不穿军装了——依然存在。队伍的正前方，两位女军人笔挺地站立着，一高一矮。个高的皮肤白净，颀长秀美；个矮的皮肤略黑，但小巧标致。且不说她们长得如何天姿国色，单是身上这身军装，就为她们增光添彩了。尤其是那两片红色的领章以及那颗红五星帽徽，如同绿色的叶片衬托出的三朵小红花，亮丽芬芳、清新脱俗。

我几乎看傻眼了。矮个的女军人走到队伍前说了几句什么，我也没听清，只记得她介绍自己叫厉芬芳。个高的叫兰沁，负责我们女生的新训工作。队伍往前挪动了，我还傻乎乎地站着，浑然不知。身后的覃红枫推了我一下，我才回过神来，小跑着跟上队伍。

路旁是一行行高大的树木，蓊蓊郁郁的，冠盖如伞。后来，我才知道这是法国梧桐。即便已是8月底，即便河洛依然炽热如夏季，但走在树下，却感受不到炎热，甚至还有丝丝的凉意。一座座两层高的楼房，整齐地排列在路的另一旁。我也是后来才知道，这是按苏联模式建造的楼房。我们走上了其中的一座。楼道漆黑，进到房间，始觉亮堂。房间里放有六张床，床沿上写有名字。我的床是进门左侧第一张，靠墙。我并不喜欢这个床位，喜欢靠窗的，时不时可欣赏一下窗外的景物。

谷小粒看出了这一点，适时走到我面前："我跟你换床位吧，我的靠窗。"

我正欲把行李搬过去，那个叫厉芬芳的女军人突然出现在门口，神不知，鬼不觉。"床位已经安排好，不能私自调换。这是军校，不是地方大学，有纪律，有规矩，不是你们想怎么样就怎么样的。"她以斩钉截铁、不容置疑的口气说道。本就很黑的脸，这时更显黑了。

我忙把抬出的腿收了回来。真像黑脸女包公，我心里嘀咕道，这么快就换了面孔——刚才还浅笑盈盈的，像朵花一样，现在太吓人了。幸好没有心脏病，要像周健秀那种体质，该会吓昏过去吧。我偷眼看了下周健秀，却不经意间看见刘美娜正跟黄莲挤眉弄眼，吐舌偷笑。她们两人一个五官秀气，一个五官大气，但搞怪的表情一模一样；所不同的是，刘美娜有一对酒窝，做起鬼脸来更动人一些。

她们是四川人，比我们早到。按照床沿的名字，刘美娜的床横着，正对门口，另一面靠墙。左边紧挨着的是谷小粒，右边是黄莲，都靠窗。谷小粒跟我说换床时，刘美娜也正想跟黄莲换床。她可不愿正对门口，像关公守大门一样，一推门就看见她，风水极为不好。可还没等她开口，厉芬芳就出现了。要不，她一样得挨批。

“你们赶紧洗洗刷刷，整理内务，一个小时后到宿舍楼下集合。”还没等我们反应过来，厉芬芳又下了一道命令。

我并不明白整理内务是什么意思，但在火车上劳累了两天，洗洗刷刷还是刻不容缓的。

听说有一个小时整理内务，覃红枫大喜，觉得终于可以好好逛逛校园了。整理内务哪用得着一小时，十分钟足矣。从小在军营长大的她，太知道整理内务是个什么概念了。不就是收拾东西、铺铺床、叠叠被子，这么兴师动众干什么。想到这里，她掩嘴偷笑起来。刚才敞篷大卡车驶进军校时，她看见右边有个军人服务社，心里想的就是北方食品跟南方的肯定不同。她决定先去军人服务社买点儿零食，然后边吃边逛校园；快到集合时间了，再回来洗漱一下。

她踮起脚尖，轻轻走出宿舍。没人注意到她。大家都刚认识，有的还没说过话，况且都在忙着自己的事情。以她的经验，管她们的那两个女军官一定住在靠近楼梯的第一间房，把守着进出的重要关口。她爸爸的警卫员，就是住在她家的大门旁，什么人进出，都逃不过他的眼睛。

果不其然。当她走近楼梯口那间房时，听到了厉芬芳的声音。她的声音太有辩识度了，语速快而硬，如同竹筒倒豆子般一粒粒跳出来，却不刺耳，反而清脆动听。

“这批学员没我们当初那么老实，居然会主动换床位。我们那时安排做什么就做什么，大气都不敢出一口。”

“一年一年的学员都不一样。社会越来越开放，接触的东西比我们多，思想就活络多了。”

这声音应该就是那位叫兰沁的女军官的了，柔柔的，似乎呼一口气，声音就会断线。覃红枫边想边弓着腰，似一只小猫，快速而灵巧地通过了。

身后传来厉芬芳的声音：“唉，刚毕业就让我们带学员队，不知会有什么问题摆在我们面前。真是一个严峻的挑战。”

你们的挑战还在后面哩。碰到我这样的学员，你们哪会有舒心的日子！覃红枫几乎是跳下楼梯的。她太开心了，终于脱离了父母那法西斯式的统治。天高皇帝远，她像只鱼儿一样，快乐地游弋在校园里。

在娘肚子里时，覃红枫就不是一个安分的人，小脚丫子踢起妈妈的肚子来与众不同，像擂战鼓似的，“咚咚咚”地震得肚皮响。她妈妈在疼痛之余，就抱怨她的父亲，“都是你，演习一回来就要，播下的种子都带着战斗味。”

她那位从战士、班长、排长、连长、营长，一直升任到省军区司令员的父亲，骄傲地说：“我覃天地的孩子，还没出生，就会扛枪打仗了。”

他这句话，还真灵验了。覃红枫出生时，左手弯曲，右手往前伸，且右眼睁着，左眼闭着——那姿势，就像正在瞄准射击一样。她从一岁会走路时起，就会踢正步了，小脚“叭叭”地击打地面。就连说话，也像喊口令似的，“爸爸、妈妈”不是连串说出的，而是“爸”“爸”“妈”“妈”，一字一顿，如同“一”“二”“三”“四”一样。她父亲喜不自禁：真是遗传呀遗传！要是个儿子，说不定也能当上将军。

可说也奇怪，覃红枫三岁读幼儿园时，言行举止正常了，没有当兵打仗似的语言和动作，却也不似小姑娘般的文静和秀雅，而像假小子般的调皮捣蛋。一个小男孩拿了她的玩具，她小手一抓，竟把人家的脸抓得鲜血淋漓，险些破了相。小学第一天，她就拿扫帚追着人打。原来是男生搞卫生时，不小心弄脏了她的花裙。诸如此类的事，让她当将军的父亲和当军医的母亲伤透了脑筋。既然出身于军人家庭的孩子没有一个军人的样，就要像一个军人一样去塑造她，“军训要从娃娃抓起”。

从小学到初中、高中，覃红枫的日常生活和学习，就全部都是军事化的管理了。6 点起床出操，7 点吃早餐上学，晚上回来再踢正步练军姿，睡姿都要有军人样。哪里有压迫，哪里就有反抗。尤其像覃红枫这种天生具有战斗个性的人来说，更是如此。既然逃不掉，总还躲得掉吧。不到 6 点，父母亲还在呼呼大睡，住在家门口的警卫员也没醒，她就人不知、鬼不觉地溜出了家门，在外面遛达到 7 点才回家吃早餐；放学后把教室的值日生工作全揽过来，到吃晚饭才到家。老师的表扬以及对她安全的担心，让父母放弃了军事化管理，但对她的要求一点也没放松。外化于形变为内化于心，长期的训练以及长大，也让她的野性收敛了很多，“疯丫头”的名号却一直存在。

不怎么爱学习的她天生颖悟，成绩中上，考一个大学不成问题，但读什么学校也让父母颇费踌躇。他们当然希望她读军校，可以让军校严格的纪律约束她自由散漫、无拘无束的个性，但她会同意吗？没想，覃红枫眼都不眨就同意了。长期在军营生活，她对军队已有感情，喜欢绿军装，颇似“假小子”的她对各种漂亮的衣服并不感冒。出操训练对于她来说并不是难事，想参加就参加，不想参加找个借口就好了。她天真地认为，军校的出操训练跟家里的没多大差别。最重要的是，要远离父母的视线，不想他们像雷达般时刻关注她的动向。

覃红枫很快找到了军人服务社，发现里面的食品除了那种焦糖般的褐色沙琪玛跟南方纯白的略有不同，其他的似乎都吃过，如上海产的大虾酥、黑色巧克力和海南大椰子糖等。看来，北方不产零食，都是从南方进来的。当然，有一种名字她都没听过的叫“烧饼”的东西。她咬了一口，硬邦邦的，像石头一样，差点儿没把牙嗑掉。北方缺油水，比南方穷——她由此得出这么一个结论。有一种椒盐饼干，她在南方好像没见过，虽然咸咸的，但味道挺好；南方的都是甜饼干。她将这些糖呀，饼呀，烧饼排除在外，买了一大袋，边走边吃。路上发现一个冰棍铺子，卖的是红豆冰棍，不是她爱吃的绿豆冰棍，她也买了两根，刚好可以消消身上的暑气。

才过了半小时，厉芬芳又走向女生宿舍。她实在不放心这批新学员。其实，与其说她不放心我们，不如说她不放心自己更恰当。第一次带新学员，她的弦绷得紧紧的，生怕带不好，会有事发生。跟兰沁不一样，人家是学习好，作为教员留校的；她则是作为队干部留校的。大学四年她都是班长、团支部书记。在一个以男学员为主的军校，她作为女学员，能当班头四年，可见其管理和领导能力。但怎么说，那都是同学，知根知底，百战不殆。眼下需要对付的，都是刚来的乳臭未干的毛头小伙和姑娘们。虽然之前看过档案，了解一些情况，但都是纸上谈兵。现在，真正面对的是一个个活生生的人，她的心里还真是没怎么有底。

宿舍里只有四个人：我坐在床沿看书，黄莲躺在床上看英语，周健秀扶着床栏练俯卧撑，刘美娜对镜梳妆。

“谷小粒和覃红枫去哪里了？”她厉声问道。

我和周健秀、刘美娜面面相觑，然后摇摇头。我们三人都没注意到谷小粒和覃红枫去哪了。黄莲则面无表情，一副事不关己、高高挂起的神态，好像根本就不知道厉芬芳在说什么。

“谷小粒和覃红枫去哪里了？”厉芬芳又提高音调问道。

“好像谷小粒去水房了，覃红枫不知去哪了。”周健秀停下练习，喘着粗气道。

恰在此时，谷小粒出现在宿舍门口，手里拿着毛巾，湿漉漉的。

“水房见到覃红枫没？”厉芬芳望着她，问道。

“没、没、没有见到她。”谷小粒结结巴巴道。

厉芬芳看着她的眼神就像把利刃，把她的话刺成一节一节的。“宿舍楼就这点弹丸之地，她能跑去哪？”厉芬芳很是不解，“你们都放下手头的活计，给我一间一间宿舍找去，看她躲在哪个角落。我不信就不能把她找出来，除非她能上天入地，插上翅膀飞出去了。”厉芬芳又急又气，说话都有些直冲云霄了。

令她想不到的是，覃红枫真的是飞出了这个宿舍楼，但不是插上翅膀飞出去的，而是像小蜜蜂一样悄悄飞出去的。而她更想不到的是，谷小粒找着，找着，居然也飞出去了。她是笨鸟先飞，但她这一飞，却飞不回来了——她迷路了。

谷小粒在宿舍楼的水房、厕所、晒衣处找过了，敲开师姐们的宿舍，都没找着覃红枫，就想着她一定是私自到校园闲逛去了。她很为自己这个发现激动，觉得自己真是太聪明了，其他人肯定没有想到这一点。她要第一个把覃红枫找回来，好好表现表现，给厉芬芳留下个好印象，然后，提拔她当干部。她这四年的学习生活一定要风风光光的，入党、留校，或者毕业时分配一个好单位，再也不用回到大山深处的穷乡僻壤。

她对自己很了解，学习再怎么用功，也不会拔得头筹、成为尖子生。大字不识一个的农村父母，脚踩黄土背朝天，只遗传给她一副干体力活的身躯，没有给她遗传聪明才智。从小学到高中，她都是通过自己的表现来赢得老师、同学们的青睐，从而入共青团，入学生会，成为不大不小的一个干部；再大点的官，她也没这个能力、没这个才华去当。

她主动跟我换床，并非是她喜欢靠墙的床位，而是她听说进门左侧靠墙的这个床位是当干部的。她一直祈祷自己能分到这个床位，没想到却给了一个只爱看书、不爱说话的小丫头片子。她觉得我根本就不懂那是个当干部的床位，是管理本宿舍的；就算懂，我也不是当干部的料。我那一副不谙世事的样子好似天上下凡的仙女，不食人间烟火，纯洁也好，天真也罢，总之，恐怕连管理自己都难吧。谷小粒倒是把我看得很透。

她没跟其他同学打招呼，没跟厉芬芳汇报，迅速走下楼梯，到校园找覃红枫去了。不能一起去找，万一被人占了先机，她就竹篮打水一场空了；她也不可能跟厉芬芳去汇报，怕被阻止，就失去这个表现机会了。但偌大的校园，刚从农村出来的她没出过远门，最远就是县城了，这时就像刘姥姥进了大观园，如何找得到覃红枫？她沿着大路走了一圈，没见着人，想她可能回宿舍了吧。可是，当她也想回宿舍时，却不知是哪座宿舍楼了。一模一样的几座宿舍楼立于两个大操场的左右两边，她迷迷登登地走上了另外一边的宿舍楼。推开好似她所在宿舍的门，里面的人都惊住了。

这是大四行将毕业的别个系的师姐们。快毕业了没啥事，队干管得也松，正在宿舍里聊天，吃零食哩。冷不丁进来一个陌生人，看样子是新来的学员走错门了。但警惕性高的她们，还是慎重起见，盘问起谷小粒来。智商、情商都不是很高的谷小粒给多问了一句，就满头是汗，支支吾吾地说不出话来了。这更让师姐们怀疑她是小偷，要把她送去学校保卫处。一听说要去保卫处，谷小粒急得哭了起来。一位师姐心善，把她拉到一边，让她平静下来，她这才说出今天刚到学校，是学越南语的。学越南语的是在操场另一边呀，她可能走错了。但师姐们又怕她撒谎，放过了一个小偷嫌疑分子，决定送她过去，好确认她的身份。

一个小时过去了，已经到了集合时间。覃红枫不仅没回来，谷小粒也不见了踪影。厉芬芳越是担心，就越是有事发生。无独有偶，男生队也出事了。几个血气方刚的小伙子居然冲到操场上踢起球来了。这个绿茵茵的宽阔无垠的操场，实在太诱惑他们了，没人知道他们是怎么把圆滚滚的足球从家乡背到外院来的。

为首的正是那个惊呼“好大的操场啊”的孙红星。他个子不高却矫健、敏捷、灵活，如孙悟空一般，在场内快速运球、一脚击门，无人可挡。更可气的是，他在踢球的间隙，变魔术般地拿出一支长笛，站在操场中间，望着高天流云，一曲《故乡的云》缓缓而出。身高一米八二，高大、挺拔、俊朗的费鹏和着他的伴奏，引吭高歌。那身形，那歌声，那气势，像极了这首歌的首唱者——1983 年中央电视台春节联欢晚会上的台湾歌手费翔。他的名字费鹏，只与费翔一字之差。这宽阔、绿茵茵的操场，真是一个绝佳的舞台！优美动听的歌声不仅让踢足球的学员们停下脚步，也让宿舍楼里的厉芬芳停止了呼吸。她沉默片刻，几乎与男生队的区队长郭书荣同时吹响了集合的口哨。

“你们真是太无组织、无纪律了！踢球、唱歌者有之，闲逛、失踪者有之！这是军校，知道吗？不是地方大学，你们想怎么做就怎么做！”厉芬芳的声音就像树上的蝉鸣一样，尖厉而清亮。

男女学员都低着头，大气不敢出，好像在家里做错事的孩子一样，自知闯了祸，却不知该受怎样的惩罚。

“见到操场就去踢球，见到白云就去唱歌——真上了战场，你们就全都暴露在了敌人面前，不知死多少回了！”男生区队长、温文尔雅的郭书荣也声若洪钟道。一向斯文纤弱的他，第一次发出了这种响遏行云之声。

厉芬芳还想说什么，嘴张了张，却没发出声来，猛见一身影闪进队伍。“你给我站出来！”她把即将说出的话迅速变成了这一句。

覃红枫红着脸，悻悻地走到队伍前面。原来她在军人服务社买完零食，边吃边在校园闲逛。离宿舍最远的图书馆，最近的阶梯教室，她都游了个遍，发现快到集合时间了，才恋恋不舍地往回走。看到队伍集合在宿舍楼下，两位男女区队长在训人，才感到大势不好。

本想偷偷溜进队伍的她，却给眼尖的厉芬芳揪了出来。“这是公园吗？这是商场吗？刚到，行李还没收拾好，人就不知所踪了——你好大的胆子！不怕受处分，被清退回去吗？”

本想辩解几句的她，这时也不敢了。厉芬芳的气势，比她那做司令员的父亲还要强。她想躲，却躲不了。

“手里拿着什么？递过来！”

覃红枫真是后悔，进队前为何没把零食扔了呢？以她的智商，不该犯这样低级的错误。现在人赃俱获，她真是有口难辩了。等着被处分、回老家吧！她喜欢预测最坏的结局。

“全都是吃的。女生爱吃零食，男生爱踢球——你们展示了最真实的人性，却没想到最严格的纪律。费鹏、孙红星，出列！”厉芬芳在队伍集合前，跟郭书荣沟通过，知道了这两个擅自到操场踢球、唱歌的学员名字。

费鹏、孙红星两人对望一眼，不知“出列”何意。

“费鹏、孙红星出列！”

“你们两个站到队伍前面来！”郭书荣重申道。

费鹏、孙红星一前一后地走了出来，一人抱着球，一人拿着长笛。

看着他们两人公然拿着这两件宝贝，厉芬芳更加恼火了。“说！你们这球和笛，哪来的？”

“从家里带过来的。”孙红星微仰着头，一副桀骜不驯的样子。他的旅行箱很大，足以装下五个足球。

“没问你，问他。”厉芬芳指着费鹏道。

“唔系我的，系他的。”费鹏来自广东，一紧张，普通话就讲不好。

“什么黑我的、黑他的，你们黑自己还不够吗？”厉芬芳是江西人，对广东话不甚了解，转述走音厉害，大家禁不住大笑起来。

“不许笑！一点规矩都没有。马上开始新兵训练了，我看你们会哭都哭不出来的！”厉芬芳眼珠子一瞪，大家又噤若寒蝉了。“你们这球、笛子、零食，统统交给我们保管！新兵训练结束后，再还回你们！”

“球、笛子不会坏，但零食会坏的。”孙红星表面上帮覃红枫说话，实际上却在不满自己的东西被收缴。

但此时能听到一句向着自己的话，覃红枫内心还是温暖的。她看了一眼孙红星，心里生出一丝异样的感觉。

“坏了就扔掉！条令、条例规定，不准吃零食。我再强调一遍：这是军校，不是你们随心所欲的地方。没有规矩，就不成方圆。你们三人，入列！”

覃红枫、费鹏、孙红星都是聪慧之人，这时都不约而同地领悟到了“入列”的含义。他们刚走进队列，谷小粒就来到了队伍前。

在两位师姐的带领下，谷小粒穿过操场，终于认出了自己的宿舍楼，也认出了在队列前说话的厉芬芳，就对两位师姐说：“这是我的区队长。”

冷不丁出现的谷小粒，让厉芬芳又惊又喜。“谷小粒，你还知道回来！你不是找覃红枫去了吗？怎么找着，找着，自己也不见了？”

“她走错宿舍，走到我们那儿去了。怕她再走错，我们就送她回来了。”看到谷小粒真是新学员，两位师姐再不好把自己的怀疑说出来了。这时，一个顺水推舟，将她交回厉芬芳。

“好吧，你们这届新学员那么喜欢大操场，那么喜欢大马路，那就去大操场拔草，去大马路扫落叶！干完活，再吃饭！”

中原大地的夏末秋初，白天燥热，晚上却有一种深入骨髓的凉意。我坐在床上，将被子盖住手臂，只伸出一个手掌来给母亲写信。就在刚刚，厉芬芳跟我们说：“晚上，你们可以给家里人写封信，报个平安。学校地址是河南省河洛市 069 信箱 04 号。069 是解放军河洛外国语学院的代号，04 号则代表我们新生四队。不用贴邮票，到时学校会统一为你们的信封盖上三角形的红色邮戳。”我忽然感到，这个严厉的区队长外刚内柔，如同她的名字厉芬芳——厉害过后，就芬芳了。

我平时喜欢写些文章，对文字有天生的敏感，七岁就捧着大部头的《红楼梦》《三国演义》《水浒传》《西游记》津津有味地读，遇到不认识的字就跳过去。家里这方面的藏书不少，还有许多的小人书，巴掌大一本，图片下面是文字。出身于大户人家的母亲喜欢唱歌、读书，常给我唱《十送红军》，给我讲《聊斋志异》里的鬼故事，父亲则写得一手漂亮的小楷，以前是做会计的。在这样的书香氛围浸润下，我的语文成绩很好。尤其是作文，从小学到高中，老师一直当作范文在全班朗读，高中时还油印出来，在全年级发放。当人问我今后想做什么时，小小年纪的我就掷地有声道：“我要做茅盾的接班人。”其实，我当时连茅盾是怎样一个作家都不太懂的。高二文理分班时，我在选择文科的原因一栏里连写三个：“我要当作家!”“我要当作家!”“我要当作家!”

高考第一科考的是语文，我突然来了例假，“哗哗”往下流的血让我心绪紊乱、手足无措。监考员是女的，发现了我的异常。考完后，她好心地跟我说：“你走吧！那些我来处理。”

最拿手的语文没考好，后面几门均如多米诺骨牌，一个个全倒下了。我本以为连高考分数线都达不到的，但扎实的学习功底还是让我超出重点线三十多分。老师不相信他们的学习尖子没考好，照样让我填北京大学、复旦大学、南开大学等名校，跟我的父亲一样。这样一来，我可能连重点大学都读不上了。最终的结果是，父亲和大姐给我报了第一批录取的重点军队院校，我却因之与梦寐以求的大学中文系擦肩而过。

我并没有埋怨父亲，因为我根本就不懂它竟是我人生的一个转折点。我远不及同龄人成熟。家中六姊妹，我最小，什么事都是爸爸妈妈、哥哥姐姐说了算，很少受世事的沾染和侵袭。也许是这种不食人间烟火的个性，才让我天真至此，如同我的名字一样不沾一丝尘埃，只晓得安安静静地做着自己该做的事。即便步入军校的大门学外语，我所想到的也只是沿袭中学时的习惯，刻苦学习，争当第一。同时，也不放弃对文学的爱好和天赋，坚持写作——潜意识里，当作家的梦想一直在指引着我。

我这封信，是写给母亲而不是父亲的。父亲和我一起去南原市报到时，母亲迟迟没有出来送我。我忍不住在门口吼了起来："我都要走了，你怎么还不出来送我?"

在外人面前，我是乖巧斯文的，在家里却有些霸道任性。我最小，父母、哥姐都宠着我，让着我。吼完后，还不见母亲出来，我就"噔噔噔"地跑进房间。只见母亲正大口喘着气，用喷雾剂往嘴里使劲喷着。这是一种治哮喘的药。母亲生了六个孩子，因为家穷，营养跟不上，患上了严重的哮喘病。看到母亲这个样子，我二话不说，扭头就走。当我和父亲走下家门口的小坡时，偶然回头一望，看见母亲正站在小坡上，朝着我挥手。她花白的头发在夕阳下飘飞着，像油画一般，具有一种摄人心魄的力量。我没想到，这是母亲留给我的最后一个身影。

覃红枫的检讨，三下五除二就完成了。在家的时候，父亲没少让她写，早就轻车熟路了。谷小粒就不同了，从来就是积极分子，虽然结果总是那么差强人意，行为还有些可笑，但并不算过错，没到写检查的地步。军校纪律摆在这里，就算她的出发点怎么好，也是触犯了条令、条例。她左写一张不行，撕掉；右写一张不行，又撕掉。

频繁撕纸的声音让邻床的刘美娜听得很不耐烦。“看我这双白嫩的手啊，一来就扫落叶。我从来没使过那种大扫帚，比人还高，落叶没扫着，反而把手扫出了血泡，痛得都拿不起碗筷，一晚上没吃到啥，肚子饿得咕咕叫。”

“你没吃还好，我吃了几口就胃疼啊。这北方都是些什么东西！几个又硬又黑的馒头，几碟咸菜，还有就是稀得见不着米的小米粥。我本来体质就不好，早知不来读这个学校了，军校就是苦。”周健秀附和道。她捂着胃，蜷缩在床上给父母写信。她也是奉父命来读军校的。

她的父亲是 1966 年北京体育学院的高才生，她的体育天赋来自父亲。为预防高考失手，周健秀参加了体育专业的考试，是南西省体考状元。她本想读北京体育学院，并计划在北体读研时选运动医学专业，因为体质弱，想跟医学挂点边，但父亲从体育学院毕业后因成绩优异，被军队特招入伍，当上了体能训练教员，对部队有感情，见女儿高考成绩上了重点线，就动员三姑六婆劝她来读军校。

听锣听音。覃红枫听出刘美娜是在抱怨她和谷小粒让她们去扫了落叶，但伙食之差跟她就一点关系也没有了。说实话，这饭菜也让她难以下咽，并非从小锦衣玉食吃不得一点苦。父母亲从小就对她实施军事化管理，连一日三餐也不放过，每顿饭并不都是大鱼大肉。但即便吃的是馒头稀饭，也馒头是馒头，稀饭是稀饭，哪像今晚吃的馒头，又硬又黑像石头一样，扔出去都可以把人砸伤。她想起了她那一袋被没收的零食，里面饼干、沙琪玛、糖什么的都有。她预计马上开始的军训会管得很严，到军人服务社买零食根本不可能，就买了一大袋回来准备慢慢吃，没曾想撞到厉芬芳的枪口上，给收缴了。“我那一袋被没收的零食，饼干、沙琪玛、糖果什么的都有，如果拿得回来，今晚你们都不用挨饿了。”

听到有好吃的，刘美娜两眼放光，但随即又黯淡下去。“厉芬芳这么厉害，你能拿得回来?”她揶揄道，“你们还不知道吧，费鹏和孙红星不是去拔草，而是去刷厕所了。”

“刷厕所?”覃红枫、周健秀、谷小粒、我，包括一直在看英语书、两耳不闻窗外事的黄莲，几乎异口同声道。

“而且是用硫酸来刷，差点儿没把费鹏的大脚趾给溶掉。”

“你怎么知道的？我都看见他俩在操场上拔草了。”覃红枫不相信。

“这你就别管了。他们是吃完晚饭后又去刷厕所的。这是厉芬芳建议的。郭书荣正在追厉芬芳，能不听她的?!”

“郭书荣在追厉芬芳?”大家更惊奇了，嗓门更大。

“你们怎么吵吵嚷嚷的？覃红枫和谷小粒的检查写完没有？写完就给家里写封信报平安！”说曹操，曹操到。经过我们宿舍门口的厉芬芳听到我们的声音，推门进来道。

“10点熄灯。熄灯前把检查和信都交来！你们抓紧时间，还有一个小时。”

听到厉芬芳的脚步声渐渐走远，覃红枫说道：“我有个主意，让你们吃到这包零食。你们干不干？”

“说说看。”刘美娜不太相信。

“谷小粒，你去厉芬芳那里报告说周健秀胃疼；等她过来后，我就去请示兰沁检查怎么写，并挡住她的视线；刘美娜趁机把桌上那包零食拿到水房；等厉芬芳离开宿舍后，林灵马上去水房通知刘美娜。这样，就算厉芬芳发现零食被我们拿走，也回天无术了。因为我们早已秋风扫落叶，把它吃进肚子里了。怎么样，这个计划可行吧？”覃红枫有些得意。

“好是好，可我胆小。厉芬芳发现后，我可能会受处分，甚至退学。”刘美娜牙尖舌利，却心怀畏惧。

“那你去问兰沁检查怎么写，我来拿零食。怎么样？事情败露后，我负全责，跟你们无关。”覃红枫天不怕，地不怕。“你能说会道，一定可以拖住兰沁的。她跟厉芬芳不一样，温柔可亲，好说话。”

刘美娜一被戴高帽，就有点沾沾自喜。那包零食的诱惑力太大了。况且，她也相信自己的三寸不烂之舌。

“谷小粒，你检查不会写，待会儿抄我的！”

谷小粒本就是好表现之人，让她去区队长那里报告周健秀胃疼的事，便求之不得。更重要的是，令她头疼的检查不用写了，真是善莫大焉。

“还有你，周健秀，待会儿胃疼尽量表现得真切些，把厉芬芳拖住时间长一些。”

这么一个天衣无缝的计划，果真完美实施了。事后，厉芬芳也没有批评我们。兰沁跟刘美娜交谈时看到覃红枫悄悄将零食拿走，也装作没看见。

第二章

刘美娜是冲着这身军装才来军校的，却歪打正着，减轻了家里负担。她的父母都是小县城的工人，收入并不高，却极其疼爱她。作为独女，聪明伶俐又俏美可人，他们倾尽财力培养她，不想让她成为他们那样一无是处的人。刘美娜也争气，擅歌舞，有天赋。他们本想让她读个艺术类的大学，谁知她偏偏喜欢军校。这样也好，军校管吃、管穿、管住、管学习，还发津贴，不用他们掏一分钱，他们也就不必节衣缩食，过着紧巴巴的日子来供养她了。

虽然家境并不富裕，刘美娜却是富养的。这让她有了骄纵任性、爱慕虚荣的个性。军装很显眼，走在大街上最能吸引大众的目光。尤其是英姿飒爽的女兵，回头率更高。这极大地满足了她的虚荣心。自从踏入军校大门，她就一眨不眨地盯着师姐们那一身绿军装，眼睛也发绿了。不知何时才发军装，她实在太想穿上那身军装过过瘾了。早上晒衣服时，一套军装映入了她的眼帘，尺寸与她相差无几，摸上去半干未干，师姐也不会马上收走。正好四下无人，她马上把它取下来拿到宿舍，穿上后像模特在T型台上走秀般，在宿舍里连续走了几个来回，间或停下来摆几个姿势。

还没等她臭美够，周健秀就惊呼了："你从哪儿弄来的军装？"她在家中是老大，下面有弟妹三个，颇有大姐风范，觉得这事有些不妥。

"从晒衣服的地方借来的。好看吧？"刘美娜得意地又走了几个模特步，并停在宿舍中间摆了个造型。

"快还回去！师姐要找这套衣服，你就麻烦了。"周健秀提醒道。

"半干未干，她不会那么快来收的。"

"你不是胆小，零食都不敢偷吗？怎么那么大胆，敢偷军装了？"覃红枫半是玩笑半认真道。

"我这是借用一下。"

"鲁迅先生说的是读书人窃书不算偷，你这是军人窃军装不算偷了？"

"我看，你是吃不到葡萄就说葡萄酸吧。"刘美娜回敬道。

覃红枫数次流露出对绿军装的喜爱，期盼之心过犹不及。"我再怎么喜欢，也不会把别人的衣服据为己有。"

"我又不是不还回去了。"

覃红枫和刘美娜你来我往，打起了嘴仗；我和谷小粒只有看热闹的份儿。我是个安静之人，任何纷争都避之唯恐不及。黄莲懒得管她们的事，天天拿着本英语书看，眉头紧锁，好像有解不开的心事。

谷小粒倒是想去汇报一下，刚抬起脚，集合哨骤然响起。

“全体到宿舍楼下集合，立刻马上。”厉芬芳在楼道里大喊。

一听号令，她顺势赶去集合了。这可比汇报重要得多。

宿舍里的人流水般的往外走。覃红枫边走还边埋怨：“紧急集合似的，比打仗还紧张。”

来不及换下军装的刘美娜脸都急白了，站在原地，呆若木鸡。

“你先穿着去集合吧。”周健秀走过她身边，轻轻推了她一把。

新生四队队长夏晔铮站在队列前，看着来自五湖四海、穿着五颜六色衣服的学员们，不禁心生感慨：今天，他们就可以穿上军装，成为正式的军人了。想象着面前是一排排整整齐齐、郁郁葱葱的小树林，他深深地呼吸了一下。就在这吐故纳新之际，他看见了穿绿军装的刘美娜。“你这身军装哪来的？军帽呢？怎么不戴军帽？”他好奇却又不乏严厉地问。

忽然听闻有人率先穿上了军装，惊诧之时，众人将目光齐刷刷地投向了刘美娜。

“我我我………”众目睽睽之下，刘美娜紧张得有些结巴了。

“还没发军装，你怎么就有军装穿了？”夏晔铮的口气越发严肃了，“军装可不是随随便便就能穿在身上的。”

“报告夏队长，她找师姐借的。她喜欢绿军装。”周健秀鼓足勇气，帮刘美娜解围。说完，手心都冒汗了。

“没问你，我问的是她。”夏晔铮的目光如探照灯般打在刘美娜身上。

刘美娜窘得无地自容，恨不得地上能裂开条缝，可以钻进去。

“喜欢军装的心情可以理解，但不应操之过急，得等统一发放。而且，穿军装一定要戴军帽。这是军容严整的要求。”

“是我借给她的，她在宿舍穿着过过瘾。集合哨声响，她来不及换就下楼了。”看到从楼道下来的刘美娜一身军装时，厉芬芳就很生气了——军装没发就穿上了，好大的胆子。她想叫刘美娜赶紧回去换，夏晔铮却已看到了她。作为女生队的区队长，她对内严厉，对外是要护犊子的。但巧的是，这套军装的确就是她的，刘美娜跟她一样身形，小巧玲珑。

厉芬芳这样一说，夏晔铮就无话可说了。总不能当着全体学员的面批评厉芬芳吧。况且已是军人了，穿上军装不过是早晚的事。他只好言归正传，切入正题：“你们盼望的军装，今天就会发下来。等会儿各舍长统计一下本舍的衣服、裤子、鞋子和帽子型号，跟区队长去领新军装。”

“真是太好了！盼星星，盼月亮，终于盼来了！”夏晔铮的话还没完，覃红枫就激动地喊了出来。

“正好换掉我和费鹏刷厕所这身臭气熏天的衣服。”孙红星紧接着道。

他的话音刚落，全场笑声就响了起来。

“队列里不许说话，不许大笑！”夏晔铮涨红了脸，“你们还是高中生吗？还是老百姓吗？不是了，你们是军人，是大学生！军人就该有军人的样子，嘻嘻哈哈成什么体统！马上就要穿上绿军装了！你们的一言一行、一举一动，都要按照军人的标准和要求，都要符合这身绿军装所代表的神圣和庄严！”

夏晔铮白净秀气，行伍出身，曾被部队推荐到全军高级指挥学院学习，现在出任我们新生四队的队长。

“为什么军服是绿色的？它跟草木、树叶的颜色一样，一是在战场上可以起到保护色的作用，迷惑敌人，不会轻易被发现；二是显得军容严整，可从气势上震慑敌人。我们在前线打仗时，还把绿树叶缠绕在脸上、手上，混迹于树林中，敌人难以发现。”

一番滔滔不绝的教导，让刚踏入军校大门、青春洋溢又朝气蓬勃的莘莘学子屏息凝气、神色凝重。即便还没开始新兵训练，即便还是五花八门的服装，大家都昂起首、挺起胸，精神抖擞、斗志昂扬地行进在去往食堂的路上，好像即将开拔到前线去打仗一样，全然没有了刚到时稀稀拉拉、松松垮垮的样子。夏晔铮还领头唱起了大家都会唱的耳熟能详的军歌——《三大纪律八项注意》，从未排练过的我们居然也唱得整齐、激越、嘹亮。其他队的师哥、师姐们看着我们这伙杂牌军，悄悄竖起了大拇指。

如愿以偿，谷小粒终于当上了宿舍长。厉芬芳到宿舍宣布完这一决定后，谷小粒立即统计宿舍六个女生所穿的衣服、裤子、鞋子和帽子的型号。因为兴奋，她的手一直在抖，问六个女生时嘴唇也在哆嗦。

看到谷小粒这笨手笨脚的样子，刘美娜比她还紧张。“嗨，我说谷小粒，可千万别张冠李戴，让我穿不了军装。”刘美娜生怕她梦寐以求的新军装给谷小粒的手抖啊抖，抖到别人那里去了。

“你再把每个人的型号对一遍，以免等会儿我们去领新军装时出现错误。”周健秀提醒道。

看中周健秀的成熟稳重，厉芬芳安排她和谷小粒一同去领新军装。

“我也去，你们两人拿不动六个人的军装。”谷小粒、周健秀即将出门时，覃红枫不失时机道。她如此说，一半出于热情——外表大大咧咧的她，实则很乐于助人；另一半则是出于感情。在部队大院里长大，受着父母军事化的管理，她渴望自由，却又耳濡目染，不爱红妆爱武妆，盼望能早点摸一摸新军装。

“我也去。”刘美娜接着覃红枫的话，自告奋勇。“还有鞋子要拿。你们拿不动那么多的。”她这一说，则纯粹出于私心了——怎么能放过这么好与军装亲密接触的机会。

宿舍里只剩我和黄莲。我手拿一本书，调换了位置，斜倚在床的另一边。

“你不是嫌我脚臭吧？”

黄莲的这一问，让我的心惊了一下。周健秀原本睡在我和谷小粒中间，不靠窗。没有窗外吹来的风，体质很弱的她时不时要呕吐一下。厉芬芳就让她和黄莲对调了床位，黄莲就成了我的邻床。“没有啊，我只是想换个位置看书。”我如实回答道，想不通她为什么突然这样问。

“你总拿一本英文书看，英语肯定很好。为何不去二系学英语呢？”我忍不住问。

“你真是天真！我想去就能去吗？”黄莲要不就不说话，一说就语破天惊。

“哦，你是想学英语，不想学越南语的，对吧？”

“谁想学越南语呀？这么个小语种，我连这个国家都没听说过。你是想学越南语的？”黄莲反问道。

“我不知道呀。父亲让我读军校，我就来了；也不知道是学什么的，来了才知道。”

“你们南西省的，邻近越南，学越南语正常。我们四川离越南天远地远，也把我们分配来学越南语，真是想不通！”

“你当初填志愿时，不知是学越南语？”

“知道了，我会来？”黄莲有些怒道，”我是给招生的人忽悠来的。我们四川这批有四个女生考入这所军校，我的分数排第二，却把我分来学越南语。你说气不气人。”我的单纯和稚气让黄莲放松了警惕，把心思一股脑儿都跟我说了。

“刘美娜排第几呢？”我很好奇。

“她分数排第四，最末一位。况且又是冲着这身绿军装来的，读什么对她来说都无所谓。但我就是想学英语。关键是凭什么把另外两个弄去学英语，却让我和刘美娜学越南语？这太不公平了！”

我似懂非懂地点点头。涉世未深的我不太明白黄莲的话，但很理解她的心情。这就像我想当作家，想读大学中文系，却奉父命来学外语一样。

“我跟你说的这些，可千万别说出去哦。万一给爱打小报告的人听去，就麻烦了。”黄莲一本正经道。

我觉得她有些小题大作了。既然已成事实，还有什么好担心的呢？

黄莲张了张嘴，还想跟我说什么。听到楼道里传来声音，就没再说下去了。

刚领到新军装的谷小粒、周健秀、覃红枫、刘美娜兴高采烈，一路说说笑笑。进了宿舍楼，欢笑声还在延续。

覃红枫的声音最先飘进了宿舍。“没想到男生的脚这么小！孙红星只穿36码的鞋，像女生的脚。这不就像穿小鞋吗，哈哈！”

孙红星也代表他们宿舍去领新军装，恰巧给覃红枫撞见了，抑或说她本身就对他颇为关注。

“费鹏穿的却是46码的鞋，不就像穿在船里吗？”刘美娜也大笑道。他们两人在说笑这方面出奇的一致，只不过刘美娜尖酸刻薄一些，而覃红枫则大气爽朗。

对费鹏，刘美娜并非特别关注。实在是高大帅气的费鹏太引人注目了，一举一动自然入了她的法眼。但她并不喜欢这种略带忧郁的气质，甚至还有些娘娘腔、对漂亮女生黏黏乎乎的人。或者说，他的学员身份没有让她动心，她喜欢的是那种又帅又刚、有身份地位的男人。

“还有一个叫什么荔香的？”覃红枫记不起来了。

“朱荔香。”周健秀答道。

“对，就是朱荔香。妈呀，这不就是女人名吗？荔还是荔枝的荔，他本人就像荔枝一样圆滚滚的。”覃红枫哈哈大笑道。

“他也不是圆滚滚的，就是粗壮了些。”说到朱荔香，刘美娜就不跟覃红枫一致了，她和朱荔香是高中同学。

“农村人无论男女，都喜欢叫些阿狗、阿猫、桂花、桃香之类的名，利于小孩长高，长大。”周健秀解释道。

“你们在楼道里不要大声喧哗，影响师姐们休息！”厉芬芳黑着脸，和兰沁紧跟着她们走进了宿舍。

兰沁的手里拿着几排铁发卡和红色针线，微微地笑着，就像蒙娜丽莎一样，甚至比她还要美。这是一种东方式的含蓄温婉的美，不带一丝神秘色彩，清雅明净。我太喜欢看她了，看一眼，心就醉一次。我想，我若是男人，一定会爱上她的。

“你们待会儿用这铁发卡来夹帽子。否则，无檐军帽戴在头上容易脱落。这红色的针线，是用来缝肩章的；在肩章四角轻轻缝几针就可以了。”兰沁的话语轻轻柔柔，就像春雨飘落在树叶，动听极了，和厉芬芳是截然不同的风格。

“我们这两个女区队长啊，可以号称‘黑红双煞’：一个唱黑脸，一个唱红脸，把我们修理得服服帖帖的。”厉芬芳和兰沁刚走出宿舍，覃红枫就感慨道。

“哪有黑红双煞的，只有黑白双煞。真会发明新词！”刘美娜撇撇嘴。

“行行行，你说得对。”覃红枫服软都有一种气概。

“应该一个是红牡丹，一个是白牡丹，就像张爱玲笔下的《红玫瑰和白玫瑰》。但我不喜欢她的比喻——红的像墙上的一抹蚊子血，白的是衣服上的饭粒子——太没有美感了。”我难得加入她们的聊天，除非是我感兴趣的。覃红枫和刘美娜用黑白双煞来比喻两位女区队长，让我一下子就想起了张爱玲的红玫瑰和白玫瑰。

“那你为何不用红白玫瑰来比喻，而是用牡丹？”覃红枫不解。

“河洛市牡丹花有名呀！厉芬芳就像红牡丹，鲜艳亮丽却芬芳；兰沁就像白牡丹，淡雅清丽而怡人。”

“不对，厉芬芳像黑牡丹。你看，她常常拉黑个脸。”刘美娜纠正道。

“我也觉得。但她不该叫黑牡丹，叫黑脸包公更恰当一些。”

“叫黑脸女包公才恰当。”刘美娜又纠正覃红枫。

覃红枫和刘美娜居然一致了。我就算有一千张嘴，也说不过她俩，干脆就不说话了。本来，我也不喜欢跟人辩论。

“我的脚怎么迈不开步了呢？”谷小粒突然冒出一句话来，

吸引了所有人的目光，只见她双脚在那里一跳一跳的。

“哈哈哈！”覃红枫捧着肚子，在床上笑得直打滚。“你双脚穿进同一条裤管了。”她在翻滚的同时，不忘用手指着谷小粒。

周健秀也是笑得前仰后合，我则笑出了眼泪。黄莲也难得露出了明亮的笑脸。平时，她总是一副苦恼人的笑。只有刘美娜罕见地没有笑容。

“这军裤真是太肥大了，一点都不修身。我这么好的身材，根本显露不出来了，像穿了条裙裤。”刘美娜一边说，一边扭动腰肢。本想美一美、秀一秀心仪的军装的，反倒却让她懊恼不已。“哪里有改军裤的。”

“军队有纪律的，哪能随便改，肥就肥些吧。反正我们都瘦，穿起来也不会显得很臃肿。”周健秀安慰道，“我缝完肩章了，你们谁拿去缝？林灵，你先缝吧。”周健秀随手把红丝线和针递给我。

我接过红丝线和针，却是手足无措。手几次给针戳出血来，急得满头大汗，也不知道疼了。刘美娜还在一个劲地催着，“你快点啊，轮到我缝了。”

我在家是最小的，没干过粗活和针线活，好容易把红肩章缝好了。穿在身上，红肩章却不见了。原来是缝到领子下面了。

这又让覃红枫一阵好笑。她拿过我的军装，把缝反的红肩章撕下来，重新给缝正，并瞪一眼在旁边一直催促的刘美娜：“你急什么？一个一个来！”她是刀子嘴、豆腐心的人。

刘美娜等不来针线缝红肩章，就把红五星帽徽别在无檐军帽上。她想戴上军帽先美一下，军帽却是瘪瘪的，立不起来，像个大饼似的扣在头上。她心烦了，一把扯下军帽，扔在床上。“谁设计出这种软塌塌的帽子的，戴上去像煎饼一样。看来河洛市煎饼真多，连帽子都像煎饼。你们谁没吃饱饭的，看一眼，可以望帽止饿。”

覃红枫本想讥讽几句刘美娜的，却被她的话再次逗得哈哈大笑。“你自己不会戴，还怪到帽子身上。告诉你，把帽子戴上去后，用手把帽檐四周扯一扯。这样，帽子看起来就饱满圆润了。”

“我们宿舍，就你和周健秀最懂这些了。你们父母到底是做什么的？”刘美娜好奇心又起来了。

“不该问的不问，对吧，周健秀。”覃红枫朝周健秀挤挤眼。

周健秀笑笑，并不搭话。她温婉端庄，不愿掺和到她们这种鸡毛蒜皮的小打小闹中。

“不说就不说，你以为我不会知道吗？”刘美娜个性也执拗，“我外号就叫‘小喇叭’，能有什么事瞒得过我？”她愤愤不平道。

“这我信。郭书荣追厉芬芳，孙红星、费鹏刷厕所，我们都不知道，你却知道。我也很好奇，你是怎么知道的？”

“不该问的就别问。”刘美娜也回敬一句覃红枫。

她还有一个外号叫“小辣椒”，是四川辣妹子。跟覃红枫“疯丫头”“假小子”一样，有两个外号。两人有得一拼。她才不会告诉覃红枫，她在新生四队有一个卧底，那就是朱荔香。他不仅很受队干部的重视，而且什么事都愿意跟她说。

“姑娘们，都弄好了吗？我们该去剪头发了！然后，带你们去‘大锅’照相。”厉芬芳一反平时黑脸包公的常态，笑眯眯地走了进来。她要开始“温柔一刀”了。同为女性，她深知，剪掉一头浓密的秀发会是一件多么心痛的事。她当年的头发被剪掉时，也哭了很长时间的。

“还要剪短发，我这好看的两条大长辫就要剪掉了。”厉芬芳愈温柔，刘美娜愈伤心。刚才还喜笑颜开的她，转眼就泪汪汪的了。她从初中开始留长辫，两条又黑又粗的辫子垂到腰部了。小巧秀丽的她因着这两条长辫，格外引人注目，她也非常享受众人艳羡的目光。

原本在宿舍中间秀军装的她，走到最里边，“啪嗒”“啪嗒”地掉眼泪，硕大的泪珠儿将床单都洇湿了。要不是厉芬芳在，她准会放声大哭，但她不想让人家下不来台。偷借军装的那一次，厉芬芳不仅没有批评她，还在夏晔铮面前保护了她，她就很承情了。这一回，她要给厉芬芳留面子，绝不第一个不听招呼。谁爱剪，谁就朝前走吧！反正，她会是最后缴械投降的那一个。没想到的是，谷小粒和周健秀也躲在各自床边默默垂泪。

周健秀是运动健将，却没有运动员的五大三粗、不修边幅的通病。她俊秀颀长，喜欢时尚，喜欢美，留着烫成波浪的披肩长发。“健秀”这个名字，是因为她从小体弱多病，父母为了她健康成长而取的。如果是她，就不会取这么中性化的名字，会取一个最女性化、柔美的名字。来自农村的谷小粒向来不喜欢短发，觉得那更是农村人的标志。为了不让大家看不起她，她一直留长发，还烫了刘海。她觉得只有这样，才让她看起来更像城里人。

黄莲还是一副冷若冰霜的表情，对头发的长短一点也不在乎。她在乎的是，军校让她学不成心爱的英语，越南语又不想学，该何去何从。而我是真的不明白，头发剪短就剪短了，有什么要哭的呢。

覃红枫是“假小子”，头发本来就是短的。她可不喜欢留长发，觉得拖拖拉拉的，一点都不利索。再说了，头发长，见识短，她不想做胸无点墨的小女人，要做扛枪打仗的大女人。她看看可怜兮兮的舍友们，又看看“笑里藏刀”的厉芬芳，一向爽朗仗义、语速极快的她一时却不知说什么好了。

看着这些如花似玉的姑娘们一个个黯然落泪，厉芬芳罕见地没有批评我们，而是打趣道：“哎哟，怎么都哭了起来，像个娇小姐似的？剪短发不好吗，朝气蓬勃、精神干练，就像你们联合起来把零食拿回来那般，果敢决断。”

厉芬芳的一席话，让刘美娜、周健秀和谷小粒破涕而笑。覃红枫则是哈哈大笑，很为自己的鬼点子而洋洋得意。

“你怎么不哭呢？”厉芬芳突然直视着我的眼睛，目光不是寒光闪闪而是柔情四射。

我鼓足勇气，实话实说：“我不知道为什么要哭。”

“嗯，这个解释对你说得通。”厉芬芳把我当作稚气未脱的小女生，以为我真是不懂。我的确是不懂，但在不懂之外却有些坚强和倔强。填报高考志愿时，我总想离家越远越好，想着要干一番事业。但究竟什么是事业，却是很懵懂。

“短发是必须的，是你们成为军人的第一步。它跟军装一样，不仅统一整齐，更是战场上的干净利落，不会拖泥带水、延误战机。到了部队，是一定要剪短发的。你们一定要明白，爱红妆就不能爱武妆，鱼和熊掌不可兼得。”厉芬芳恢复了她的严厉个性，斩钉截铁、不容争辩道。

“这又不是战场。”覃红枫声音细如蚊子，但还是给厉芬芳听到了。

“不是战场，胜似战场。养兵千日，用兵一时——你们没听说过吗？没有平日的养成，上战场怎么能杀敌?!”

覃红枫给厉芬芳的气势压倒了，“谁知何时才能上战场杀敌”这句话被她吞了回去。

刘美娜停止了哭泣。她不是给厉芬芳的话吓住了，而是给这身军装迷住了。既然当初是为了军装来的军校，那就不能因为舍不得芝麻而丢了西瓜。毕竟，军装要比大辫子亮眼得多、神气得多；穿上军装，回到她们那个小县城，全县城的人都要回头看她。

谷小粒和周健秀却是给厉芬芳唬住了。军人以服从命令为天职。这头秀发肯定保不住了，无论如何都要剪掉，那就“既来之，则从之”吧。

“姑娘们，出发!”见到大家停止了哭泣，恢复了常态，厉芬芳手一挥，领着我们浩浩荡荡地出了宿舍。

刚才还脚步坚定的刘美娜经过男生宿舍楼时，心一横，像泥鳅一样溜了进去。她要去找朱荔香，诉说一下剪掉这两条又黑又粗大辫子的不舍和伤心。朱荔香不只是她的高中同学，还一直爱慕她，为她放弃了北京大学的保送名额，跟着她一起来读军校了。但她并无此意，尽管他品学兼优、为人正直。在她眼里，老实憨厚的朱荔香缺乏了一种魅力，一种让人心动的魅力。但她又很需要，甚至依赖他那一份痴情的关心、关怀和照顾。因不知朱荔香在哪个宿舍，就一间、一间地看过去，好在门都是开的。男生们看见一个纤巧秀丽的女学员走过，有的吹起口哨，有的发出嘘声。当她经过朱荔香的宿舍时，朱荔香先看到的她，就走了出来。

宿舍里的孙红星怪笑着唱道："你就像那冬天里的一把火，熊熊火焰燃烧了我的心。"

费鹏抢白道："这是我小费翔的歌，什么时候轮到你唱了？"随后，他也唱了起来。

朱荔香不管他们的怪笑和歌声，把宿舍门关上，问刘美娜："你怎么到这儿来了？"

"我这两条又黑又粗的长辫就要给剪掉了，真舍不得！"

"都要剪的！我们男生刚刚剪了回来，什么大包头啊，卷头发啊，统统剪成了小平头。你看看我，是不是很精神。"

刘美娜抬眼望去，平时又黑又粗壮、一副沧桑相的朱荔香，果真年轻英俊了很多。

"但我还是舍不得。"刘美娜眼泪又要掉下来了。

"当兵是你选择的吧，军人都要剪短发的。你那么喜欢这身军装——有所得，必有所失，军装不比你的大辫子好看得多。”

这句话说到刘美娜的心里去了，她不再言语。

“我送你去理发室吧，厉队长她们可能走远了。”

军人理发室在学院大礼堂旁。“咔嚓”“咔嚓”，周健秀和谷小粒的眼泪随着头发簌簌而落。

厉芬芳故意不看她们：“都剪好了，是吧。我们到旁边的照相馆照张相，留作纪念。这是你们成为军人的第一张照片，具有重要的意义。可以寄回家，让父母和亲人好好看看你们。”

“报告厉队长，刘美娜没到。”周健秀突然说道。她也是刚刚发现刘美娜不在的。

“是吗？”厉芬芳在女生中搜寻刘美娜时，刘美娜走了进来。

“你去哪里了？”

厉芬芳正想发火，刘美娜声音细细地说道：“我的脚在路上崴了一下。”

这是朱荔香教她的。他把她送到理发室门口，转身走了，不想让厉芬芳看到他。

“脚崴了？没大碍吧？”厉芬芳关心地弯下腰来察看。

“没啥事，没啥事。很快就会好了。”刘美娜把脚往后缩了缩，一瘸一拐地走到理发师面前。

剪发时梨花带雨的刘美娜却在照相的一瞬间，露出了灿烂的笑容。想到妈妈可以拿着这张照片在亲友面前炫耀，她比谁都笑得自然、生动，脸颊上两个深深的小酒窝啊，像蓄满了醉人的美酒。黄莲却怎么也笑不出来。她不笑还好，一笑就是苦笑，比她漂亮的容貌难看多了。专业的不如意真真正正让她觉得，她的命的确比黄莲还苦，父母给她取这个名字算是对了。她本想上了军校再改的，现在也都作罢了——苦就苦吧。

据说母亲生她前一晚，梦见了一朵黄色睡莲，就给她取名黄莲了。学医的母亲不可能不知道黄连是一味很苦的药材，执意给女儿起这个名字，仅仅因为喜欢黄色的莲花。她没有想到，自己后面的所作所为却让女儿真正对应了黄莲的字面寓意。

一切的起因均在黄莲的父亲。那位医术精湛、风流倜傥的外科大夫，跟黄莲母亲是医科大学的同学。那时，英俊潇洒的父亲迷住了单纯浪漫的母亲，在她的一片痴情下，父亲娶了她。可是，母亲有能力爱上他，却没能力管住他。在黄莲十二岁的时候，父亲和年轻漂亮的护士有了不正当关系。软弱无能的母亲无计可施，把所有怨恨发泄在刚刚懂事的黄莲身上。她成了她的出气筒，挨打受骂是小事，还要陪着她自杀，一个月至少三次，割腕、吃安眠药、跳楼，等等。但这些都是母亲虚张声势以吓唬她父亲的，希望能挽回他的心。她并不是真割腕、真跳楼，除了安眠药是真吃。但吃的剂量很小，仅够她安安心心、舒舒服服地睡上一觉。每次闹完后，她没事一样上班去了，照样跟同事嘻嘻哈哈、说说笑笑。识破她计谋的父亲干脆离家而去，在外租房住，留下黄莲承受母亲无休无止的精神折磨。好在黄莲遗传了父母勤奋好学、聪明颖悟的基因，在学校一直是学霸级别的存在，深得老师喜爱，才不至于像母亲那样濒临疯狂和崩溃的边缘，却也使得她比同龄人要早熟。为了摆脱母亲的控制，她放弃了北京大学、北京外国语大学等名校，想着只有解放军这块招牌能挡住母亲的“精神进攻”。

操场边矗立的两口大锅非常显眼，可以说是河洛外国语学院的标志了。乘坐敞篷大卡车驶过中心马路时，我就隐隐约约地看见了。当时，心里就有一个疑问——这两口大锅是用来做什么的？为何要在操场边立两口大锅？当厉芬芳带领我们女生穿过绿草茵茵的操场、穿过星星点点的小花，站在这两口大锅下时，我才明白了。

“这两口大锅才刚建成，用来接收太平洋上空的卫星信号，将捕捉到的外国节目编辑后用于外语教学。你们比我们幸福，一来就有这么好的学习资源。”厉芬芳指着大锅说道。

“河洛市偏西北，怎么可以捕捉到太平洋上空的信号？这么远的距离？”我爱学习，故有此一问。

“新疆都可以。用一个最简单的比喻——你们最常用的收音机上面是不是有根天线？这两口大锅实际上就相当于那天线，用来接收不同的频道、不同的信号。当然，它的功能要比收音机的天线强大得多。之所以做成大锅的形状，就是好聚拢信号。”

我似懂非懂地点点头。

“穿上军装，意味着你们是军人；站在这口大锅下，意味着你们是学员。能够成为一位军校大学生，是多么荣耀的事情！”厉芬芳给新学员上了开学第一课。“你们应该看过招生简章，我这里再重复讲一下。河洛外国语学院是全军培养外语专门人才的基地，也是全国重点院校之一。学院的前身是1931年在延安成立的军委外文训练班，革命战争年代培训过十余期学员。1949年在北京正式建校，先后几易其名，几迁校址，办学规模逐渐扩大，拥有实力强大的教学队伍。其中，教授、副教授约占30%，讲师约占45%，教学力量和教学水平远远超过地方大学。学院下设8个系，开设有十几种大小语种，有英语、日语、俄语、德语、法语、西班牙语、意大利语、越南语、尼泊尔语等语种。”厉芬芳如数家珍般，我惊诧于她的记忆力如此之好。

“学院还设有科技外语、国际关系研究等专业。教学设备先进，拥有以卫星地面站为主的外语教学系统、声像节目制作系统、闭路电视系统和语言实验室、计算机实验室等。还有，图书馆藏书量在全军院校中是靠前的。”厉芬芳像打快板一样，噼里啪啦地说完了。

“那我们属于小语种了。”刘美娜一心想当女兵显摆，没有考虑到语种的问题，现在才知越南语是小语种。

“小语种也可以有大作为。我们培养的学员毕业后都在全军各单位发挥了重要的作用，成为了骨干力量、无名英雄。我们学院还有四朵金花，她们是知名的专家教授，放弃国外优厚的待遇，回来报效祖国，报效军队。你们要以她们为榜样，勤奋学习，珍惜难得的四年军校学习时光。”厉芬芳一脸骄傲，循循善诱。

“哪四朵金花?” 黄莲问道。渴望学英语的她，归国女教授对她有极大的吸引力。

“英语的余玛丽、冯翠华，日语的王曰和，尼泊尔语的徐曼华。能够听她们一节课，那是多么的幸福!” 厉芬芳停下来，闭上眼睛，一脸的陶醉和向往。

我忽然给她感动了。在这片芳草地上，在这口大锅下，她有多么的美，多么的美。

“我们在大锅下合影吧！这两口大锅已经成为我们外国语学院的象征了，新来的学员都喜欢来这儿照照相。” 厉芬芳挑好一个位置，笑意盈盈地叫大家聚拢过去。

此时的她，不再是那位严厉的新生区队长，倒像是和蔼可亲的邻家大姐姐。我单独跟她照了一张，洗出来后在照片背面写上“相逢何必曾相识”，送给了她。

要搬宿舍的消息，让刘美娜颇为不快。她边收拾东西，边碎碎地发牢骚：“刚来才两天，还没缓过劲来，又要搬了。真能折腾，还是跟日语班合住十二人的大宿舍。” 她遇到不顺心的事，嘴上不说几句就不痛快，好像对不起她这张樱桃小嘴。

听到刘美娜这样说，眼里揉不进沙子的覃红枫往往要讽刺她几句。但今天她太高兴了，哪还有时间跟她针尖对麦芒。她躺在床上，朝天举着双脚，兴奋地晃啊晃的。这回跟男生合住一个宿舍楼，她可以和孙红星抬头不见低头见了，心里就像灌了蜜般的开心。

挨着她床的周健秀不懂得她的心思，揶揄道："小心点，床会晃翻的。搬过去是要新兵训练的，有你受的苦。别高兴得太早。"

覃红枫本想回敬她一句"你懂什么"，想想还是咽回去了。何苦跟一个毫不知情的人计较呢？况且，现在快乐已经冲昏了她的头脑，她连生气都没有时间。

谷小粒拿起毛巾，屁颠屁颠地跑去水房洗脸了。她有个怪癖，一遇到高兴的事就去洗脸或洗澡。搬过去后，她这个宿舍长就名正言顺地睡在靠门的那张床上了。管理十二个人的大宿舍，她想想都要笑出声来了。为了避免我们看出她的端倪，她躲到水房里自个儿偷着乐去了。这个怪癖，其实与她爱清洁也有关。其实，与其说她爱清洁，不如说她怕别人瞧不起她、嫌她身上有异味更确切一些。来自农村的她，鸡鸭在房间乱拉屎，猪圈臭味随风飘——她的胆怯自卑，正源于此。

我的床靠窗了，却是两个人的床紧挨在一起。我一抬头，呼吸都要停止了。我发现了一张无比漂亮的脸，比刘美娜、黄莲不知漂亮多少倍。大眼睛、高鼻梁、小嘴巴，尤其是那皮肤，白里透红的，吹弹可破。世间还有这般美丽的女子，长得太像电影演员龚雪了，连气质都像，清纯秀美、典雅素朴。如果说刘美娜的美是娇俏型的，一笑有两个深深的酒窝，黄莲的美是浓艳型的，浓眉大眼、高鼻大嘴，她的美就是清雅型的，清水出芙蓉，天然去雕饰。我有点看傻眼了，呆呆地立在原地。

"你好，我叫吴瑕。你是林灵吧。"对面的女子看我这个样子，主动向我微微一笑，露出一排洁白如珍珠的牙齿。

“是的，我是林灵。”我缓过神来，忙不迭地点头道。

“我来自杭州。以后，我们就是左右铺的同学了。请多关照！”

“请多关照！请多关照！”我说话都有些语无伦次了。这个叫吴瑕的同学，真的是白璧无瑕啊！不仅长得一点瑕疵也没有，就连谈吐也是那么彬彬有礼，让人如沐春风。

“我给大家介绍一个男教员！”兰沁区队长不知什么时候走了进来。她的出现总是悄无声息的。到了跟前她说话了，才知道她来了。不像厉芬芳，人未到，声音先到。

我和吴瑕一同转过头去，正好和那个戴眼镜的男教员目光相撞。他没有移开目光，我也没有。发现他不是在看我而是在看吴瑕时，我已经将他的长相大致勾勒了出来。又是一个白面书生，白净秀气、斯文儒雅。河洛外国语学院的教员都是这么文静的吗，跟军人似乎不怎么沾边啊，我心里嘀咕道。

“他叫卫向前，有事现在才过来。”兰沁望着他，露出甜美的微笑。那微笑如一朵兰花，静静地盛开在卫向前的身边，望向他的眼光却充满柔情蜜意。

“他和兰沁肯定又是一对恋人，如同厉芬芳跟郭书荣一样。”刘美娜低声跟覃红枫道。

这也正是我想说的。他的外形、气质与兰沁真是太登对了。

“别瞎猜，什么人在你眼里都是情人。”覃红枫不满地撇撇嘴。虽然认识才几天，但刘美娜包打听、爱多嘴的个性已显露无遗。覃红枫很担心她会看出自己对孙红星的感情，怕她那三寸不烂之舌会将她的爱情扼杀在摇篮之中。虽然这份爱情八字还没一撇，有的只是她的一厢情愿，但谁又能说她覃红枫看中的人不会被她收入囊中呢？

“我来指挥大家唱几首歌吧！第一首是《抗日军政大学校歌》，相当于我们学院的院歌了。大家知道我们学院的前身是什么吗？”

“红军无线电培训班。”我像课堂上回答老师的问题一样答道。厉芬芳带我们去大锅时说的话，我记得很清楚。

“这个同学说得很对。我们学院的前身是1931年成立的红军无线电培训班。经过几次改名和调整后，成为现在的解放军河洛外国语学院。”卫向前滔滔不绝地说道。他的口才极好。“《抗日军政大学校歌》是1937年毛主席让作曲家吕骥为抗大写的一首校歌。‘黄河之滨，集合着一群中华民族优秀的子孙。人类解放救国的责任，全靠我们自己来承担。’”卫向前边说边唱了起来，那激情洋溢、青春澎湃的歌声如同他的名字一样，“向前，向前，向前”。我这才意识到，军人的血脉和魂魄其实已经注入每一个军队教员的心里，看似斯文，实则刚强有力。

在那个下午，在那间大宿舍里，在卫向前挥舞着双手娴熟的指挥下，这首《抗日军政大学校歌》让我感受到了从未有过的豪迈和激情。高中的时候，学校也组织过合唱，唱的是李叔同的《送别》：“长亭外、古道边，芳草碧连天。”曲调虽好听，却有着一种伤感悲凄之意。而这首《抗日军政大学校歌》

是多么地振奋人心啊！我相信，每一个唱歌的同学都会有这种感觉。激越昂扬、铿锵有力的旋律，怎不让人热血沸腾，激情燃烧？我第一次感受到了军人所赋予我的含义。

“接下来这首是《在希望的田野上》。请吴瑕同学出来领唱！”站在我旁边的吴瑕大大方方地走到队伍的前面，卫向前向她挥舞了一下右手。“我们的家乡，在希望的田野上。”清脆嘹亮的声音立即吸引了众人的眼光。哇，不仅我想不到，覃红枫、刘美娜、周健秀、黄莲和谷小粒更想不到，刚刚搬过来，就有这么一个女神震住了我们。长得不仅美，歌唱得还是这么的好，而且仪态优雅、气质高雅、个性典雅。同是女性，我都有些崇拜吴瑕了。能让我崇拜，那也是很不容易的。我表面看起来安安静静、与世无争，内心里却是一个孤傲的人。

谷小粒面临的挑战实在太多了。她怎么也想象不到，在河洛市，澡是要到澡堂子去洗的，是要当众脱光衣服的，跟南方完全不一样。正处于青春发育期的她，也许是家穷，营养跟不上，也许是遗传了母亲干瘪的骨架，总之，她的双乳并没有圆润而高耸，只是露出一个乳头而已，是名副其实的“太平公主”。这让她在大庭广众之下，觉得非常地难为情。比这更难堪的是，护卫她女性最为隐秘部分的毛发，也是稀疏得很。这让她最重要的隐私就毫无保留地暴露在大众的面前。

可是，不去澡堂洗澡，她又能去哪儿呢？宿舍的水房充其量只能用来洗脸、刷牙、洗衣服，在里面洗澡是洗不干净的，也是万万使不得的。刚到学院时就有老生警告说，有男生错入了女生水房。当时一位新来的女生正在冲凉，全身赤裸的她吓得精神都失常了。经过治疗才有所好转，但也无法正常学习，只能退学了。谷小粒很害怕退她的学，千难万险才考上大学，还指望以此跳出农门，怎么能退学呢？可是，总不能不洗澡吧。否则，更会让同学们闻出她那股农村鸡屎味，更没人瞧得起她了。她拿着脸盆、毛巾、衣服等洗漱用品，和周健秀还有我，一起走向学院生活区的澡堂。实在不行，就不脱衣服洗，她暗下决心。

进到澡堂，周健秀和我把衣服脱下来，放进小木柜。谷小粒不敢脱衣服，循着哗哗的水声，走到里面的淋浴间。朝里一望，吓得惊慌失色，一个个赤条条的女人，或肥或瘦，或矮或高，全都暴露在那里，那乳房，那私密部位，看得一清二楚。她羞愧难当，不敢看下去，掉转身子，却碰到裸体而来的周健秀。

“天啦！你差点儿把我乳房给撞没了。”周健秀摸着她那圆润的乳房，不无埋怨道。

谷小粒的脸红了红，望着一丝不挂的周健秀，连“对不起”都忘了说。

“你怎么不脱衣服呢？不想洗澡了？”惊慌失措的谷小粒让我很是纳闷。

“不洗了，不洗了。太可怕了！”

谷小粒真的不想洗了，想尽快逃离这个裸露之地。但当她拿起脸盆、毛巾、衣服时，又不敢走出澡堂了。就算别人闻不到她身上的农村味，自己闻着也不舒服啊，她也想很快闻到自己的城市味。那就穿着衣服洗吧，刚好淋浴间门口有个水龙头。在那儿洗总比在里面洗，可以少被人侧目。

我一直没见谷小粒进来洗澡，以为她真的走了。我很理解她的心情。就我而言，也是畏惧脱光衣服洗澡的。我从出生起，就一直生活在南方，从来没有来过北方。南方都是在自己家里的冲凉房洗澡，独门独户，不像北方是公共澡堂，群聚而洗。骤然间，让我当众脱光衣服，我也是难为情的。但我有个从众的心理，既然大家都脱，就没什么好怕的了。你看我，我也看你，都是一样的裸体，一样的乳房、私密部位，一点都不羞耻，又不是众人皆穿衣服，我独赤条条。

第一次站在水龙头下淋浴，除了新奇，我还觉得特别舒服。南方都是把水接到水盆或水桶里，用毛巾沾着水，往身上擦洗。说是洗澡，不如说擦澡更恰当。而北方这种悬在头顶的水龙头一打开，水哗哗而下，从头到脚，全身每一个毛孔都有水的抚慰。我陶醉在这种洗澡的喜悦之中。一抬眼，透过朦胧的水雾，却发现谷小粒站在淋浴房外面低矮的水龙头下，用脸盆接水往身上倒，身上还穿着内衣裤。

“你这是洗什么澡啊，还穿着衣服？能洗干净吗？”我走到谷小粒面前。

谷小粒有些惊慌，别过头去，不敢看赤裸的我。“只要能沾上水，就可以了。”她怯生生地说道。

“但你穿着衣服洗，也不舒服呀。脱光衣服，站在水龙头下试试，一定非常惬意。”

“不不不。”一听到脱光衣服，谷小粒立刻紧张起来。

“没什么好怕的。大家都脱光，又不是你一个人。”

“你不知道的，不光是脱衣服。”

“那是什么？”我看到谷小粒湿漉漉的胸罩软塌塌地贴在身上，明白了。

“你才18岁，正处于青春发育期，乳房还会生长的，没人会笑你的。你看洗澡的，有的乳房并不坚挺。”

谷小粒不理我，自顾自往身上泼水。

“你看我吧，胸也不大呀，只那么一点。”

谷小粒哪敢正面看。但她透过眼角的余光，的确发现我的胸脯没比她大多少，心就稍微宽了些。

“这样吧，我们共用一个水龙头，你在我身后，大家也不会注意到你。”

谷小粒有些动心了，停下擦洗的手。我赶快抓住她往里拉。”

“你等会儿，我把身上的湿衣服脱掉。”谷小粒一边随着我往里走，一边说道。

帮助谷小粒克服了在公共澡堂洗澡的心理障碍，我却克服不了自己的例假障碍，躲不过生理期的魔咒。就像高考时不期而至的例假一样，刚入军校的我又给不期而至的例假弄得下不来台。她好像跟我较上劲了，也不知我前世究竟欠了它什么。

清晨的起床号刚响，我就像弹簧一样弹起。刚当兵的人都有这样的条件反射。洁白的床单上骤现一小块血迹，我下意识地发出尖叫：“我来大姨妈了！”

平时文静的我发出这种尖利刺耳的叫声太不正常了，大家都停下手中的动作，一起望向我。循着我惊慌失措的目光，看见我的床单上有一小块血渍清晰可辨，就不约而同地围了过来。

“怎么办？内务检查我们要挨批了，得不到小红旗了。”谷小粒是宿舍长，首先想到的是宿舍的荣誉。

“用水能不能洗得掉？”大姐般的周健秀为我着想。

“不行。这样的话，越洗越会红得糊涂。”覃红枫果断地说。

“沾点儿肥皂，拿到水房，看能不能洗掉。”周健秀又说。

“来不及了，厉芬芳马上就到。况且，拿到哪里晒呢？”覃红枫坚决否决了。

“幸好我格外注意，算准来大姨妈的时间，多垫了几层纸。”刘美娜在一旁自鸣得意。

“这大姨妈来的时间能算得准吗？你就爱说风凉话。没轮到你身上，就不能少说两句。这么爱煽风点火?!”覃红枫看不惯她，就要说她。

吴瑕镇定地说：“把我的床单换给你。”

“那怎么行，到时挨批的就是你了。”我不同意。

“不怕，我看有什么法子可以遮住它。”吴瑕的沉着老练让我打消了顾虑。正要把床单换给她，厉芬芳走了进来。

“你撤床单做什么？人家在铺，你却在撤。”厉芬芳很是不解，惊呼道。

“我，我……”我紧张得口吃了。

“把它铺回去，动作快点！不要说自己连一张床单都不会铺了。军训还没正式开始，内务就整理不好了？刚从中学生成为大学生，刚离开家，个人生活自理能力怎么就这么差。”噼里啪啦、不明真相的一顿训，让我委屈得两眼泪汪汪。

厉芬芳走出门口，谷小粒也跟着出去了。很快，厉芬芳又走了进来。她径直走到我床前，一把扯过床单，看到鲜红的血印。

“你怎么不说是来了大姨妈呢？你也太不小心了，这么洁白的床单，任何一点瑕疵都看得见。这可不像在你家里。”一番温暖的话语让我的眼泪瞬间滚落下来。

“好了，也别哭了。以后注意一点。谷小粒，你去我宿舍把我的床单拿过来，把林灵的换到我的床上。大家赶快整理内务，然后下去集合吃早餐。还有，你们今后都不许再发生这种现象。生理期一定要注意，提前做好防护。军队的统一整洁不能给我们女生破坏了，而且这种红斑也不易洗掉，我也没有那么多床单换给大家。现在还没正式开始检查内务，你们就弄得这么狼狈。如果正式检查，你们怎么办？”

这番既温情又严厉的话语，让我一惊一乍，比看到床单上的红斑更加惊恐万状。这该死的例假，居然会破坏军队的统一整洁，这顶帽子我真的很害怕，不敢戴，也戴不起。

吴瑕望着呆若木鸡的我，没说一句话。她走到我的身边，帮我铺好谷小粒拿过来的厉芬芳的床单，轻轻拍我的肩膀：“洗漱一下，去集合吃早餐吧。”

我是个自尊心很强的人。在家里是最小的孩子，给父母、哥姐宠着；在学校是成绩最好的，给老师、同学宠着。一直听到的都是表扬的声音，可以说从来没有听到批评声。我木木地端坐在床上，一动不动，宿舍的人都走光了，我也不知下楼。

楼下正在整队，厉芬芳下令：“报数!”

站在最后的谷小粒说：“缺一名。”

“谁没到?”

“林灵。”

“受点批评就受不了啦，这么脆弱。”厉芬芳有些恼火。

站在队列另一端的兰沁说：“我去看看，你们先走。”

“也好。兰区队长，弄明白她为什么不下楼吃饭。”

兰沁来到宿舍，看到我正垂头丧气、泪水涟涟地站在窗前，眼里空洞无物，精神好似失常，轻轻挽着我坐下来。

“你现在是大学生，不是中学生了，不能这么脆弱，批评几句就受不了。厉区队长是严厉了些，她也是为你好。以后你就会注意，不会再发生这样的行为了。部队不同于家里，有人呵着，护着，凡事都要靠自己。下去吃饭哈。”

兰沁的温柔细语，并未让我有所触动，我的心因害怕而冰冷，因冰冷而坚硬。

“我给你讲个故事吧。有个插队下乡的女知青，文文静静的，喜欢看书，爱学习。1978 年，她参加了刚刚恢复的全国高考，感觉自己考得很不错，很有可能成为梦寐以求的大学生，就有点忘乎所以了。平时，她来例假的时候都是很小心的，但有一次，她的卫生带却挂在了衣服外面。有位女知青看见了提醒她，她慌不迭地收了回去。但这位女知青是个饶舌女，很快，这件事就传遍了整个知青点。大家看她的眼神都很怪异，对她指指戳戳的，认为她生活不检点。她羞愧难当，本来就不爱说话，内向的她一时想不开，竟吃断肠草结束了年轻的生命。而这一天，也正是她大学录取通知书到达的时候。”

这个故事让我很震惊，更震惊的是我听到了兰沁的哽咽声。她用手抹了把眼泪，继续说道：“你觉得她这样做，值不值？不过就是别人说几句而已，就让她们说好了，自己今后注意不要再发生这样的事。怎么那么轻易就结束自己的生命呢？我知道你是个要强的女孩子，喜欢文学，喜欢学习，文章写得好，成绩也好，今后的路还长着哩，不能因为这样一件小事就不吃不喝、精神萎靡。振作起来哈，军训就要开始了，要做的事太多了。”

兰沁使劲搂了搂我。我看见一滴晶莹的泪，掉在了她的手背上。这个故事一定跟她有关，我顿生疑云，她投入的感情太深了。

“林灵，我给你把饭打回来了。”吴瑕、覃红枫和周健秀三人出现在宿舍门口，手里拿着碗筷。“今天早上的馒头挺软和的，你一定喜欢吃。”吴瑕说。

“好好吃饭吧！你看大家对你都那么好，没人会取笑你的。想开些，走出去就是一片艳阳天。”兰沁又搂了搂我，站起身来。

我大着胆问道：“那位吃断肠草的知青是谁？”

“是我的姐姐。”

我愣住了。

初三时，我刚来例假不久，也是用卫生带绑着纸。课间时去操场做广播体操，做着，做着，一半的例假纸就掉在了地上。看着血糊糊的纸，我想捡又不敢，心惊胆战。幸好这纸落在草丛里，没人注意到，躲过一场劫难。那时哪有现在这么开放，对性是很忌讳的，女人的月经、男人的遗精之类的生理现象是羞于去提的。稍有不慎，就会成为别人道德绑架的对象。加上高考，加上这次，事不过三。我真的要提高警惕、加强防范，千万不能让这种事再发生，不能让对我好的人失望。擦了把泪，我拿过吴瑕递来的馒头，咬了一大口。突然觉得，北方的馒头也像南方的米粉一样好吃。

第三章

军训前一晚，整个宿舍的人几乎都睡不着，始作俑者是谷小粒。她像烙煎饼似的，在床上翻来覆去，好像第二天要上刑场一样。尽管动作很轻微，邻床的刘美娜还是受了影响。本来她也难以入睡，瞪着眼想象着明天是怎样一场军训；经谷小粒这么一折腾，更是难以合眼了。

“干啥子嘛，还让不让人睡啰。”她用四川话小声嘟哝了一句，以为没人听见，听见了也没人能懂。

但隔着一个床头柜的覃红枫不仅听见了，也听懂了。她一直处于兴奋状态，没合眼。她在想，大显身手的机会来了！明天“秀”几个标准的队列动作给他们看看，我覃红枫可是来自军人世家的。“都睡不着。要怪就怪自己，不要怪别人了！”她像是在打圆场，实际上也是在安慰自己。

“真不知道明天的军训，厉芬芳会怎样训练我们。我总觉得，她会让我们吃苦头的。”周健秀忧心忡忡道。她也睡不着，体质弱的她对高强度的军训也有种恐惧。

“既然都睡不着，我们干脆来一次卧谈会好了。”覃红枫像打了鸡血似的，坐了起来。“你们要做好心理准备，厉芬芳绝对不会给我们好果子吃的。”

“你们声音小点儿。她如果来查房，有你们好受的。”吴瑕好心提醒道。

“如果明天的军训老师不是厉芬芳，而是一位英俊的帅哥带训，那多好啊！正步那一踢，该是多么迷人！”刘美娜一脸的向往。

“美的你！让费鹏带你训吧，他够帅了，小费翔啊。”覃红枫哈哈笑了起来。

“我才不喜欢费鹏那样的，高大是高大，却阴柔得很，没有阳刚之气，还黏乎乎的。”刘美娜撇撇嘴道。

“你喜欢朱荔香那样五大三粗的，像武大郎一样。”覃红枫直截了当道。

“你喜欢孙红星那样，精瘦怪异的，像孙猴子一样。”刘美娜也不甘示弱地回击道。

“你们怎么说着，说着，又唇枪舌剑了？不要卧谈了，快睡吧！我是真累了。”周健秀打了个哈欠，没好气道。

“睡吧，睡吧，别把厉芬芳给招来了。”吴瑕催促道。

然而，厉芬芳就站在宿舍门口。她不是给招来的，是担心明天的军训，害怕学员们休息不好，就走过来看看。正好听到里面有说话声，就没有惊动她们。她也想听听她们对军训的反映，明天好对症施药，让她们迈好从高中生到军人的这一步。

原来这么担忧我的军训啊，那就正好让你们尝尝我的“疼痛训练法”。厉芬芳嘴角微微一笑，但这笑却是严父慈母般的。

解放军河洛外国语学院的布局和结构，像军营那么整齐划一、排列有序。两个绿草如茵的大操场，中间是一条四五百米长的中心马路。而大操场的左右两侧，则是学员所住的宿舍。中心马路连着的一边是学院各机关所在地，另一边则是大礼堂、学员队食堂、军体训练室。四四方方的，有点古代四方城的感觉。

我们从敞篷大卡车下来的那条马路，正好位于大礼堂、学员队食堂、军体训练室前面，宽阔、平坦、漫长，甚至有一眼望不到边的感觉，用来做新兵训练的场地是再好不过了。或许修建这所军校时，院方就是这样考虑的。路两旁高大笔直的梧桐树，正好可以做训练间隙的休息地，浓密的树荫将炽热的阳光遮挡，洒下一片清凉。但这高大笔直的梧桐树，不经意间，却成为了厉芬芳用来军训的有力武器。

“从今天开始，你们正式进入新兵训练期。这是你们从高中生向军人转变必经的阶段，时间一个月。希望你们发扬一不怕苦、二不怕累的精神，在这一个月的时间内，从思想和行动上都成为一名真正的军人。”厉芬芳站在队列前，娇小的个子却蕴藏着极大的能量。兰沁站在她侧后不远处，即便再严肃的场合，她美丽的面容也似乎浮现着圣母般的微笑。

“还要训练一个月，这么长时间。”刘美娜小声嘟囔着。

“队列里不要说话。”刘美娜蚊子般的声音，还是让厉芬芳听到了。“一个月训练时间算少的了，战斗部队新兵训练要三个月，甚至更长。你们是军校大学生，只训练一个月。还没开始，就有畏难情绪，怎么能搞好训练?”厉芬芳的眼神扫过大家。

大家噤若寒蝉，为传说中艰苦的新兵训练，也为她的严厉。

“现在，先进行最基础的立正训练，培养军人的仪表和仪态。两脚跟靠拢并齐，两脚尖向外分开约60度，两腿挺直，小腹微收，自然挺胸，上体正直，微向前倾，两肩要平，稍向后张，两臂自然下垂，手指并拢，自然微屈。”厉芬芳边说，边做动作。

刘美娜练了一会儿，就含着胸，低垂着头了。她并非不懂得立正要领，这种小儿科的动作难不住她聪明的大脑。她是要借此躲避太阳光的直射，以免晒黑她白皙的皮肤。

厉芬芳以为她是偷懒耍滑，命令道：“刘美娜，你给我站到树下去！后脑、肩、臀、小腿和脚跟紧贴着树，不许弯腰驼背。”

刘美娜因祸得福，站到了荫凉的树下。但身子和树紧贴着站立，也不是件好受的事。不久，她就又低下头，佝偻着背了。

“刘美娜，你给我挺直身子，站一个小时。兰沁区队长监督。”刘美娜不敢再弯腰驼背了，身子和树直立着，眼泪却流下一长串，和树一样直。

转法训练时，谷小粒总是左右不分——向左转她就转到右边，向右转她就转到左边。她一半是紧张，一半是笨，傻傻的左右分不清。厉芬芳也命令她站到树下，和树并排立着，隔着半个身子的距离。如果转错，她的头就会撞到树上。兰沁给她喊口令。厉芬芳想让疼痛增强她的记忆力。果然，谷小粒的额头给撞得有点青肿起来。还有敬礼，她也是用左手来敬，且手掌是向上的。

“你是敬礼还是敬天呀？”对厉芬芳的批评，我们都不敢笑，害怕她也让我们去跟树练习。

她让谷小粒的身体左侧和树贴近。下达“敬礼”的口令时，谷小粒如果举起左手，势必与树碰在一起，左手背就会给磨破。她以为这样一来，会迅速地让谷小粒记住用右手敬礼。

很不幸，这种疼痛训练法也用到了我身上。我考上重点高中后，家离学校远，每天步行往返于家和学校。为了赶时间不迟到，我得迈开大步走。每天早上 7 点，基本准时出现在教室门口。那时，正是中央人民广播电台 7 点播报的新闻时间，我因此有个外号叫“新闻时间”。由于摆臂动作大，我的手总是打着周围的人。

厉芬芳的眼睛像刺刀般的扎了我几下后，两片薄薄的嘴唇一开，似血盆大口。我就知道，厄运来到了。“林灵，向左转！目标——树，跑步走！”她让我也和树并排站立着。“摆臂三百，不得停下来。”她下令道。我只要摆臂过大，手就会打到树上，疼痛让我不得不收紧手。但一番下来，手背却也是青肿的了。

就连周健秀也逃不过这样的“疼痛训练法”。踢正步的时候，腿要绷直，脚尖下压，但她是运动健将，短跑冠军。号令枪一响，她要快速迈出脚去，脚尖是向上的，哪能像正步这样脚尖下压，肯定是跑不快的。为了让她练好这个动作，厉芬芳也是让她站到树下。对着树踢正步，脚尖不下压的话，脚趾头就会踢到树上。练下来，周健秀的脚趾头也是又青又肿又痛。

只有黄莲和吴瑕，没有受到这种“疼痛训练”，覃红枫就更不用说了。

专业受挫的黄莲，对什么都提不起劲，天天一副苦恼人的笑，唯独对军训喜上眉梢。军训能培养一个人吃苦耐劳的精神，铸就一种坚韧不拔的毅力。她不知道自己在越南语学习的路上能走多远，但有了这种精神和毅力的磨练锻造，对自己的今后未必不是件好事。

吴瑕出身于书香门第，做大学教授的父母对她实行的是“穷养”，越是漂亮的女孩要求越严格，不想让她今后依附于男人而生活。每个寒暑假，他们都让吴瑕去打工，锻炼她自立自强的个性，挣了钱还可以作为学费，让她靠自己的双手养活自己。

兴趣和自律，使得黄莲和吴瑕在军训上严于律己，认真操练，队列动作自然在一众新学员中出类拔萃。

对于覃红枫来说，新兵训练根本就不是个事儿。无论立正、稍息、敬礼，向前、向后、向左、向右转，还是齐步、正步、跑步走，简直就是小菜一碟。她只要伸伸胳膊、抬抬腿，立刻一个标准、规范甚至优美的动作就出现了。

厉芬芳看过她的档案，知道她出身于军人家庭，但不知道她从小就受过严格的军事训练。她那一套行云流水却又刚健有力的队列动作，不仅让她看呆了，也让所有同学叹为观止。

“你，就是训练班长了。今后带着女生班训练。”训练休息间隙，厉芬芳指着覃红枫说。

“我做不了训练班长。”覃红枫直截了当地拒绝了。

“为什么你做不了训练班长？”厉芬芳颇为不解。

“我不善于管理人。”覃红枫差点儿说出她是个自由主义者。

“那你觉得谁合适呢？”厉芬芳有些套她的话了。

“谷小粒可以，她喜欢管理人。”

“她可以吗？她连左右前后都分不清，向前转成向后，向左转成向右；敬礼用左手。”厉芬芳的话不仅让女生班大笑，就连不远处的男生也笑了起来。

笑得最响亮的孙红星给厉芬芳逮住了。“孙红星，起立！”孙红星由坐姿改成了站姿。

“连喊三遍‘我不该笑’。”

孙红星干瞪着眼，不知该不该喊时，大家先笑翻了。

“你们是不是一个个都要站起来喊一遍？”厉芬芳的声音盖过了大家的笑声。大家涨红着脸，把笑给憋了回去。

“孙红星，怎么还不喊？你刚才不是笑得那么响亮吗？”

“我不该笑！”“我不该笑！”“我不该笑！”孙红星的声音只有他自己能听见。

“重新来过。”

孙红星嘴张了张，没喊出来。

“怎么，喊不出来吗？刚才笑得那么响？”

也许是给厉芬芳激将了，孙红星屏足气息，连续发出三大声：“我不该笑！”“我不该笑！”“我不该笑！”声震长空，气贯长虹。

所有的人都给他震住了，覃红枫更是。她暗惊道，要拿下他还不容易呢。他不仅古灵精怪，还血气方刚。要“擒”到手，得讲究些战术和战略。

“你们男生队个个笑得像一朵花一样，把军训当作很刺激、很新奇的事物，对吧？你们区队长郭书荣对你们太温柔了，我得让你们长些记性。费鹏！”厉芬芳大喊道。

“到！”费鹏起立。

“立正，向前看！”厉芬芳喊口令。

费鹏立正站定。覃红枫捂着嘴“吃吃”地笑了起来。

一旁的我问：“笑什么？”

覃红枫摇摇头，不作答。

“你们看看，他这个立正的姿势哪儿不对？”

没有人应答。

“孙红星，你说说！”

孙红星站起。“报告厉区队，我觉得他站如松、坐如钟、行如风！”孙红星像绕口令一样脱口而出，又惹得众人大笑。

“孙红星，你不说实话，背靠大树练站姿半个小时！”

“他驼背。”厉芬芳的话音还没落，孙红星的话已起。

“听到了吗？费鹏一米八二的大高个，却驼着个背。他在队列中排第一，叫基准兵。基准兵站姿都不笔直，后面的人都驼着个背。向他看齐吗？费鹏，背靠那棵大树半小时。孙红星负责按住他的头和胸。如果他的头低垂下来，胸和臀也挺出来，你就背靠树站半小时。”

“我都说实话了，还罚我？”孙红星很不情愿地咕哝着。

“徐志摩，起立！”

男生们面面相觑，不知谁叫徐志摩。我却很诧异，还有个跟诗人徐志摩同名同姓的人。我喜读徐志摩的诗，尤其那首《再别康桥》，是我的最爱。

“徐志文，起立！”郭书荣纠正了一下厉芬芳。

一个文弱修长的男生站起，有些弱不禁风，却又玉树临风，那感觉，的确像极了徐志摩。

“正步，走！”

徐志文右手伸出的同时，右脚也踢出；左手伸出的同时，左脚也踢出。

一看之下，大家先是不敢笑，不出半秒，就前仰后合了。实在是太考验忍耐力了。

“不要笑，你们未必也踢得好！这叫顺拐，初学者都会这样，身体的协调性差了一些。朱荔香，给他示范一下。”

朱荔香正步走了一个来回。

“看到了吗？来自农村的学员就比城市的能吃苦，训练一丝不苟，才会有如此规范的动作。朱荔香，负责纠正徐志文，让他彻底改掉顺拐的踢法。”

“你们能想到朱荔香是怎么练的吗？他脚上磨出了泡，泡破了，化脓感染，依然坚持训练。中午、晚上，你们休息的时候，他也在练。你们能做到他这样，也会像他正步走得这么标准、规范。好好向朱荔香学习吧。”郭书荣补充道。

军训完毕，回到宿舍，刘美娜解开皮带甩在床上，骂道：“真是法西斯女魔头！居然用树来作为武器，与我们对峙。”

周健秀本想附和她几句，无奈解放鞋脱不下来，每拔出一点，就要痛得叫一下。“脚趾盖都要给树磨掉了，我以后还怎么跑步？”她龇牙咧嘴，眼眶里转着泪珠。

谷小粒趴在被子上，哭得身子一抖一抖的。她这时候跟我们站在同一阵线，心里把厉芬芳恨透了，哪还有心思跑去汇报我们的思想动态。

我还是没掉一滴泪。虽然看起来弱不禁风，实则坚韧得如一棵草。风可以把草吹得摇来摆去，却无法连根将它拔起。

“你们这点伤算得了什么？父母当时为了让我练正步，迈出去的腿不掉下来，下面放什么你们知道吗？一排尖利的钉子啊。我腿上的疤痕就是当时留下的。你们有什么好骂的，好哭的！”覃红枫边说边把军裤卷上去，让大家看小腿上的伤痕。

“你贴着树一动不动地站一小时看看，是不是还能这么站着说话不腰疼。”刘美娜看不到她的伤痕。她背疼，不能躺着睡，趴在床上把被子都哭湿了。

“我这是心疼你们，又不是幸灾乐祸。”覃红枫没好气地说。

“她当学员的时候，区队长是不是也这样训练她？多年的媳妇熬成婆了，她就以牙还牙了。”刘美娜的话是从牙缝里挤出来的。

“听说她们当时的军训老师都是男区队长，对她们可温柔了。只有我们这届是女区队长。女人何苦为难女人啊！”周健秀忍不住也发了句牢骚。

“我父母还为难女儿哩。”覃红枫不服气。

“打是疼，骂是爱嘛。”很少说话的黄莲也插话了。她的军姿经常得到厉芬芳表扬，说话有些向着厉芬芳。

“什么打是疼，骂是爱？她简直就把我们当成植物，跟树一样的植物，连尺子都省了。用树来丈量我们摆臂的幅度、挺胸的高度、正步的跨度，真是精明到家了。没人能算计得过她。”刘美娜本身就很精，说起厉芬芳来入木三分。

“好了，好了，你们都少说两句。兰沁区队长让我把这些药拿给你们涂涂。她说这个药疗效好，涂上很快就消肿了。这点轻伤算不了什么的。”吴瑕走了进来，她刚被任命为军训女生班班长。

“我根本就不想涂。把我们弄伤了，还假惺惺地送来了药。什么意思？”刘美娜嘴里说着，手却第一个接住了药瓶。

我是最后一个涂完的。把药还给兰沁时，很怕遇见厉芬芳。在她俩的宿舍门口走了几个来回，确认厉芬芳不在宿舍时我才敲门进去。

“这药不用还了，你们留着吧。”兰沁轻轻拿过我的手，温存地抚摸着。“还好，只是有一些红肿。”

我的眼泪差点儿要流下来，但使劲忍住了。我可以扛住所有的苦累，不掉一滴泪，但一句贴心的话语却可以让我泪流满面。“厉区队也太凶了，怎么这样训练我们?!”不爱背后说别人闲话的我，忍不住埋怨了一句。

“她人很好。严师出高徒嘛。这也是为了你们进步，尽快掌握动作要领。话说得不要这么偏激哈。”兰沁声音虽柔，却能让人感受到话语的分量。

“我队列走得不好，加上之前床单的事，给厉区队留下了很不好的印象。她会不会让我退学?”我对“偏激”这个词并不怎么理解，继续“偏”下去。害怕辛辛苦苦考上的大学又要给打回原形去，眼泪就不争气地流了出来。

“不会，不会。她对事不对人。她全是为了你们好，为了你们早日从老百姓向军人转变，怎么会退你的学呢?放心吧。不哭了，看看我的照片吧。”兰沁拿过一本精美的相册，打开。

相册的扉页上印着南西省的青山秀水，山峰千姿百态，江水明洁如镜、碧绿似绸。我有些惊讶，“兰区队也是南西省人吗?”

“是呀，我是南西人。我们是老乡。”

怪不着和她那么有心灵感应哩。原来是老乡见老乡，两眼泪汪汪啊。

“这是你父亲吗?”我指着一个相貌堂堂、英姿飒爽的军人问。兰沁长得太像他了。

“是呀，你真是好眼力。”

“你是有其父必有其女哈，女承父业。”

“是的，我1980年考大学时，父亲坚决让我读军校。他说军校磨练人的意志、毅力和品德，无论遇到任何事，都能坚强，都能挺过去。”

我知道兰沁没有说出来的潜台词，那就是父亲不想让她像姐姐那般脆弱，经不住打击。失去了一个女儿，他不能再失去另一个。我不敢再往下看，我怕看到她姐姐的照片，让她难过。我合上了相册，也停止了抽泣。在兰沁区队长面前，我这点伤痛算得了什么。

从兰沁的宿舍出来不久，她的话就灵验了。我真真正正、实实在在地感觉到了厉芬芳的风格：对事不对人。

河洛市的雨说下就下，上午还是晴空万里，下午就是大雨瓢泼。一阵雨打风吹后，大雨变为嘀嘀嗒嗒的小雨。我坐在窗前，看着雨打梧桐，想起李清照的那首词：“梧桐更兼细雨，到黄昏，点点滴滴。”忧伤之情油然而起。提起笔给母亲写信，刚写了“亲爱的母亲，您好”，吴瑕就召集大家，“拿起小板凳，聚拢过来学习!”

人手一册《中国人民解放军纪律条令》，每个人念两三节，再背诵一遍。几轮下来，覃红枫先受不了啦。父母亲只让她进行军事化训练，并没让她背这些条条框框，比高中时学的历史、地理还枯燥无味。她举起了手：“报告班长，我要上厕所。”正在打瞌睡的刘美娜给覃红枫的这声报告激醒了，也举手说要上厕所。

她俩磨磨蹭蹭好一阵才回来，枯燥的政治学习已改成诗歌朗诵了。厉芬芳交给我们一本诗集，每人念一首诗，有的人无精打采地念着，有的人平铺直叙地念着，只有我念得抑扬顿挫。我在中学时就喜欢朗诵，经常参加学校的演讲比赛。轮到我时，正好是徐志摩的《再别康桥》。正巧遇上我最喜欢的，就充满感情地念了起来。“轻轻的我走了，正如我轻轻的来。我轻轻的招手，作别西天的云彩。那河畔的金柳，油油的在水底招摇……”

厉芬芳走了进来，专注地听了一会儿，就离开了。少顷，她又走进来，把我叫到宿舍门口：“有个任务交给你！明天上午新生入学典礼，你代表全体新生上台发言。发言稿你自己写。晚上的露天电影，你也不用去看了，做好明天的发言准备。”

代表全体新生上台发言！这是多么荣耀的一件事，但我没有丝毫的欣喜，而是一如往常的平静。我不明白，厉芬芳为什么会把这个任务交给我？我在这批学员中的表现并不是很突出。难道单凭朗诵一首徐志摩的诗吗？这个说服力不强。或许是看过我的档案吧，知道我喜欢写作，喜欢朗诵和演讲，我暗忖道。总之，兰沁区队长说得没错，厉芬芳是个一视同仁、就事论事的好人，她的出发点都是为了大家好。

写一篇发言稿对我来说，并非难事，我特别担心的是明天上台发言。没有人愿意听我在台上说，那该有多么难堪，多没面子啊。当同宿舍的人都拿着小板凳去楼下集合、看露天电影时，我一个人孤零零地待在大宿舍，忽然有了一丝惊慌。

这时，敲门声响起，郭书荣和一位眉清目秀的男士走了进来。这位男士我认识，不是男生的区队长，和教我们唱《抗日军政大学校歌》的卫向前一样，都是刚刚留校的教员，好像叫柯之华。

“我们来看看你。明天代表全体新生上台发言，有什么困难吗？”郭书荣笑眯眯地说，嘴角边的一对小酒窝若隐若现，给人分外甜蜜的感觉。

世上还有这等温柔的男子！他和厉芬芳真是绝配，一个外刚内柔，一个外柔内刚。我脑子虽胡思乱想，心里却是极其温暖的。“谢谢郭队长。我就是担心明天在台上，没人听我发言。”我和盘托出自己的忧虑。

“军校跟地方大学不同，大家都是有组织、有纪律的，即便不想听，也不会大声喧哗、说小话、随意走动的。不会影响你的发言。”郭书荣安慰道。

“放心好了。明天上午，我们眼睛一眨不眨地看着你，绝不会分神半点。眼里除了你，再没有任何人了。”柯之华教员的一席话，幽默风趣，我给逗乐了，精神随之也放松下来。很快，我就拟定了发言稿，然后美美地睡了一觉。

第二天上午，在阶梯教室里，全院四个大队的新生，整整齐齐地坐在台下。轮到我上台发言了，我将事先准备好的发言稿拿出来，以铿锵有力的声音念道：“十八岁的豆蔻年华，我们来到了军校，从军人军姿、纪律条令等方面，努力完成一个老百姓向军人的转变。”发言的间隙，我眼角的余光看到台下有两双眼睛，聚精会神地看着我。他们的头高高地扬起，在几百号人的阶梯教室里，是那么的显眼。那是郭书荣和柯之华的。我的眼睛湿润了。

其时，我还看到了另一双眼睛，同样仰着头，目不转睛地看着我，只不过是坐在前三排。这是院机关领导所坐的位置，具体哪一排我记不清了，因为当时忙着念稿子哩。印象中他面带微笑，五官分明，和蔼可亲。过了许久，好像是大二上学期吧，徐志文告诉我，学院政治部宣传处一位负责校报的编辑，说我在新学员入学典礼上的发言稿写得很好，可以向校报投投稿。当我拿着一篇散文怯生生地交给这位校报编辑时，才知他就是台下那位领导。他看了一眼稿子，就脱口而出：“写得真不错。”然后，很热心地告诉我，我的文章哪天哪版能发表。我真的太开心了，没想到这么容易就能在报纸上发表文章。这在之前，可是我不敢想象的。虽然小学、中学的语文老师都拿我的作文作为范文，全班朗读，或油印在纸上，全年级发放，但在报纸上发表文章，可是从来没有过的啊。他的温和、他的赏识、他的善良，让我在喜爱的文学写作上有了一种可亲可依的感觉。这是除父亲以外，第一个对我的文学爱好给予肯定和帮助的异性。冥冥之中，我总觉得我和他之间会有什么故事发生。可最终，什么也没有发生。

超强度的军训，却没有超强度的伙食。除了中午是一顿大米饭，早餐和晚餐依然是馒头。晚餐还好些，时不时会有包子和炒面。如果说食堂的馒头又黑又硬可以砸伤人，包子却是又软又油，可以腻死人。来自南方的孙红星和费鹏吃不下馒头，也吃不下包子。包子肥得流油的馅他们能吃，但不习惯小麦面粉做的皮。

遇到吃馒头，孙红星就把馒头往费鹏身上砸，边砸还边说；“看是你骨头硬还是馒头硬。”

费鹏也拿起馒头回敬他，边砸也边说：“看是馒头硬还是你骨头硬。”

馒头偶尔也会落在孙红星旁边的朱荔香身上。他抓起就吃，仿佛天降美食一般。长得壮实的他来自农村，觉得这馒头好吃得不得了，一餐吃十几个馒头不成问题。但他是班长，不能看着他们这样闹。“小心给郭书荣看见，把你们训一通。”他提醒道。

“郭书荣训人就如肉包子，软塌塌、粉糯糯的，没一点力量。”孙红星不屑道。

“他是肉包子打狗啊，有去无回。”费鹏嬉笑着拿孙红星开涮。

“他打的就是你这条哈巴狗，见人就摇尾乞怜。”孙红星气极，又将一个馒头砸在费鹏身上。

徐志文看他们这阵势，似乎要没完没了了，就把泔水桶“噔”地放在他们身旁：“往泔水桶里扔吧！”他是南西人，对面食也不感冒。但他不敢像孙红星、费鹏一样，明目张胆地乱扔馒头。他先装模作样地吃几口，然后借洗碗之机，再悄悄地把它们倒进泔水桶。他把泔水桶拿过来，实际上也是方便自己扔馒头。再说，他坐在费鹏旁边，也担心孙红星扔的馒头砸在自己身上。他瘦弱，不像朱荔香块头大，馒头砸身上不觉得疼。费鹏却一大脚把泔水桶踢回原来的地方。他爱干净，闻不了泔水桶的溮水气。

遇到吃肉包子，孙红星把馅挖出来吃后，不敢把皮往费鹏身上扔了。那会让费鹏的军装布满油渍的，就把皮堆在饭桌上。费鹏和他一样，两人比着谁的包子皮堆得高。肉馅包子对于朱荔香而言，不亚于天上的龙肉，皮和馅他哪里舍得浪费。但他总不能捡拾孙红星和费鹏的包子皮吃，只能做个好人，帮他们把如山高的包子皮扔到泔水桶里，顺便再闻一闻这油腻味，过过嘴瘾。这倒让夏晔铮队长错怪他了。

夏晔铮发现食堂泔水桶里成摞的馒头、包子皮，还有不少的肉馅时，很是震惊。谁这么浪费，把馒头扔掉？包子只挖里面的馅吃，不吃皮？或是只吃皮不吃馅？他当了这么多年的新生队长，还是第一次碰到这种事，就把郭书荣和厉芬芳叫来问话。

厉芬芳一听就很生气。“肯定是孙红星和费鹏干的。这两个刺头兵，聪明是聪明，就是总给你添乱。军训不好好练不说，现在饭也不好好吃了。”

“你怎么就那么肯定是孙红星和费鹏干的？你们女生队的覃红枫和刘美娜也好不到哪儿去。”郭书荣给厉芬芳在队长夏晔铮面前告一状，脸就挂不住了。他也不管自己正在追求厉芬芳，一下就把话给她顶回去了。

“覃红枫的军训，那是可以竖大拇指的。你们男生队谁可以拉出来跟她比试比试？”厉芬芳是个要强的人，不允许别人说她的兵不好，就算恋人也不行。

“孙红星的队列，关键时刻肯定上得去，更不用说朱荔香了。”一向温吞的郭书荣毫不示弱。他不能在夏晔铮面前丢了面子。

“好了，好了，你们两人不要争来吵去了。新生男队和新生女队都有优秀的兵，也有不好管理的兵。优秀的兵也并非都优秀，我就看到朱荔香捧着成摞的包子皮往泔水桶里扔。”

“看看吧，这就是你带的好兵。”厉芬芳嘴快得很。

“这不可能。朱荔香饭量大得惊人，恨不得把碗都舔干净，怎么可能捧着包子皮去扔。他一定是帮别人扔的。他是活雷锋，做好事不留名。”

“说漏嘴了吧，帮谁扔？帮孙红星和费鹏。”厉芬芳拿眼斜着他，嘴角挂着一丝冷笑。

“帮刘美娜扔！肯定是帮刘美娜扔！他们是老乡，关系非常好。”郭书荣迅速反应过来，把火往女生队引。

“胡说八道！刘美娜又没跟朱荔香坐一桌，他怎么可能跑到她桌上去拿包子皮？他连包子皮是刘美娜的还是覃红枫的都分不清，难不成他连女生所有的包子皮都抱去扔了。”厉芬芳不屑道，末了又哈哈笑出声来。

郭书荣面对伶牙俐齿的厉芬芳，只有干瞪眼了。

“你们是情侣还是冤家啊，一碰在一起就叮叮当当地响个不停，像风铃一样。”夏晔铮打圆场了，“我自己蹲几天点，看看去！男生、女生都会有问题的。”

夏晔铮一连三天待在食堂里，没人注意到他。就算注意到了，也以为他是来值班的。终于让他看出了端倪，果真是孙红星和费鹏噼里啪啦地往泔水桶里扔馒头和包子皮，有的还不是扔，是倒，而朱荔香只是帮他俩扔而已。女生们几乎都不爱吃那又硬又黑的馒头，咬几口就放在桌上，宁愿挨饿。遇到没有米饭时，眼泪就“哒哒哒哒”地掉到碗里。就连覃红枫和刘美娜这两位厉害角色，也显得楚楚可怜。而肥得流油的大包子，却是她们的最爱。不过，爱的方式并非千篇一律。覃红枫、刘美娜嘴刁，不吃皮只吃肉。吴瑕每次都要把包子里的肉剔得干干净净，再把皮吃进肚子。看来是有洁癖，嫌肉脏。但明显没有孙红星和费鹏那般大张旗鼓地浪费，她们是小桥流水似的。不在这儿蹲点，还真看不出来。还有一个现象，也是让夏晔铮很是生气。吃炒饭和炒面时，无论男生还是女生，都争先恐后地往前抢，打饭现场乱成一锅粥。食堂实行学员轮流值日，轮到哪个班、哪个学员，就不用集合提前到食堂，把当天的食物推出来。这种阵势，也把当天值日的学员吓得退到一旁。

孙红星、费鹏是夏晔铮招来的，两人都有着优越的家庭条件。孙红星的父亲跟着四野解放军，从东北打到海南，再到南西。他打仗勇猛、机智顽强，却嗜好饮酒。别人的军用水壶装的是水，他装的是酒。喝一口酒，可以撂倒几十个敌人。所以，战友们戏称他打的是“醉枪”，他也就有了“孙半仙”的美称。打到南西后，他负伤就地转业，在当地娶妻，生了三个子女。孙红星是他最小的孩子，也是唯一的男儿，备受宠爱。那时，他已是厅级干部，孙红星从小就沐浴在钦羡和爱慕的目光里，自有一种尊贵和无拘的气度，喜欢在足球场上驰骋。个子不高的他，灵活机敏、勇往直前，如同他父亲打仗一般，是个优秀的足球前锋，还吹得一手好长笛。

费鹏的父亲改革开放初期就辞职下海经商了，是中国最早富裕起来的那群人。他没文化，没有艺术细胞，不想让自己的小孩也被人看不起，当作举止粗鲁、谈吐粗俗的“土豪”。他让费鹏从小学钢琴，学声乐，费鹏音乐方面的天赋和才华得以充分展现，会唱歌，也会作曲，更会指挥。这也使他在拥有高贵气质的同时，养成了放浪不羁和我行我素的个性。这两人的父亲爱子心切、望子成龙，含着热泪跟夏晔铮说，希望部队的大熔炉能熔化掉孙红星、费鹏这种自由散漫、调皮捣蛋的个性，让他们成为对部队、对国家的有用之材。夏晔铮也看中了孙红星、费鹏两人的才华，以他们的聪明才智，在军校正规和严厉的管教之下，如同一棵树，砍掉枝蔓后茁壮成长，充分发挥足球和音乐的特长，为学员队争得荣誉。

现在，夏晔铮觉得，修剪他们枝丫的时候到了。

孙红星、费鹏很奇怪队长夏晔铮为何连着三天都坐在食堂，还捡拾泔水桶里的馒头和包子皮。

“是不是在战场打过仗的人都这样，前线没东西吃。”孙红星跟费鹏悄悄低语。

“我父亲也是这样的，极其爱惜粮食，饭粒掉在饭桌上他都捡起来吃了。酒就不一样了，他常常是喝一半漏一半，真是孙半仙了，豪爽到不知心疼。”

“跟我父亲比，那你父亲就太小儿科了。他可以豪掷千金，眼睛都不眨一下，却不愿换掉一条穿了三四年的内裤。他说又没破烂有洞，只是布料变硬了，但也伤不着他的宝贝疙瘩，换什么换？”两人哈哈大笑起来，又你来我往地互扔馒头和包子皮玩。

骄傲自大的个性，让他们无视了夏晔铮的存在，或者可以说，他们就根本没把夏晔铮放在眼里，该干嘛就干嘛，最后照样将不爱吃的馒头和包子皮倒进泔水桶。他们没有想到，一场针对他们的杀一儆百的暴风雨，即将袭来。

这是一个晚霞映红天际的傍晚。在中原大地，那如火如荼的霞光啊，似要将整个天边都要燃烧起来，美得惊心动魄。训练了一天，大家都饥肠辘辘，无心欣赏美景，盼望着队干部赶快集合队伍去食堂。夏晔铮亲自带队，在其他新生队此起彼伏的歌声中，他领头唱起“打靶归来”。这首歌挺应景的，但大家的肚子都瘪瘪的，哪还有心思唱歌？歌声并不整齐和响亮。只有孙红星和费鹏，一如既往地高唱着。他俩是哪里热闹，就有他们；哪里冷清，也有他们。走到食堂门口时，感觉声音不够响亮的夏晔铮，让他们再唱一首歌才能进去。这时，大家惊慌起来了，像孙红星和费鹏一样，拼命张大嗓子唱起来。否则，就没有饭吃。

饭后，夏晔铮召集所有人聚拢在一张餐桌前。餐桌上摆着泔水桶，桶里是满满的几乎要溢出来的包子皮和馅。他不说话，当着所有人的面，抓起桶里的皮和馅就吃起来，足足吃了有十分钟。站在他旁边的厉芬芳和郭书荣，也跟着他吃。

这十分钟就像一场无言的审判，覃红枫和刘美娜羞愧得无地自容，恨不得地下有条缝钻进去。她们两人扔的包子皮就在其中，夏晔铮正大口大口地吃着哩。这不就像拿根鞭子在抽她俩的脸吗？她们的手很自然地牵在了一起，团结就是力量。平时针尖对麦芒的两人，在共同的危难面前，心连着心，以应对夏晔铮接下来的惩罚——会不会把她俩也提溜上去吃泔水桶里的东西。

孙红星不停地给费鹏眨眼睛，掩饰心里的慌乱。他这时真希望自己是孙悟空，一个筋斗就翻到十万八千里以外。费鹏回敬他一个鬼脸，也希望自己现在能大鹏展翅，飞到九霄云外。

吴瑕心里直打鼓，“砰砰砰”地跳个不停。我在她身边，似乎也听到了她心里的鼓点。父母亲从小教她爱干净讲卫生，让她如无瑕的白玉一般，却反而成为一把利刃，最终刺伤了她自己。

“你们看见我在吃什么？”夏晔铮终于开口说话了。

没人敢应答。

“这泔水桶的包子皮谁上来吃一块？”

没人敢上来。

“你们都不敢说话，不敢上来吃，是吧？那为什么就那么敢扔呢？谁给你们的胆子？”夏晔铮往餐桌上使劲一拍，泔水桶里的包子皮飞将出来。

孙红星和费鹏不约而同地闭上了大张的嘴。他们可不希望这包子皮飞进自己嘴里。

刘美娜和吴瑕下意识地闭上了眼睛。她们美丽的双眼是不能沾上油污的啊。

夏晔铮高亢的声音，随着这“啪”声同时响起。“部队免费让你们吃喝，不是免费让你们浪费的！你们到大街上看看，多少人为了吃一顿饭加班加点，披星戴月！你们到校园后面的麦田看看，多少农民为了种出小麦，起早摸黑，辛苦劳作！你们到前线看看，多少士兵蹲在猫耳洞里连口水都喝不上，连粒米都吃不了。你们却在这儿不爱惜粮食、大肆浪费。国家和军队花那么多钱培养你们，就是为了你们不把粮食当回事吗？三大纪律八项注意，你们是怎么学的？怎么唱的？军人最重要的是品德！没有道德品质，跟三教九流有什么区别！”夏晔铮的脸涨红得如天边的晚霞。

“夏队长说得对。怪我只注重你们军训，没有注重道德品质的培养。”厉芬芳先把自己批评一通。“锄禾日当午，汗滴禾下土。谁知盘中餐，粒粒皆辛苦。这首唐诗，你们从小就背过吧？为什么入脑没入心呢？每一粒小麦都是一串汗水，不是你们种出来的就不懂珍惜吗？自私自利，只顾自己喜欢不喜欢，哪管别人有没有得吃。就算正步走得再好，口号喊得再响，也不是一个真正的军人！”

“你们下次谁再扔包子皮，谁就去捡来吃。”郭书荣不再跟学员讲大道理，直接就命中要害。这一招最厉害，所有的学员无论爱吃包子皮还是不爱吃的，都被郭书荣大口吃泔水桶里的包子皮吓破了胆。

第四章

要将一床软塌塌的被子叠得有棱有角、方方正正，就像菜市场卖的“豆腐块”一样，对于刚刚脱离高中生活、几乎没干过针线活的女生来说，真是极大的考验。

厉芬芳让温柔贤淑的兰沁区队长手把手地教我们。吴瑕学得最快、最好，刘美娜和周健秀其次，垫底的是谷小粒，还有我。谷小粒用笨办法——开水瓶压，小板凳切，居然让被子也像模像样了。

而我，天生就不懂得做家务，叠的被子总是像个面包。我虽急，却也无计可施。兰沁安慰我说，你心灵只是手不巧，得有一段时间的练习。某一天灵感乍现，悟出叠好被子的诀窍后，会一鸣惊人、后来居上的。好在每次内务检查，我还能勉强过关，也就没那么心浮气躁、心急火燎了。

覃红枫有“童子功”，叠的被子不仅整齐方正如同一块豆腐干，且像水豆腐般嫩滑清爽，没有一丝皱褶。她在屡次内务检查中均拔得头筹，那面红旗一直飘扬在队部旁边的“内务评比栏”上，男生、女生都“望覃兴叹”。甚至在整个新生大队里，她的被子也是摘得桂冠的。大队领导不太相信一个新生能将被子叠得如此之好，就率领各新生队一众区队长，浩浩荡荡地开拔到新生四队，当众掀开她的被子，看看里面是不是放有小木棍支撑。最后，不得不竖起大拇指。没办法，她这是“家传秘籍”，不服还真不行。短时间内，她的江湖地位在新生大队无人可撼。

谁都没有想到，刘美娜却去撼动了，而且还成功了，让覃红枫最终落得个“败走麦城”的下场。

刘美娜是她们那个县城公认的一枝花，不仅仅只是县城中学的一朵校花。在那个不大不小的县城里，她只要在街道上出现，不是回头率的问题，而是后面跟着一群人，或大或小、或男或女，或老或幼，随着她亦步亦趋、且歌且舞地朝前走。她长相俏丽、身材苗条、口齿伶俐、多才多艺，代表学校参加县城的演讲比赛拿了第一名；全县的歌咏比赛，县城中学名列前茅，她是领唱；她的独舞《石榴颂》，是县城的保留节目。她的学习，在县城这个最好的中学，也是数一数二的。甚至体育，她也是佼佼者，短跑纪录在县城中学一直无人能破，只有她自己破自己。但天外有天、山外有山、人外还有人，在军校里，她感觉到了自己处处不如人。唱歌是吴瑕在领唱；开学典礼由我代表新生上台发言；军训不用说，覃红枫无人可超越；而体育呢，周健秀是省高考体育状元。相比之下，她这个县城里的“飞毛腿”只是些三脚猫的功夫。就连当干部，谷小粒也比她强。至少她的主动、认真和负责，就让她自叹不如。风头出惯了的她，很是压抑。她渴望有一件事能证明她的优秀，也让放弃北京大学追随她来读军校的朱荔香重拾对她的信心。她虽不喜欢他，但她喜欢被人喜欢的感觉。

覃红枫这床名震整个新生大队的被子，让她觉得机会来了。她精明而有心计，故意当着大家的面，将被子摊开，练习叠被子，而她的被子也进步飞快，超过了吴瑕，几乎与覃红枫不相上下了。厉芬芳多次在各种场合表扬她，让大家学习她这种勤奋刻苦叠被子的精神。“被子叠得方方正正、有棱有角，就是要让你们认识到做人有骨气，行得正，立得住，正直勇敢而坚定。”刘美娜才不管她这一套正直骨气的说教，但她要坚定勇敢一回。她心里明白，无论她用尽吃奶的力气，也不可能将被子叠得如覃红枫那般的棱角分明、美观大方。但她就是要摘取那面高高飘扬在队部门口的“内务标兵”红旗，成为全队男生、女生钦羡佩服的人物。

覃红枫的新鲜和新奇感在一点、一点地消除。她没想到，军校比父母亲对她的军事管理还要严格，还要没自由。原以为可以“天高任鸟飞、海阔凭鱼跃”，却好比从一个牢笼到了另一个监狱。才过去几周，她就实在受不了啦。监狱还有放风的时间，可军校，根本就出不了大门。一天到晚不是训练就是开会学习，枯燥乏味得很。军训那几个动作，她虽然是驾轻就熟，但越是熟练的东西，越重复做来做去，反而比不懂的更是腰酸背疼，更是心累。父母对她的军事化管理中，并没有学习条令条例、军队历史，听老前辈作报告，汇报个人思想这些内容，大多是吃饭或晚上看电视聊天时跟她讲一讲军队的故事，她想听就听，不想听可以走，并无强制。不像军校，上厕所都要喊报告。她感到前所未有的压抑和紧张。再这样下去，她要发疯了。

她要逃离这个地方，到外面呼吸一下自由的空气，玩够了再回来。她没有想到退学。单纯任性的她，还没想到这么深的一层。她对军校还是热爱的，还是喜欢绿军装的，只是跟在家里一样，面对父母的高压训练，需要出去躲一下。但如何逃离，她还没下决心。厉芬芳这么严格的管理，她的小性子也收敛了很多，知道这不是家里，不能由着自己胡来。

内务检查朱荔香是早就告诉刘美娜了的。他是新生四队男生训练班长，队里一有什么风吹草动，就会立刻通知刘美娜。刘美娜欣喜若狂。她第一个把被子叠好，然后故意漫不经心地说给大家听："我去上厕所了。上完厕所，就去集合出操。"

"好的，你在下面等着我们。"女生训练班长吴瑕应道。

刘美娜经过覃红枫身边时，看到她那床方方正正、美观漂亮的被子，嘴角不自然地歪了一下。正忙着系腰间武装带的覃红枫没有注意到她的这一表情。当然，即便注意到了，她也不会想到，这床给她带来诸多荣誉的被子，即将被刘美娜施以"偷梁换柱"之计。

刘美娜躲在厕所里，听着男女生的脚步声渐渐稀少，赶紧一溜小跑地回到宿舍，把覃红枫的被子抱到自己床上，再把自己的被子抱到覃红枫的床上。之后，混在最后几个下楼的学员里，站到了集合队伍中。她以为自己这一切做得天衣无缝，却忘记了内务检查完后，再把自己和覃红枫的被子对换回来。如果被子换回来了，就算这次内务评比的红旗插到她的头上，覃红枫也不会有半点意见。因为她的“红旗地位”从来没有撼动过，她已经有“独孤求败”之心，巴不得有人能从她手上把这面红旗扛走。她不是个需要名利来证明自己价值的人，家庭已经让她拥有了很多光环，而她正极力地想逃离这些光环，呼吸自由的空气。

果然，刘美娜获得了内务评比第一。军训回来的她，不仅看到了队部门口“内务评比栏”那面飘扬的红旗，也看到了男女学员们对她投来的钦羡的目光。她的虚荣心得到了极大的满足，高高地扬起她美丽而又细长的脖子，像经典芭蕾舞《天鹅湖》中的天鹅一般，踮起脚尖，轻盈而又高傲地滑过宿舍楼道。可刚进宿舍门，她这颗高傲的头颅却低垂了下来。

覃红枫正站在她的床前，细细地端详着床上的被子，偶尔还俯下身去，用鼻尖去嗅一嗅。

“覃红枫，你想干什么？”她本能地大叫道。这声大叫，惊着了宿舍里正在休息的同学们，不约而同地望向她这边。

可是，这并没有惊着覃红枫，或者说覃红枫根本不会被她惊着。“你说我想干什么？”覃红枫用同样的语调回敬道。

“你在我床前鬼鬼祟祟地干什么？”

“谁鬼鬼祟祟了？心里有鬼的是你吧？”

“你胡说什么！”刘美娜气得把覃红枫推到一边。

覃红枫扬起手，对刘美娜就是一巴掌。她居高临下，个子比刘美娜高出一个头。

眼看两人就要扭打起来，吴瑕和周健秀健步如飞，冲过来就把两人拉开了。

“有话不能好好说吗，你们两人打什么打！”平时温和的周健秀，也厉声呵斥道。

“君子动口不动手。你们还有没有军人样?!”吴瑕也在一旁气愤道。

谷小粒看到这情形，脚底抹油般的跑去队部，告诉了厉芬芳和兰沁。

厉芬芳和兰沁到来时，刘美娜和覃红枫还在怒目圆睁地对视着。周健秀和吴瑕一人拉着一个，生怕一松手，就会“枪炮齐鸣、天崩地裂”。

“说吧，什么事！”厉芬芳出奇地冷静，并不像以往用斥责的口气开场。她得先搞清事情的来龙去脉。

“她在我床前鬼鬼祟祟的。”刘美娜先告状。

“她心里有鬼，把我的被子换成她的。”覃红枫不服气。

“你血口喷人！”

“你无赖！”

“好了，好了。你们针尖对麦芒，我这个判官还怎么当。”厉芬芳厉声道，“一个一个说！覃红枫，你先来！”

“军训回来，我发现我的被子到了她床上。”

“被子上又没写着你的名字，你怎么知道被子是你的?”

“我的被子我闻都闻得出来，那里面有我的气味。”

“你分明是在妒忌我拿了内务评比红旗，故意栽赃我。”

“我用得着妒忌你吗！你算老几?”

“不要再说了，我听明白了。覃红枫，你没有证据，就不能说刘美娜换了你的被子，更不能动手打人！”

“她先推的我！”

“那你也不能动手打人，朝她脸上打一巴掌！这是你的不对。你给我写份检查交来，在下午的班务会上做检讨。大家都散了吧。洗洗刷刷，准备下楼集合吃午饭。”

覃红枫哪受得了这种冤枉气，明明是刘美娜把她的被子换了，从而拿到了内务评比的红旗。弄虚作假的是她，写检查作检讨的也应该是她，为何却让我背这个黑锅？她气得中午饭也不去吃了，把自己的被子抱回来，把刘美娜的被子扔回去，一个人躺在床上生闷气。下午的班务会上，她草草地做了检讨后，终于下定决心逃离这个学校。

覃红枫是在吃过晚饭后，大摇大摆地走出校园的。她去吃晚饭，也是想迷惑队干部和同学们，不让她们看出自己想逃离的异样。门口站岗的哨兵并没有问她的出入证，看她这一气定神闲、胸有成竹的样子，把她当作教员或队干部了。

这个时间，她是经过精心挑选了的。从早上6点起床出操，她们就没有一点自由的时间，任何活动都在区队长的眼皮子底下，只有傍晚才稍微宽松一些。她没有带任何东西。实际上，她也带不出任何东西。储藏室的钥匙在厉芬芳手里，每个人的床头柜里只放着自己的几件换洗衣服。这也正合她的心意。她并不是个逃兵，只是太压抑、太委屈了，想换个环境歇息一下，得到些温暖和力量；待心情好转后，她再回来。她喜欢绿军装，她喜欢军校，如同她爱父母、爱家一样，父母太过于压制她，她必定要逃离。但她只是像只小鸟离巢觅食般，倦了，累了，自然又会飞回来。

吴瑕7点准时在宿舍楼下集合队伍，今晚要去听老红军做报告。报数时，个子较矮、排在最后的谷小粒报出“缺两名”，吴瑕知道肯定是覃红枫和刘美娜没来。她没有太在意，就让队伍出发了。覃红枫和刘美娜两人，经常不参加开会学习。刘美娜是一到学习就生病，覃红枫则是不知溜到哪里去玩了。直到晚上熄灯号响后，覃红枫的床上依然空无一人，她才有些紧张。正当她想移步区队长的宿舍汇报此事时，兰沁区队长拿着手电筒进来查房了。

她的手电筒光照到了覃红枫的床铺，“怎么空无一人？”她惊呼。

“报告区队长，晚上去听老红军报告时，她就不在了。”吴瑕下床立正，汇报道。

“你们谁见过她？”兰沁本想批评她为何当时不跟她和厉芬芳汇报，但觉得此时找到人才最重要。

“她经常神龙见首不见尾的。”刘美娜没好气道。

“是啊。”周健秀和谷小粒也一个接一个地附和道。宿舍里有些闹哄哄了。

“你们先睡觉，不要再出声议论此事。”兰沁安抚了她们一句，就立刻转身出去了。她要跟厉芬芳商讨对策。

“什么，覃红枫不见了？”累了一天的厉芬芳已进入浅睡状态，听到兰沁这么一说，整个人从床上竖起来。

“她不会去买零食吃了吧？半夜三更，军人服务社也关门了呀。”厉芬芳像是在跟兰沁说，也像是在跟自己说。“不行，我们得分头去找她。”

她快速地穿上衣服，拿上手电筒，和兰沁在校园里寻了几圈。黑黢黢的校园，根本见不到覃红枫的身影。她俩回到宿舍，互相对视着，一股寒意从两人心里升起。覃红枫失踪让她俩受处分事小，万一她遇到什么不测才是大事。

“都怪我，为什么在她和刘美娜发生争执时，不管青红皂白地批评她。可能她真的是受了委屈，刘美娜把她的被子对换了。”铁姑娘般的厉芬芳在兰沁面前，毫无顾忌地哭了起来。她也才二十二岁，刚刚大学毕业，原则上还是个孩子。

“你也不要太难过了。她不敢跑远的。也许只是在河洛城里玩累了，错过了熄灯时间，不敢回来了。明天上午天一亮，她就会返回校园呢。”

“最好是这样。我们先不跟队长夏晔铮说，也交代那些女生不要对外说，以免全队军心不稳、人心惶惶。”

在兰沁的一番安慰下，厉芬芳又恢复了理智。她擦干泪水，重新躺下。可整晚都像煎饼子似的，怎么也睡不着。兰沁和她的情形差不多。

覃红枫失踪的消息，瞒了一天。傍晚时，瞒不住了。因为覃红枫还没回来。消息的泄漏，是因为刘美娜这张嘴。她吃完晚饭，在宿舍的走廊上碰到了朱荔香。本想跟他打听什么时候队列考核，可什么都没问到，倒把覃红枫不见的事先说出来了。

这话又正巧给经过的夏晔铮队长听到了。在他的厉声盘问下，刘美娜磕磕碰碰地说出了覃红枫从昨晚就不见了，区队长厉芬芳和兰沁不让她们说出去的大致经过。

“这还了得!”夏晔铮怒气冲冲地去敲厉芬芳和兰沁宿舍的门。

手还没到门上，门先开了。开门的是厉芬芳。

“你们怎么不汇报覃红枫……”

他话还没说完，就给厉芬芳拉进了宿舍。“队长，不是我们不汇报，我们以为覃红枫只是到河洛市里散散心，今天就会回来的，但到现在还没回。我正想去队部跟你汇报，并打军线电话到覃红枫家问个究竟的。”站在一旁的兰沁也解释了一遍。

“以后，这种人员失踪的事要立即汇报，事关重大。如果上面知道了，连你俩一起处分。”夏晔铮埋怨了几句。

军线电话打到覃红枫家里，勤务兵问清什么事后，才去跟覃红枫的母亲通报。这位抢救过很多危重病人的军队医学专家一听说覃红枫失踪了，当即要昏倒。她颤抖着手，给覃红枫的爸爸覃天地拨去电话。正在办公室听取下属汇报工作的覃天地，安慰她道:“别着急。枫儿不会不见的。她可能是在回家的路上，火车要两天两夜才到南原市，明天就会到家了。”

这番话，让覃红枫的母亲宽慰了很多。她冷静了一下，给厉芬芳拨去电话。“真是对不起，厉区队长，我们没把覃红枫教育好。明天她回到家后，我立即送她回去。她太不懂事了，给你们的工作添了这么多麻烦。”

可是，覃红枫第二天到家门口后却不敢进家门。她在那条僻静的林荫小道上走了几个来回，望着那座熟悉的小楼和熟悉的大门，始终没勇气踏进一步。里面等着她的，并不是她所渴望的温暖和自由。严厉的父母一定把她当逃兵，训斥之后再押送回河洛。她觉得自己真是头脑发热，走错一步。受点委屈算什么呢？自己的起点本来就高，家庭也很优越，何必跟小县城来的刘美娜一般见识。她说被子是她的，那就是她的了。真金不怕火烧。她再修炼几年，也叠得不如她好。军校严，那就让它严去吧。既然别人都能挺得过来，自己为什么不能挺过去呢？她们又没有三头六臂，跟我覃红枫一样，也是一头两手两脚，她们能做到的，我覃红枫一定能做到。她的倔脾气又上来了。她决定立刻坐火车返回河洛。出来这几天，也算获得了自由，呼吸了新鲜的空气，看到了喧闹的人群，她要归巢了。更重要的是，她怎么放得下孙红星呢？

覃红枫如同大摇大摆走出校园一样，又大摇大摆地回来了。同样是傍晚，同样是在众目睽睽之下。她丝毫不理会吴瑕和周健秀对她回来的惊喜和问候，自顾自拿着脸盆去洗漱房冲凉。在火车上折腾的这些天，她实在是全身臭气熏天，连她自己都闻不下去了。洗漱完毕，她倒在床上就睡着了。

厉芬芳和兰沁听到覃红枫回来的消息，立刻赶到她的床前。看着熟睡中的覃红枫，那青涩而稚嫩的脸庞，那憔悴而消瘦的面容，厉芬芳的慈爱之心油然而生。她轻轻为她掖掖被角，示意全宿舍的人都不要发出声响。

“覃红枫离开校园这件事，你们不许再提起，更不要当着她的面议论，就当没发生一样。你们像以前一样，搞好训练，搞好学习，努力成为一个合格的军人。记住，荣誉是靠自己去争取的，不要寄希望于别人。”最后这句话，是说给刘美娜听的。

刘美娜低下了头，满脸通红。

覃红枫一觉睡到起床号响，发现肚子“咕咕”叫。此时，她才感觉到饿了。这几天几乎没进一粒米，可床头柜里什么东西也没有了。正当她左顾右盼之际，感觉肩膀给谁轻触了一下。回头一看，刘美娜正递给她一包方便面。她本想赌气不理她，但饿极的肚子不答应，就手一伸，接过来了，坐在床沿就干啃起来。看到她这一副狼吞虎咽的样子，兰沁站在她的身旁一言不发。待她把这包方便面啃得一粒不剩，才柔柔地跟她说了一声，“到队部来一趟！”

覃红枫低垂着头，做好了挨批评、受处分的准备。处分就处分，只要不让她退学，罚她打扫一个星期的厕所都行。她并不看重荣誉，所以，也不看重惩罚。只要能让她开开心心、快快活活、自由自在地过日子，就善莫大焉了。

“是我不对，没有搞清楚被子的情况，就让你做检查。我先跟你道个歉：对不起了。”厉芬芳把覃红枫拉到身边，诚恳地跟她说道。

原以为私自逃离军营这么大件事，以厉芬芳的个性，不暴跳如雷地臭骂她一通才怪哩。没想到却是这样的开场白，覃红枫的眼圈红了。

“不过，处分还是要有的，但我们不对外公布。你不要背上包袱，继续搞好后面的训练和学习，做一个真正合格的军人大学生。”

覃红枫这个钢铁般的姑娘，天不服地不服，司令老子也不服，此时此刻，却对厉芬芳服服帖帖了。

第五章

第一次担任新生区队长，就出了这么大件事，究竟是自己能力不足，还是碰到的新生太强、难于管理？或是自己太严格了，并非严师出高徒，而是像抓沙子一样，手抓得越紧，沙子越容易从手心渗出来呢？向来自信又果敢的厉芬芳，陷入了一种矛盾交织的复杂情绪中。她一个人沿着中心马路走来又走去，两旁茂密的法国梧桐树叶在初秋的凉风中沙沙作响，把她的心情搅得越发烦躁不安。这时，她感到一件衣服披挂在自己身上。她心一惊，扭头看见郭书荣正温存地看着自己，影影绰绰的月光下，有些可怕。

“半夜扮鬼吓人啊。”她没好气地冲他说了一句。

“秋凉了，要注意身体。”

“心情糟透了，还要什么身体？”

“身体是革命的本钱啊。身体好，才能搞好后面的工作。”

“只有你有大将风度，镇定自如，坐怀不乱。孙红星和费翔扔包子，给夏队长狠批一通，你没事一样。真不知你这个男生区队长怎么脸皮那么厚？还搞好后面的工作呢？我看你后面的工作怎么搞？”

“谁说我没事？为什么新生大队只有我们男生扔包子，你说我这脸往哪搁？这不找你来商量吗？”郭书荣不敢提女生覃红枫偷跑回家的事，怕厉芬芳更生他的气。“兰沁说你不在宿舍，我就想，你可能一个人出来散心了。担心你，就在大院里找呀找，终于在这儿找着了。”

厉芬芳给郭书荣这一番话，感动得要落下泪来。但她嘴很硬，忍不住把郭书荣数落：“本来四队各项工作在新生大队一直走在前列，现在好了，成倒数第一了。就是因为你们男生先扔了包子，我们女生才偷跑回家。你我真是难兄难妹，难舍难分了。跟你在一起就是倒霉。你就一扫帚星，给我带来的不是好运，而是霉运。”

郭书荣知道厉芬芳是在耍小孩子脾气，把事都赖在他身上，一点都不生气，就当作厉芬芳爱她的表现了。

“好，好，好，是我们男生队先惹的祸，我向你道歉。我们想想办法扭转这劣势，好不好？”

“你想怎么扭转？”厉芬芳是个不服输的人。这句话很对她的心思。

“我们军训不是一直走在新生大队的前列吗？军训结束后有一个全院的阅兵，我们争取拿个新生大队第一、全院前三名，不就扳回这一局了。”

“真有你的！没想到你还是智多星呀，我还以为你是软囊饭袋哩。”厉芬芳朝郭书荣的胸部擂了一拳，却被他顺势搂入怀里。

“谁让我们是难夫难妻哩。”

“还没结婚呢。你不要一给梯子就往上爬。”厉芬芳使劲挣脱，“中心马路来往人多，不要给人看见了。”

“只是现在队里士气有些低落，得有件事振奋起他们的精神来。”郭书荣一边抓住厉芬芳的手，一边说道。

“中秋节不是快到了吗，我们举办一个中秋联欢晚会。队里艺术人才济济：费鹏和孙红星一个会唱、一个会吹，费鹏还会指挥，吴瑕能歌，刘美娜善舞——一定可以调动起他们的积极性，一扫之前的晦气。”

“就这么定了。我们去跟夏队长汇报一下。”郭书荣趁机吻了一下厉芬芳，厉芬芳没有躲闪。

虽然熄灯号已响，但夏晔铮办公室的灯依然亮着。新生四队连续出事，一件比一件大，作为队长的他，如同一只羊在火上烤着，心情也是焦躁不安的。这半个多月的新训，他一天都没有回过近在咫尺的家，甚至妻子生病住院，都没有去看一眼。如何能让新生四队摆脱现在的困境，振奋学员的精神，把后面的新训搞好，他也在寻求对策。

敲门声响了，厉芬芳和郭书荣走了进来。

“真是想到曹操、曹操就来。”夏晔铮打趣道。

“队长，我们想举办一个中秋晚会。一来让这些新生思乡之情得以寄托；二来让他们的艺术才华得以释放。他们高兴了，开心了，后面的新训工作也就好开展了。”厉芬芳开门见山道。

“嗯，这个主意好。”夏晔铮赞不绝口，“想到一块了。”

中秋联欢晚会还没开始，厉芬芳和兰沁先给覃红枫过了一个生日。兰沁在整理新生档案时，发现覃红枫的生日就是这几天。她跟厉芬芳说道：“你不是觉得对覃红枫这件事有些愧疚吗？覃红枫的情绪也有些消沉。给她过个生日吧，让她感受到集体大家庭的温暖。”

“这个主意好是好，就怕夏队长不同意 12 点开灯。”

“他会同意的。他现在也想把学员的情绪调动起来。我去跟他说说。”兰沁主动请战。

夏晔铮一同意，厉芬芳立即把女生们召集在一起，除了覃红枫。

“你们每人准备一份生日礼物送给覃红枫，能表达心意就好。而且，给覃红枫过生日的事不许泄露出去。刘美娜你听清了吗？”

刘美娜使劲点点头。她一时贪图功名，让覃红枫逃离学校，还受了处分，良心上也过不去。所以，覃红枫回来肚子饿了，她最先递了一包方便面。这次给她过生日，并送一份生日礼物，她也觉得可以弥补一下自己的过错。她不仅不会透露半个字，更要准备一份精美、有意义的礼物。

晚 10 点，熄灯号吹响。“你们赶紧地上床休息，不许再说话。”厉芬芳像往常一样过来检查并催促道。临走时向吴瑕使了个眼色。

蒙在鼓里的覃红枫很快进入梦乡，其他人都睡不着。吴瑕时不时看看手表。快到 12 点了，她轻轻起床，周健秀随着她，一起来到厉芬芳和兰沁的宿舍。一个大蛋糕已准备好，上面插了 18 根蜡烛。她们四人悄悄走回来，拉亮了宿舍的灯。

“又要紧急集合吗?”覃红枫给惊醒了，揉着惺忪的睡眼，发出了梦呓般的声音。

“给你过生日了。”吴瑕说道。

她点亮了 18 根蜡烛，大家围拢在覃红枫的床边，唱起了生日快乐歌：*Happy Birthday to You*！*Happy Birthday to You*！

“今天是我的生日吗?你们是不是弄错了?”覃红枫嘴虽硬，眼泪却溢满了眼眶。

每年这个时候，都是妈妈准备好生日蛋糕，请来亲朋好友为她庆贺。她以为到了军校，再也无人给她这样的温暖了，没想到还会有如此的惊喜和感动。

“起来吹蜡烛吧!”厉芬芳柔声道。

还有区队长在，覃红枫不敢怠慢，迅速坐起，吹灭了蜡烛。在一片欢呼声中，兰沁说道：“许个愿吧!”

覃红枫双手合十，闭着眼，喃喃细语，眼泪从紧闭的眼眶里流到了手掌上。

“这是我为你准备的生日礼物。”刘美娜将自己用红头绳精心编织的几朵小红花递了过来。长头发剪掉后，这些美丽的红丝线她也用不着了。

“这是我的。”周健秀拿出了一个趣致可爱的小绒线娃娃。

“这是我的，我的。”大家争先恐后地把礼物放在覃红枫的手里，她捧都捧不住。

把这些礼物放到床上后，她出其不意地立正站定，朝着大家敬了一个军礼。出身军人世家的覃红枫，不会说漂亮话，唯有这样一个军礼，可以将她的谢意明白无误地传递给大家。

刘美娜是最先得知要举办中秋联欢晚会的。朱荔香告诉她这个消息，也是想让一直郁郁不得志的她能在这个联欢晚会上拿出她的保留节目《石榴颂》。这个舞蹈，在他们县城的舞蹈比赛上荣获一等奖，很多专业选手都自叹不如、甘拜下风。他也是看了这个舞蹈，被刘美娜迷住了，从而拜倒在她的石榴裙下，愿意陪在她左右，保护她、爱护她。就算刘美娜不把他放在眼里，但只要每天能看到她，他也心满意足了。据他了解，女生中没人再有她这个才艺，她可以凭此一鸣惊人，大放异彩，一扫之前笼罩她的阴霾。当她挨了覃红枫一巴掌来跟他诉苦时，看着他梨花带雨、楚楚可怜的样子，他也很心疼，但爱莫能助。他不是那种以牙还牙的人，别人打了他的左脸，他可以拿右脸再让别人打，打到别人不好意思、对他心生愧疚和敬重之意为止。懦弱也好，无能也罢，总之，他不会得罪任何一个人。现在有了这么好的机会让刘美娜出头，他自然是喜不自禁。

听到这个消息，刘美娜一蹦三丈高。他真想抱着朱荔香亲一口，但还是停止了这个动作。她不能给朱荔香任何机会，否则弄巧成拙，就会失去一个温暖有力的依靠。

她一溜烟地跑回宿舍，“告诉你们一个绝密的消息，我们队要举行中秋联欢晚会了。”她故意停顿一下，以为等来的是大家的惊叫和欢呼声，众星捧月般地围绕着她，倾听下回分解。谁知等来的却是覃红枫的“扑哧”一笑。“还绝密哩，厉芬芳刚才都过来宣布了，每个人都要出一个节目。”

“我正愁着哩，这节目该怎么出。我一搞体育的，总不能在台上来个跨栏吧。”周健秀此话一出，全宿舍哄堂大笑。

“我更不知道怎么出了，难道要我在台上走个正步。”覃红枫也哈哈笑着，附和道。

“都别着急，我们看看有什么解决办法。不一定非要一个人上台表演一个节目，两人或三人都可以，只要每个人都上台就行，资源整合嘛。”吴瑕开解道，“我负责统计节目，大家有什么想法可以跟我说。”

谷小粒一听说每个人都要上台表演节目，就惊恐得好像要上断头台一样。队列她走不好，左右前后不分，唱歌跳舞更是她的短板。大字都不识一个的农村父母根本不知道唱歌跳舞是怎么回事，更没有钱去培养她。像她这样没有文体才能的人，别人也不会跟她合作表演节目。想来想去，她只好去求救厉芬芳。羊毛出在羊身上，既然她倡议每个人都要上台表演一个节目，那么有困难就找她。这就是谷小粒农村人的狡黠和精明——不是聪明反被聪明误，而是笨反被笨救。

厉芬芳也没有歌舞方面的才艺。大学四年的各种联欢活动，她都是负责组织实施。实在要上台，她就以朗诵诗歌对付过去。收到谷小粒的求救信号，她故技重演。不过，不是她一人，而是四个人——她、谷小粒、覃红枫、周健秀。她们朗诵的是舒婷的《致橡树》，1980年代朦胧诗代表人物的巅峰之作。她对这首诗情有独钟，因为那是郭书荣抄写送给她的。看到这首诗，她一下就明白了他的心思。

我正想着自己是否也要加入到厉芬芳的四人诗朗诵战队，徐志文来找我了，邀请我和他共同出一个节目。他和我一样都五音不全，唱歌老跑调，跳舞更是没天赋，硬胳膊硬腿的，只能来一个诗歌二人诵。徐志文会写诗，但他不写，他喜欢我的诗，觉得优美、浪漫，又有一丝淡淡的忧伤。他后来成立了“木棉花诗社”，担任社长，诗社的第一首诗也是让我写的。

孙红星把扫帚当作金箍棒，正在宿舍里舞来弄去，奔来跳去。自从被夏晔铮在食堂里当众狠批一通，他经常有此种出神入化的表演，好像自己像孙猴子一般，可以腾云驾雾到花果山去，被众小猴簇拥着，瓜果侍候，逍遥自在，让他的心理得以平衡。费鹏则像和尚，盘腿坐在床上，双手合十，口中念念有词，仿佛在念经超度自己。挨批是小事，放过自己才是大事。

朱荔香推门进来，看到这情形，忍不住放声大笑。“中秋联欢晚会你们这节目正好，一个唐僧、一个孙悟空，西天取经去。”

“什么，要举行中秋联欢晚会？”孙红星和费鹏停下手中的把戏，齐声问道。

“是呀，你们这两个文艺天才，好好到台上一展身手，不要在宿舍自娱自乐、冥思苦想了。”

“那正好，我们组成四师徒上台表演：你老朱扮演猪八戒得了，姓朱，又能吃能睡；阿文演沙和尚，挑个担子跟在后边。”孙红星很为自己的创意自鸣得意。

“我这么瘦弱，怎么挑得动担子，挑本书还可以。明代的吴承恩写这部小说的时候，沙僧本来不是挑担子的，是挑书的。唐僧是个读书的和尚，去西天取经也是为了研读经书。但沙僧原是天庭的卷帘大将，一介武夫，以吃人为业，给唐僧收为徒弟后改邪归正，憨厚老实、忠心耿耿、吃苦耐劳，就只有挑副担子跟在师徒三人后面啰。要不，怎么叫中国古代第一部浪漫主义章回体长篇神魔小说。”正躺在床上看书的徐志文滔滔不绝道。

徐志文生活自理能力差，不会系解放鞋上的蝴蝶结，握筷子像小孩那般一把抓，拙手笨脚，窘态百出，没少让孙红星和费鹏嘲笑。但他和谷小粒的不同之处在于，他有一股骄傲的书生气，博览群书，引经据典，出口成章，知识丰富，又爱好军事装备，世界各国先进船舶、飞机枪炮的图片他几乎一应俱全。这样一种书生气反而让孙红星和费鹏佩服得五体投地。孙红星也爱读书，跟徐志文有些惺惺相惜。

“你说的真的假的？我看《西游记》不下一百遍，怎么没看出你说的这种名堂。就姑且信你一回吧。你这个假沙和尚就挑本书吧。你本来就是个文弱书生，像个书童一样挑本书，我老孙不会怪罪你的，还要表扬你护送师傅有功。”孙红星觉得徐志文此说有诈，但也半信半疑了。

费鹏俨然进入了角色。他从床上跳下来，就像体操运动员跳马落地后的动作一样，伸出双臂，像海鸥展翅，却不是稳稳地站着，而是趔趄了一下。不过，他又迅速做出一个唐僧骑在马上的样子，“嘚嘚嘚”地叫着。“你们三个爱徒，快快护送师傅去西天取经!”

孙红星踢了一下他的屁股，“你还是做你的指挥家吧！海鸥一展翅，众人皆高歌。”

“我们还可以来个器乐合奏——你吹长笛，我吹黑管。”一听说要做指挥，费鹏很高兴。

“我们来个双口相声更好。”孙红星也异常兴奋。

孙红星和费鹏站在一起，因为反差明显，很有一矮一高、一瘦一胖、一黑一白的戏剧效果。其实，孙红星不是很矮，很瘦，很黑，费鹏也不是很高，很胖，很白。这样去讲相声的两个人，一个逗哏一个捧哏，一唱一和，相得益彰。孙红星当然是逗哏，能言善辩、调皮聪明，而费鹏虽也能说会道、机敏灵慧，但文静含蓄些，还略带一丝忧郁。

“这个节目太好了，你们两人自此将会成为新生四队的活宝，在河外的天空大放异彩。”朱荔香对孙红星让他扮演猪八戒心怀不满，借机讥讽一下。

“对对对，你们是河外冉冉上升的文艺新星、相声新宠，如同姜昆和李文华。”徐志文也抓住时机开涮道。

“去你俩的猪八戒和徐志摩，我们出类拔萃、人中龙凤的朱班长，从此就有个外号叫‘猪八戒’了。”

费鹏、徐志文给孙红星这句话逗笑得弯不起腰来。

吴瑕接到要和费鹏主持中秋晚会的任务，一点也高兴不起来，她不喜欢费鹏。刚入校时，她也曾像队里的其他女生一样被高高大大、英俊洒脱、才艺出众的费鹏所吸引，但久而久之，却发现了他的怪癖，哪个女生漂亮，他就去黏哪个。娇俏秀美的刘美娜对此并不反感，反而跟他嘻嘻哈哈闹成一团。大眼高鼻的黄莲对他也是来者不拒，而她却是避之唯恐不及，对他高高挂起。并非因为她美，身旁男生环绕，让她骄傲得看不到费鹏的存在。恰恰相反，是费鹏的存在感太强了，她怕引火烧身。

她出生在一个正统甚至有些刻板的知识分子家庭，大学教授的父母对她这个唯一的宝贝女儿，采取的是既独立自主又严加管束的策略。她一出生，就是个美人胚子，黑葡萄般的大眼睛，小巧而精致的鼻子，樱桃般的小嘴。女医生喜欢，男医生更喜欢，小脸蛋常给揪得红红的。父母怕她因美而受伤害，充当了护花使者，从小到大灌输给她的都是远离男人的思想。

“男人不是什么好东西。”母亲常这样跟她说。

“那爸爸也不是好东西？”有时，她也这样反问妈妈。

“爸爸当然是好东西呢。问题是你得擦亮眼睛，识别什么是好东西，什么是坏东西。在你还不能识别的时候，就要远离男人。”

这句真言对混沌初开的吴瑕来说，不啻惊雷一枚，以至她长大后，对主动接近她的男性，不论出于什么样的目的，都有一种与生俱来的反感。男生们给她起了个外号——“冰美人”。那冷若冰霜的表情，让喜欢她的男人觉得只可远观，不可亵玩也。她这样，既保护了自己，也让她失去许多真心爱她的优秀男人，直到费鹏出现。

吴瑕觉得，有必要向厉芬芳汇报一下。“我不想跟费鹏一起主持节目，让刘美娜跟他主持吧。”见到厉芬芳，她直截了当道。

一向温顺乖巧的吴瑕突然提出这样的要求，厉芬芳也很惊奇，“你为什么不想跟费鹏一起主持？”

“他太招蜂引蝶了。”

“不是他招蜂引蝶吧，是蜂蝶自动往他身上粘。”厉芬芳对费鹏的外表、才艺也是欣赏的。

“不是的。哪个女生漂亮，他就往哪个女生身上粘。”

“那我和兰沁区队长也算美的，怎么不见他往我们身上粘呢？”厉芬芳这句话有些打趣的味道了，还朝一旁的兰沁挤了挤眼。

“你们是队干部，他当然不敢了。”

“据我们所知，费鹏古道热肠，乐于助人。他跟漂亮女生接近，也是怜香惜玉，出于爱美之心吧。你不要太敏感了哈。刘美娜不就跟他挺玩得来的吗？”

“那你们就让刘美娜跟他一起主持吧，他们合得来。”

吴瑕这个军，将得厉芬芳一下不知说什么好了，还是兰沁解了围：“刘美娜有刘美娜的任务，你们分工不同。服从组织安排吧。你是班长，要带好头，不能打退堂鼓。”

兰沁区队长要么不说，一说就很有力量。这倒让吴瑕哑口无言了。她是个听话懂事的好姑娘，的确不能让组织为难。

费鹏的反应恰恰相反。一听说要和吴瑕一起主持中秋晚会，觉得老天对他真是太开眼了。他天生对美女没有抵抗力，尤其是吴瑕这种美得几无瑕疵的女性，站在哪里都是一道风景。不仅美，性格还那么温婉沉静、端庄大方，歌又唱得那么动听美妙、婉转悠扬，各方面表现还那么出色。对吴瑕，他是真心暗许了。刘美娜虽美，但太过虚荣刁钻了；黄莲虽美，但总是一副苦大仇深的样。这些美人，在一起玩玩可以，但绝不能娶回家做老婆。他喜欢美女，也都是理智对待、有区别的。但他无论如何也搞不明白，为什么吴瑕就是不理他，甚至还有种厌恶感，想同她说句话，难于上青天。按说，他也是有魅力的人啊。

刘美娜不知从哪儿听说，吴瑕不想跟费鹏一起主持中秋晚会，推荐了她。总之，她的信息来源很广，不管小道消息还是大道消息，而且基本上差不离。这真是个出人头地的好机会啊，比上台独舞更能引人注目。只是厉芬芳没有顺水推舟，答应吴瑕的请求。她来不及感谢吴瑕的舍己为人，得先把这块到嘴的肥肉紧紧咬住。她找到费鹏，似无心却有意地把吴瑕不愿跟他一起主持中秋晚会的消息透露给他，并着重强调吴瑕是不喜欢他对漂亮女学员黏乎乎的那股劲，以此激怒费鹏，让他也去找厉芬芳提出来，他也不想跟吴瑕主持中秋晚会。这样，厉芬芳不得不同意吴瑕的请求，派自己去和费鹏主持中秋晚会了。

谁知费鹏听刘美娜这么一说，一点也不恼，反倒哈哈大笑。“我终于明白吴瑕为何不理我的原因了。太感谢你了，刘美娜！解开了我心里的疑团。这可不是我黏乎她了，是区队长让我和她黏在了一起。多么千载难逢的机会啊，真是谢天谢地谢厉芬芳了。”费鹏露出十分陶醉的模样。

刘美娜从牙缝里挤出一句话："祝你好运，抱得美人归。"就恨恨地走了。这回是她想不明白了，世上还有这么厚脸皮的人，把自己的缺点当成优点。她哪里知道，费鹏是越得不到的，就越想得到。

中秋联欢晚会是在大操场举行的，月亮特别圆，特别亮，却让刘美娜和谷小粒的思乡之情油然而起。刘美娜是遭费鹏拒绝和她主持中秋晚会后，联想到自己在军校这一个月来没有父母疼爱的日子，不由得悲从心来。她一个人坐到操场的一边，望着天上的月亮，哭了起来。谷小粒听到她的哭声，也走到她的身边坐下，跟着她一起哭。她不是因为思乡之情哭，她是因自己哭。她觉得她为自己打拼、为自己活得太累，太辛苦了，就像月亮上广寒宫的嫦娥一样孤单凄清。

朱荔香正在布置中秋晚会的现场，把厉芬芳买的河洛市的月饼分发到每个人手上。看到刘美娜不在，好生诧异。马上就要开始中秋晚会了，她的独舞《石榴颂》是第二个节目。费鹏指挥完合唱的——《抗日军政大学校歌》，就轮到她了。他放眼望去，看到了不远处哭在一起的刘美娜和谷小粒，就拔开双腿，朝两人走去。他不知道，身后还跟着十几个人。还没开口规劝刘美娜，身后一群人却放声哭了起来，有女有男。他无计可施，看着这一群人哭成一片。

"发生什么事了？中秋晚会的欢笑声没有响起，你们倒响起哭声了。谁带的头？既然那么想念家乡，还来读军校做什么？个个回老家去，天天陪着父母，过中秋团圆节。"厉芬芳又气又急，一边讲，一边也落下泪来。“你们以为我不思念家乡吗？我来这儿五年了，都没跟父母过个中秋节。你们才一年就受不了啦，以后三年怎么办？”

“就是嘛，好男女志在四方。离开父母，我还自由了呢。高兴还来不及，有什么好哭的？”覃红枫说着，说着，也想流泪了。她其实也想念父母了。

“这河洛、河洛，真是连月亮都落了。大家看看，月亮没影了。就像我这手中的月饼，硬邦邦的，根本就咬不动。哎哟哟，我的一颗大牙给硌下来了。”孙红星打趣的话，让大家破涕而笑。

“你们来自五湖四海，组成一个温暖的大家庭。今天第一次过中秋节，应该感到快乐才是。费鹏！”郭书荣大叫道。

“到！”费鹏直挺挺地立正站着。

“指挥大家唱《战友，战友，亲如兄弟》”

“是！”平时有点娘娘腔的费鹏，此时中气十足。

“战友，战友，亲如兄弟。革命把我们召唤在一起。唱！”

“战友，战友，亲如兄弟。革命把我们召唤在一起。你来自边疆，他来自内地，我们都是人民的子弟！战友，战友，这亲切的呼唤，这崇高的友谊，把我们团结成一个钢铁集体。钢铁集体！”

歌声开始稀稀落落、零零散散，最后却合成了几百个人的大合唱。所有在操场上的新生队和老生们，一起加入了合唱的队伍，雄壮嘹亮的歌声响彻了整个操场，在河洛外国语学院的天空回荡。

队里的紧急集合还没开始，黄莲的紧急集合却来到了。她的母亲居然从四川跋山涉水，来到了中原大地。此前，她除了家门、大学门、医院门，几乎哪里都没去过，连重庆的大街小巷、山山坡坡都没搞清楚，她就精准地找到了解放军河洛外国语学院。黄莲来军校后从没给家里写过信，她根本就不知道外国语学院的具体地址。这不是母爱的伟大，这是母控的伟大。当她坐在新生四队的队长办公室，面对着夏晔铮和厉芬芳、兰沁时，直言不讳道："我要把黄莲带回家！"

见过大大小小、身份各异的学员家长，夏晔铮还是第一次见到这样穿着简朴干净，语句却雷霆万钧的母亲。

"这是军校啊，黄莲是军人，不是说走就走的。"

"我不管什么军校、军人的，给黄莲办退学，我要带她走。"

"你为什么要带她走？"

"她是我女儿，我想让她干嘛就干嘛。这还用问吗？"

兰沁"扑哧"一声笑了出来，但连忙又捂住嘴。

厉芬芳可是给她气得不行，火爆脾气又上来了。"你这不是胡搅蛮缠吗？你以为你是谁，是母亲就很了不起吗，可以无视军规、法规？"

夏晔铮拿眼睛示意了一下厉芬芳。"大姐啊，我不知你和黄莲是怎样的母女关系，有着怎样不为人知的苦衷，但这是军校，是军队，军令如山倒，不是随心所欲的地方。我看你也是个文化人，知书达理，遇到什么困难可以跟我们队干部说嘛，我们帮你解决。但想带黄莲走，这是绝不可能的。”

黄莲母亲眼里掠过一丝湿润，但很快平静下来，“不带黄莲走也行，可以让我单独跟她说说话吧。”

这是一个会装的母亲，无论在家怎么跟丈夫闹，怎么打骂黄莲，在外面都装得人模人样的，没人能窥见她内心的痛苦和挣扎。就算夏晔铮阅人无数，也无法阅到她对黄莲即将到来的拳打脚踢。

黄莲给兰沁叫到队长办公室时，根本没想到是母亲来了。进门见到母亲的那一瞬间，她呆住了。否则，她会在夏晔铮和厉芬芳、兰沁退出办公室时，迅速跑出去。但她也是个会装的人，宁愿忍受母亲对她的摧残，也不愿跟人倾吐一下她的委屈和心伤。

母亲上来就是“啪啪”两记耳光。“你躲到哪里，我都能把你找出来。你别想逃出我如来佛的手掌心。”

黄莲对母亲有一种恐惧的心理，好像受了某种邪教的暗示，给洗脑了一般，逆来顺受地接受了母亲的打骂，甚至觉得，作为女儿就应该如此，包括陪她自杀。

“你穿上军装就像穿上铠甲了，可以刀枪不入了？我一样能够把它撕下来，让你万箭穿心。”说着，她一把扯开黄莲的衣服领口，在她的肩膀上咬了一口。力度虽不大，仇恨却很大，两排牙齿印清晰可辨。然后，又在她的手臂上使劲揪了几下。

发泄完后，她用手理了理散乱的头发，整了整衣服，“我要去逛河洛城了，可惜不是牡丹花开的季节！”她拉开队部的门，大摇大摆、昂首挺胸地走过夏晔铮、厉芬芳、兰沁的面前，没跟他们说一句话。

三人面面相觑：大神啊，真是说来就来，说走就走。

屋内的黄莲，也迅速整好了自己的衣服，对进来的夏晔铮小声问道："我可以走了吗？"

"先别！你跟你妈妈到底是怎么回事？"厉芬芳问道。

"她想我了，来看看我。我是她的独生女儿。"黄莲含泪嘟哝着。

看着黄莲母亲带来的四川牛肉干等特产，厉芬芳将信将疑。她狐疑的目光扫过黄莲，黄莲畏缩地退至门外。

紧急集合的时间到了，厉芬芳几乎是勒令郭书荣必须严格保密。她知道，他们男生队有刘美娜的"卧底"朱荔香，芝麻大点的小事就要跑去跟刘美娜汇报。而他又是男生队的核心人物，在高中时就入了党，现在又是男生班的班长，队里的大小事他最先知道，极其危险，对他不得不防。她要确保紧急集合在无一人知晓的情况下进行，这样才能训练学员快速反应和熟练整理物品装备的能力，在最短时间内到达指定集合的地点，应对突发情况，培养学员团结、紧张、严肃的作风，达到"加强战备、准备打仗"的效果。就算学员们洋相百出、笑点毕露，也让他们从思想和行为上对紧急集合有一种切肤的体会、深刻的认识。其实，军校是严令谈恋爱的，以朱荔香和刘美娜的亲密程度，完全可以给两人处分了。出于对学员的爱护，更因两人目前并非在谈恋爱，厉芬芳高抬贵手了。

平时对刘美娜“小喇叭”的个性或嘲或笑的舍友们，现在都眼巴巴地望着她，盼望着她那美丽的樱桃小嘴能张开，透露出紧急集合的时间。就连胸有成竹的覃红枫，做事周全的吴瑕都如此。刘美娜从朱荔香那儿根本打听不出来，看到舍友们的这种心情，故意吊吊胃口，一会儿说今晚，一会儿说明晚，弄得大家对她意见很大。

“到底是啥子时间嘛，我都两晚没盖被子啰。你给个准信好不好，拜托你了。”才给母亲惊吓了一阵的黄莲，又给刘美娜吓出两晚都没睡好，就用四川话埋怨道。

“我又不是神仙，能掐会算的。我也是猜的，谁让你们相信吗?”刘美娜也用四川话回道。

“黄莲不盖被子还是小事，我心脏都快跳出来了。如果今晚再不紧急集合，我真的下不来床了。”周健秀用手紧捂住胸口，她体质弱，心跳易过速。

“我给你们磕头去。”刘美娜用被子蒙住头，没好气地说，“就是今晚了。”她又探出头来，不甘心地说道。

“不知道就不知道，故意说今晚道明晚的，害得大家今晚又睡不好。你们别再信她的话，好好睡去吧。”覃红枫看穿了刘美娜的小把戏，在被子里闷声说着。

“兴许就是今晚了，都别大意了。你看，谷小粒又打好背包睡在床单里了。”吴瑕提醒大家。

大家一齐扭头去看谷小粒，不约而同地爆笑起来。谷小粒钻在床单里，只把头露出来枕着背包，就像一只螃蟹，只把头伸出来。

恰在这时，紧急集合的哨声响了。覃红枫一跃而起。她对哨声天然敏感，无论熟睡还是清醒。在家里，父母没少训练她，经常在她进入熟睡状态时吹响哨子。如果没听见或假装没听见，父母就会掀开被子，将她提溜出来。她手脚麻利地打好背包，插上一双解放鞋，背在身上，挎包左肩右斜，水壶右肩左斜，再戴上大盖帽，急速往门口冲去，却和谷小粒撞了个满怀。谷小粒的背包早就打好了。背包是最难打的，她再一次笨鸟先飞。覃红枫没空埋怨她，两人一起朝楼下跑去。昏昏沉沉的谷小粒在进入队列的那一刻，一个跟斗栽到厉芬芳的身上。厉芬芳个子娇小瘦弱，差点儿给她撞倒。身旁的兰沁扶住了她。吴瑕和黄莲沉着镇定，从容不迫地打好背包，整好装备。我是越紧张就越出错，背包也打散了。周健秀跟我好像是难姐难妹般，挎包和水壶的姿势都背反了。等我们冲到楼下，队伍已经在报数了。我们站到队列尾，我将最后一个数报上后说："满伍。"

但徐志文就没那么幸运了，报完数了才出现在队列前，一床被子没有背在身上，是抱在怀里的——在下楼的时候，背包带散了。

看着他这副窘迫的样子，我们全都爆笑起来。只有厉芬芳听到了他的"报告"声，说了"入列"，罕见地没有批评他。"你们都不要笑他。看看你们的样，也不比他好多少。"

的确，我们有的军帽戴歪了，有的皮带掉下来了，有的水壶挎包背反了。

她看看手表，"你们全部在十分钟之内到齐，值得表扬。

回去铺开被子睡一觉，养好精神，明天走队列。”

大家都不知道，这句话是厉芬芳的缓兵之计，都给她的表扬冲昏了头脑，以为可以美美地睡上一觉，精神都放松了。可没多久，急促的紧急集合哨声再次响起。就连训练有素的覃红枫，也神情慌乱，找不着北了，一脚就把被子踢下了床。谷小粒就如一只螃蟹，连人带被子滚了下来。一向从容镇定的吴瑕和惊慌失措的我连下床的位置都错了，两人结结实实地撞在一起。周健秀也如惊弓之鸟，乱飞乱撞。黄莲则如同蝙蝠，找不着方向。整个宿舍乱成一锅粥了。背包打好了，却找不到腰带；鞋子穿好了，却左右不分，甚至衣服、裤子都是反着穿的。待我们你推我搡地冲到楼下，已过规定时限。

黑暗中看不清厉芬芳的脸，却能听到她声音里满是得意。“兵不厌诈。这就是紧集集合的要义。我知道，你们现在很狼狈、很不堪，但前方有战事，一点儿也不能松懈。即刻跑步，走。”

我不可避免地跑在最后。平时跑个一二百米就气喘得不行，何况此时又是负重前行。身上的背包松松垮垮的，好像即刻要散架，我不得不边跑边用手托着。黑暗中看不清前方的人，给蹲下来捡东西的谷小粒绊了一下，我整个人就翻倒在地，背包也从肩上滑落，滚到了一边。好在我身后没跟着人。否则，一个接一个全都倒下去，将是人仰马翻之势。

“你蹲下来干什么？”摔疼了的我第一次埋怨别人，当时并不知道是她。

“我的解放鞋掉了。”

“掉就掉了，白天再找回来。又不是你一个人掉东西。”我听出了谷小粒的声音。奇怪的是，给谷小粒这么一绊，我反而来了精神。一骨碌爬了起来，也不管身上的伤痛，抱着散架的背包，加快步子，去追赶前面的队伍了。

谷小粒没找到解放鞋，却给兰沁找到了。她一直远远地跟着，怕有人掉队。“还能不能跑？”她关切地问道。

“能。”谷小粒咬咬牙，说道。

“好，坚持就是胜利。”兰沁给谷小粒加油道。

在寂静的夜里，厉芬芳“一、二、三、四”的口号声特别清晰，也特别折磨人。不知还要跑多久才能停下来，好像绕地球跑了无数圈，也不知跑到哪里去了，似乎没有终结的时候。女生们跟在男生后面，尽管气喘吁吁，也没有一个人停下脚步。刘美娜想发几句牢骚，也实在没有气力发了。只有覃红枫能跑还能说：“哪有什么战火纷飞，全都是骗人的。比我父母还能骗！”

“我今晚非常欣慰，你们是第一次紧急集合，丢盔弃甲有之，人仰马翻有之，狼狈不堪有之，却没有一个人掉队，尤其是女生们。紧急集合就是加强战备、准备打仗，没有坚韧不拔的毅力，没有持之以恒的精神，就会贻误战机。战场上迟到一秒钟，人员就有重大伤亡。”

厉芬芳很善于做政治思想工作，阵前动员相当有鼓动性。大家明知战事是假，也依然给她说得精神振奋。她小学就当班长，一直到大学，班长地位从未动摇。这锻炼了她的组织和管理能力，也锻炼了她的口才和心志。即便带领我们跑了几个来回，气喘吁吁的她仍然斗志昂扬，精神抖擞，真的是铁娘子一枚。

直到天亮，我们才弄明白，以为跑到外面，原来一直在院子里。校园可真大。而当郭书荣把箩筐放在队部门口，让我们来认领东西时，我们也才发现，身上掉落了不少东西。

我发现了黄莲肩膀上的牙齿印，是在练习打靶的前一晚。我去水房洗漱，那时大家都快上床了，水房里人不多了。我做什么都喜欢安静，不喜欢热闹嘈杂的场合。我先听到了一阵啜泣声，然后才发现水房最里面有一个人。我心一惊，以为遇到了女鬼。正欲转身跑离，却听到了一句低语。“把我咬得这么重，好像我不是她亲生的女儿。”这声音沙沙的，有点儿像黄莲的。我定睛细看，果真是她。浓眉大眼高鼻的她，侧脸很美，有一种雕塑感。她正在用水去擦洗肩膀上的齿痕。

“你不能用冷水擦，会感染的，会得破伤风的。”我大声制止她。

黄莲惊奇地回过头，见是我，才松了一口气。“我经常这样擦洗的，过一阵就自然愈合了。”

“你经常这样擦洗？你妈妈经常打你？”我诧异极了。我妈妈一个手指头都不会动我的。我不相信世上还有妈妈会打自己的亲生女儿。

“经常，拿我当出气筒。”黄莲并不避讳我。在她眼里，我不是一个惹是生非的人。

“哦，那你身上岂不是伤痕累累？”我的声音充满关切和同情。

“那当然。旧伤好了，新伤又来。”

“这么可怜！世上还有这么狠心的妈妈？”我像听《天方夜谭》一样。

“我不像你根正苗红，我是边缘人，我的家庭充满着耻辱和恶心。”

“耻辱和恶心？”我第一次听到这样对家庭的评价，满是疑惑和不解。

“你以为每个家庭都像你的家一样，充满着爱和温暖吗？”

走廊里传来厉芬芳的声音，“没洗漱的抓紧了，马上就要熄灯了。”

“以后再跟你说吧。”黄莲边穿衣服，边说。

“那你明天练习打靶，手不会有影响吧？”

“不会，一点点伤痛而已。习惯了。我的事，千万不要让区队长知道。”

我的口风很严，是绝不会对外说的。但隔墙有耳，恰好给上厕所的谷小粒听到了。她不像刘美娜“小喇叭”一溜烟跑回宿舍广而告之，而是直接敲了区队长厉芬芳宿舍的门，汇报了这一消息。

厉芬芳很惊奇，也很愤怒，又不想惊动宿舍里的其他同学，就让兰沁悄悄把黄莲叫来。当她拉开她的衣服，看到肩膀上的牙齿印和手臂上的手指掐印时，几乎要骂娘了。“真是蛇蝎心肠，居然对自己的亲生女儿下如此狠手。”她眼圈发红，眼泪差点儿掉下来了。“你明天不用去练习打靶了。这几天都在下雨，伤口感染了不好。”

“我要去练习打靶。”黄莲一听就急了。她来读军校，一是躲避母亲对她的伤害；二是学英语，当外交官，改变自己的命运；三是可以摸枪。潜意识里她总觉得枪可以保护自己，让自己不再受伤害。

厉芬芳看黄莲要急哭了，安慰道：“好了，好了，你去练习打靶吧！但要注意安全，不要让伤口淋着雨了。”

待黄莲走后，兰沁笑她，“还说黄莲母亲心狠，你自己不也是让学员跟树练军姿，把她们的手和脚都弄得青紫了。”

“我跟她母亲情况不一样，她是动手打骂自己女儿，我是动嘴而已，并没打骂她们。况且，我是为了她们进步，尽快向军人靠拢。打是疼，骂是爱。”厉芬芳嘴硬得很，实则心里也有些愧意了。

“你打算跟她的母亲说这件事吗？”

“不能说。她会认为黄莲跟我们说了什么，迁怒于黄莲，反而不好。现在黄莲在部队受保护，她伤害不到她。不让她接触黄莲就好了。”

“像她这种状态，我担心一周后的打靶会不会枪走火，伤及他人或她自己？”

“不会的。她喜欢军校，喜欢军训，喜欢枪，一直以来的表现都很好，能吃苦。若不是她母亲来，都不知道她有这苦难。枪打不好，她才会不好受。她最需要的是温暖。练习打靶时，我做她的教练好了。”

打靶练习的动员会上，厉芬芳指着窗外淅淅沥沥的秋雨说：“这雨有没有诗情画意？”我们都不懂她的意思，没有一个人回答。

“你们看着窗外，细雨如织，梧桐叶绿，多么美好的一幅画面，仿佛都能听到雨打梧桐叶的声音。”我们一边看向窗外，一边心里直发毛，钢铁直女厉芬芳什么时候变成多愁善感的诗人了？她的葫芦里究竟卖的什么药？又准备出什么招来折磨我们了？

“你们不回答是吧，那我就来说了。在这么富有诗意浪漫的秋雨季节中，我们迎来了新生训练的最后一个科目——实弹射击训练。”

“哇，太棒了！我日思夜想的就是摸枪啊。”厉芬芳的话音刚落，覃红枫的声音马上如子弹蹦出，乒乒乓乓地响。“我来回答，厉区队！这雨打梧桐叶的声音真是太美妙了，就像子弹打在靶上发出的声音一样。”

“真会拍马屁！下雨天趴在地下练瞄准，全身都沾满了黄泥巴，还诗情画意呢？落入厉芬芳的套还不知。”刘美娜小声道。但我们都听见了，爆发出一阵大笑。

“有什么好笑的？覃红枫喜欢枪，喜欢练习瞄准，喜欢打靶，这对于她来说，就是一件美妙的事情。”厉芬芳也听到了刘美娜的声音——耳朵可真灵。“掌握武器装备，是每个军人必备的技能。我们主要是练习轻武器，比如半自动步枪和手枪，为了将来工作之需。作为军人军姿、纪律条令训练后的最后一个训练项目，是出于安全考虑。这时候，你们已基本实现了高中生到军人的转变。无论下小雨还是下大雨，无论全身裹满了泥巴还是苦和累，我们这一周都要趴在地上，不能退缩，也不准退缩，坚持就是胜利。你们已看到希望的曙光了。打靶一结束，你们的新兵训练也就结束，正式进入学习阶段。”厉芬芳脱下了温情脉脉的伪装，露出了严厉、严肃、严格的真面目。

“还希望的曙光哩，我看就是黎明前的黑暗。先用一番诗情画意诱导你，然后才是艰苦卓绝的训练。看到了吧，你有什么好美的？”厉芬芳走后，刘美娜很不开心道。她给厉芬芳话里话外的批评弄得很不是滋味。

“我就是喜欢打枪，不摸枪手就痒痒。只要有枪打，就是天上下刀子、地下喷烈火，我也觉得美妙极了。”覃红枫不是死要面子活受罪，她真的是盼星星盼月亮，终于盼来了打靶这一天。在家里时，父亲只要有空，都会带她到省军区射击场去进行枪械训练，动用了他作为省军区司令员一点小小的特权。

“这样的天气还要去打靶，天天趴在地上练瞄准，我心爱的军装满是泥污，洗也洗不干净，洗干净了也不易干，都没军装换了。”

刘美娜没跟覃红枫争辩下去，觉得她说的话未必是假的。她是个枪械控，如同她是军装控一样。自从穿上了新军装，她从未脱下过，睡觉都穿着，也到了成瘾成疯的境地。

“厉芬芳怎么可能放过我们？否则，就不是她了，也不姓厉了，改姓柔了。越到最后的关头，她越来劲；越下雨，越要让我们练习。这么好的一个锤炼我们的机会，她不会放过的。

看着吧，她马上发雨衣了。”周健秀的话说得有些酸溜溜。沉稳的她，也是有个性、有棱角的。她是近视眼，瞄不准，体质也弱，对打靶实在没兴趣。

“我也不想去，雨雾蒙蒙，准星都对不上。本来就怕枪，这样更怕了。万一谁的枪走火，或是我的枪打不准，想想这样的情况有多可怕。”我舞文弄墨可以，叫我舞枪弄棒，真是心里恐惧，忍不住发表了点意见。

“真不知厉芬芳这么训练我们，是为了我们好，还是为了她脸上贴金。”刘美娜不愿意做的事，总是想歪。

“怎么能这样想厉区队？这一个月的军训，她把一颗心都掏给我们了，人都瘦了一圈，就为了我们的进步成长，为了我们早点由老百姓向军人转变。下雨天也要练，是因为枪支要赶在国庆前入库。”吴瑕拿着雨衣走了进来，很不满刘美娜的说法。

“是呀，是呀。你看她这一个月，哪一点是为了她自己，全是为了我们。”黄莲附和着。就在昨晚，她从厉芬芳那儿感受到了一种久违的母爱。虽然厉芬芳大不了她几岁，像她的姐姐，但她幻想着这是母亲的温暖。

谷小粒瞪着眼，听着我们左一句右一句地发牢骚，想插也插不上话来。她本来就是一个语迟嘴笨的人，一切用行动来说话。她没有去水房洗脸，因为她没有开心的事；她也没有去向厉芬芳汇报，因为她跟我们的看法一致。她要汇报的是她有既得利益，或是与她无关，或是跟她看法相左的事。所以，她的存在，并未对我们构成多大的威胁，有时还弄拙成巧，无形中帮了我们的大忙。

天天雨里趴在地上练瞄准，又苦又累又脏还不算，关键是太枯燥无味，太无聊透顶了。连酷爱枪械的覃红枫都想高喊："让暴风雨来得更猛烈一些吧！"只有这毛毛细雨下大了，厉芬芳才会终止训练。

滂沱大雨中趴在地上练习射击瞄准，那是野战部队、特种部队才有的事。对于军校来说，军事训练没有这么残酷和正规，一切还是以学习为主。厉芬芳的训练方式再怎么向野战部队靠拢，也不可能像野战部队的教官一样，如此训练她的兵、她的学员。覃红枫心里很清楚这一点，如同她再怎么发誓说下刀子也要趴在地上练习瞄准一样。真要下刀子，她才不会趴在地上不动，早已溜之大吉了。本身她就是个追求自由、不受约束的人。能在雨中练这么长时间，她觉得自己也真是太伟大了。她恨不得口袋里能有几颗子弹，"砰砰"地放几下，把自己的苦闷愁绪一股脑儿地释放出来，让自己百发百中的枪法震一震这些教官们。让他们知道，他们的枪法不一定比她准。

正在覃红枫苦思冥想时，真的有一声枪响了。这颗子弹穿过细雨，穿过覃红枫的梦幻，不偏不倚地射中她瞄向靶的靶心。

"谁放的枪？谁放的枪？"夏晔铮、厉芬芳、郭书荣惊呼起来。这种惊呼声在寂静肃穆的靶场，很让人有种大敌来临前的一级戒备之感。

"赶快查一查！赶快查一查！"夏晔铮挥舞着双手，声嘶力竭地吼着。作为新生四队的队长，打靶安全他是第一责任人。

“这是覃红枫的瞄准靶。”郭书荣在瞄准靶那边喊道。

“覃红枫站起来！”厉芬芳命令道。

“到！”覃红枫站了起来，直挺挺地立着，脸上、身上的雨水混着泥巴，簌簌而下。

“是不是你放的枪？”

“是！不是！”覃红枫还在打枪的遐想中，没有清醒过来。

“到底是不是？”厉芬芳又气又急，冲到了她的面前。

“不是！”面对着像只母老虎般冲将而来的厉芬芳，覃红枫清醒过来了。

“肯定不是你？”厉芬芳不相信，“你不要撒谎！撒谎罪加一等！”

“肯定不是！”覃红枫完全醒过来了，她扛不起这个罪名。

“枪打在你的靶上，而且一枪命中靶心。这批学员中只有你摸过枪，只有你能百步穿杨！”

“真的不是我！你们怎么不相信人？怎么能冤枉好人？”覃红枫急得都要哭了。在打枪这大是大非面前，在这群紧张得要开批斗会的队干部面前，胆大如牛的她也吓得胆小如鼠了。

“王教官，你看见她开枪了没有？”厉芬芳问负责覃红枫瞄准射击的教官。

“我刚好去看另一个学员了，没注意到。”矮小壮实的王教官回答。他一人负责五个学员。

“看看她的枪口是不是在冒烟？再摸摸她的枪管，看是不是热的。”正赶到覃红枫旁边的夏晔铮说道。

王教官看了看，又摸了摸覃红枫的枪。“报告夏队长，枪口没有冒烟，枪管也是冷的。”

“那就不是她开的枪。你们几个教官赶快看看和摸摸你们所带学员的枪口和枪管，看看谁的枪口冒烟，谁的枪管是热的。”夏晔铮大声吩咐道。

徐志文很想把手中的半自动步枪扔掉，或者弃枪而逃，就像当初他的母亲怀着他，也要奔跑着离开自己的家乡、自己的父亲一样。

他是一个遗腹子。母亲刚孕育了他的生命，父亲就牺牲了。

1966年7月，一支中国高炮部队悄然进驻与越南接壤的南西省某村，一位叫徐栋的高炮排长住进他母亲的家。徐排长高大挺拔，英俊洒脱，喜欢看书学习，尤其喜欢读艾青的诗，时不时会在房间里高声朗诵几句“为什么我的眼里常含泪水，因为我对这土地爱得深沉”。这一武一文的个性特质，吸引了徐志文的母亲。那个只有十六岁，初中都没读完就回家务农的小姑娘。她个子虽娇小瘦弱，但发育成熟，胸脯高耸而直挺，臀部圆润而饱满，浑身充满着青春逼人的气息。她常用一双水汪汪的大眼睛凝视着徐排长，在他朗诵诗歌的时候，神情更是专注。她听不懂诗歌，但“我对这土地爱得深沉”这句话，她觉得她听懂了。对这土地爱得深沉，那不就是对她爱得深沉吗？她就是在这块土地上生活和长大的啊。每每于此，她那清纯秀丽的脸蛋就会浮起一层红晕，就像天边的红霞那般好看迷人。徐排长也停止他的高声朗诵，呆呆地望着她。这个纯洁可爱的农村小姑娘，敲开了他那一扇对异性思慕的门。两个情窦初开的青年男女，给爱欲这把火烧着了。像亚当和夏娃一样，他们小心翼翼却又是急不可耐地偷尝了爱情的禁果。几天后，部队突然接到开拔到抗美援越前线的命令，徐排长来不及跟徐志文的母亲告别，只好把一颗子弹放在她的窗台上。

徐志文的母亲出去打猪草了，回到家时已不见徐排长的踪影。她紧紧攥着徐排长留给她的那颗子弹，如同攥着他那颗心。此后的几个月，她都在打听徐排长的下落。终于有人告诉他，徐排长早已牺牲在前线。他的母亲来不及悲伤，因为他的肚子一天天大了起来。她的父亲看着不对劲，便加以逼问，母亲说出了原委。她的父亲怒不可遏。在农村，未婚先孕是大逆不道的事，就命令她去打掉这个孩子。他母亲坚决不从。这是她和徐排长爱的结晶，现在他牺牲了，这孩子就是她唯一的安慰，她的命根子，她怎么能打掉？但她深知自己父亲的个性，深知未婚生下孩子会在村里受到怎样的歧视，倔强坚强的她连夜逃离了自己的家乡、自己的父亲。

“徐志文的枪口在冒烟，枪管是热的。是徐志文打的靶。”负责徐志文训练的教官高声道。

夏晔铮三步并作两步，来到徐志文面前说：“是你开的枪吗？”

徐志文低着头，不敢回答。

“是不是你开的枪？”

徐志文依然没有回答。

“夏队长在问你话哩，是还是不是？”一旁的郭书荣也急了。

“是！”徐志文像蚊子叫了一声。

“你哪来的子弹？”

徐志文又不敢作答了。

“快回答夏队长的话！”郭书荣又说道。

“我母亲给的。”

“你母亲怎么会有子弹？”

徐志文打死也不愿说了。

“队长，回队部再问他吧。我觉得这事说来话长。”郭书荣跟夏晔铮建议道。

徐志文的母亲逃到县城，在一个小饭馆打工。饭馆老板高中毕业，有点文化，知书达理，知道他母亲的情况后，同情她的遭遇，钦佩她为母则刚、为爱留住孩子的勇气，跟她结为了夫妻。徐志文出生后，母亲给他取名为志文，希望他立志习文，像父亲那样喜欢读书学习。她不希望他习武，她害怕像失去他父亲一样又失去他。饭馆老板一直对徐志文视如己出，就算他后来又有了一个儿子和一个女儿。他非常宠爱徐志文，给他上最好的学校，受最好的教育，家务活也不让他干，只要他好好学习，以至于徐志文的生活自理能力相当差。徐志文也争气，学习成绩很好，关键是像他父亲那样喜欢诗歌，喜欢看书，外表也像个文弱书生，不像他父亲那样有军人的阳刚之气。母亲反倒很欣慰，这样他就不会去当兵了。但她哪里想到，徐志文的血脉里流淌着的是他那军人父亲的血，身形不像父亲高大威猛，内心却像父亲那般坚韧。当得知解放军河洛外国语学院提前来学校招生时，他以高分放弃了名牌大学的就读机会。读军校，既可以从军又可以从文，也不算让疼爱他的母亲失望。得知这一消息，他的母亲已无法更改，只能感叹命运的安排，命中注定徐志文要接父亲的班。在徐志文去军校前的那晚，她拿出了珍藏多年的那颗子弹。“带着它吧！这是你父亲留给你的唯一信物。”

夏晔铮在队部办公室，一边听徐志文讲述，一边用手帕擦眼泪，也不管身旁还有郭书荣。

徐志文也很奇怪，父亲、母亲的故事这么打动人？让在战场上杀敌眼都不眨一下的夏队长，眼泪不住地流。他哪里知道夏晔铮的心事，他父亲的牺牲就是因为救了夏晔铮。

原来高炮部队开拔前线后，击落敌机几十架，却也遭到了敌机的狂轰滥炸，阵地几乎被夷为平地。徐志文的父亲推开夏晔铮，自己坐在炮盘上，向敌人猛烈还击，牺牲时两手仍紧紧握着方向机。抗美援越战争结束后，夏晔铮从未停止对徐栋排长家人的寻找，想替他尽孝。这次去南西省招生，也是有这个心愿，但一直没有结果。有人说徐栋是个孤儿，无亲无故。真的无法报答恩人了吗？夏晔铮心里很失落。哪知“踏破铁鞋无觅处，得来全不费工夫”，救命恩人还有个遗腹子，就站在他面前。他控制住激动的情绪和泪水，温和地问道：”你怎么想到要把父亲留给你的这颗子弹打出去的?”

“这几天打靶训练瞄准射击，练得手痒痒的，总想真打一枪试试，也想看看父亲留下的这颗子弹是真的还是假的。其实，夏队长，你别看我文弱，我心里特想成为我父亲那样的英雄。所以，我来读军校；所以，我先打了第一枪。我觉得，只有开枪了，才算个军人，虽然技艺不高，子弹跑靶了，跑到覃红枫的靶上了。”

夏晔铮的泪流和温和，让徐志文放松了自己，说了一番掏心窝子的话。夏晔铮却给他这番话弄得又想哭，又想笑。他没有告诉徐志文，他和他父亲这段生死之情。他拍拍徐志文的肩膀，徐志文下意识地抖了一下。

“没事了，回去写份检查。可能会有个警告处分，但不会影响你的学习和前程。好好完成后面的打靶训练吧。”

徐志文没想到事情这么轻易地过去了，站着不敢动。他以为会要退学，至少也要关禁闭。

“怎么站着还不动?夏队长不是说让你走了吗?”郭书荣虽然也不明白夏晔铮为何会流泪，为何如此温和，为何对这件事这么宽容。但他的兵能得到宽大处理，他心里也是高兴的，就使劲地向徐志文眨眼睛，示意他快走。

徐志文的事发生后，除了晚上增加一小时的安全教育学习，我们并没受更多的影响。一周后，进行实弹打靶考核。

刘美娜早已忘了自己之前对覃红枫的讥讽，悄悄跟覃红枫说："你打得准，故意打我靶上吧。反正我打不准，肯定是打到你靶上的，我们两个人的靶靠在一起。你一下那么多环数，不仅不能体现你的真实水平，也会让队长他们误会。"

覃红枫哈哈大笑起来，"真有你的！你的鬼点子怎么那么多。"她也是个好了伤疤忘了疼的人。之前刘美娜换她被子的事，她早已抛到九霄云外了。但让她故意往刘美娜靶上打，她做不到。瞄不准，才打别人靶上。她瞄得那么准，怎么可能打她靶上？这不是对她枪法的污辱吗？

刘美娜没办法。她总不能像抱走覃红枫被子那样，把她的靶跟自己的靶对换。她也不能寻求朱荔香的帮助，让他故意朝她的靶放枪。靶位相差太远了，而且朱荔香打靶练得很好，不说百发百中，也是百发九十中。他不可能像徐志文那样远距离放一枪，都能放到覃红枫的靶上。就算他愿意帮她，朝她的靶放枪，也不一定能打中她的靶心。他不是覃红枫那样的"神枪手"。这样一来，她就只能靠自己了。死马当作活马医，打几环算几环吧。经过抱被子事件，她也想明白了，军校人才济济，并不是每件事她都能做到最突出、最惹人注目的，还是安心当自己的"跳舞皇后"吧。有了这张王牌，在以男性为主的军校，也够她美的了。

周健秀近视严重，下雨天视线更迷蒙，加上对真枪实弹的恐惧，她没有一枪打在靶上的，全飞到相邻的靶上了，考核为零。我的运气也没有多好，闭着眼乱放了几枪，枪的后坐力震得我魂飞魄散，也把数靶的人吓得心惊胆战——子弹没往靶上打，不知打到哪里去了。考核结果也为零。谷小粒真是"笨人有笨福”，她的子弹打到别人的靶上，别人的也打到她的靶上，一数还有十几环，就当作她的了。我们可不相信这是她打的。她拿枪的姿势都是斜的，准心都没瞄准，怎么可能打中？

黄莲压力太大了。厉芬芳手把手地教她练习瞄准，不打好对不起人。从放第一枪开始，她心头那只小鹿就比枪声跳得还快。当报靶的说36环、一枪脱靶时，她“哇”的一声哭了起来。她是喜极而泣，总算没让厉芬芳失望了。身边却是一片掌声和欢呼声，厉芬芳笑得最真切。能哭出来，说明黄莲心里的结解开了。没有压抑，也就不会抑郁。这是她和兰沁共同期待的。

我们班女生的打靶成绩可说是全军覆没，铩羽而归。夏晔铮不住地摇头，“你们如果上了战场，没把敌人打倒，敌人先把你们撂倒了。”

覃红枫不服气地说：“敌人还没拔枪，却已经倒地了。”

“行，知道你拔枪快、枪法准。”

“这是不是盗版的，夏队长？”覃红枫得意地望着夏晔铮道。她要报当初夏晔铮说她“敬礼是盗版”的那一箭之仇。

“打枪怎么可能是盗版。”夏晔铮钦佩道。

覃红枫快活地给夏晔铮敬了个礼。

“这个还是盗版的。”

覃红枫气坏了，对着夏晔铮的背影做了个举枪瞄准的动作。我们忍不住笑了起来。

晚上看露天电影，是孙道临主演的《永不消逝的电波》。

小时候，我就常听母亲提到孙道临，说他是个有文化的演员，不光长得好，演得好，还是燕京大学的高才生；还夸他会找对象，妻子是越剧演员王文娟。“越剧演员女扮男装，不会闹出绯闻，这样就能安心演戏。”母亲说。

我对孙道临仰慕已久，迫切地想看到这部电影，早早拿着小板凳坐在马路旁的梧桐树下，等着集合。徐志文下来得也早，坐到了我身边。

“军训时，你看到操场对面新生三队的学员了吗？坐在操场边，就是给淘汰的。”

“淘汰什么？”我很惊奇。

“你真是神仙样的存在，什么都不知晓。今年是建国 35 周年，学院要举行国庆阅兵。选不上国庆阅兵方队的，就坐在操场边待着。”

“啊？”我很害怕。我的队列走得不好。如果不能进入阅兵方队，那是多么丢人的一件事啊！

“反正我是选不上的，我的顺拐到现在还会出现，有点难克服了。我很后悔当初为什么要投笔从戎了，我真的没有军人的素质，有时真想退学。”徐志文忧心忡忡道。

我的心里很不平静。徐志文是想退学，我则是害怕被退学。我一直都很顺利，如果被退学，真的承受不起这个打击。

徐志文后面再跟我说什么，又是怎么集合，怎么高唱着歌曲，怎么到了电影屏幕前，我都不记得了，脑子乱得很，迷迷糊糊的。

解放军河洛外国语学院的露天电影，是在操场旁支起一片大银幕，各系、各学员队集合队伍，喊着口号、唱着歌到达指定地点，非常的宏伟壮观。落座后，还要拉歌。我听见说："费鹏，指挥大家唱一个！"

费鹏走到队列前，双手挥舞："我是一个兵，唱！"

"我是一个兵，来自老百姓。打败了日本侵略者，消灭了蒋伪军。"雄壮的歌声立马响起。最后一句唱完后，费鹏指着旁边的新生三队喊道："新生三队来一个！来一个！"

新生三队站起来一个人："来就来！谁怕谁！"他的声音刚落，我们噼噼啪啪的掌声已响起。"革命军人个个要牢记，三大纪律八项注意！唱！"新生三队的歌声豪迈雄壮，气势并不输我们。他们唱完后，又喊回来，"新生四队来一个！来一个！"

费鹏坐着不动。

"一二三四五六七，我们等得好着急。扭扭捏捏不像样，好像一个大姑娘！"

这些话把郭书荣激得，腾地一下站起，朝着我们吼："团结就是力量！新生四队，唱！"

"团结就是力量！团结就是力量！"我们屏足了所有的气息，已经不是唱，是在嘶吼了。

"你怎么不开口唱？"吴瑕发现了我的异常，停下歌唱，问道。她当时坐在我的旁边。

我没有做声，还在想着阅兵淘汰的事。电影开始了，也没心思看。吴瑕兴奋地说："孙道临出场了，快看啊！真是帅呆了，声音还是那么磁性。他不是你的偶像吗？"她手舞足蹈的，一反平时温雅的状态。她也是特别崇拜孙道临，尤其喜欢他的声音。

我还是不说话。

“你今天到底怎么了？”吴瑕很奇怪，开始惊奇了。

“国庆阅兵方队要组建了，我不会被淘汰吧。”我终于说出了自己的担忧。

“你听谁说的？”

“别个队有。”

“别的队有，我们队不会有。厉芬芳这么严格，你们也都练得不错，怎么会淘汰？别想了，好好看电影吧。”

我怎么能不想呢？我第一次失眠了，又不敢翻身，怕影响到旁边的人，睁眼到天亮。军训时头昏脑涨的，摆臂时手又不听使唤，屡次打到别人。

“林灵、谷小粒、徐志文出列。”厉芬芳大喊道。

“谷小粒，你怎么又左右、前后不分了？林灵，你的手怎么又挥到别人那儿去了？徐志文，你怎么又顺拐了？平时是怎么练习的？是不是又要罚你们跟树练了？”

昨晚徐志文跟我说话时，谷小粒坐得离我们不远。听见了我们的说话，紧张得也是一个晚上睡不着，也担心进不了阅兵方队。

正待厉芬芳要惩罚我们时，吴瑕说道：“报告区队长，她们是担心落选国庆阅兵方队。”

厉芬芳一听，神情即刻严肃起来。“关于国庆阅兵，我还没有正式跟你们传达。谁说我们新生四队要淘汰人的？别个队会淘汰，但我们队一个都不能少！你们每一个人都是我掌心里的宝，每一个人都不会落选。你们刚入军校，是新兵，是新学员，能参加三十五周年国庆阅兵，是你们的荣誉，是你们的权利。从现在起，大家要起到传帮带的作用，团结互助，共同进步。覃红枫带谷小粒，吴瑕带林灵，朱荔香带徐志文，给我加班加点地练习。”

“那我带谁？”孙红星问道。

“你带你自己，只是不要一个筋斗翻去了十万八千里。”

大家哄笑。

厉芬芳做出一个禁止说话的手势。“不想当将军的士兵，不是好士兵；不想争第一的学员队，也不是优秀的学员队。无论平时怎么样，关键时刻要上得去！从今天开始，我们新生四队正式进入国庆阅兵训练。你们要拼搏努力，以优异的成绩为新兵训练画上一个圆满的句号。阅兵结束后，我带你们上嵩山少林寺。做不做得到？”

1982 年，电影《少林寺》上映，在全国引起了轰动。引人入胜的故事情节、精彩绝伦的武术招式，还有演员李连杰和丁岚诠释的清纯凄美的爱情，吸引了无数人。那个位于中原大地的少林寺随之声名鹊起，能去看看，不知是多少人的心愿。

“做得到！”

“声音大一点！”

“做得到！”

或许是厉芬芳激发了大家的集体荣誉感，或许是上嵩山少林寺的诱惑，或许是一个都不能少的感动，总之，这番于公于私都振奋人心的阅兵动员让我们群情激奋，喊出了山呼海啸般的气概。

国庆阅兵时，郭书荣和厉芬芳走在队列最前面。这个鸳鸯组合在解放军河洛外国语学院的阅兵史上还是第一次，也是新生大队的唯一一对，专属于我们新生四队。他们神情冷峻严肃，动作干净利落，经过主席台时高喊口号，声音洪亮："向右看!"我们全部齐刷刷向右看，同时敬礼、踢出正步。不用说，我们有别具一格的鸳鸯领队教官，得分怎么会差。最后，新生四队获得三十五周年国庆阅兵全院第三名，新生大队第一名。

吃完早餐，我从宿舍右边那条小路走。左边那条路靠近操场，人来人往的，我不喜欢。我喜欢这条僻静的、开满野花的小路。

快到教学楼时，徐志文迎面走了过来，手里拿着几封信。"我刚到通讯员那里。呃，这封是你的。"他边说边把信递给我。"这邮票真漂亮，是什么人给你写的信?"

我笑笑，不太愿意跟别人细说自己的事。

"他每次给你写信，总是用很精美的邮票。"看到我顿了一下，徐志文赶紧解释，"我是喜欢集邮，才注意到你信封上的邮票的。"

这样的解释有些"此地无银三百两"的意思，但我没有留意，也不搭徐志文的话，说了声"谢谢"就走了。

徐志文在背后高声提醒我，"不要忘了，8 点在宿舍楼前集合，去少林寺。"

这是高中时一位男同学给我写来的信。每封信他不仅给我贴精美的邮票，信纸也是折成弯弯绕，好似一只翩飞的蝴蝶，每次都要费很大工夫才能打开。我好像隐约明白他那点小心思，但又不十分确切。

高一时，他坐在我的后面。不像小学时坐在我后面的男同学那样经常把课桌往前移，让我进不去，进去后坐下来也逼仄得难受，他总是常常把课桌往后移，方便我入座。当我的作业本错发到他那里时，他总是温存地用作业本捅捅我的后背，递回给我。走在路上，他也是远远地看着我，而当我的目光与他相遇时，又红着脸迅速地低下头去。有一次，年级举办文艺汇演，我上台朗诵了一首诗。汇演结束，当人群散去，他却走在最后，似在给我鼓励。那背影，忽然让我有一丝感动。

高中时的男女生是不说话的，也是因为学业紧张，忙着高考，我把对这个男生的好感藏在心里。上军校后，不知怎么的，我总会想起他瘦高的羞涩样子，以及他对我的好，就提笔给他写了一封信，地址写的是他所在大学所在系。那时，我还不知他的通信地址，抱着碰碰运气的想法，没想到真的收到了他的回信。看来，我的感觉还是没有错。

一辆大客车载着我们，往嵩山少林寺开去。厉芬芳温柔又可亲地说：“费鹏，指挥大家唱首歌吧。”她的状态就像一位邻家的大姐姐，还露出了难得一见的笑容。

“你看，她还会笑，还笑得那么美，似一朵盛开的黑牡丹。”坐在我旁边的覃红枫扯扯我的衣角。“这一个月来，我就没怎么见她笑过。整天板着一个脸，比黑脸包公还黑脸包公，是黑脸包婆。”

我捂住嘴，差点儿“扑哧”一声笑出来。“可能是压力大吧。现在军训结束了，她就放松了。”

的确。不仅她放松了，我们也都放松了。费鹏指挥我们唱《少林，少林》。这是电影《少林寺》的主题曲。我们唱得比队列喊口号还要雄壮激越，还要整齐划一。人在放松的状态下，是可以让情感最大限度地发挥的。费鹏的指挥，就柔美得如同海鸥展翅一般，翩翩飞舞，一上一下，和着我们波涛般起伏的声音。“少林，少林！有多少英雄豪杰都来把你敬仰。少林，少林！有多少神奇故事到处把你传扬。”一个月来的艰苦训练，都化作了激情澎湃，在歌声中豪情万丈。

河南嵩山少林寺终于出现在我们面前。“我以为有多么巍峨雄壮哩，就像歌中所唱的‘少林，少林’那般有气势，但这个门却不是。”孙红星率先说出他的失望。但他也不敢多说，觉得大凡庙宇都是有神灵护佑的，怕得罪神灵。

“别看少林寺这个山门显得不是那么雄伟壮观，但山门牌匾上的‘少林寺’这三个字，却是大有来头的。”徐志文仰望着少林寺的山门，捻着下巴微笑着。

“怎么大有来头？徐大学问家，你快说说！”费鹏也来了兴致。

“这个嘛……”徐志文故意卖个关子。

“徐志文，你快告诉大家！”厉芬芳也催促道。

“是呀，是呀！我们马上要进去看少林寺和尚的枪棍表演了，就像电影里的那样，迷死人了。”覃红枫做了几个武打动作。

“我最想看和尚的袈裟，太别致了，有一种独特的美，好像是用双色布制成的。”刘美娜喜欢军装，进而对服饰也颇有兴趣。

“我以为你想看和尚呢？”孙红星嬉皮笑脸道。

“你才想看和尚，你还想做和尚哩。”刘美娜啐了一口孙红星。

“你们别打打闹闹了，听徐志文讲讲这个少林寺牌匾的故事。”军训完了，郭书荣绷紧的弦也松了，好似邻家大哥哥般的规劝道。

“这个牌匾，据说是清朝康熙皇帝写的。少林寺山门修建完毕后，唯有山门上的匾额一直空着。后来，康熙大帝要出游中岳，少林寺敬斋大和尚计上心来。康熙大帝在众人陪护下浩浩荡荡地来到了，看到山门上匾额高悬，却是空白的，很是好奇。敬斋大和尚说，寺内一老一小两和尚正在书写。康熙大帝看到他俩写的或大字如斗，或小字如蚁，禁不住哈哈大笑道：‘这哪里是写字？’敬斋大和尚看时机已到，率众僧说：‘请万岁御赐！’康熙大帝从容地拿起笔来，写了‘少林寺’三个字。”

“还有这段典故啊。”我对徐志文的学问心生敬佩。

“徐大学问家就是有学问。夏队长如果在，就知道他为何会把子弹打到覃红枫的靶上了。他能文不能武啊。像我这样能文又能武的人是少见的，哈哈。”孙红星怪论一堆。

“大家都听明白了吧。听明白了就进去看武僧的枪棍刀剑表演，郭区队已先进去协调了。”厉芬芳说。

这场少林武僧的刀棍枪剑表演，是专门为我们军校学员准备的。当我们来到练功房时，八个少林武僧已握棍昂立在那里，雄伟的姿势并不亚于我们军人。领队的武僧正和郭书荣说着话，见我们来后，站回那八个武僧前。他们双手合十，向我们行礼，然后“嗖嗖嗖”地开始了先棍后刀再枪剑的表演，直看得我们眼花缭乱，不住地发出叫好声。

“这回，你们相信地上的大坑是他们踩出来的了吧。”厉芬芳指着脚底下武僧踩出的大坑道，“如同铁杵磨成针一样，日积月累，才能踩出这样的坑；踩出这样的坑，才会练就这样的功夫。”

我们一直不相信，电影里出现的大坑真的是由和尚们练功踩出来的。坐在往少林寺开的客车里，大家七嘴八舌地议论着。这么坚硬的地面，光凭脚，怎么能踩出这样的坑？现在亲眼所见，我们都很震撼，心服口服。看来，“铁杵磨成针”的故事也是可以相信的。

郭书荣把刚才跟他说话的武僧带到我们面前。“他也是学外语的，原是北京外国语学院的大二学生。我跟他是高中同学。”

“阿弥陀佛！各位学弟、学妹好！”他低垂着头，双手合十，又向我们行了个礼。

这么标准的僧人，怎么会是大学生？还是京城名牌大学的？我们全都惊讶得张大了嘴，说不出话来。

“慧眼师父，你跟他们说说吧。”郭书荣温和地说道。

“是这样的。贫僧在北京外国语学院念到大二时，电影《少林寺》在全国放映。看了里面武僧表演的刀枪棍剑，实在羡慕极了，就退学来到了少林寺。”

“就这个原因，你就退学做和尚了。”刘美娜很不相信。

“当然，也不完全是这个原因。从小，我就对武术有兴趣，但父母不让学，觉得练武没什么出息，考大学才最有前途，逼着我好好学习。我当时不懂，也不敢反驳他们。看了电影《少林寺》后，发现父母的观点并不对。武术怎么没有前途了，你看电影里李连杰饰演的觉远和尚，不就是以一身高强的武艺保护了少林寺，保护了亲朋好友。武术的前途大着哩，既能强身健体，又能保家卫国。我果断地退了学，上了少林寺。”

“两年你就练出了这身功夫，还成为他们的头？这也太神了吧。”覃红枫的军事技能是父亲从小教的，她不相信。

“是呀，是呀，我体育也是从小练到现在的。”周健秀也很惊奇。

慧眼师父笑了笑。“刚才你们说的那些大坑，是48个深浅不同的坑，有4行，前后左右相隔2米多，最深的有50厘米。这些坑也被称为‘脚窝’，正规的叫法是站桩坑，是千百年来少林寺的和尚们练武踏成的。有这么优秀的练功传统，有这么出色的武僧师父带着，又有这么强烈的兴趣，你说我两年能练不出来吗？你们大学不也读四年，就能报效祖国了吗？”

“慧眼师父天资聪颖，是我们的高考状元。他学什么，那还不是信手捻来，快捷迅速。”郭书荣夸道。

“你叫慧眼师父，那一定慧眼识人了。你能说出我们这几个都有什么兴趣爱好，我就对你顶礼膜拜。”孙红星对自己想出的这个难题，颇为得意，露出了狡黠的笑。

“你，足球踢得好。”慧眼师父指着孙红星说。

“你，会指挥。你，枪法准。你，体育好。你，擅跳舞。你，会写文章。”

对他的一一指定和判断，我们一个个目瞪口呆，如木鸡般。“怎么看出来的？”我们争先恐后道。

“天机不可泄露。善哉，善哉！各位施主，好好玩吧。”他双手合十，向我们行礼后，飘然而去。

“他怎么看出来的呀？真的有一双火眼金睛吗？”刘美娜又喜又恼，跳着脚问。

“这还不容易。你这样爱跳脚，不就是爱跳舞吗？孙红星听他讲话时，脚老踢石子，肯定喜踢足球。费鹏老爱挥舞双手点来点去的，肯定会指挥。覃红枫和周健秀自己都说出她们的特长了。林灵安安静静的，肯定文章写得好。”郭书荣说道。

“天啊，郭区队也是个大神啊！我们要五体投地了。怪不着慧眼识得厉区队啊。”我们怪声怪气地说着。军训完了，也没有那么怕他们了。

“郭区队忽悠你们的，别信他。”厉芬芳这样说，却也是笑不拢嘴。“自由活动时间到了，4 点到塔林旁边的小溪集合。”她看看手中的表道。

“就是李连杰和牧羊女第一次见面的那个地方吗？”覃红

枫问。

“是的，你和孙红星在那儿见面吧。”厉芬芳开了句玩笑。

“哗，厉区队，你这玩笑开得有点大哦。”孙红星有点不好意思了。

覃红枫听了，却是笑得合不拢嘴了。

我一个人走向塔林。看电影《少林寺》的时候，这座塔林就很吸引我，神秘、壮观、威严。这只是外表，我对塔林的建筑特色、书法雕刻、宗教历史传承更感兴趣。所以，即便知道这座塔林是埋葬少林高僧的墓园，即便知道自己胆子很小，也要独自走近它。不入虎穴、焉得虎子。独处才能深思，宁静方可致远。

一辆摩托车从我身边疾驰而过，把我吓了一跳。这么肃穆的地方，也可行驶摩托车。

“林灵，上来吧！”摩托车上的一个人朝我喊着。我定睛望去，刘美娜、覃红枫、谷小粒都在摩托车上，坐在中间的覃红枫正跟我挥手致意。

只有在玩耍时，刘美娜和覃红枫才能走到一起，两个人都是爱玩、贪玩、会玩之人。至于谷小粒，我不知她怎么和她俩搞到一起的。总之，她的行为总会让人出乎意料。

我走进了塔林，手轻轻地抚摸古塔，为中国古代瑰丽的建筑艺术啧啧赞叹。突然，我看到徐志文坐在塔边，手捧着几张纸在细细端详。“大学问家，你在研究什么？是不是对这一群古塔也很有兴趣？”我高兴地朝他走去。

走近了，才听到哭泣声，还有眼泪滴在信纸上的“吧嗒吧嗒”声。什么事让他这么伤心呢？男儿有泪不轻弹，何况还会哭出声来。“徐志文，你哭什么呢？”我拍了拍他的肩膀。

沉浸在悲哀之中的徐志文没有发觉我的到来，吓了一跳，猛地站起来，惊恐地望着我，满脸都是泪水。我也给他吓了一跳，往后倒退了一步。“原来是你。”徐志文先镇定了下来，用手抹了一把眼泪。“我女朋友跟我吹了。”

“啊？”我不相信似的。“她为什么要跟你吹，你这么好的一个人？”

“她说我背着她来读军校，本来我们说好一起考北大、清华的，而且都上了线。但看到河外来招生，我想读军校，没跟她商量就报了。我怕跟她商量，她不同意。”

“哦，那也不至于到分手的地步啊。”

“就是什么事越怕，就越会来什么事。怕她不同意我读军校，怕她要跟我分手，我才瞒着她的。”

“她可能在气头上。被蒙蔽的感觉总会是不好的，你好好跟她解释，安慰一下她就可以了。女孩子都有点小心眼的。”

“不可能的了。这一个多月来，不知跟她道歉了多少回了，都没用。她一直要我退学，回去重新考她所在的大学，我做不到。我就是想当兵，就是想在军队奉献青春，实现理想。”

“她不喜欢军人吗？当兵很光荣的，当女兵令人羡慕。她应该对军人的你，崇拜和向往啊。”

“她崇拜的是科学家，像陈景润那样的。她当初喜欢我，也是觉得我爱读书，有学问。就算生活自理能力差，常闹些小笑话，也让她觉得很有趣。”

“那当了兵就没学问、没有趣了吗？”我有些打抱不平。

“她觉得与她理想中的爱人差距大了。她觉得，我既然无视她的感受选择从军梦，她也可以选择她的感受、她的新男友。”

“鱼和熊掌不可兼得。”我叹息了一声，“也许以后你会遇到更好的。不要太伤心了！快到集合时间了，去集合吧！”

这句话一出，我看到徐志文望向我的眼光好温柔，脸上还有一丝红晕。我不解其意，心想，男人的脸也似三岁小孩一样，说变就变，不是从晴转阴，而是从阴转晴。

我们都不明白，厉芬芳为何会选择李连杰和牧羊女初次见面的地方作为此次少林寺游玩的最后集合点。电影中出现的画面，相当的诗情画意，在粉红妖娆的桃花林中，美丽清纯的牧羊女赶着一群洁白的羊，唱着那首脍炙人口的《牧羊曲》，悠悠然地漫步于山野之间。双肩挑着水的李连杰走在清澈的小溪石板路上，听到“日出嵩山坳，晨钟惊飞鸟。林间小溪水潺潺，坡上青青草”的歌声，抬起稚气清秀的面孔，呆呆地望着纯洁可爱的牧羊女。

然而，覃红枫很是高兴。这是李连杰和牧羊女一见钟情的地方，是有福之地。她能不能也一样，和孙红星在此地私订终身？这么美的地方，心情也应该是美美的，容易触动情怀。

不过，她的愿望落空了。孙红星的心情是很愉悦，不知从哪儿找来了两根碗口粗的木头，学着担水的李连杰，用两根手指抓着，摇摇晃晃地走过青石板路。但他不是很成功，木头屡次从手中掉落。一旁的费鹏像指挥唱歌一样，一边唱着《牧羊曲》，一边舞动双臂，指挥他担水。孙红星气极，大喊道："你又不是牧羊女白无瑕，你那破锣嗓子把我的木头都唱掉了。"费鹏不理他，依然自顾自地闭着眼，挥舞着手，唱着。

覃红枫手采一束野花，拿着一根小木棍，本来想学牧羊女一样赶着羊，唱着小曲，吸引孙红星注意。但孙红星完全觉得她就是在东施效颦，笑得弯下腰去，木棍都扔在地上了。"你这哪是牧羊女啊?!你是大灰狼还差不多。"

覃红枫也觉得自己这样做很别扭，可又实在做不出那种姑娘家曼妙多姿、千娇百媚的样，还不如让她在这空旷的郊野上放几枪过瘾。她扔下小木棍，朝着费鹏吼道："你又不是白无瑕，在这儿瞎唱干什么？快找你的牧羊女去！她唱得比你动听多了。"

费鹏停下挥舞的双手："我的牧羊女在日语班呀。你们两人情不投意不和，拿我撒气干什么。"

"去你的!"覃红枫踢了一脚费鹏。

我和吴瑕正巧走了过来。听到费鹏这句话，吴瑕也很生气，"谁是你的牧羊女了，别乱嚷嚷!"

孙红星抚掌大乐道："就是嘛，费和尚。你不要以为叫吴瑕的都是你和尚的菜，也不要以为你做了和尚，吴瑕姑娘就会爱上的。和尚无欲无求，不近女色，你要到庙里多修炼修炼。"

费鹏先是哑口无言，对着孙红星直翻白眼。最后那句话让他恼极了，捡起覃红枫扔下的小木棍，追着孙红星就打。

孙红星哈哈笑着，到处乱跑。

“你们都别闹了，过来集合！”厉芬芳和郭书荣不知何时来到。两人站在草地中间，相依而立，温柔甜蜜的样子真的就像李连杰和牧羊女，只不过郭书荣没有李连杰那么会武功，文雅些。

“为什么选择这么一个桃花盛开、溪水清澈的地方作为集合的地点，因为它刚好位于半山腰。今天活动结束后，我和郭区队将不再是你们的区队长了。”厉芬芳的声音突然充满感情。“这半山腰青草茵茵、花香飘逸、风景怡人，就像你们刚结束一个多月的新兵训练一般美好。但是，能够就此止步吗？不能，因为还有更高的山峰需要你们攀登，就像你们还有四年的学习之路要走。这一个多月的朝夕相处，不是我教会了你们什么，而是你们教会了我什么。我们共同学习，共同训练，共同进步。我对你们是很严厉，甚至不近人情，你们也骂过我，恨过我，但在今后的人生路上，你们会想念我，怀念我。我只是带了你们一段路，更长的路得你们自己走。希望你们将新兵训练所锻造的军人品质，融贯于今后的学习生活中，精神抖擞，斗志昂扬，不断攀登，到达顶峰。”厉芬芳越来越说不下去了。她动了真感情，声音有些哽咽。

郭书荣及时地补充道：“厉区队说得很好，授之以鱼，不如授之以渔。一个月的新兵训练，有苦也有甜，有悲也有乐。关键是你们已经从老百姓向军人转变，已经由中学生向大学生靠拢。我们只能扶你们一程。无论我们当初怎么要求严格，都是为你们好。剩下的路，相信你们会越走越精彩。”

我们中间，有人嘤嘤地哭了起来。就连覃红枫这样的铁姑娘、刘美娜这样的精女子，眼里都含着泪。再一看，厉芬芳已是满脸泪水。

黄莲更是不得了，直接冲出队列，紧紧抱着厉芬芳，放声大哭。接着，吴瑕、周健秀、我、谷小粒，一个接着一个冲出队列，以厉芬芳和黄莲为圆心，拥抱在一起。

第六章

对于队列不出色、打靶考核为零的我来说，在这所军队院校里，最盼望、最开心的就是：正式学习开始了。

解放军河洛外国语学院共有八个系，每个系都有自己独立的教学楼。教学楼统一规划，整齐划一，从外形到内在，都一模一样。每栋教学楼高三层，每个学员队占一层。我们八系三队在第二层。跟高中生活所不同的是，每个班只有 24 名学员，而不是 40 多名，比高中少了一半，女生只有 6 名。这就是军校的标志，男兵终究多过女兵，严重的“阳盛阴衰”。

我喜欢学习。在高三文科班时，我和另一位男生，不是他第一就是我第一。不管学越南语还是其他什么语种，不管大语种还是小语种，叫我学什么我就学什么。我的思想太幼稚了，还没有复杂到可以思考哪个语种是好语种、哪个语种有前途这么深邃的问题，只是牢牢记住了兰沁教员第一堂课跟我们说的第一句话。她的美，无论在讲台上还是别的什么地方，都熠熠生辉。“你们不要认为越南语是小语种。如果不好好学，毕业时有的同学可以当另一些同学的老师。”

这句话从她的嘴里说出来很轻柔，却如雷贯耳，或许没有击中别人，却强烈地击中了我。好强的我可不希望毕业以后屈居于同学之下，成为他们的学生。

另一教员叫肖长喜，名如其人，给了我们长长的喜悦。整堂课一直回荡着笑声，窗外苹果园里的苹果也给震得一颤一颤的。他个不高，一米六左右，嘴巴很宽阔，有点像青蛙的嘴，但发出的音，却完全不是青蛙的聒噪，而是纯正标准的越南语，优美动听极了。他是越南归国华侨，有着一颗爱国心，回来报效祖国和军队；更有一颗慈父心，慈祥和蔼，好像我们是他的孩子一般，眼里满满都是爱。“从今天开始，你们都有一个越南语的名字。”他用越南语给我们点名。没想到，我们越南语的名字竟是这么的有趣。

费鹏，越南语的发音就像是“枇杷”。我们吃吃笑起来。孙红星，越南语听起来，就像是“通红身”，我们放声而笑。

“真是像孙猴子了，全身通红，连屁股也是红的。”刘美娜的取笑没有被听见。

肖长喜教员念到徐志文的越南名，更是绝了，“得自吻”。全班那个哄堂大笑啊。

孙红星更是笑得猛拍课桌，“徐志文，自己吻自己！快，吻一个！吻一个！”

“他不是自己吻自己，他是像项羽一样。”费鹏做出了一个拔剑自刎的动作。

肖长喜教员咧着大嘴，望着我们，哈哈地笑着，一点也不恼。

肖长喜教员教越南语精读，兰沁教员教越南语语音。越南语的发音，接近广东、南西话，覃红枫、孙红星、徐志文的发音都很标准，但谷小粒和我怎么也发不好那几个简单的 ta co la go to。我念着，念着，就成英语的发音了。而越南语的发音跟英语恰恰是相反的。

谷小粒既幸运又不幸，给兰沁点名，站了起来，也将那几个发音用英语说了一遍，全班哄堂大笑。谷小粒急得脸都白了，站在座位上低着头，像接受审判一样。

“没关系，万事开头难。来，跟我说一遍。”兰沁用教鞭指着那几个发音，让谷小粒跟着她念。

起初，谷小粒不敢开口，声音细小如蚊子，只有自己听得见。“不要怕。学语言就是要大胆开口，大声朗读才会有进步。能有多大声，就念多大声。他们跟你一样初学，并不比你好多少。”

在兰沁教员的鼓励下，谷小粒像鹦鹉学舌一般，念出了那几个越南语的发音。她居然越念越上瘾，越念越大声，就像她热衷的劳动一样，欲罢不得，丝毫不在乎别人的感受。直到兰沁教员说，“可以了，已经发得很好了”，她才恋恋不舍地停住那张翕动的嘴。

覃红枫没有想到，幸福来得那么突然，她的座位就跟孙红星紧挨着。如此的近距离，让她都有一口气喘不上来的感觉。她可以随时闻到他的气息，听到他的言语。她觉得，他那种独有的孙氏调调精明又幽默，朴直又不羁，太有魅力了。甚至她还可以时不时地偷偷瞟他几眼。她心里在想，你这孙猴子，一筋斗可以翻到九霄云外，这回却逃不出我覃红枫的手掌心了。她右手下意识地握成了拳头，仿佛已将孙红星手到擒来。

孙红星对覃红枫这种小心思，一目了然。他别过头，躲开她那火辣辣、带点挑衅的目光。他不喜欢覃红枫这种类型的女孩，大大咧咧，无拘无束，就像男孩子一般。关键是跟他的个性还差不多。有一句话讲，同性相斥，异性相吸。同个性的异性，他也是排斥的——做朋友可以，可不能做恋人，做夫妻，会打起来的。他喜欢的是周健秀那种类型的，浑身透出一种成熟女人的韵味，又像大姐姐般的温婉大气，带给他一种安全感。他很依赖这种感觉。他就像头刺猬，需要这种温暖厚实的怀抱来抚慰。但周健秀早已心有所属。他以为可以像孙悟空七十二变一样，轻易地将周健秀变到自己的身边，没想却比西天取经还难，而且陷入到一场扯不断、理还乱的情爱纠葛之中。

白天，教室里的欢笑声仍未散去，新来的队干部就给了我们当头棒喝。他们的就职仪式，就在大教室里进行。每层教学楼都有一个大教室，相当于两间教室那么大，位于教学楼的最里边。事先刘美娜已打听到新来的队长是个男的，我们全宿舍的人难得的一同欢喜。厉芬芳让我们感动、让我们怀念，但她的严厉也让我们胆寒。我们不希望四年的学习生活，依然笼罩在一片严肃紧张的氛围里，没有自由，不能自主。可是，我们忘了一点，我们读的是军校。个性再怎么温和，队干部对我们的管理和约束都是严格的。何况这个队长的名字叫郑山河，未见其人，先听其名。这个名字的严肃程度，跟厉芬芳乃在伯仲之间啊。我们一个个不敢妄自揣测，要见到真人才能松一口气。

在我们惴惴不安的期待中，郑山河走上台来了。个头不是很高，身形不是很壮，五官不是很硬气，甚至还有些精致端正，我们提着的心稍微放下来了一些。且慢，我们高兴得有些早了，他还没开口说话哩。他一开口，我们就给“震”倒了。

“什么叫军校？军校就是先是军人，后是学员。不要以为你们现在进入学习阶段了，就可以放松对军人的要求了。任何时候，都要以军人的标准严格要求自己：服从命令，令行禁止，严于律己！不准抽烟，不准喝酒，不准谈恋爱。男女生不能同一时间段请假外出！路上同行，男女生需三人以上。”

“这是什么纪律，男女生不能同行？”覃红枫小声嘟哝了一句。

“谁在说话？”郑山河用眼睛寻找。他将目光停留在了覃红枫身上，覃红枫将头低了下来。

“我知道你们这届学员都大有来头，背景复杂。父母亲有做官的，有经商的，有当大学教授的，但无论你们父母的身份、地位如何，在这个军校里，在我的八系三队里，你们只有一个名字，那就是‘军校学员’。你们只要违反了军队的条令条例，一样受到处理。王子犯法，与庶民同罪。”说到这里，他的脸上露出了一种神秘的微笑。

此后，我们一看到这微笑，就知道没啥好事了。

好一个“王子犯法，与庶民同罪”，我们差点儿全都给吓昏过去了。

只有谷小粒，露出了胜利者的微笑。盼星星，盼月亮，她这个比庶民还庶民的农村姑娘，居然可以跟王子平起平坐了。谢天谢地啊！她开心极了。虽然她正在以大学为跳板，极力摆脱她的农村身份，但在摆脱之前，她得有这样的慰藉。

“我是你们的教导员袁哲，刚才郑队长讲的话，你们都听明白了？你们是我们八系三队历史上成分最复杂、思维最活跃、个性最张扬的一届学员，但你们又是最团结互助、最关心友爱、关键时候最上得去的一届学员。你们在军训阶段所取得的成绩，证明你们已经不再是高中生，不再是普通青年。接下来的学习阶段，希望你们再接再厉，继续锻造自己的军人品质，以军人不怕牺牲、排除万难的精神，努力学习文化知识、力争上游，成为一个优秀的军人大学生。”

不得不说，这个稍矮略胖、眼睛细眯的袁哲教导员，把我们给郑山河“震颤”的心抚平了。他俩就像事先商量好的一样，一个唱红脸，一个唱白脸，合起来演了一出戏，给我们来了个下马威，送给我们一份又惊又喜的见面礼。

最好的见面礼，当然还得数最后发言的这位年轻的区队长了。“秋后结大瓜”这句民谣，应对了我们现在的心情。经历郑山河队长夏日般的暴雨，又沐浴袁哲教导员秋天般的暖阳，我们终于迎来了明媚的春天。一个俊美飘逸、风度翩翩的小伙子出现在我们面前。一颦一笑，颇似当时走红的演员唐国强，干净清爽又略带羞涩。他叫钟思丹，一个很美的名字。

“我就不多说什么了。按照队长、教导员的要求去做，走好你们四年的军校学员路。遵守军队的条令条例，严格要求自己，谦虚谨慎，戒骄戒躁，不辜负父母亲对你们的期望。”

真是美男子啊！可以说，作为女学员，都会爱上这样的区队长。以貌取人，不只是男人的事。我的心就颤了一下。

但我这样的心动跟刘美娜比起来，那真是“小巫见大巫”了。她那双扑闪、扑闪的大眼睛不再扑闪、扑闪了，而是死死地瞪着钟思丹，瞪得眼珠子都快要掉下来了。她此时此刻的心情，恨不得把钟思丹整个人给吞了，就好比妖魔鬼怪要吃掉唐僧肉才可以长命百岁一样，她也只有吃掉钟思丹才可以把他牢牢地据为己有。她的真命天子出现了，她无可救药地爱上了钟思丹。此时，她相信一见钟情了。

朱荔香对她说，他对她是一见钟情，她还莫明其妙：有这回事吗？我怎么对你就一见钟不了情呢？二见三见四见也不会钟情。但这个身材高挑、眉目清秀、细皮嫩肉，一说话就脸红，有些羞涩、有些青涩、笑起来嘴边有两个浅浅酒窝的区队长，简直要把她给醉倒了。她也有两对酒窝，还比他的深。他先让她醉倒了，她能不能也让他醉倒呢？她心里七上八下，拿不定主意了。

刚挨了郑山河队长一顿“剋”的覃红枫，很想在熄灯后的宿舍恳谈会上得到大家的声援。“说说看，新来的队长、教导员和区队长，你们有什么样的感觉?”她不做评价，担心大家将郑山河队长“很有背景”这句话对号入座到她这儿。她才不承认自己有高官背景，她恨透了那个严厉刻板的家庭。她决定先抛砖引玉，相信这个话题一定有人愿意说。

果然，刘美娜开口了。“还用说吗?他们三人站在台上，不用说话，就知道他们的个性脾气了。队长郑山河，名如其人，山河都能震，还能震不住你我。听说他是西北汉子，西北是少数民族地区，个性肯定拧、倔、变态。等着吧，有你们好受的。”

刘美娜喜欢卖弄小聪明，骄傲任性的她并不把郑山河那句“你们都有背景”这句话放在眼里。既然覃红枫都不当真，她有什么好羡慕的。

“你怎么知道他是西北汉子?你的嗅觉够灵敏的。”覃红枫对“小喇叭”刘美娜的小道消息，有时也挺佩服的。

“他身上那股牛羊肉味，几公里外都闻得见。”覃红枫话里的褒贬之意，刘美娜心里很清楚。

“我还以为军训后进入学习阶段，可以相对轻松一些。谁知走了一个厉芬芳，却来了一个郑山河。看来，军校真是没有好日子过的。”周健秀越来越后悔上了军校，还是怀念她那个没上成的北京体育学院。

“还实行‘三不’政策呢，不准抽烟、不准喝酒、不准谈恋爱。我看，干脆实行‘三光’政策好了，他们才有成就感。”覃红枫的话引来大笑。她想起这句“不准谈恋爱”就生气。

“不准谈恋爱，不是泯灭人性吗？歌德先生都说：哪个少女不善怀春，哪个少年不善钟情？他们难道比歌德先生还会歌功颂德。”刘美娜的话同样引来哈哈大笑。

“你们不要说笑了。隔墙有耳，小心队长在门外。”吴瑕没有笑，觉得她们越说越离谱了。

“我倒是觉得教导员才是圆滚滚、光溜溜的。袁哲，我看最不讲原则的，可能就是他了。”刘美娜正说在兴头上，哪管吴瑕的提醒。

“他是笑面虎。表面上笑眯眯的，背地里不知会怎么折腾我们。政治学习、纪律教育，想想我都头疼。”覃红枫是最烦这些条条框框的。

“我也是。我现在连课都不想上，什么时候开二外？”黄莲对越南语实在不感冒，盼望着早点开二外——英语。

“一外才开始学，你就想二外了，坐火箭呀。那就不用天天坐在宿舍里了。”刘美娜有些嘲笑黄莲。

“对了，你们发现了没有，新来的区队长钟思丹很像电影演员唐国强，就是那个奶油小生，大明星啊。”覃红枫神秘兮兮道。她转移了话题，今天的兴趣在新来的三位队干部的身上。

刘美娜不接话了，凡是触动心灵的话题，她都是不做声的。她不想将火引到自己身上来，潜意识里，她要保护她喜欢、感恩的人。但覃红枫这句话，还是让她甜甜地做了一个梦。梦中，钟思丹正向她走来。

早上6点，郑山河的声音就在楼道里响了起来，“起床出操了!”“起床出操了!”

那是西北口音的粗犷、高亢、嘹亮的男高音。如果用在歌唱上，绝对是标准动听的美声唱法。可此时听来，却有鬼哭狼嚎一般的感觉。原来以为进入学习阶段，队列训练和纪律约束可以相对轻松一些，没想到却比新训时还要严格要求，孙红星最先受不了啦。

他用被子蒙住头，尽量减少宿舍里的人踢踢踏踏的起床噪音，但无论如何也是睡不着了。“这倒霉的军校，想睡个懒觉都不行。”他在被子里闷声闷气地说着。

“起床了，别再赖床了。”朱荔香捅捅他的被子。

“天天早上跑两圈操场，中午饭后又跑两圈，谁受得了?”

“军体五项全能要求啊。否则，毕业证没有。”

“军体教员和郑山河吓唬你们的，你也信。”

“新官上任三把火。别让郑队长给你烧着了。”

“他爱烧谁烧谁去。”孙红星将被子紧紧，没好气道。

“王子犯法，与庶民同罪。你忘了?”朱荔香提醒他。

“我又不是王子，怕个鬼?”孙红星踢了一脚被子，把被子踢平整了。他觉得这一脚解气极了，好像踢到了郑山河的腿上。

宿舍里安静下来，楼下传来郑山河的整队声，“大家加快速度，赶快下楼集合了！报数！1、2、3、4.、5、6……”响亮的报数声传进了孙红星的耳朵。

他有一丝不安，还没有强大到可以随意抗衡军队的条令条例，只好磨磨蹭蹭地掀开被子。

“你为何到得这么迟?”郑山河的目光如炬，照在孙红星的脸上，明晃晃的，让他睁不开眼。

“我拉肚子了。”

“早不拉，晚不拉，偏偏这个时候拉?”

队伍里发出一阵笑声。

“拉肚子还讲时间的吗?”孙红星自尊心强。这种奚落的笑声听起来难受，他顶撞了一句。

“你叫什么名字?”

“孙红星。”

“大声一点。”

“声音已经够大了。”

“连喊十遍‘我叫孙红星’，否则不准入列。”

“你这是法西斯作风。”

“喊不喊?”

“不喊。”

孙红星今儿个不知怎么了，誓要将倔进行到底，丝毫不考虑后果。事后，他跟费鹏是这样解释的：我跟郑山河八字不合，犯冲。我们有缘没分，他是我的克星。

站在一旁的袁哲教导员上来打圆场了。“孙红星一大早还没睡醒，连自己叫什么名都记不得了。入列，孙红星。”

“今天出操，绕着大操场跑三圈。”郑山河被孙红星气得不要、不要的，发出了一项惩罚似的指令。

“孙红星跑完再加一项训练——两百个俯卧撑。”

从今天上午开始，郑变态、袁不则的叫法，就在八系三队传开了。

刘美娜进到教室，在孙红星的课桌上就是一阵乱敲，“都是你惹的祸，害得我们在操场跑三圈。人都跑虚脱了，还怎么早读?”

趴在课桌上似睡非睡的孙红星，给敲醒了。“跑跑步，有精神。待会儿早读，你声音倍儿亮。”

“谁的声音都没你亮。厉芬芳让你喊三声‘我不该笑’，你喊得地动山摇。为何今天不亮亮你那大嗓门，将郑变态好好震震？十遍怎么了，喊二十遍你都不哑。”

“看人来。美女我就想震。美男，由你去震吧。”孙红星对刘美娜露出一副皮笑肉不笑的表情。

“我谁都不震，我就震自己。”刘美娜唯恐孙红星看出她对钟思丹的感情，拿出越南语课本，大声朗读起来。

“你当然只震自己了，我们都给你的地震波震回家了。”覃红枫对孙红星挤挤眼，她见孙红星占下风了，帮帮他。

孙红星对覃红枫的侠肝义胆、挤眉弄眼并不领情，假装看不见，却偷瞄了一眼周健秀。但周健秀不在，操场跑三圈让体质虚弱的她差点儿没晕过去，去门诊部看病去了。

“大家拿出课本，开始早读了。”朱荔香看见刘美娜吃了哑巴亏，不好明着帮，就起头早读了。他刚当选为班长。

“大家拿出越南语字典，开始背越南语字典了。”覃红枫也大声喊着。朱荔香没事就捧着一本越南语字典背。据说，整本字典他都快背完了。

同学们哄堂大笑，朱荔香脸一阵红一阵白的，站在讲台上局促不安。好男不与女斗。再说，他也斗不过覃红枫。

“cam en。”刘美娜故意大声朗读越南语单词。她要帮朱荔香缓和一下气氛。

“你们谁都不要高兴得太早，郑变态的大棒不知何时又会敲到谁的头上。”孙红星亮出了他的大嗓门。虽然他对覃红枫的帮助并不感冒，但刘美娜要压覃红枫，他自然还是要站到覃红枫这边来的。

刘美娜倒是给孙红星这句话说中了。此时，郑山河正和区队长钟思丹在女生宿舍进行内务检查。说是检查内务，实际却是在搜查零食。郑山河怀疑女生们在宿舍私藏零食。

有个周末，覃红枫和刘美娜大摇大摆地提着两大袋零食从队部门口经过，正好给在队部值班的郑山河撞见，狠狠地批评了她们。“军校不准吃零食，不知道吗？还明目张胆地从我面前经过，统统没收了。”郑山河的正气凛然让覃红枫和刘美娜敢怒不敢言。

看着辛辛苦苦买回来的零食没吃几口，瞬间就成为了郑山河的囊中之物，劈头盖脸给批了一顿，覃红枫和刘美娜简直欲哭无泪。但桀骜不驯的她们并没有屈服，而是从公开转入地下。假借打开水之机，将零食藏于暖水瓶中带回；或是上图书馆时，将零食放于军用书包里。总之，她们有很多办法吃到零食。

郑山河以为收缴了覃红枫和刘美娜的零食，并在队务会上点名批评了，就可以杜绝女生吃零食这一现象。万万想不到的是，午休和晚上查房时，依然可以听到女生宿舍里剥东西和咀嚼食物的声音。他断定，这绝不是老鼠发出的。真是上有政策，下有对策。他气恼之极，觉得必须从根源上断了她们的念想。既然能够将零食偷买回来，一定会藏在宿舍里某个地方。只要能将零食找出来，再花样翻新的偷买渠道也白搭。

推开女生宿舍的门，正躺在床上看英语书的黄莲给吓了一跳，嘴里刚咬了半截的饼干也掉在床沿了。她没想到，郑山河和钟思丹会突然闯进来。刘美娜的情报太不准确了。

“怎么不去上课？早餐没有吃吗？”郑山河捡起床沿的半截饼干问。他是遇强则强、遇软则软的人，看到黄莲惊恐万状、手足无措，实在不忍心先批评她。

“报告队长，我不喜欢学越南语。”黄莲实话实说。她不会撒谎，尤其对心存善意、关心她的人。

“不喜欢就不去上课？期末考试不及格，你要给退学的。”

黄莲沉默不语。她想，她不会等到期末，就会自动退学了。

“这饼干哪来的？”

“刘美娜给的。”又是实话实说。

“她把零食藏哪儿了？”

黄莲没吭声。她知道刘美娜的厉害，说出来的话，她就会把她当叛徒对待。

“你不说，就去队部写检查。”

黄莲不想写检查，就指了指刘美娜的床，“就在床垫下。”

郑山河掀开床垫。好乖乖！什么糖呀，饼呀，巧克力，应有尽有，铺满了整张床。他都怀疑刘美娜怎么能睡得着，在这坑坑洼洼的床垫上。他示意钟思丹，拿塑料袋把它们都装走。

床底下肯定也有。郑山河弯下腰，看到床底下放鞋子的木板上，果然有不少点心、饮料。“你们这些女学员为了吃零食，真是到了无所不用其极的地步。”郑山河摇摇头，“床头柜里也会有。”他边说，边搜查其他学员。

覃红枫藏零食的方法，与刘美娜不相上下。周健秀没有她们那么声势浩大，全放床头柜里了。只有吴瑕、林灵、谷小粒，稍微好一些。吴瑕是遵守纪律不买零食，林灵是怕吃零食耽误学习，而谷小粒是没钱买。

黄莲眼睁睁地看着郑山河和钟思丹将零食收走而无能为力，也就乖乖地回教室上课去了。

听黄莲说郑山河和钟思丹搜查零食的消息，刘美娜和覃红枫的课几乎都没上好。她们想着，床头柜里的零食也是难逃厄运，得赶快转移，但宿舍楼门锁着，无计可施。

刘美娜想到，朱荔香有宿舍楼的钥匙，但好说歹说，朱荔香就是不肯给。这是原则问题。看到朱荔香不像平时那么听话，刘美娜气得朝他胸口擂了一拳。朱荔香纹丝不动，巴不得刘美娜再多朝他擂几拳哩。她那细皮嫩肉的拳头，打在他厚实的身体上，就像小皮球一样弹跳起来，他全身都酥软了。看着朱荔香这样宁死不屈的样子，刘美娜狠狠跺了几下脚。她只能和覃红枫拖延午饭回宿舍的时间。

果不其然。午饭后，郑山河、钟思丹还有教导员袁哲，再次来到了女生宿舍。刘美娜和覃红枫不在，他们就让其他人打开床头柜检查。

刘美娜和覃红枫回来时，周健秀的零食已经给发现了。看到堆放在床上的衣物用品，覃红枫先下手为强。

“你们这是侵犯别人的隐私。”

“军队有隐私可言吗？”郑山河义正辞严。

“我们在检查内务。看你们床头柜里的东西是否按规定摆好了。”钟思丹的话有点“此地无银三百两”了。

“检查内务，用得着把东西都拿出来？”刘美娜不服气。

“我们在搜查你们的零食。快把床头柜打开！”郑山河直入主题，“都等你们好长时间了。你们躲哪去了？”

覃红枫用求救的眼光看着袁哲教导员，希望他能做和事佬，让她和刘美娜躲过这一劫。袁哲教导员规劝道：“你们把床头柜打开吧，队长等你们好长时间了。”

郑山河之所以把他叫来，就是想让他看看，女生吃零食已猖狂到什么地步了，他的思想政治工作多么不到位。

“别个队都允许吃零食，就你们不允许。”刘美娜边打开床头柜，边说。

“别个队是别个队，我们队是我们队。”郑山河斩钉截铁地说。在河洛外国语学院各学员队的队干部中，他以作风强硬出名，有“铁血俾斯麦”之称。

郑山河前脚走出宿舍，刘美娜就冲着黄莲嚷了起来：“是你告诉郑变态，我们把零食藏于床垫之下的。”

“我也没办法。我不去教室上课，给他抓了个现形。自保都来不及，再不说实话，就要两罪并罚。”

“又不对你刑讯逼供，你就把我们出卖了。下次零食也不给你了，你自己去买吧。”黄莲跟家庭决裂，坚决不要出轨父亲的一分钱。母亲见她私自脱离自己的控制，也不给她寄一分钱。她现在只靠每月 6 元钱的津贴生活，捉襟见肘。

“你不要用零食来威胁我，我不吃你这一套。以后开水你也自己打，别再指望我。”黄莲也是一头倔驴，平时不吭不哈的，但谁要惹她，也没好果子吃。刘美娜假装打开水，把零食买回来，她的开水就交由黄莲负责了。

“算了，算了。不就一些零食吗？收走了就收走了。黄莲即便不说出来，郑变态也能搜出来。大家都洗洗睡吧。”覃红枫是豪爽大气之人，不像刘美娜那么爱斤斤计较。

刘美娜才不甘心零食这么被收缴呢，爸爸妈妈挣钱给她花并不容易，她得想着怎么挣回来。她想到了朱荔香跟她提过的队里那台油印机。她脑筋急转弯，何不用这台油印机印些小册的歌本，在全队或其他系队去卖，挣些外快呢？十八九岁的她，已经会做生意了。但她转念一想，又觉得这样赤裸裸地去挣钱，影响不好。她得曲线救国，把这笔钱挣到手。

傍晚吃完饭后，是学员最自由、最放松的时间，绿茵茵的操场成了欢乐的海洋，踢足球的、练舞的、打排球的、散步的。没有了队干的管束，青春的激情肆无忌惮地释放出来。

刘美娜喜舞而不喜球，但她有事要跟周健秀商量，就加入了打排球的队伍中。此种排球的打法是大家围成一圈，排球传到谁的手上，谁就垫起来。开始时，刘美娜常垫不起球或将球垫飞了，但她聪颖，很快就将球垫得稳稳的。周健秀是运动健将，球也打得很好，队长郑山河喜欢打球，喜欢运动和体育，就将她任命为班团支部书记。

打完球回宿舍的路上，刘美娜问周健秀，“你当团支部书记，经常要组织活动，活动需要经费，想过经费问题怎么解决吗？”

周健秀说：“我正发愁这件事哩，你说到我心里了。你这智多星有什么好主意？”

此时，她们已走进了宿舍楼。楼道里回旋着1980年代初流行的港台歌曲，是费鹏用录音机放的。只有他能买得起这种当时流行的日产立体声收录机。“听到了吗？新生中文艺爱好者很多，可以选些流行歌曲印制成歌本，卖给他们。”刘美娜说。

“赚学员的钱，好吗？”周健秀有些担心。

“怎么不好？什么东西都要钱买。新生入学，哪个身上没有十元八元的。几角钱的歌本，对他们来说不算什么。”

周健秀沉吟了一下，“你想怎么弄？”

“队图书室里有台手推式油印机，费鹏有歌本。把他的歌本借来，我们再到图书馆找些歌曲，或到外面的报刊点买些报纸，报纸娱乐版的歌曲也不少。我们可从中选出 20 首歌，每本卖两三角钱，百名新生有一半人买，就可以筹集到 10 元。”

10 元可不是笔小数，每个月的津贴也才 6 元。周健秀心动了。“既然是为班级筹集团支部活动经费，本班同学理应购买。这个工作我来做。”

“不过，我得跟你说清楚！这件事我付出了劳动，到时赚得的钱三七开，团支部拿七，我拿三。你身体弱，不用你来找歌刻印，这些工作由我来做。”

周健秀觉得还算合理，点点头。

费鹏不知自己怎么这么倒霉，不小心又撞到了郑山河的枪口上。吃完午饭后，他嫌热，就把风纪扣给解开了。在回宿舍的路上，他还学着费翔在春晚上唱的《冬天里的一把火》的舞步，边走边跳了起来。兴之所至，哪里知道学院的纠察已经盯上他了。在路上，学员们的喝彩声响起时，纠察的呵斥声也响起了：“你是哪个队的？竟敢在路上跳起舞来，还有没有军人的形象？”

费鹏给这声呵斥震住了，立正站在原地。这又让纠察看到他风纪扣没扣。

“风纪扣也解开了，太不像话了！到底是哪个学员队的？”

费鹏张大嘴“啊啊”半天，就是没“啊”出八系三队。他一半是紧张“啊”不出，一半是不敢“啊”出。这件事如果让郑山河知道，岂不是要吃不了，兜着走。

但他哪里想到，走在后面的郑山河，早已把这一切看在了眼里。他快步走上前，直接对纠察说："我是他队长。这个学员交给我来处理吧。"

凶巴巴的纠察在队干部面前收敛了一些，向郑山河敬了个礼，"请队长严肃批评这个学员。"

爱面子的郑山河气不打一处来，将费鹏提溜回到队部。"你是舞姿美还是军姿美？驼着一个背！正步踢不好！队列也走不好！还好意思在大路上手舞足蹈？到队部门口背靠墙壁，站一小时！"

刘美娜去男生宿舍找费鹏时，看见他正在队部门口的墙壁前直挺挺地站着。

"你在这干吗？挺尸呀？"刘美娜戏谑道。

"郑变态罚我站一小时。"

"你又有什么事给他抓住了。"

"还不是吃饭回来，路上给纠察看见我风纪扣没扣。正巧他从我身边走过，就罚我背靠墙壁站一小时，治治我的驼背。"

"郑变态整你，还能出于好心啊？不过，你这驼背真得好好治治了，踢正步都佝偻着腰！你站了多久了，有一小时了吧？"

刘美娜一提醒，费鹏马上看手表，果真已过一小时。他马上走到队部门口，大声喊："报告！"

郑山河在里面应道：“进来！”

费鹏推开门，几个正步踢到郑山河面前，“队长同志，罚站一小时结束。正步动作是否标准，背是否挺直，请指示！学员费鹏。”

郑山河正和教导员袁哲、区队长钟思丹商量事情，愣了一下，“你在哪儿学的？”

“今天向队长、政委报告，我们在新兵训练时学的。”

“出去再站一小时！”

“一小时已站完！”

“再站一小时！”

“是！”

队部门口的刘美娜，笑得腰都直不起来了。费鹏走出来后，顺势一个正步，踢了她一脚，“笑什么笑？有什么好笑的？”

刘美娜借到了费鹏的手抄歌本。这些都是他在业余时间抄的，每首歌曲的四周还用彩笔画上了花边，以及自己想象中歌词的意境，并把歌星的头像从报纸或杂志上剪下来，贴在歌曲的旁边。总共有几十首近一两年来流行的歌曲，如费翔的《故乡的云》，张明敏的《我的中国心》，等等。她觉得还不够，还得到外面报摊再买些报纸杂志回来。一有新歌流行，报刊的娱乐版面都会有登载。

“谁愿意下午自习课时翻墙出去，到河洛市逛逛？”吃完午饭回到宿舍，她问。她等不及周末了。

她的提议得到覃红枫的热烈响应。每个周末就 20 个外出名额，很久都没轮到她了。再不出去走走，她觉得快要疯了。

“为不引起队干注意，我俩都穿便服吧。”覃红枫说。她知道刘美娜是军装控，任何时候都不愿脱下军装。

听说穿便服出去，我也来了兴致。上军校前妈妈给我买了一件银灰色的风衣。这是妈妈最喜欢的颜色，我一直没穿过，很想美一下。

周健秀也是个爱玩、爱热闹的人，从床头柜翻出一套运动衫，做好了出去的准备。

下午自习课的时候，覃红枫、刘美娜、周健秀和我悄悄来到学院的断墙处。

覃红枫自告奋勇先翻墙，“我在外边接应你们。”

没想到，她一落地，就给郑山河抓了个正着。发现经常有同学翻墙出去，郑山河早早就候在这里了。果然大有收获。

“报告郑队长！我感冒了，想出去买药。”覃红枫灵机一动，大声向准备翻墙的刘美娜、周健秀和我报信。

“学校里就有药店，用不着出去买！”

听到郑山河的声音，刘美娜赶紧停下翻墙的动作，脚底抹油，跑回了宿舍。我和周健秀吓得呆立在原地，不知所措。

“还有谁跟你一起翻墙？”

“没有了。就我一个。”覃红枫侠肝义胆，一人包揽全部责任。

“周末晚点名在全队做检查。”

袁哲教导员不同意让覃红枫在全队做检查。“女孩子毕竟脸皮薄，要保护她们的自尊心，批评教育一下就可以了。”

郑山河不同意。“必须让她在全队做检查，杀一儆百！看谁以后还敢翻墙出去！”

“她是司令员的女儿，给她留点儿面子。”

“王子犯法，与庶民同罪。管她是谁的女儿?!”郑山河铁板钉钉道。“王子犯法，与庶民同罪”，已成为他的口头禅了。

刘美娜跑得比兔子还快。但毕竟是她提议翻墙出去的，且覃红枫没有供出她，还让覃红枫为她受过，她心里也是愧疚的。“这个检查让林灵帮你写吧。她文笔好，能打动队干部。”

“不用。我又不是第一次写检查了，从小写到大。一人做事一人当。”覃红枫颇不以为然。

“还不是因为你？你倒溜之大吉了，真是刘跑跑。”周健秀为覃红枫打抱不平。

“我不跑，难道要自投罗网吗？”刘美娜振振有理道。

“你就是扫帚星。谁沾上你，谁倒霉。”周健秀说。

“这都是你们自愿去的，怪不着我。”刘美娜不服气地说，“这个检讨，我来做也可以。”

“好了，好了。谁让我第一个翻墙哩，我来做。”覃红枫很有大将风度。

教学楼最里边的那间大教室，可以放下一百多人的大凳子，每周的晚点名都在这里举行。

众目睽睽之下，覃红枫落落大方地上台做检讨。

尊敬的队长、教导员、区队长及同学们！

今天晚上真是不好意思，浪费大家的时间来听我做检讨。说得不对，还请大家高抬贵耳。

好几周，我没有领到出入证了。不能出去看看可爱的人民群众，心里闷得慌。就在周二下午翻墙出去时，却被英勇机智的郑队长抓了个正着。

这也怪不了我。谁让这个墙裂了一个口子哩！不就是勾引人犯错误嘛。

我保证以后再也不受它的诱惑！洁身自好，筑牢自己的思想防线！不再让日理万机的郑队长和袁教导员、钟区队长担惊受怕，苦守墙根，守株待人！

检讨者：覃红枫

大家那个笑啊，真要把屋顶都给掀翻了。连郑山河、袁哲、钟思丹都忍俊不禁，抿着嘴偷乐。

的确，覃红枫这个检讨做得太高明了，既批评了断墙的存在，又暗讽了队长的蹲守和出入证的紧张。简直是一举三得，一箭三雕。原来该挨批的不是她，而是另有其人，她反而是个受害者。

正是覃红枫这个检讨，让孙红星对她起了一丝微妙的情愫。他忽然觉得，覃红枫这个人太好玩了，那么有情趣、有意思，之前怎么没发现哩。

如果覃红枫知道这个检讨能成为打开孙红星情感的钥匙，她做一百个、一万个，都愿意。

歌曲选定后，就得刻在蜡纸上，再用油印机油印出来。刻蜡纸这项工作，看似简单，却也挺费工夫。它用的是铁笔，铁笔本来就重，而且是刻，不是写。刻这个字，就已经证明了这项工作的不易，一笔一画，都得使劲。不像用圆珠笔、钢笔或铅笔写在纸上那般的轻巧自如，流利顺畅。明显的，男生的力气要比女生大，但刘美娜不想再找费鹏。男女生待在一起久了，难免让别人议论。为了选歌，她和费鹏一起在教室、宿舍翻歌本，一起去图书馆翻报纸杂志，不熟悉的歌，费鹏还要唱给她听。她早已感觉同学们在背后窃窃私语、交头接耳了。刘美娜不怕同学们议论，但这议论的事实得是真的。她对费鹏又没那种感觉，凭什么要给人指指点点呢？这让她如芒刺在背，浑身都不自在。

朱荔香倒很愿意帮忙。他长得五大三粗，手掌肥壮，力气自是很大，刻印速度也会加快。但用队里的蜡纸和油印机刻印歌本、油印出来，再卖给同学们，队干部知道了并不好，只能偷偷进行，当然越快越好。他是队里的学雷锋标兵，谁的忙都愿意帮，谁有困难都愿意找他。他在队部设有个小小修理铺，闲暇时帮同学们修修手表、照相机什么的。手掌虽肥壮，却灵巧得很。刘美娜的忙，不用说，他更愿意帮。图书室的钥匙就是他提供给刘美娜的。他愿意冒不上自习课给队干抓住的风险，刘美娜却不愿意。她能不欠朱荔香人情就不欠，能减少和他在一起的时间就减少。她担心和朱荔香耳鬓厮磨多了，会把持不住自己，掉进他的温柔乡里。

这个帮手该找谁呢？刘美娜颇费踌躇。周健秀孱弱，支撑不了这么长时间；吴瑕和我爱学习，不会舍弃自习时间来帮她；谷小粒热衷的是队里的公差勤务，帮厨、割草、搞卫生呀，对她这件事不一定热情和积极。想来想去，只有黄莲最合适。她不想学越南语，整天待在宿舍里，有时间，而且个高强健，有劲。刘美娜跟黄莲一说，黄莲就同意了。她觉得能凭自己的劳动挣些钱，也挺好的。反正她也没事干，也不想学越南语。刘美娜跟她许诺，钱到手后，她把自己那部分二八开给她。上军校后，父母亲没再给过她一分钱，她也坚决不要他们的钱，觉得他们的钱充满着耻辱和恶心。而每个月 6 元钱的津贴，买去必需的日用品，已所剩无几。

刘美娜跟朱荔香商量，晚上她和黄莲待在队图书室不走，9 点半熄灯后再干。熄灯后要锁宿舍楼大门，她们回不去，凌晨 12 点朱荔香得偷偷给她们开门，但不能让男生宿舍知道。女生宿舍可以透露，睡前队干部要查房的，她们得帮忙打马虎眼。周健秀以团支部开展活动需要经费为由，获得了覃红枫的支持，也封住了谷小粒的嘴，不敢再向队干部汇报这件事。

在铁板上铺好蜡纸，用铁笔一笔一画地刻印 20 首歌曲，刻完了还要校对。这可是件体力活，男学员都不一定受得了，何况刘美娜和黄莲两个女生。她们刻到四五首时，手指僵硬，两眼发直，得换另一个人干。连续干了三晚，才全部刻完。印刷并不是很辛苦，把蜡纸放到油印机上，刷刷刷的，一百页的油印歌纸就一张张地滚落出来了。就是这样，也印了三晚。朱荔香从图书馆借了个订书机，将每册 100 页的油印歌纸装订成一百多本《校园歌曲集》，又花了三晚。看着上书“一班团支部编印”的《校园歌曲集》，将近半个月的心血好似化成了白花花的银子，刘美娜和黄莲心里非常兴奋，一点也不觉得累。

当时河洛市的物价是鸡蛋七八角一斤，六七分一个，歌本印得这么辛苦，怎么也值 3 个鸡蛋。于是，刘美娜决定将歌本定价二角五分。卖歌本比想象顺利，全班 25 人，人手一册，就筹得了 6 元 2 毛 5 分。其他班，就由各班的团支书去推销，五个班总共一百多人，卖了四十多本，收获近 12 元。全部收入约 18 元。三七开，刘美娜得 5 元 4 角，再分 2 元 9 角给黄莲。经费由周健秀先保管。周健秀将钱装在一个信封里，锁在宿舍的床头柜里。

晚自习回到宿舍，周健秀发现床头柜的锁被撬开了，下意识地惊叫了一声：“我的床头柜怎么被撬了？”她赶快去找那装钱的信封，信封也不见了。这可不得了！18 元，巨款啊！她吓傻了，瘫倒在地，不知怎么办才好。

听到周健秀说床头柜被撬了，刘美娜反应最快，正想问“钱丢了没”，就见周健秀已瘫在地上了。

“我们这么辛辛苦苦挣来的钱就这么没了！到底是谁偷的？”刘美娜大叫起来。

“怎么，钱给偷了？周六还说开展团支部活动，去龙门石窟玩的！这下哪儿也去不成了！谁手脚这么不干净？”覃红枫又着急，又气愤。

“我的钱还没拿到手就给偷了，白干活了。手指到现在还僵硬着哩，找谁说理去？”黄莲把手指扳得响响的。

听到黄莲这番话，刘美娜猛地惊醒了。“你整天待在宿舍里，难不成是你偷的？”

“你别血口喷人！你看到我偷了?!”黄莲对莫名其妙而来的指责大为光火。

“你天天催着我把钱分给你。是不是等不及了，就来撬我的床头柜？”周健秀慢慢恢复了常态。

钱给偷了，床头柜给撬了，她也急糊涂了。

“我再没钱用，也不会去撬你的床头柜！”

“钱放在周健秀那里，只有我们三个人知道。我的床头柜没被撬，周健秀被撬了，不是你还是谁？”刘美娜又有新发现。

“证据呢？证据在哪里？”黄莲反唇相讥。

“大家先别着急。没有证据，就不要乱怀疑人。我去跟队干部报了案再说。”吴瑕劝解道。

值班的区队长钟思丹听说发生了偷盗事件，立即跟着吴瑕来到女生宿舍。覃红枫正在劝说黄莲：“你最好乖乖地把钱还回来！周六大家一起去龙门石窟玩，既往不咎。否则，查出是你，要把你退学的。”

黄莲把头偏往一边，好似听不见覃红枫在说什么。

钟思丹看了一下周健秀的床头柜，又仔细查看了宿舍的门窗。“门窗没有被动过的痕迹。”他自言自语道，“应该是内部人做案。”

周健秀瞟了一眼黄莲。

刘美娜嘴快，“谁经常待在宿舍，谁的嫌疑就最大。”

钟思丹走到黄莲面前，“是不是你干的？”

“不是我。”黄莲倔强道。

“前几天，男生宿舍的孙红星被盗一本集邮册。那是他多年心血，价值近百元。只有内部人才知道他有集邮册。”

“我不知道他有集邮册。”

“你撒谎。我们全班人都知道他有集邮册，他经常在班里炫耀。”刘美娜说道。

“我去上课少，不懂。况且我从没进过男生宿舍。我连孙红星的床头柜是哪个都不知道。”

“查她的床头柜，看看钱和集邮册是不是在里面！”刘美娜似获得启发，大叫道。

“你们别想赖在我身上！”黄莲气急。

“要想证明清白，就打开床头柜！”刘美娜不依不饶。

“凭什么？我就不打开！”

“这样吧。我跟队长、教导员汇报一下。你们不要声张，以免引起恐慌。迟早会抓到偷盗者，把钱追回来的。”钟思丹性格柔和、温顺，没有步步紧逼，而是采取了迂回战术。

半夜里，黄莲的被窝里传出“呜呜”的哭声。刘美娜听见了，“哼”了一声：“猫哭耗子。”

团支部活动经费被偷的事，像长了飞毛腿，很快在整个学员队里传开了。

孙红星的集邮册被偷了一周，也没有破案，他一直心痛得很。那是他从中学起，一张、一张，辛辛苦苦收集起来的——十几年的心血呀。同样是放在床头柜，被撬锁偷走的！同样是白天被偷，晚上发现的。作案手法极为相似。他不得不相信是黄莲所为。看到黄莲出现在教室里，他阴阳怪气地说了一句，“该来的还是来了”。

黄莲当作没听见，径直走到自己的座位上。周健秀和她同座，有点鄙夷地侧过身子。

费鹏在选歌和卖歌方面出了不少力，是团支部的宣传委员，也添油加醋道：“都说黄莲苦啊，没想到还不干净。”

黄莲要把头低到课桌里去了。

刘美娜接着挖苦道：“心虚了！从来不现身教室的，却突然现身了。”

黄莲不是心虚，她是怕继续待在宿舍里，谁的东西丢了，又要赖在她身上。她不想跟刘美娜理论，拿书遮住了自己的脸。从早晨起床开始，她就感觉到众人对她异样的眼光，包括男学员。好似她就是小偷一样，避之唯恐不及。

“没脸见人了，是吧？最好地下裂开条缝，钻进去吧！”

黄莲忍无可忍，把书“啪”地甩在桌上，站了起来，“你们别欺人太甚。”

刘美娜也拍桌子瞪眼，“敢做就要敢当！”

“我没有做就不当！”黄莲把课桌盖扣上，冲出了教室。

背后传来刘美娜的声音，“继续当贼去。”

我正好进门，给黄莲差点儿撞倒在地上。“你怎么了?”我关切地问道。

黄莲的眼泪涌了出来，“对不起!”她擦了把眼泪，疾速离去。

她没回宿舍，去图书馆看了一个上午的英文书，连中午饭都不想吃。等她回到宿舍，队长郑山河和教导员袁哲都在。

覃红枫的床头柜又被撬了，妈妈留给她的传家宝——一个精美的玉蝴蝶飞走了。这是姥姥传给她妈妈的。她姥姥抗美援朝时是军医，救治好了一位朝鲜人民军后，他出于感激之心，送了她这块玉，说是保佑她平安。覃红枫来读军校时，妈妈把这个玉蝴蝶传给了她。

见到黄莲进来，刘美娜比覃红枫还气，“这回敢说你没见过覃红枫的玉蝴蝶!”

“见过就是我偷的吗?”黄莲也很生气。

“你知道的，这是我的传家宝。我姥姥传给我妈妈，我妈妈又传给我的。我整理床头柜时拿出来过，你们看见还连夸好看。”一向刚硬的覃红枫，说话都带着哭腔了。

“我是夸过你的玉蝴蝶，但我没偷。”

“还嘴硬?让她打开床头柜检查!”刘美娜叫道。

“我不开。你有本事也撬开我的锁呀!”

“你们看，不打自招了吧！说也撬开她的锁!”刘美娜蹬鼻子上脸了。

“吵什么?”郑山河吼了一声，走了进来。

上午，钟思丹跟他汇报了周健秀床头柜被撬、18 元团费被偷、黄莲有重大嫌疑的事，他没有相信，但也没有排除。能精准知道孙红星有集邮册、周健秀有团费，一定是内部人所为。而整个学员队，黄莲待在宿舍时间最多，他想找她谈谈。但没想到，覃红枫又被盗了。

“黄莲，你把床头柜打开！”郑山河命令道。他此举是想让黄莲自证清白，也想解开自己心头的疑惑。

黄莲打开了床头柜。队长的话，她不能不执行。她把东西一件件拿出来，甚至内衣裤。在大家的眼光下，羞辱感让她无地自容，也无比气愤。

什么也没有。

“她转移赃物了。”刘美娜不肯认输。

“你没有证据，就不要乱说人。”袁哲教导员发话了。一向温存的他，有了一丝愠怒。“丢东西的心情可以理解，但怎么可以这样对待自己的战友？等会儿到队部来一趟！”

黄莲在家时，一直遭受母亲的语言暴力。母亲把在父亲那里遭受背叛却无法发泄的情绪，像山洪一样倾泻到她身上，经常用最刻毒的语言咒骂她：“你以为你长得像一朵莲花一样纯洁美丽？你其实就是一节烂藕，长在淤泥里，发臭变节！”“你怎么不去做小三呀？你看你这模样儿，活挑挑就是你父亲的翻版。你父亲让别人勾去了，你去勾引别人，报复他。”“你去死，不要在我面前晃悠！看见你，就像看见你父亲！”母亲的语言暴力让她精神恍惚，一会儿觉得自己是这个人，一会儿觉得自己是那个人，差点儿精神分裂。

语言是可以杀人的。但黄莲母亲的语言是杀自己，杀女儿，不去杀小三，杀老公。她懦弱无能，不敢找小三、找老公算账。她经常自杀，却也不是真自杀，只是做做样子吓唬女儿而已。而黄莲却是真自杀。在父亲跟小护士结婚那晚，她吃了一百颗安眠药，还是母亲回家救的她。她没想到自己假自杀，却让女儿真自杀了。但黄莲自杀这件事也没有让她收敛自己，反而对女儿的控制欲更强了。她觉得，女儿的自杀就是自己没有控制好她，让她有了得逞之机。以后要变本加厉地控制她，才能不让她真自杀，才能像自己一样假自杀。

白天，同学们的语言暴力让黄莲来军校后趋于正常的心智又回到了以前。半夜，她突然大叫起来："你们不要杀我！不要杀我！"

这凄厉的声音让我瑟瑟发抖，躲在被子里不敢出来。周健秀、覃红枫怀疑黄莲偷了她们的钱和物，当作没听到黄莲的叫声。覃红枫还怒斥了一句，"叫什么叫？没人会杀你！"

只有吴瑕来到黄莲床前，轻轻拍了拍她的被子："放心，没有人杀你！没有人杀你！"

黄莲也清醒过来，没再叫喊了。

刘美娜给教导员教训了一顿，心有不甘，很是不服。晚上，黄莲的喊声又让她睡不好觉。第二天上午，心烦意乱的她叫上孙红星、费鹏、覃红枫等人，一起闹到院长办公室。覃红枫本不想去，但传家宝丢了，她也想找回来。队干部现在不处理黄莲，他们觉得，只有通过院领导施加压力了。

"吴院长，如果案子破不了，只有黄莲走，我们才能安心上课。”刘美娜不管三七二十一，一古脑儿地把事情的来龙去脉告诉了吴建峰院长。

从来没有学员敢到院长办公室来请愿，见多识广的吴院长也意识到了事情的严重性。“你们先回去好好上课！我把情况了解清楚后，马上把处理结果告诉你们，如何？”

吴院长的真诚平复了一下刘美娜的情绪，覃红枫趁机表示歉意：“院长，打扰你了。我们回去等通知。”从心里说，她还真不愿意开除黄莲，只要能找回她的玉蝴蝶就行。

刘美娜纠集同学到院办闹，成了压死黄莲的最后一根稻草。她不怕退学，她不喜欢越南语，退学了可以重新学英语。她害怕的是她本没有偷盗，全院的人却都以为她是小偷。这脸该往哪儿搁呢，还不如一死了之。她要以死证明自己的清白。她走向大操场，捡了块锋利的石头，划开了自己的手腕。

晚上黄莲的叫喊，将我惊出了一身冷汗。我虽害怕，但更怕黄莲的精神崩溃。之前听她说过自己的身世，她会不会又做出自杀的蠢事呢？我不自觉地跟着她，看到她手腕上渗出了血，吓得赶紧冲上去，按住她的伤口，不让血流出来，再用手绢包扎了一下，然后叫上过路人，一起把她送到了门诊部。向来胆小怯懦的我，也被自己出奇的冷静惊着了。可能每个人潜意识里都有做英雄的因子，只看会不会遇上事了。

门诊部值班的是一位娴静美丽的医生。她一边用精湛的医术迅速帮黄莲清理了伤口，一边安慰紧张的我们。“幸好伤口不深，发现得也早，很快就会没事的。回去后注意不要碰冷水，好好休息几天。”后来我才知道，她毕业于名牌医科大学，怪不得医术这么高超。

郑山河队长一大早接到了两个电话：一个是院办询问黄莲偷盗的事，一个是门诊部通知他黄莲自杀的事。院办的电话好回，没有证据证明黄莲偷盗，就不能开除她。他向院办保证，一定尽快抓到这个偷盗者。听说黄莲已回宿舍，他和袁哲三步并作两步地赶过去。看到黄莲脸色苍白但并无大碍后，才松了一口气。“你放心，我一定还你清白！”他掷地有声道。

袁哲教导员更是震怒，把刘美娜、孙红星、费鹏和覃红枫叫到队部。“看看你们闹的结果！害得黄莲以死来证明自己的清白！你们还认为她是小偷吗？她除了不爱学越南语，各方面都表现出色。无论出操训练还是遵守纪律，你们哪一个有她好？真是无法无天，竟敢闹到院长那里去，要把黄莲开除！真是丢了我们八系三队的脸！”

刘美娜、孙红星、费鹏和覃红枫低垂着头。黄莲自杀，是他们不愿看到的，也绝没想到黄莲会去自杀。本来刘美娜还想狡辩黄莲是畏罪自杀之类的，但看到教导员怒发冲冠的样子，就不敢说了。

“没有证据，就不要怀疑人！郑山河队长正在组织力量去抓小偷，会给你们一个交代的。你们好好学习，别再在这事上浪费时间了。”

郑山河和袁哲一合计，决定成立以男生为主的抓捕小组，每晚四人，晚自习期间，在宿舍内和宿舍楼大门外各安排两个蹲守。宿舍楼大门在晚自习时间，是上锁的。

功夫不负有心人。在蹲守了五天后，他们发现，一外系的男生趁着夜色，从女生所住的大宿舍后门爬了进来。他先在女生宿舍，用螺丝刀撬开了覃红枫的床头柜。珍贵的玉蝴蝶让他觉得，覃红枫很有钱，尝到甜头的他再次实施盗窃。在覃红枫这里一无所获后，他从女生宿舍出来，准备潜到孙红星所在的男生宿舍。

正在宿舍楼道巡查的朱荔香看见了他，大喊一声“抓贼”，小偷吓得掉头就跑。朱荔香和另一在宿舍楼蹲守、闻声赶来的男生一起，奋力追赶。当小偷从女生宿舍楼后门跳下时，朱荔香也一跃而下。从嵩山少林寺回来后，他就在学武。

小偷惊恐之余，把脚崴了。给宿舍楼外巡查时听到声音追赶过来的两位男生，当场逮住了。

第七章

军校的体育课不叫体育课，叫军体课，名字有了军队的色彩，课目更是充满了军队的特色。

开学第一节军体课就是跳马，貌似体操运动员训练用的木马横在我面前，比我两个人都宽，高却在我的胸前。好像野战部队的战士进行障碍训练一样，真的给了我个下马威。高中时的爬杆和双杠都让我望而却步，现在面对这样一个庞然大物，差点儿没被吓昏过去。

军体课的教员是个女的，叫周伶俐，个子瘦小，却很威严，扫向我们的眼神就像探照灯一样，亮晃晃的，比厉芬芳还要厉芬芳，但动作恰似其名，伶俐矫健，身手不凡。她站在队列前做示范，两个柔软的手掌撑在木马中间，双腿猛一张开，就像燕子一样轻巧地跃了过去。

擅长体育的周健秀、舞蹈明星刘美娜、敢打敢冲的覃红枫、吃苦耐劳的黄莲驾驭这匹马，自是不在话下。轮到我跳了，两眼一闭，居然也跃过去了。

谷小粒就没有这么好运气了，矮胖、矮胖的她再怎么努力，都在马前摔下了。”

“你这样的体形，得把屁股翘上天才能过去。”周教员一席话，引得众人大笑。

“你们笑什么？你们有她跑步的耐力吗？我看你们除了她，军体五项的3000米，没人能过关。她是长跑的苗子。”

说到长跑，我们都不敢笑了。以为上了大学，就脱离了高中的苦海，进了象牙塔。谁知熬过了军训，现在又要熬军体五项达标测试了。“每年都要测，每测都要合格。否则，没有毕业证。”周伶俐和郑山河训我们的话一模一样，敢情两个人是串通好的。3000米长跑啊，想想都恐惧。我跑完800米，就像母亲爬五楼一样，呼呼地喘气，如同拉风箱一样。郑山河让我们早上出操跑三圈、中午饭后跑三圈、傍晚到学校后门的山上去爬坡就算了，谁曾想他还有更厉害的一招。

郑山河原想新官上任三把火，用严格管理震一震这帮乳臭未干、青涩未退的新兵蛋子，没想自己先给一个偷盗事件震住了。年轻的大学生真是思维敏捷，无畏无惧，嫉恶如仇。那好吧，那就来一个 5 公里越野跑，让这帮顽劣自我的学员们经受一下汗水和心智的洗礼，增强一下团结协助、奋力拼搏的精神——大病还得大药医。

教导员袁哲有些担忧。“他们才大一，行吗？这么快就跑 5 公里，一般是高年级才跑。”

“大一就发生这么严重的事，闹到院里去了。必须得 5 公里，让他们团结一致向前跑。”

一听到五公里越野，女生宿舍就炸开了锅。军体五项的 3000 米测试还胆战心惊，现在却又来了个 5 公里，比 3000 米还多 2000 米，且是负重跑！

“郑变态这一招真狠毒！5 公里越野，不跑不知道，一跑停心跳。本来是高年级的项目，却放到一年级了。记住，我们女生不能再出事了，让我们受这样的惩罚。”覃红枫一边打背包，一边说道。

“要不怎么叫郑山河？不震震你们，怎么能知道他比山河还要雄伟壮阔、波澜起伏？”周健秀用一种反讽的语气说，“这样的体能训练，我是受不了的。到时肯定要进医护车，你们可别笑话我，嫌我丢女学员的脸。我真是太后悔进军校了，当初不应该听老爸的话。读北京体育学院多好。”

“你不是运动健将吗，还怕这样的跑步？”我怯生生地问，“我肯定也要进医护车的，跟你做伴。你们也别嫌我丢人。”我对马上就要来临的 5000 米惊恐万状。

“这是长跑，需要耐力和体力。我跑短跑的。”周健秀恨恨道。

“你们都别说这样的泄气话。我们女生一个都不许掉队！一个都不要进医护车！不能让男生们笑话。无论如何，都要坚持跑下来。”吴瑕制止我们。

“5公里跑就5公里跑，该来的都会来。”听说5公里越野跑是区队长钟思丹带队，刘美娜心里美滋滋的。这种喜悦，让她忽略掉了即将到来的艰难。

“只要有美男子带队，你就浑身都是劲。”覃红枫撇撇嘴。

“来，大家先吃几块巧克力、牛肉干，补充一下体能，就有劲跑下来了。”刘美娜心情好，懒得理覃红枫。她边说，边在每个人的床上放下几粒巧克力和牛肉干，特意在黄莲的床上多放了几块。她最会用小恩小惠收买人心，这一点不得不佩服她。每次因她而起的事端，她都当没发生过一样，全都抛到了九霄云外。说到底，她并不是一个坏心眼的人，只是有些小性子而已。

黄莲把她多给的那几块，连同前面的，全部放到我的床上，“你多吃点，就能坚持跑下来了。我不用，我能跑。”

“你怎么不用？你还是吃点，补充体力吧。”我把巧克力和牛肉干给回她。

“我真的不用，我能跑。”黄莲把牛肉干和巧克力又给回我。

“厉害，厉害。”刘美娜这句话，意味深长。似是说黄莲不要她的巧克力和牛肉干，也似是说黄莲可以跑下5公里。

黄莲当然能跑。每次母亲要将对父亲的不满迁怒到她身上时，她就得没命地跑出家门，怕给母亲逮住，又挨她的拳打脚踢，从而练就了一项能跑的特长。

一声尖利的哨音响起，“大家起床了！楼下集合！5公里越野跑！”楼道里反复传来钟思丹的声音。“大家要穿有弹性、合脚舒适的鞋垫和袜子，以免脚板磨破或擦伤。鞋带的松紧度要适当，防止掉鞋或勒脚。背包要打紧，路上千万别滑落绳子！快点到楼下集合！”

“真是太罗嗦了，像老太婆一样叨个不停。耳朵都要生茧了。谁嫁他谁倒霉！”覃红枫听着可烦哩。

“钟区队长得干干净净，秀秀气气，一点也不拖泥带水，不知怎么就这么爱罗嗦。”周健秀也嘟囔着。

“我不觉得罗嗦。我觉得他是一个很认真的人。这种提醒，是非常有必要的。”刘美娜换下拖鞋，穿上解放鞋。她要第一个下楼去，好好表现一番，让他对自己刮目相看。中午觉没睡醒，她就起来打好背包，还特意换上了一身干净的军装。

“你当然不觉得罗嗦哩，情人眼里出西施。”覃红枫说穿了她。

“你才是情人眼里出西施。什么调皮捣蛋的人在你眼里，都是王子。”刘美娜终于回击覃红枫了。她拉开门，屁股一颠，走了出去。

覃红枫朝周健秀努努嘴，“美得她！好像她身材特级棒！以为去相亲呀，这么猴急！到时候，可不要叫苦连天，狼狈不堪，丑态百出！”

大家给这几个形容词惹笑了。

“钟区队好！”

钟思丹站在宿舍楼前，等着学员们下来，冷不丁听到这句话，惊诧了一下。

刘美娜站在他的面前，右肩左斜的挎包、左肩右斜的水壶，将她的胸脯勒得紧紧的，再加两个背包绳，使得她两个高耸的乳房如同两座小山峰，耸立在钟思丹面前。

钟思丹下意识地往后退了一步。这股青春的气浪，冲击了他。他不是不近女色，是对女孩子根本就不了解，连女人来例假他都是一头雾水。出早操时，女学员们不想出，就报告说自己有特殊情况。“有什么特殊情况？”他丈二和尚摸不着头脑。大家就都哄笑起来，连男生都笑得前仰后合。

刘美娜的确是我们这批女生中发育最好的，身材苗条纤细，但呈S曲线：乳房高挺圆润，屁股微翘、腰身很细。宽大的军装遮掩了她的身材，却遮掩不了她长期练舞的好气质，挺拔昂扬。宿舍里，脱下军装的她凹凸有致，玲珑剔透的身材让所有女生都目瞪口呆，啧啧赞叹。

“其他女生都没下来，不是有什么特殊情况吧？”钟思丹挺担忧。每次他集合队伍，女生们常闹特殊情况。

“没有什么特殊情况。有情况也变成没情况了。”刘美娜没有笑他。她巴不得女生们都不下来，可以跟他多待一会儿。

“哦，她们就不害怕5公里跑？”钟思丹对刘美娜的回答很惊奇。

“出大门太难。不用翻墙，不用请假，就能出去，别说跑5公里了，就是10公里，她们都愿意。”刘美娜嘴里说的是别人，其实更是在说自己。应该加一句，只要是有你钟思丹在场。

钟思丹直愣愣地望着刘美娜，颇为不解。在八系三队女学员中，以娇气柔弱著称的刘美娜何时变得这么勇敢顽强了。给钟思丹眼神看得有点不自在的刘美娜，心中暗喜，这番话真的打动了这个美男子、呆男子了？

“队伍还没下来？”郑山河和袁哲全副武装，走了过来。

“你们怎么也来了？”钟思丹有些诧异，“自行车呢？你们不骑自行车？”以往学员队 5 公里越野跑，队干部都是骑自行车跟在后面的。

“今天不骑自行车，跟大家一起跑。”

“教导员，你……”钟思丹望着袁哲。

“没事。我年纪大点、胖点，但这 5 公里难不住我。”

学员们陆续下来，集合完毕。钟思丹跑步到郑山河面前立正，站定，“队伍集合完毕！是否开始，请指示！”

“请稍息！”郑山河用洪亮的声音说道，然后大步流星地走到队列前：“今天，我和教导员跟你们一起进行 5 公里越野跑。我们能跑得下来，你们一定也能跑得下来。希望你们团结协作，互帮互助，一个都不许掉队，全部跑到终点。实在坚持不下去，就进后面的医护车。但作为一个军校生，如果连 5 公里都跑不下去，那只能说离军人的标准还差得很远。假如前方战火纷飞，要求我们必须在 20 分钟内到达目的地，你们行不行！”

没有一个人回答。

“我相信你们行！今天，你们就用实际行动来回答！”

“哪里行，把我们当成野战部队来训练?！都是这帮女生害的，弄出一个什么小偷事件、自杀事件。”孙红星小声说。

“队列里不要说话，减少体力。出发！”郑山河斥道。

“快点！一个跟紧一个！男的带着女的！”袁哲附和道。

覃红枫和刘美娜并排跑在女生最前面。从小，父亲就对覃红枫进行跑步训练，短跑、长跑她都行，只不过平时不愿意跑而已。刘美娜自然是跑给钟思丹看的了。可跑了一会儿，她就跑不动了。她短跑行，长跑可不行。紧随其后的黄莲和谷小粒很快超越了她。吴瑕一直居中间，我和周健秀是落在最后面的。我越跑，越感到体力不行，开始喘着粗气拉风箱。周健秀已经捂着肚子，停下来呕吐了——胃疼又犯了。

袁哲教导员一直在后面跟着我们。他问：“你俩行不行?要上医护车吗?”

我们摇摇头。我的腿重得像灌了铅，已经不听使唤了，但还是拖着腿，在往前慢慢移，感觉要死了一般。刘美娜更是。她的鼻子突然流血，从脸上淌到了衣服前襟。黄莲看到后，掏出手绢递给她，并搀扶着她的腰往前走。快到终点时，我的腿越来越沉，动弹不得。

眼看就要撑不住了，落在后面的徐志文突然来了劲，“来，我带你跑一段。跟上我！”

我用吃奶的劲儿说：“送我上医护车。”

就在我和周健秀都要倒地的时候，朱荔香跑了过来，架起我说：“我们一班的人都不能进医护车！一定能跑完，坚持住。”

周健秀已经在钟思丹的搀扶下，抵达了终点。

我是最后一个到的。就在我倒地的一刹那，看到郑山河脸上又露出了神秘的一笑。

“全队没有一个人掉队！没有一个人上医护车！你们都是好样的！”

郑山河很得意他的全队5公里越野跑，让他打了个漂亮的翻身仗，使得遭受偷盗事件影响的八系三队，尤其是女学员们增强了团结友爱、互帮互助、顽强拼搏的精神，集体主义意识大大提高了。

他在办公室点燃一支烟，正想小小地庆贺一下。肖长喜教员气冲冲地推门进来了。向来笑眯眯的他，此时却是一副来者不善的样子。郑山河赶紧把燃着的烟捻灭了。

原来上精读课时，孙红星居然趴在课桌上睡着了。肖长喜用力推了推他的身子，一点也没反应，还有轻微的呼噜声响起。其他学员也都是一副无精打采的样子。他让我站起来背书，我背得断断续续的，一点也不利索，不像平日那般如流水汩汩而出。听写单词，能全写对的全班没几人，更别提踊跃举手回答问题了。

“你们这是怎么了？”肖长喜用略带山东口音的普通话说。

“我们5公里越野跑了。”刘美娜正愁有苦没地方诉。

“5公里？你们男女生都跑？”肖长喜惊讶地张开他那张标志性的大嘴。

“是的。而且我们女生全都跑了下来。”覃红枫不无得意地说。

“你们跑了下来，我的课没法上了。”肖长喜摊开双手。

覃红枫自知说漏了嘴，朝我吐了吐舌头。

“你们自己先看看书，我去去就回。”肖长喜第一次把我们扔在课堂里。

“郑队长，你去看看你的学员！他们这种疲惫的状态，怎么能上课?”

“咋了?”郑山河用他的西北口音说。

“你让他们5公里跑，精神、体力透支如此厉害，还能好好地坐在教室里上课吗?”

“他们是军人，当然要进行体能、意志、品格的训练。况且是前天跑的，休息一天也该恢复过来了。”

“他们更是学员。你们的训练管理是为学习服务的。他们还这么稚嫩，如同孩子，身体垮了，还怎么搞学习，搞训练?”

“好好好，肖教员，我不跟你讨论他们先是军人，还是先是学员。我们锻炼他们军人的素质、品质，也是为了他们更好地学习，日后为军队做贡献。我想，经过这次5公里跑，他们会以更饱满的精神投入到学习之中。您老就消消气哈，我们是为你们学习服务的。”肖长喜教员德高望重，郑山河可以随时震学员，却不敢震他。他以退为进，一番在情在理的话让肖长喜不知说什么好。

“承你吉言，以观后效。”肖长喜教员闷声闷气地说完这句话，一转身，和刚进门的袁哲教导员差点儿撞个满怀。“又一个跑5公里的回来了。”肖长喜眼也不抬地说。

袁哲冲郑山河无奈地笑了一下，“又一个告状的。”

他刚才经过阶梯教室时，遇见刚下课的公共课老师——汉语言文学教员毕明华。毕教员问他：“今天你们队的学员怎么了？上课一半的人在呼呼大睡，男女生都有。我正在念他们写来的作文，我给的题目是《家乡美》。有的写四川的担担面，有的写广东的粤剧，有的写南西的山水，本来是很有兴趣听的一堂课，却成了我一个人唱独角戏。”

“说明我们的5公里跑见了成效。”郑山河半幽默、半自信地说，“来，老袁，抽支烟！”他扔了支烟给袁哲，嘴角又露出了那丝神秘的微笑。

费鹏对音乐的热爱程度，如同他对漂亮女孩的热爱，而他对音乐的专一程度，也如同他对吴瑕的专一。正式上课没几天，他已把图书馆有关音乐的书籍，全都看完了。实在没书看了，他就报名参加天津音乐学院作曲系的函授学习。晚上熄灯后，他悄悄打开灯，将灯线扯到自己床这边，用报纸卷个筒，遮住灯光，看书看到半夜。

孙红星也喜欢音乐，长笛吹得有模有样，但不像费鹏这么痴迷。他偶尔也将灯泡扯到自己面前，看的是课外书，国内、国外的文学名著、哲学专著看了个遍。徐志文爱学习，熄灯后就要进入睡眠状态，不想明天上课没精神。费鹏虽然用报纸将灯光遮住了，但光线依然透过报纸，照在他的脸上。他用被子蒙住头也没用，总感觉光线就像探照灯一样追着他照射。忍耐了几晚后，他终于爆发了。他连鞋都没穿，光着脚冲到费鹏床前，把遮住光线的报纸扯了个稀巴烂。

费鹏被徐志文的行为惊呆了。在徐志文把灯线拉回到宿舍中间时，他反应过来了，也光着脚跳下床，抓住灯线。两人打闹的声音惊醒了孙红星，他站到了费鹏这一边。他也光着脚丫子冲到徐志文面前，和费鹏一起合力将徐志文的手掰开。朱荔香又学习又劳动，辛苦了一天，一熄灯就钻进被窝，鼾声四起，哪管费鹏是看书还是要和徐志文打架。孙红星常笑他就像一头猪一样。徐志文再怎么有英雄气概，也是打不过费鹏和孙红星的统一战线的。好男不与两兄弟斗，他松开了手。第二天一上课，吃了亏的他，就把状告到了袁哲教导员那里。

袁哲教导员看着徐志文给费鹏和孙红星拉青的手，安慰他说："熄灯后再看书是不允许的，但费鹏学习音乐的精神还是可以鼓励的。我跟他们两个谈谈，批评一下他们。"这句话有点各打五十大板的意思。

谈话的结果是费鹏、孙红星不再在熄灯后看书，但袁哲鼓励他弄一个八系三队的小乐队，并专门在六系一队的宿舍楼下给他找了一间房，作为乐队排练之用。一看到费鹏和孙红星都有地方吹单簧管、吹长笛，连不懂音律的朱荔香都买了把小号，整天在宿舍里"噗噗"地吹起来，就好像小孩子吹肥皂泡一样，徐志文想笑又不好笑，想恼又不好恼。朱荔香也不管别人看他的眼光，牢记费鹏跟他说的，他中等个子偏胖的身材最适合吹小号，把小号的音律贴在床头的墙上，随时可看可记。徐志文被他这种精神潜移默化，心也痒痒的。他问费鹏：“我也想学音乐，不知学什么好？”

费鹏不计他告状的前嫌，说：“你练打鼓吧。好学好打，还可把你文弱的筋骨打强硬了。”徐志文就买了一套鼓，放在排练室里。他也不反感费鹏和孙红星熄灯后看书了，像朱荔香一样，渐渐习惯了这灯光，偶尔自己也在灯光下看书。

覃红枫是个耐不住寂寞的人，教学楼、饭堂、图书馆三点一线的生活，让她觉得无聊乏味透了，还不如军训好玩。看到费鹏拉起了八系三队的小乐队，她这个舞枪弄棒的人决定改枪易弦，下巴架起一把小提琴，就在排练室里左一下、右一下的乱拉。孙红星在时，她拉得更是带劲。她记住一个成语，叫暗通款曲，管他孙红星跟她暗不暗通，她先暗通给他。

孙红星给覃红枫这一通聒噪弄得心烦意乱，“你能不能不割鸡了？”

“就是割给你听的，割鸡割鸡割鸡割鸡割鸡割鸡，我们爱你。”她边“割”还边唱日本电视剧《阿童木》的主题曲。

孙红星实在无奈，把长笛“啪”地往桌子上一拍，走了出去。他要把周健秀这个救兵搬过来。有周健秀在，覃红枫就不敢这么放肆地挑逗他了。

谁知周健秀一来，看到这一大堆乱七八糟的乐器，头都大了。她嘟哝道：“还不如我在操场上跳跳高、跳跳远，来得过瘾。”转身就走了。

周健秀前脚刚走，刘美娜后脚就进来了。她是给费鹏忽悠来的。费鹏想，八系三队的小乐队，总得有几个女的吧，而且还得漂亮。男女搭配，干活不累。

谷小粒想过来打打鼓，他说你还是算了吧，鼓有徐志文打了，你打开水去吧。谷小粒热衷公差勤务，我们班男女生宿舍的水，基本上由她一个人承包了。谷小粒说："你喝西北风去吧。"几天没给费鹏他们宿舍打开水。

费鹏想拉吴瑕到乐队，吴瑕对他冷若冰霜，他是叫不动她的。黄莲刚出了事，劲还没缓过来。只有刘美娜最合适，又漂亮又活泼，还会跳舞唱歌。嘴巴是多了些，但正好可活跃气氛。为了能把刘美娜忽悠到小乐队，费鹏还动用了自己富二代的身份，叫家里寄了些广东零食过来。这些零食刘美娜见都没见过，成功给这些五颜六色的糖衣炮弹攻陷了。想想音乐虽然比越南语还难学，那一个个音符如同一个个问号一样让她找不到答案，但好歹也能光鲜亮丽地出现在舞台上。这能再一次满足她的虚荣心。她不管朱荔香也在乐队、不能跟他走得太近的想法，买了架电子琴就过来了。

费鹏再有音乐天赋，毕竟不是专业出身，有些音乐上的问题也是弄不懂的。但他的运气实在太好了。

请刘美娜下馆子时，邻桌突然大声吵闹起来。细听之下，原来是菜品和点菜时的价格不对，客人带的钱又恰恰不够。"我来付吧。"费鹏走到他们面前，豪爽地说。

"你是解放军河洛外国语学院的学生?"看着费鹏身穿军装，一位儒雅斯文的中年人问道。

费鹏点点头。

"我是河洛市艺术学校的老师，钢琴、小提琴什么都教。

你记我一个电话，有什么事可以找我。”这位叫俞树林的老师，就此与费鹏结下了忘年交。

八系三队的小乐队第一次展示风采，是在周四下午的党团活动日。袁哲教导员带领全队，到河洛市第一拖拉机厂参观学习。河洛市第一拖拉机厂是闻名全国的大型企业，是集体结晶的标杆，所生产的拖拉机让农民彻底告别了靠牛耕种的时代，拥有的“东方红”商标更是中国驰名商标。1980年代初企业开始转型，开发制造技术含量更高的新产品。袁哲教导员旨在通过思想教育，增强我们的集体荣誉感。他让小乐队带上乐器，参观完后与第一拖拉机厂的工人宣传队来了一个小联欢。

能够参观中国第一个拖拉机厂，亲眼看到拖拉机制造的过程，感受社会主义建设的成果，全队都很兴奋。孙红星回头跟后面的学员说话时，没发现路上一个下水道井盖缺失了。费鹏大声嚷嚷，叫他小心也来不及，只听孙红星“扑通”一下就掉了进去。费鹏伸手去抓他，却给孙红星像救命稻草一般抓住衣角，一起掉下去了。好在下面没有水，下水道也不深。我们七手八脚将两人拉上来时，孙红星的嘴有些红肿，费鹏的右手中指有些伸不直了，两人的腿都是一瘸一拐的。“得，这回真是拖拉机了——一拖俩！”孙红星的话，让袁哲有火也发不起来了。

工厂讲解员带领我们参观完图片展、生产线后，指着一部手扶拖拉机，说：“你们谁能驾驶这辆拖拉机？”

朱荔香会驾驶，但他是不张扬的人。刘美娜和覃红枫争先恐后地跳上去，却没能发动起来。覃红枫恨恨地踢了拖拉机一脚，“如果是坦克，我肯定能开得出来。”

孙红星和费鹏脚不扭伤的话，是一定要上去一展身手的。

“我们队就没有一个人敢开拖拉机吗？”

教导员的话对谷小粒来说，就是圣旨。她在农村见过父亲开拖拉机，懂得点皮毛。为了给教导员一个好印象，她火急火燎地冲上了拖拉机，左捣捣右捣捣，拖拉机居然给她发动起来了，却是直冲袁哲教导员而去。教导员反应快，躲开了她。在众人的一片惊呼声中，手忙脚乱的谷小粒居然又把拖拉机停了下来。

我第一次听到唢呐声，是在这次联欢会上。一个像喇叭样的东西，在一个壮实的小伙子口中，居然吹出了豫剧般动听的调调。我没正儿八经听过豫剧，但小时候母亲跟我讲豫剧大师常香玉给抗美援朝官兵捐献飞机的故事时，随口哼过几句，我记住了。

“这有什么，我待会儿吹出的长笛，比他的还要好听。”孙红星不服气道。他嘴肿，说话都有些漏风。

“别吹了，你的嘴都撅起来了。不要丢人现眼了。”徐志文不喜欢他讲大话的样。

“待会儿你的鼓点可不要放屁啊。你一放屁，我就看不清费指挥的手，吹不出气来。”

“费指挥手指都废了，你看个屁。我先打你屁股，让你不要放臭气。”徐志文斯斯文文，但谁要惹了他，他也不是那么好欺负的。

徐志文的鼓槌还没落下来，孙红星已站到人群前，一曲长笛独奏——《扬鞭催马运粮忙》，将费鹏弯曲的右手中指催直了。在他指挥下的八系三队小乐队旗开得胜，风头并不输第一拖拉机厂的工人宣传队。

我真正对安以康有点儿印象，而且是好印象，是在看电视剧《上海滩》时。之前只知他是三班的，高我一届。因为曾经一个队的师哥、师姐毕业了，才合并到我们八系三队。最初听到这个名字，是去嵩山少林寺时徐志文说的，队里还有个南西老乡，想跟我们这些刚来的学员老乡见见面，但最后不知何故，不了了之。我走路，喜欢低着头。有一次走在路上，听到有人叫我的名字，就抬起头来应答了一声，看到一个人正咧着一张大嘴朝我微笑，脸黑黑的，鼻梁很高，显得没有眼睛似的。1980 年代初流行的是演员唐国强那样的奶油小生，白净秀气，或是戴着一副眼镜的白面书生。我最初对安以康是没有任何感觉的。

每晚 8 点，河洛市电视台连播两集《上海滩》。这部由周润发、赵雅芝主演的香港电视连续剧已经风靡了全中国。大教室里有一台电视机，每天下午最后一节课上完后，大家就把椅子搬到大教室去占位子。我的椅子靠后了一些，前面有个高个子的男生挡住了，我就只好歪着头看屏幕。男生回过头看到了，就跟身旁的女生耳语了几句，调换了位置。我的视线马上顺畅多了。这个男生就是安以康。我突然发觉，他的儒雅、斯文和细心有点像剧中的许文强。当时我正深陷其间，给周润发迷得五迷三道的。

“我不喜欢周润发。不过，他的嘴倒是挺有特点的。”吴瑕是个很理性、成熟的人，不像我那么感性、浪漫。她把我当作小孩子，每次我们逛街过马路时，都要牵着我的手。

她和我正在深秋的校园里散步。那是晚饭后的自由活动时间。落日余晖和金黄的树叶融为一体，非常壮美。我们的脚踩在落叶上，“咔嚓咔嚓”作响。

“你那天晚上唱歌，怎么唱得那么起劲?”有天晚上看完《上海滩》后，吴瑕把椅子放回日语班，就到我们班找我。刘美娜、周健秀、覃红枫和我正聚在一起，唱起了《上海滩》的主题歌：“浪奔，浪流，万里滔滔江水永不休。”她也加入了进来。

路过我们班门口的男生都朝我们侧目而视，“哟，这么快就唱了起来。”他们嘻嘻笑着，走开了。知道我们心里藏着一个许文强，正如他们心里藏着一个冯程程。

“这首歌的确好听。我喜欢这首歌并不意味着，我就喜欢许文强、冯程程那样的爱情。我觉得电视上的爱情故事都是骗人的。”吴瑕一本正经道。

“那样的爱情故事很感人啊，我就想找个许文强这样的。”我对吴瑕从来不掩饰心里真实的想法。“那你喜欢什么样的爱情?”

“生活中，哪有许文强那样的男人?那都是编造出来的，骗你们这些小女生的。我对爱情不抱任何幻想。”

“所以，你就像个冰美人一样，对男生拒之于千里之外。

费鹏对你那个热乎劲，你也没有被融化一下。”

“凡是漂亮女生，他都黏黏乎乎。他黏刘美娜，你又不是没看见。那个腻乎劲儿，有时挺招人烦的。”

“你是吃刘美娜的醋，是吗？”

“我才不吃她的醋。我又不喜欢费鹏，他爱谁谁。再说，刘美娜也看不上他。她只不过是在利用他，为她干活。”

“但他似乎对你最真情了。别人，他都只是觉得好玩而已。”

“他对谁都一样。换成你，他也会英雄救美的。”

“那可不一定。不过，果真这样，也说明他人品好。其实，我觉得费鹏这个人心眼挺好的，对人挺热情的。他喜欢漂亮女孩，也是因为他怜香惜玉吧。”

“好人不一定都能成为恋人呀。我觉得，我们队男生都不咋的。”吴瑕挺清高的。

“安以康怎么样？”我试探道。

“他还行吧。”

吴瑕这句话，让我好似吃了定心丸。

一列队伍经过我们身边，第一排有个瘦高的男生，一直在望着我。吴瑕碰碰我的手，“看，那个男生在望着你。”

“望着你才是吧。”我不相信有人会看我，像我这种长相，院里女生多的是。只有吴瑕回头率才高，无论在哪儿，都会吸引众人眼光。

“他的确是在看你。快看，他们队伍就要走过去了。”

我抬起头，目光正巧和那位男生相遇。他迅速地扭转目光，红着脸，低下头去了。

“他们这是去哪儿？傍晚还排着队？”

“去阶梯教室上公共课吧。二系的，从那边走过来的。”

这列队伍过去后，几个女生簇拥着费鹏出现了。费鹏高大俊美，在她们中间显得鹤立鸡群。

“小费翔，唱一首《恼人的秋风》！”

“今天不唱歌，请你们吃核桃。”

“哪里有核桃，骗人的吧？”

“看，这不是？”费鹏变戏法似的从口袋里掏出一颗青核桃。

“给我一个！给我一个！”女生们叫了起来。

“别急，别急！都有，都有！”

“看那众星捧月的样子，还很受欢迎啊。”吴瑕不无揶揄道。

费鹏听到了吴瑕这句话，快步向我们走来。“你们每个人都有了，该干吗，干吗去。我还有正事要干。”

“别啊，小费翔！我们还等着听你唱歌哩。”女生在他身后叫了起来。

吴瑕看到费鹏过来了，拉着我拐向另一条道。

“你们想不想吃核桃？”费鹏追了上来，手里握着两个圆圆的、青青的小果。

“这就是核桃呀，真可爱！”我不管吴瑕扯着我的衣袖说“别理他”，从费鹏手里拿过一粒核桃把玩着，“这能吃吗？”

“当然能吃。”费鹏用指尖刮去青核的嫩皮，露出白中带黄的硬壳，然后用大牙使劲一咬。随着一声清脆，硬壳裂成两半。“可以吃了。尝尝！”

我伸手拿了一块。核肉嫩嫩的，有些青涩，有些清甜。“你也尝尝！”我递了一块给吴瑕。

“我不想吃。我倒想知道这核桃树在哪。”吴瑕喜欢追根溯源。

“我带你们去。”费鹏热情很高。他一直倒着走，跟我和吴瑕说话。这样，可以紧盯着吴瑕脸部的变化，把握一闪而过的机缘。

“你别倒着走！给纠察看见了，又要训你一顿。连带着我们都要挨训。”吴瑕紧张道。

费鹏如获至宝，赶紧掉转身，靠在吴瑕身旁。吴瑕移向我一点，费鹏又靠紧一点；吴瑕又移向我一点，费鹏又靠紧一点。吴瑕干脆跟我掉换一个位置，让我在费鹏身边。看着他们两人这样，我抿嘴偷笑。

这棵核桃树在一系的教学楼旁。如果不往这边走，还真不知道有这样的核桃树。“你怎么发现这棵核桃树的？”我很好奇。

“这还用问？他是采花大盗，到处酿蜜，到处流芳。”吴瑕替费鹏回答。

“话可不能这么说。我只采一人花，酿一人蜜。”费鹏看着吴瑕，脉脉含情。

“这核桃树这么高，你是怎么摘的？”吴瑕不信他。

“这还不容易？”话没说完，费鹏三下五除二，噌噌噌，就爬上了树。

“天哪，你还会爬树？高贵的王子下凡人间了！”我啧啧赞道。

“我外婆在广东乡下种有很多荔枝树，一放假我就去她那里玩。上树摘荔枝，那是‘洒洒水’了。”费鹏洋洋得意地说起了广东话，“我还可上天揽月、下海捉鳖哩。”

“你快下来，危险！别吹了！”吴瑕在树下急得手忙脚乱。

“别着急。我慢慢摘些大个的给你们，让你们享受最尊贵的服务。”费鹏像在舞台上唱歌跳舞、万人瞩目一样，优哉游哉地摘着核桃。

“快下来！你再不下来，我们就走了。”吴瑕涨红着脸说，做出欲走的样子。

“别，别，别！我这就下来。”像上树一样，费鹏噌噌噌地又下来了。一下就跳在吴瑕面前，嘴差不多贴着吴瑕的嘴了。

吴瑕羞红着脸，扯着我就跑了。

徐志文正在梧桐树下，摇头晃脑地拿着《朦胧诗选》在念。看到我和吴瑕匆匆忙忙跑来，忙问发生了什么事。

“没啥。你在看什么书？”我不喜欢声张。

“刚买的《朦胧诗选》，有舒婷、北岛、顾城的诗。”

“呀，在哪儿买的？是学院书店吗？”

“不是。河洛市新华书店。在上海市场那边。”

“哦，那么远。出不去。可以先借我看看吗？”

“可以。对了，学校诗社社长于一帆，他是二系的，学英文的，想见见你，明天中午。”

“他没说什么事吧？”

“没有，就说见见你。你不是有一首诗在《三角帆》上发表了吗？”

一首诗在《三角帆》上发表，就值得作为诗社社长的他来见我吗？我又不是写得最好的。我若有所思地和吴瑕走回宿舍。

路上，吴瑕打趣道：“我猜想，他就是今晚在队列里望着你的那位男生。”

“我又不像你美若天仙，能有这样的桃花运，真是天上掉馅饼了。”我一向对自己不自信，觉得没有男生会喜欢我，除非我去喜欢他们。

中午时间短，我一般不回宿舍午休。吃过午饭后，就回教室，双手交叉做枕头，趴在课桌上，状态好的话可以小睡一会儿。

第二天中午，我睡得迷迷糊糊时，徐志文轻拍我的肩膀：“那个男生来了。”

我揉揉惺忪的睡眼，捋捋头发，跟他走出了教室。

教室门口，站着一个瘦高的男生，戴着一副眼镜，面容很清秀，微微笑着。果真就是昨天傍晚在队列里看我的那个人。

“我叫于一帆，贵州贵阳人，学校诗社的社长，诗集《三角帆》的主编。你的那首《火红的木棉花》写得很不错，纯真又纯洁。”他自报家门道。

“我这首诗写得真不好，不像师哥、师姐们写得那么成熟，有技巧。”我实话实说。

“真诚最能打动人。”他扶了扶眼镜。

他这句话令我恍然大悟。他为何放弃午休时间，穿过两个大操场，从二系来到八系，原来是我这首诗触动了他。怪不得，昨天傍晚他在队列里一直望着我。当我的目光与他相遇，他又迅速地低下头来。

《火红的木棉花》第一句就是：“你的眼睛常在望我，眼镜片后的那双眼睛。而当我的目光与你相遇，你总是迅速地收拢目光，低下头来。”

这首诗我是写给高中坐在我身后的男生的。奇怪的是，虽然和他通着信，我却没有告诉他我写了这首诗。

于一帆跟我说完这几句话后，轻轻地跟我告别，却不是如徐志摩的《再别康桥》——挥挥手，不带走一片云彩。他带走了我这个人，而我浑然不觉。

在他毕业后，他以我这首《火红的木棉花》的最后一句——“我要毕业了，你能给我、给我、给我写信吗?”——给我来了一封信。

第八章

谷小粒很庆幸自己在水房冲凉时，能被误打误撞进来的朱荔香看见。

当时，她是吓得尖叫了一声的。这声尖叫在寂静的深夜，特别的恐怖，令人毛骨悚然。连一向天不怕、地不怕的覃红枫，都躲在被子里瑟瑟发抖。

男生们纷纷涌出宿舍，高喊着“抓流氓”。当发现这叫声是从冲凉房里传出的时，又纷纷返回了宿舍。

男女冲凉房门对着门，门上只有一小块布半遮着。正是荷尔蒙膨胀的年纪，他们无数次地想掀开这块遮羞布，一窥里面的秘密，但只有走错门才能满足他们这好奇心。运气好的话，里面没人；运气不好的，就如今晚。

郑山河队长今晚值班，队部宿舍离冲凉房最近。听到谷小粒的叫声，他最先冲出来，正看见朱荔香惊魂未定，落荒而逃。他一边跑，还一边念念有词：“吓死我了！吓死我了！这叫声像鬼叫一般。”

他当即就明白怎么回事了，就在冲凉房门口安慰了几句惊魂未定的谷小粒，“别害怕！他不是存心的，走错门了。你穿好衣服，赶快回宿舍吧。快熄灯了。”

谷小粒一直不习惯在澡堂脱光光洗澡，中午、晚上冲凉房又人来人往的。只有在大家都洗漱完毕、快熄灯了，她才敢去把身子擦洗一下。她没想到，今晚突然会闯进来一个朱荔香。只是下意识地叫了起来，并没有认为朱荔香是在耍流氓。全队的男生数他最老实、人品最好。当她回到宿舍，大家都关心地问她，是哪个男生误闯进了冲凉房，她脸上还泛起了一丝红晕。整晚的她没有睡着觉，朱荔香这一闯，闯进了她的心里。

朱荔香回到宿舍，却得到了英雄般的礼遇。孙红星羡慕不已地说道："瞅着什么没有？哪个部位？圆润吗？光滑吗？"

"瞅着谷小鬼了。"朱荔香心惊惊地说道。

"那岂不？谷小粒要身材没身材，要长相没长相，该大的不大，该小的不小，鬼哭狼嚎般，是我也吓得魂飞魄散了。"费鹏抚着胸口，惊吓程度不亚于朱荔香。

全队就他们这宿舍听到谷小粒叫声后没往外冲人。他们知道，刚去洗漱的朱荔香一定走错门了。

"那也是女人呀。"孙红星仍在嬉皮笑脸。

"那是女鬼。今晚不要熄灯好了，我怕鬼魂附身。"

"不熄灯，鬼魂不附你，但郑变态附你！"

"无论是人是鬼，我都不想附。"

朱荔香未曾想，他一语成谶。但不是鬼魂附身，是人附身了。只不过不是郑山河，是谷小粒。

无独有偶。就在这件事发生不久，谷小粒也看到了光身子的朱荔香。她每周要去打扫一次男冲凉房。没有谁要求她这样做，是她自己要求自己的。她太热衷于这种劳动了，无论扫地、帮厨、擦窗子，还是割草、种树、挖电缆，她总是冲在第一个。有工作要干；没有工作，创造工作也要干。她做这一切很自然，丝毫不在意别人的眼光。她是军人委员会的劳动委员。劳动委员不劳动，那还能叫劳动委员吗？不劳动才不正常哩。她对自己的行为，充满自信。

一开始，刘美娜还时不时地讥讽她几句“爱出风头”，给她起个外号“谷变态”。她还模仿电影《洪湖赤卫队》中的唱段：“手拿碟儿敲起来”，左手拿杯子，右手拿筷子，边敲边唱：“男有‘郑变态’，女有‘谷变态’。”郑山河喜欢戴着白手套检查卫生，不摸桌面摸门框。谷小粒就专门去擦门框，天天如此。她够不着门框，就踩着别人的床沿和床头柜去擦。刘美娜的床靠着窗户，天天被踩，很是恼火。但久而久之，刘美娜却不再吭声了，她享受到了谷小粒带来的干净、整洁和舒适。她就像妈妈：宿舍里的卫生，她全包了；全队的卫生，她基本上也全包了。她的唱词也就改成了“男有郑变态，女有谷妈妈”。但她怎能料到，这个勤劳却笨拙的谷妈妈，险些把她的朱荔香、朱爸爸给夺走了。

郑山河对孙红星的感觉一直不太好：高干家庭出身，孤傲不羁，经常惹事，不服管教。但一场足球赛下来，却让他喜欢上了孙红星，对他这个刺头兵另眼相看了。

在他看来，军校要重视学习，更要重视体育运动。体育运动要有坚强的体魄；体育比赛能培养学员的团队精神；军校封闭式管理，开展体育运动可以丰富学员的业余文化生活。体育好的学员，在解放军河洛外国语学院更容易留校当队干部。郑山河就是这样留校的。

或许得益于西北人的质朴豪放、洒脱不羁，郑山河身上有一种浑然天成的运动天赋。他是游泳健将、短跑明星、排球二传手、足球守门员。尤其是作为足球守门员，他的球感好，动作潇洒，可鱼跃扑球。八系三队的传统强项是足球和排球，曾经打遍外院无敌手。但到了我们这一届，明显的有些青黄不接了。只有孙红星、费鹏、朱荔香这三人稍微还能挑得起大梁。孙红星踢前锋，个儿虽不高，但速度快、动作敏捷，突破能力强，常以迅雷不及掩耳的速度一脚射门，令人猝不及防。费鹏是前锋替补，在门前抢头球，个子高，弹跳好，有优势，经常在对方门前捡漏进球。朱荔香是个令人恐惧的后卫，肩宽体壮，球过人不过，骨头硬。对方队员常撞在他的身上受伤，投诉他多次，但最终都不了了之。因为是别人撞的他，不是他撞的别人。他的足球意识、身体素质和技术水平、爆发力都相当优秀。

我们入学后的第一次足球比赛，是在入冬前，郑山河是教练兼领队。他让费鹏和孙红星设计队服，孙红星有美术基础，喜欢画画；费鹏有专门的本子用来搜集世界各国足球队的队衣、队标、球鞋等图片，他喜爱的球队是德国队。孙红星参照德国著名品牌阿迪达斯的 LOGO，设计了三叶草的队标，三片叶子也与八系三队的队名吻合，简洁明了。郑山河很欣赏这个队标，将之印在队衣的左上部。其他队几乎没有队标，直接印上几系几队。穿上这件队衣，八系三队的士气高涨，感觉良好，热身赛赢过所有球队，夺冠信心满满。

决赛那天，女学员负责后勤保障。刘美娜不怕朱荔香误会她了，一会儿给他吃个苹果、鸡蛋，一会儿给他毛巾擦汗，关切地询问他累不累，提醒他别人撞他可以受伤，但千万别伤着自己，弄得男队员集体讨伐刘美娜，要把她赶走。刘美娜白了他们一眼，“有本事，你们也找我这样一个中学同学。”任何时候，刘美娜总不忘撇清她和朱荔香的关系。

覃红枫不敢像刘美娜那么正大光明，偷偷从挎包里拿出饮料递给孙红星。孙红星看都没看，就递给了费鹏。费鹏看了一眼却舍不得喝，又转手递给吴瑕。吴瑕又看都不看地递回给覃红枫。覃红枫瞪了一眼孙红星。最终，谁都没有喝成这瓶饮料。但这并不妨碍覃红枫给孙红星加油。她带领我们女学员鼓掌、欢呼、尖叫，比场上还热闹。遗憾的是，孙红星发挥失常，几个好球没踢进去。球飞了，他人也飞了，还屡次将自己重重地摔在地上。覃红枫又气又心疼，将两只手掌合成喇叭状，拼命地大喊：“谁叫你不喝我的饮料！谁叫你不喝我的饮料?”

我们队只得第三名，发了面锦旗。郑山河却觉得，这比得了第一名还有成就感——发现了孙红星这棵足球好苗子。他破天荒地一边帮孙红星拍掉身上的泥土，一边问：“没摔疼吧?”

孙红星对郑山河没批评他失球，感到很讶异，更对他的关怀和关心无所适从。难道一场球就改变了郑山河对自己的态度，看来以后得多踢球才行。他哪知，郑山河是个爱才之人，看中了他身上那股初生牛犊不怕虎的劲头。他觉得，只要好好加以引导和启发，他以后就是足球场上冉冉升起的新星。

那一年的冬天，河洛市下了一场很大的雪。这场雪是静悄悄的，在人们的睡梦中悄然而至。当起床号吹响时，窗外已是白皑皑的一片。南方的人没有见过雪，此起彼伏的欢呼声在宿舍里响起。尤以覃红枫的最响亮。

她出生、长大都在南方，第一次见到雪。“不行，我要到外面玩雪去。”她手忙脚乱地穿上衣服，把起床号当成冲锋号，箭一般地冲出宿舍楼。

几乎与她同时，孙红星也冲出了宿舍。他也是第一次见到雪，就在操场上连滚带爬的，撒起野来。他和覃红枫各滚各的。偌大一个操场，两个人居然滚到了一起。还没等覃红枫反应过来，孙红星的一把雪已砸到了脸上。

“跟我打雪仗，你这不是找死吗？我可是神枪手。”覃红枫一跃而起，以百步穿杨的击打，将孙红星打得落花流水，落荒而逃。

随后到来的费鹏、朱荔香、徐志文，都站到了孙红星这边，出其不意地对覃红枫发起了攻击。猝不及防的覃红枫只有招架的份儿，毫无还击之力。再怎么神枪手，她一人也打不过仨。

看到覃红枫吃亏，周健秀和吴瑕也放下了矜持和文静，猛虎般的向费鹏和朱荔香扑去。刘美娜也不管朱荔香是她的亲密战友，是她的朱爸爸了。总之，他现在的身份是一个男人，就是女人的敌人了。她也毫不犹豫地把雪球掷向了朱荔香。

看到男女生混战在一起，得以喘息之机的覃红枫赶紧去找孙红星。见他嬉皮笑脸地指着自己的颈窝，“你若能打中这儿，我就拜倒在你的石榴裙下。”

“这可是你说的，到时可不能反悔。”覃红枫正色道。

“朝这儿打！朝这儿打！谁反悔谁就是小狗。”

孙红星的冬装系着风纪扣，覃红枫的雪球准确无误地击中了他，雪花散开，渗进他的颈窝，凉丝丝的，也击中了他的心。他清醒地意识到，他已经给这个吉卜赛似的野丫头收了心。就像手中这块坚冰，慢慢地融化于温热的手心。

刘美娜发现女学员专属的晒衣房里出现了男性衣裤时，几乎是一溜小跑地回到宿舍，她的“小喇叭”就要开始广播了。“你们发现没有，有男衣男裤。”

“哪里有？”看到她这副神秘兮兮的样，周健秀不相信。

“就在后面，后面，晒衣房里。”刘美娜边说，边掩着嘴偷笑。

“是吗？到底是谁帮谁洗的？”周健秀也有些发笑了。在军校里，恋爱是不允许的。谁这么大胆子，居然光天化日之下把男生衣服晒到了女生晾衣房。

“那是我洗的。有什么好笑的，孙红星的衣服。”覃红枫不屑道。她巴不得全世界都知道她和孙红星谈恋爱了，尤其是周健秀。孙红星心仪的是周健秀，她心中有数，但现在孙红星是她的了。

刘美娜和周健秀都不再出声了。她们没想到，覃红枫如此大胆，居然承认衣服是她洗的，居然还说出是孙红星的。她就不怕队长郑山河知道，将他们的爱情给灭掉。

“敢做就敢认。我才不像有的人，谈恋爱了都藏着，掖着。”

覃红枫的这句话，让刘美娜和周健秀都低下头来。纸是包不住火的。再怎么隐蔽，都会露出冰山一角。如同爱情是禁不住的一样，再怎么严防死守，也会有人去越这个雷池。

周健秀高中时的一个男同学一直在追求她，这也是她在孙红星和这位男同学之间摇摆不定的原因。这个男同学几乎一天一封信，周健秀虽然不说出来，但每天晚自习回宿舍后，躺在床上美滋滋地看信、时不时还笑出声的样，大家猜都猜得出来。这个男同学好像还小她几岁，是她无意中说漏嘴的。她温柔敦厚的性格很让小男生们着迷。

刘美娜是个精明人。别人的事她到处小广播，她自己的事却是秘不可宣的。但她嘴不说，行动却暴露了她。她见到钟思丹那种雀跃的样，她望向钟思丹那种深情的眼神，怎么瞒得过这些正处于青春期的少男少女们的眼睛。再笨的人如谷小粒，都看出刘美娜喜欢上了钟思丹，所以才放心地去追求朱荔香的。

她经常往朱荔香那儿跑，不是拿一块手表去修就是拿一张照片去晒。朱荔香学习也好，但谷小粒从不问他学习的事。她不爱学习，也学不好，问了也白搭，还会弄巧成拙，让朱荔香看不起她。旁人都看出她是喜欢上朱荔香了，但朱荔香愣是没看出来。不是没看出，他根本就不相信谷小粒会看上自己，或者说，谷小粒这样的人怎么会看上自己。连谷小粒自己也奇怪，自己怎么会爱上朱荔香了。或者说，自己怎么敢爱上朱荔香。她一直认为自己是一只丑小鸭，不，是丑企鹅，长得不美，样子也笨拙，矮矮胖胖的，就差走路没摇摇摆摆了。没人会爱上自己，自己也不敢爱别人。

“我们是一类人。”谷小粒这话一出，正在修钟表的朱荔香手一抖，工具险些掉在地上。

“我们怎么成了一类人了？”

“我们都是从农村来的，都热爱劳动，都热爱为人民服务。”

“那又怎样？”

“那就得好呀。”

“那我们现在不是很好吗？”

“不是这种好。”

“那是哪种好？”

“是男女间的好。”

“我们就是男女间的好呀。”朱荔香老实肯干，在队里人缘极好，什么样的人他都能相处得好，对他都是赞不绝口。

不知朱荔香是真不明白还是假不明白。一计不成，谷小粒又想出一计。“你知道我们农村有个习俗吗？”

“什么习俗？”

“就是彼此看过对方身体的，要成为一对。”这句话像炸弹，在朱荔香心里炸开了。他无言以对，心里七上八下。他有点明白谷小粒的意思了。

“我不是真看的。”

“但你看了。”

“你也看过我的，我们扯平了。”

“不是扯平了，是彼此看过对方身体，得在一块儿了。”谷小粒又跟朱荔香强调这个习俗。

朱荔香不会抵赖，继续装傻。“那我们现在不是在一块儿吗？”

“不是这样的一块儿。”

“那是怎样的一块儿？”

“就是那样……就是那样……”谷小粒脸涨得通红，还是说不明白那意思，或者说是害羞，说不出口。“干脆这样跟你说吧，就是我们两个人要睡在一块儿。”

“那现在不是睡在一块儿吗？我的宿舍在前面，你的宿舍在后面。”朱荔香全明白谷小粒的意思了，不得不装糊涂了。

谷小粒真拿朱荔香没办法了，跺了一下脚，叹了一口气，走了。

过了几天，她又来找朱荔香了。“你喜欢的刘美娜，她不喜欢你，她喜欢的是钟思丹。”

“这我知道。”朱荔香不理她，继续修自己的钟表。

“那你就可以喜欢别人了呀。”

“我为什么要喜欢别人？”

“她都不喜欢你了，你还喜欢她？”

“这是我自己的事。”

“那别人喜欢你呢？”

“那是别人的事。”

“我不管。你看了我的身体，就要喜欢我。”谷小粒三计不成，只好来横的了。

朱荔香放下手中活计，二话不说，夺门而出。这次，他是闻风而逃了。

刘美娜早知道谷小粒在追求朱荔香，心里面一点也不着急。癞蛤蟆还想吃天鹅肉？虽然朱荔香外表并不是只天鹅，但就他的心灵来说，就是只天鹅，尤其对她那样的关爱。以她的个性，总是要对谷小粒冷嘲热讽几句，但她没有。她相信，谷小粒一定会铩羽而归，不需要她动嘴就可击退她。不战而屈人之兵。——她比墨子还厉害，墨子还需要动嘴哩。因为朱荔香的心里只有她。目前为止，还没有谁可以动摇她在朱荔香心里的地位。

果不其然，谷小粒战败回来了，灰头土脸、垂头丧气，见到她连眼皮也不敢抬。但她没想到，战败了的谷小粒却以另一种形式，战胜了她以及同宿舍的战友，险些让她们，包括她自己，命悬一线。

第九章

“出操了！出操了！动作快点！”钟思丹在楼道里大叫。喊得声嘶力竭了，还是没有一个学员走出宿舍。

其实，换作他，也不愿起床。大冷天的，谁愿意钻出暖烘烘的被窝，到冰天雪地里去跑步，走队列，练军姿。他当学员的时候，也是这样赖着不起的。但现在他是区队长，他有职责。雨雪天必须每周出操一至二次。其他跑操，集合到操场后自行跑步。

“起床了！起床了！”他边叫边走进男生宿舍，看着将被子蒙住头和脚、呼呼装睡的学员们，气不打一处来，一把掀开每个人的被子。“出操，出操了！故意蒙着被子，装睡，装没听见，是吧？到操场跑3000米去！”

“是不是昨晚又看你们的音乐书了？不给你们看，还偏要看！这回可好，出不了操了。”见没人做答，他又说道。

朱荔香看被子都给掀开了，装睡不成了，只好起床，磨磨蹭蹭地穿衣服。徐志文瘦弱的身体禁不起被子的掀开，坐起来披着大衣，瑟瑟发抖。

“你们两个哩，快给我爬起来！”钟思丹将孙红星和费鹏的床沿踢得叭叭响。两个人用被子蒙住耳朵，又给钟思丹一把扯开，拽着他们的胳膊，将他们扯下床来。

在女生宿舍，钟思丹不好推门进去，就站在门口，大喊着，“起床了，出操了！我要进来了！”等了一会儿，见没有动静，就推开门走进去。刚刚坐起的女生们见到他，“哇”的叫喊一声，又钻进了被窝。钟思丹很是不解，“我都进来了，你们怎么又躺下了？”女生们在被窝里吃吃地笑了起来。

覃红枫的床正对着门，呼呼刮进来的风在她的床边打转，冷得她直打哆嗦。“你要不关门走人，今天我们都不起床了。”她朝钟思丹喊道。

钟思丹反应过来，红着脸走了出去。他在女生宿舍门口站了一会儿，刘美娜端着脸盆走了出来。“你到楼下等着吧！她们都陆续起床了。”

报数完毕，覃红枫说：“报告，我有情况。”

周健秀也报告，“我有情况。”

不少女生也报告，“我有情况。”

钟思丹皱起了眉头。“你们到底有什么情况？这么多人有情况？男生中有没有情况？有情况的也站出来。”

全队哄然大笑。

“大冷天的想躲避出操，这次允许，下不为例。有情况的出列。”

钟思丹很不明白，一到他值班，女生那么多有情况的。能够坚持的，就是吴瑕、林灵、黄莲、谷小粒和刘美娜了。吴瑕是样样好，林灵是胆子小，黄莲是能吃苦，谷小粒是爱表现，刘美娜是什么呢？难道她们五人就没有情况吗？他必须得弄懂这个问题。欺负他年轻、刚当区队长，这是一回事。但欺负他不懂，又是另一回事了。

他跑到河洛市上海市场百货大楼新华书店，像做贼一样，低着头，弓着腰，偷偷摸到卖生理健康的书架那里。可还没等他抬起眼望望书架上的书，一个女售货员过来说：“你想买什么书？”他的脸刷地红了，转身就逃开了。他想，罢了，罢了，还是不要弄清楚吧。这真是一个让人难为情又难以逾越的领域。

但随后发生的一件事，让他下决心要弄懂此事。

自从在水房冲凉给谷小粒撞见后，朱荔香就一朝被蛇咬，十年怕井绳，不敢再去水房冲澡了，而是用脸盆打回一盆水，在宿舍擦身子。他擦完身子，端起脸盆，准备将水倒掉时，孙红星大喊了一声，“先别倒！”听到这声叫喊，朱荔香不知所措，不知端着脸盆还是放在地上。就连正抱着朱荔香的被子练习打鼓的徐志文和在床上跷着二郎腿读乐理书的费鹏，都停下了手上的活计，望着孙红星，不知他想干什么。

“费大个，你把这盆水放在门上头，把门虚开一点。”孙红星是按需要叫费鹏其名的。拿扫把扮孙悟空时，就叫他费和尚；要他唱歌跳舞时，就叫他小费翔；这次他需要他的大高个放脸盆，就叫他费大个。

费鹏一下子恍然大悟了。今天是钟思丹值班，孙红星要捉弄一下他。他很乐意这样做。大冷天的，给钟思丹掀开被子、叫出操的滋味真是不好受。他屁颠屁颠地从朱荔香的手中拿过脸盆，放在门框上。朱荔香本想制止他这一行为，但想到刘美娜对钟思丹的喜欢，再怎么大度如他，心里也是不痛快的。徐志文也不打朱荔香的被子了，眼瞅着门口，等着看一出好戏。

“熄灯了！熄灯了！”钟思丹的声音一声高过一声。孙红星用眼光示意大家，不要熄灯。

“你们怎么还不熄灯？”话音未落，推门进来的钟思丹已被一脸盆的水兜头淋下，宿舍里爆出一阵大笑。

又羞又恼的钟思丹指着他们骂了一句：“你们这帮混蛋！看我怎么收拾你们！”没有跟他们恋战下去，他要赶紧换掉这一身湿漉漉的衣服。

当他转身出门时，刘美娜正端盆经过。

每次钟思丹值班，刘美娜总是最早一个出现在集合队伍里，无论早上出操，还是早中晚吃饭。但她又是最后一个上床睡觉的，当钟思丹在楼道喊“熄灯了，熄灯了”，她才从水房端着脸盆出来。这样，钟思丹又可以看见她，加深他对她的印象。当然，她也可以再看他一眼。

此时，她看见了浑身衣服湿透、狼狈不堪的钟思丹，听见了宿舍里爆出的大笑，明白怎么回事了。

她冲进宿舍，指着朱荔香就是一顿臭骂：“你这个心胸狭窄的人，就知道用这种下作的手法去泄私愤。告诉你，我永远不可能跟你好！就算你追到天涯海角，我也不会看上你这个猪八戒。”

“哎哎哎，你先弄清楚好不好！是我孙猴子的主意，不是他八戒的。他想不出这个主意，你不要错怪好人了。”孙红星不打自招。

“原来是你出的馊主意？总之，你们是一丘之貉，没一个好人。不要高兴得太早，等着挨郑变态收拾吧。”

刘美娜认为，以钟思丹的个性，他是不会收拾他们的，讲的只是气话罢了。郑山河就不同了，这个吃牛羊肉长大的西北汉子，那可是不好惹的。

果真，郑山河听说钟思丹给孙红星浇了一盆冷水，当即气得跳了起来。“这个孙猴子，简直无法无天了！我要给他戴一个紧箍咒！”他对孙红星由足球引起的好印象，在这一刻又消失了。

“不一定是他，全宿舍的人都参与了。”袁哲说。

“那就全宿舍的人都去跑3000米。不，全队的人。”郑山河斩钉截铁道。

于是，在那个冬雪飘飞的早上，解放军河洛外国语学院的操场上出现了一个奇妙的场景：一百多人列着队，高喊着口号，绕着操场跑了一圈又一圈。

给浇了一盆水的钟思丹，给浇清醒了。这帮男生们个性顽劣，敢对他下手，也是因为他年轻胆怯。必须得刚强勇敢起来，他给自己打气。那就从弄懂女性的“特殊情况”开始。

他涨红着脸，直挺挺地站在新华书店的柜台前，鼓足勇气，大声对售货员说道：“来一本《女性生理结构》和《青春心理学》。”

售货员认出他就是那天偷偷摸摸、想买书又羞于启齿的男军人，也很诧异，今天怎么那么正大光明、声若洪钟地来买书了，仿佛吃了迷魂药，变了个人似的。

在宿舍橘黄色的灯光下，捧着《女性生理结构》这本并不厚的书，钟思丹脸红心跳脖子粗，连耳朵都在发烫。当他读到女性月经那一页，用力拍了一下自己的脑袋，“有情况，原来是这么一回事”。他恍然大悟，却又无比懊恼。

“真是懂得太晚了，给这帮调皮、精明的女学员们捉弄了这么长时间。以后谁再说有情况，那可不行。哪还能再受你们欺负！”他对自己发誓道。

刘美娜呢？刘美娜又是怎么回事？他一页一页地翻看着《青春心理学》。“当一个女孩喜欢一个男子时，总是喜欢在他面前晃来晃去，表现自己。”

终于找到答案了。他感到了一种惊喜万分却又恐慌交织的情绪。对刘美娜这个女学员，他谈不上喜欢，也谈不上不喜欢，好的词是精灵可爱，不好的词是精于算计。他只是做好自己区队长的本分，管理好这个队的学员而已。他没有做好谈恋爱的准备，连谈恋爱是怎么回事都不懂。这一点，并没有危言耸听。他的母亲和父亲从小青梅竹马，一起下乡插队，一起抽回城里，一起养育了他。他们举案齐眉、琴瑟和谐、相亲相爱，连吵嘴都没有过。这样的家庭近乎神一样的存在，但的确存在于他的母亲、父亲之间。也许美好的事物总是不长久的，连上天都妒忌他们。一场飞来横祸，夺去了父亲的生命。她的母亲痛不欲生，也想随他而去。给抢救回来后，皈依佛门，在家里设立佛台，天天敲鼓念经。她对钟思丹的教育就是，不要谈恋爱，不要结婚，那会让你痛不欲生。备受父母宠爱的钟思丹是个乖乖仔，对母亲的话言听计从，奉为圣旨。不谈恋爱就是不近女色，不近女色就是不懂女人。这让他身上有了一种圣洁的光辉，如同出家的高僧一般。众多喜欢他的女孩子只能“望丹止渴”。没人觉得他不正常，没人认为这是洁癖，反而欣赏、崇拜甚至陶醉于他这种洁净中，丝毫不敢闯入这光辉的洁圈，接近这个圣洁的男人。这不是污染他吗？教唆他犯罪吗？这要受到神明指责的啊。她们不约而同，都是这样的想法。没有女人的牵绊，他也乐得全副身心地投入学习和工作之中，心无旁骛地干事业。到军校来，也是母亲支持和赞同的。军校纪律严，又不准谈恋爱，适合钟思丹的成长和她的信仰。

这里男女不分，一律清一色的军装，没有打扮得花枝招展的女人去挑逗和勾引他的儿子，是一个比象牙塔还象牙塔的地方。但她哪里想到，真就是在军营，真就有一个喜欢军装的女军人暗中积蓄着能量，准备挑战她了。

为了抵挡住刘美娜的进攻，钟思丹决定先下手为强。在周日的点名会上，他当着全体男女学员再次强调："军校有三不准。哪三不准，你们说说！"

这个问题，大家都不愿意回答。

"你们不回答，并不意味着你们不懂，而是你们不愿或不敢回答。不愿，是不同意这三不准；不敢，是因为军队的纪律。是不是要我再说一遍？"

"你想说就说，又没人不许你说。"孙红星朝覃红枫挤挤眼，他们现在心灵相通了。

覃红枫也对他闪了闪眼睛。她终于收获了孙红星，高兴还来不及，哪里还在乎那"三不准"。

"那我就再跟你们强调一遍：不许抽烟！不许喝酒！不许谈恋爱！但你们现在做到了吗？抽烟也有，喝酒也有，谈恋爱更有。"钟思丹扫了一眼队伍，看到大家的不以为然、心不在焉，有些生气，提高了音调，"军校跟地方大学最大的不同，就是你们有一个军人的身份。军人跟老百姓最大的不同，就是有严明的纪律，令行禁止，服从命令听指挥。你们现在还是学员，刚刚开始大学的学习，必须全副身心地投入到学习中，才能学有所成，报效军队，报效祖国。国家和军队花那么多钱来培养你们，不是让你们花前月下，你侬我侬，卿卿我我，抽烟喝酒，吃喝玩乐的，而是让你们沉浸在知识的海洋里，博览群书，博采众长，博闻强记，博学多才的。既是学员又是军人，这是多么光荣。不要认为军校限制了你们的自由和天性，如同一道枷锁套在你们身上。没有约束的自由，才是一道枷锁。记住，违反纪律，轻则处分，重则开除！散会！”

这番话，让大家不自觉地鼓起掌来。他们发现，钟区队其实是个才子，引经据典，文采斐然，舌灿莲花，只是在队长和教导员面前将自己的锋芒藏起来了而已。他的内涵，跟他的长相一样漂亮。就算他后面出于职责，说了句重话，并不影响大家为他喝彩。但刘美娜就不同了，她是何等精明的人，不用听钟思丹的话，光听他的气息，就能判断出钟思丹这番话是说给她听的。她不仅不生气，反而还很开心。这不就意味着他品味出她对他的感情了。他并不像他所表现出来的，对男女之事什么都不懂。他说这些话，只不过是行使他的职责罢了。谁不会说漂亮话？都这个年纪了，不谈情说爱才不正常哩。就算是军队，也不能限制人的天性。刘美娜对此倒是看得很透，只要他能察觉到我的爱，过不了多久，就将是我的掌中物。到时，自己打自己嘴巴去吧。哼，居然敢说出这么一番话。她的心里很是不屑。

周四下午的党团活动日，朱荔香在班里宣布，元旦八系三队要举行越南语歌咏比赛，全班立即炸开了锅。黄莲第一个反对。她从鼻子里“哼”了一声，“越南语歌咏比赛？越南有什么歌好听的？哪有英文歌曲美妙动听？”她的声音不大，没多少人听见。

孙红星高高举起手，“越南语的语音、语调一点都没美感，咕咕哝哝的，难听死了。鸭子呱呱呱的叫声，比它还好听。”

全班一阵大笑，费鹏也兴奋起来，“还不如唱我们广东粤语歌，‘孩子，这是你的家，庭院高雅’。”这是电视连续剧《霍元甲》的主题曲。他边唱边挥舞着双手，指挥大家唱了起来。

“好了，好了，都是你们的家乡歌好听。那我们四川的呢？朱荔香，唱一首《太阳出来喜洋洋》给他们听听。”刘美娜不甘示弱地大声说道。

朱荔香没有听从她的话。他是班长，得平息这乱哄哄的局面。哪还能火上浇油呢？

“谁说越南语歌不好听了，那是你们没学好语言，没体会到它的美妙之处。朱班长，你整本越南语字典都背下来了，不好听你能背得下吗？”覃红枫将了朱荔香一军。

“没错。越南语歌唱起来很动听，你们没有好好领会到其中的韵味，比如：“越南中国，山连山，水连水。”就很好听。朱荔香就坡下驴，正好借覃红枫这句话，把大家的状态调整到歌咏比赛上来了。

“这是经典的越南语歌曲，我们比赛就唱这首歌吧。这次比赛，队里就是为了激励大家学好越南语。”周健秀是团支部书记，和朱荔香一起到队部开了歌咏比赛的动员会，受领了任务回来。

“我举双手、双脚同意唱这首歌。你们语言学习差的同学要抓紧时间学好这首歌，可不要给全班丢脸了。实在不行，我愿意做活雷锋，教你们一字一句地抠好这首歌的发音。”覃红枫是南西壮族人，壮语发音跟越南语相似。她的老家又跟越南挨着，一步之遥，界碑竖立在田地间，跨过去就是越南。可以说，她是听着越南话长大的，从小就会说越南话。她学越南语一点儿都不费劲，但她并不认真去学。

“谁要你来教了，别臭美了。我们找肖长喜教员去。他是胡志明主席的翻译，肯定知道这首歌的背景。让他给我们讲讲这里面的故事。我们理解好了这首歌，才能唱得更好。”刘美娜的提议得到了大家的认同。

“那就傍晚吃过饭后，大家在宿舍楼下集合，一起整队去肖教员家吧。”朱荔香说。

“你们这些不好好学习的人，还敢去肖教员家？不怕他再批你们一顿？”覃红枫说道。

“不怕，我们都不怕。肖教员很慈祥，总是笑眯眯的，对吧，黄莲。”孙红星朝黄莲眨了眨眼。

黄莲没做声。其实，她心里直打鼓。虽说肖教员慈眉善目，她不想背单词、课文时，都不怎么批评她，但到他家去，总还是心忧忧的。

“军人以服从命令为天职”这句话，在军校的专业学习上体现得最为恰切。越南语在解放军河洛外国语学院属于小语种，学员们并非每个人都知道来学的是越南语，有的还天真地以为学的是英语等热门语种。一旦知道被分配学越南语，思想就转不过弯来。

黄莲是四川考入河洛外国语学院的英语第二名，却没让她学英语。即便因为偷盗之事给郑山河赶到教室上越南语课，她还是怎么也提不起兴趣来，上课总是在看英语书。肖教员让她背书，她也是说不会背，背不出。孙红星聪明，但不用在学习上，上课都在看课外书，有时还趴在课桌上睡觉。肖教员是个慈爱的人，从不当面批评他们。只要上课不说小话，不影响他的教学，也就不计较什么了。但他并非得过且过，拿他们没办法，他采取"曲线救国"的方法，建议队里举办一场越南语歌咏比赛，激励一下这帮孩子们的学习热情。

我一开始，语音也不过关。越南语音跟英语相差太大，我只有英语的基础。兰沁教员就跟我说，万事开头难，她一开始发音也不好，但过了发音这个关，后面的就好学了。

她给我找了个高年级的师姐吴珍柳来教我发音。巧的是，吴珍柳来自柳宁市高级中学，她的高中老师王得道曾教过我大姐。临来河外前，王老师还专门带我去过吴珍柳的家，请她关照一下我，正如他当年对我大姐的关照一样。大姐读书时，我们家穷。大姐没鞋穿，光着脚上学，他还买了双鞋给大姐。大姐考上大学，没有钱去读，他又给了大姐一百元钱零花。

吴珍柳在教学楼旁的苹果园里，教了我几个傍晚的越南语发音，我的语音就上去了。

肖长喜教员的建议，袁哲教导员非常赞同。开学已有几个月，可学员的学习思想仍不端正，对越南语的学习依然有抵触心理，热情不是十分高涨。“那就元旦吧。以班为单位，举行全队的越南语歌咏比赛。”他当即决定。

肖长喜教员一看那么多学员来到自己家，咧开一张大嘴笑了。他独居，妻儿都在外地。

覃红枫最先看到了墙上挂的肖长喜教员和胡志明主席的合影，“肖教员，你那时很年轻、很帅气呀。”

“肖教员现在也很年轻、帅气。”刘美娜抢白道。

“肖教员，你是怎么当上胡志明主席翻译的？”覃红枫跟孙红星谈恋爱后，心情极好，不去跟刘美娜计较，继续问道。

“这个故事说来话长了。其实，最初我也是不喜欢越南语的。”肖教员看着站在人群里，怯怯缩缩的孙红星和黄莲说。

“你也不喜欢越南语？”孙红星很惊奇，挤到了前面。

黄莲不好意思挤到前面，但也伸长了脖子在翘首倾听。

“黄莲，你也到前面来。”肖长喜教员朝黄莲招手道。

黄莲不好意思，坐到了肖长喜的身边。

“我是华侨，出生、长大在越南，在娘肚子里就识得越南语。”肖长喜自顾自地嘿嘿笑着。“但我并不想把越南语作为一生的职业，想到法国去留学。越南是法属殖民地，我喜欢法语，想在法国工作。但一个金发碧眼的法国姑娘喜欢上了我。”

“啊，肖教员还有这浪漫的故事。”我们全都张大了嘴，刘美娜嘴快，问道。

“她喜欢我，但她更喜欢越南。她说看够了塞纳河，她想看湄公河；听够了法语，她想听越南语；看够了巴黎的纸醉金迷，她想看看河内的椰风清影。为了顺她的心，在法国读完大学后，我就带着她回到了越南。我父母见到她后，那是一百个不同意。她身材高挑，我个矮；她长相漂亮，我普通；她家庭条件优越，我家一般。父母觉得她靠不住，或是有什么不可告人的目的，也许会带来不祥之兆，坚决不让她进家门。我们就在外面租了房子，靠着我留学法国的背景，我有了份收入不错的工作。后来，她怀了孩子，她父母催她回法国待产，说家里条件好，对生产有利。她不肯回，说她不能离开丈夫，离开越南这片热土。谁曾想，因为难产，她和孩子都没保住。”肖长喜眼里盈满了泪水。屋内静悄悄的，掉根针都可以听见。

“临终前，她才告诉我，她之所以想看湄公河，想看椰子树，想说越南话，因为我跟她说过，我的父母只有我这一个儿子，且年事已高，身体也不好，而她们家有三姐妹，走了她一个，还有两个妹妹可以照顾父母，才说了那么一番话，好让我能回到越南，陪伴我的父母。”此时，我们都听到了肖长喜的哽咽声。

“从此，我就一直说越南话，为的是她喜欢听，并应聘到法国驻越南大使馆工作。法国是她的家乡，这样才能缓解我对她的思念。就是在那里，我遇到了胡志明主席；越南语和法语、中文都精通的我，幸运地成为了他的翻译。”

我们都被肖长喜教员的这个故事给打动了。元旦的越南语歌咏比赛，全队四个越南语班，我们班取得了第一名。

第十章

河洛市的雪，让出生、长大在南方、从没见过雪的覃红枫、周健秀和我欣喜万分，疯狂痴癫，却也让我们感受到了深入骨髓的冷。南方哪有这样的寒风呀，像刀子一样割在脸上、手上和任何身体裸露的地方，再把皮肤冻成冰块似的，摸上去硬邦邦的。我的手上长了冻疮，覃红枫和周健秀的冻疮长在了脸上、耳朵上。好在教室里有暖气，宿舍里还有煤炉来取暖。

宿舍有一个烧蜂窝煤的炉子，上面有个烟筒通到窗户外面，每个宿舍配有蜂窝煤饼。晚上睡觉时，为防止煤气中毒，必须把煤炉口用盖子盖上，下面的风门要开一些，以便让煤气从烟筒里排出去。风门如果开大了，煤饼很快会烧完；开小了，煤饼没有足够的氧气，很快会熄灭。两种情况都会导致后半夜整个宿舍的人被冻醒。这是项技术活，平常都是由周健秀来封煤炉。她沉稳，活干得好，我们放心。但那晚她胃又疼了，住进了解放军999医院。谷小粒就自告奋勇来干。平时她也想干，我们不敢让她干，怕她笨手笨脚出差错，一错就关乎人命。但那晚我们大意了，因为第二天是泛读期末考，都忙着复习功课，没把这事放心上。

谷小粒功课不好，复习得头昏脑涨，情绪又不佳，给朱荔香拒绝得心灰意冷。双重压力下，她把煤炉下面的风门关死了，煤气无法从烟筒里排出去，全积聚到了宿舍里。幸好刘美娜感冒，半夜咳嗽，把覃红枫惊醒了。她鼻子够灵，一闻味道不对，宿舍里有股煤气味，可能是煤气中毒了。她掀开被子，想打开宿舍门呼救，可腿是软的，差点儿跪到地下。她挣扎着站起来，一点、一点将腿挪到门口。她去拍对面日语班的门。军训完后，我们从大宿舍又换回小宿舍了。吴瑕打开门，覃红枫已瘫倒在地上。

幸好抢救得及时，我们班中毒的五个人全都没有生命危险。我中毒最轻，因为我是用被子蒙着头睡觉的，吸入的煤气少。但我心灵受的伤害却是最大，因为就是那晚，我的母亲永远地闭上了双眼。煤气中毒的前几天，我收到父亲一封信，末尾有一句："有些事回家再说吧。"我有些纳闷，但没有细想。父亲以为部队纪律严，没有给我发电报。母亲弥留之际，望着身边的五个儿女，微弱地问："小六呢？小六怎么没回来？"父亲说："已给她拍电报，但部队纪律严，没有让她回来。"这个善意的谎言，让母亲失望地闭上了双眼。我寒假回家知道这件事后，至今都没有原谅父亲。

第二天的泛读期末考试，我们班的女生都没考，寒假回来后再补考。

还没到放寒假，刘美娜已准备回家了。她早早地就把要带回去的军装收拾好，连裙子也不放过。正在煤炉边烤馒头片吃的覃红枫，自然是要揶揄她几句的。

“你们四川冬天都是夏天，还是你不怕冷，在冰天雪地里都能穿裙子、着短袖。”

“冰天雪地就不能穿裙子、着短袖了？你还烤馒头片吃呢！”刘美娜回敬她。

“这馒头片当然是冬天烤着吃的。夏天没煤炉，你怎么烤来吃？”覃红枫对刘美娜的强词夺理，又好气又好笑。

“人家这是回去展示军装的美。当然，所有的夏装、军装都不能落下啊。否则，美都残缺了！”黄莲在炉子旁帮着覃红枫烤馒头片，顺便也吃几块。

“这不叫残缺，叫平整。”刘美娜拿着搪瓷缸装点水，在煤炉上加热后，去熨叠好的军装。“我打算回去天天穿着军装，让周围的人羡慕死！”

“我看人家没羡慕死，你倒冻死了！”覃红枫忍不住哈哈大笑起来。

“我外面不是披着军大衣吗？怎么冻得着？你这张乌鸦嘴，真是一叫天下黑！”

“你这把小喇叭，才是一吹天下乱哩。”

“好了，好了，你们俩不要针尖对麦芒了。你们个个都想回家，我却想留在学校。听说每个班都要留人护校的。”黄莲劝道。

“护校不要女的，要男的。”覃红枫说道。

“女的也行，但得两个女的一起留下来，好做伴。”刘美娜露出一副我的消息肯定比你准确的得意样。

“我留下来陪你吧。”刚进门的谷小粒冲着黄莲努努嘴。

黄莲不相信谷小粒是留下来陪她的。但她这样说，她当然高兴，有人总比没人陪好。

“你过来时看到队部有谁在，是郑队还是袁教？我们一起去申请一下。”黄莲怕谷小粒变卦，要赶快坐实这件事。

“好像是袁教在，郑队不在。”

“袁教在更好，他通情达理。我怕郑队太强硬，不同意。”

袁哲听说两个女学员想寒假留下来护校，很是惊讶。“谷小粒，你说你是留下来陪黄莲的。那黄莲，你是什么原因呢？”袁哲教导员是个慈父，女儿跟黄莲一般大，还是同一天生日，加上黄莲自杀过，对她更多了一份关爱。

“我，我是——”黄莲犹犹豫豫，没说出来。

“你先回去吧。”袁哲冲谷小粒说，“把门关上。”

“你现在可以说了吧。”袁哲拉过一张椅子，让黄莲坐下。

“我不想见我的父母亲。”黄莲哭哭啼啼地将家里父母亲的事，一股脑儿地向袁哲和盘托出。

“这样吧，你先回去。我跟郑队长商量后再定，好吗？”袁哲递过一条毛巾给黄莲。

郑山河一听黄莲要留校，第一反应就是不同意。

“万一她再闹个自杀怎么办？假期校园里凄清得很，没人注意到她。这要捅大娄子的。”

“她回家更不好。她母亲本就不同意她读军校，军训时就来学校要抓她回去。你如果让黄莲回家，这不等于羊入狼群吗？她母亲肯定将她扣起来，不让她返校了。”

“她父亲就不能收拾一下她母亲，让她这么胡闹？”

“这件事就是她父亲惹出来的，包小三，还生了孩子。”

“那黄莲和她父亲的关系也那么糟糕？”

“黄莲也恨她父亲抛弃了她和母亲。就算她再没钱，也不会找他要一分钱。就这么有骨气。”

“这件事得想想，得帮她们父女俩解开这个心结。”郑山河背着手走了几圈，说道。

第一个寒假怎么回家呢，我真是一筹莫展。报到时是全体新生到南原市集合，统一由夏晔铮带回河洛市。而返回家乡时，又由谁带领呢？

我走在冬天冷清萧索的路上，两旁的梧桐树叶已落光，只剩光秃秃的枝丫。我的心情，就像这天气一样的凄凉。

徐志文好像知道我心里的忧愁似的，从后面赶上来，跟我并排走。“寒假我们几个南西籍的同学一起回去，别担心。”他总是在我最需要的时候出现。但我从来就没有想到过，他是喜欢上我了。

我对于爱情，一方面是敏感的。对喜欢的人，会奋不顾身去追求。另外一方面又是迟钝的，对没有向我明确表示过的，无论对我怎么好，依然只是觉得他对我好，却不解其中深意。而一旦向我明确表示的，如果我不喜欢，一定是快刀斩乱麻，绝不拖拖拉拉。因为我不想分心在这方面，我要把更多的时间和精力投入到学习中。

徐志文看似弱不禁风，却书生意气，挥斥方遒。他率领孙红星、费鹏、覃红枫和我一干南西籍的学员一起坐火车。周健秀去会她那个不公开的男朋友，没有跟我们同行。那时的绿皮火车人满为患。春运期间，更是恐怖，基本上是人踩人才能进到车厢。河洛市是过路车，不是首发站，更增加了我们坐火车的难度。徐志文、费鹏和孙红星发扬军人敢打硬仗的精神，硬是把我们几个女生从窗口塞进了火车。我还险些掉进火车的夹缝里，幸好徐志文眼疾手快，在一片惊呼声中一把抓住我，像拎小鸡般又把我扔进了车窗。真想象不到如此文弱的他，能有这样强有力的手劲，显露出项羽力拔山兮般的英雄气概。

火车驶过几个站后，车上的人渐渐地少了，我们也都找到了座位。趴在车窗前的小桌板上睡觉的孙红星，突然抬起头来，“真香啊！贡献出来吧！”

“这是专门带给我母亲的。”我说道。河洛市的道口烧鸡全国闻名，我母亲是安徽人，喜欢吃烧鸡。其时，我并不知道母亲已去世，父亲一直瞒着我。除了母亲弥留之际不给我拍电报外，后面的通信他也只字未提。

“刚才我们男生齐心合力，把你们女生一个个从车窗外顶进车厢里，也不犒劳一下？”

我没有做声。

“哪是你顶的，是我好不好？”徐志文说道。

“对，是你。谁不知道你醉翁之意不在酒。”孙红星嬉皮笑脸，没喝酒都露出了醉态。

“醉翁是你，我可是一滴酒都不沾的。别看欧阳修写这一首诗，他是不喝酒的。喝酒的人，反倒写不出这样的诗。”徐志文知道他的意思。他拼不过他的嘻哈，就跟他拼学问。

“我千杯不醉，清醒得很。哪来的醉翁？”孙红星学问拼不过徐志文，继续耍赖。

“真像你的父亲，打仗都背个酒壶。”费鹏插嘴道。

“你怎么知道的？”孙红星很诧异，

“你那点破事谁不知，天天挂在嘴边。”

“你才破事。你父亲做生意，天天喝得烂醉，回到家就倒在厕所里，头对着厕坑，脚在门外，把半夜上厕所的你妈吓个半死。你妈锁门不给他进，他就睡在门口，还以为睡在家里了，把衣服全脱光，只剩条内裤。第二天一早，邻居开门瞅见你爸，看他酒气熏天，呼噜、呼噜打着鼾，就叫开你家的门，你妈才把他拖进去。”

费鹏说不过孙红星，就朝徐志文挤挤眼，“徐志摩，别看你那酸溜溜的诗了。我们唱一首歌吧！来，我起个头，唱‘暮归的老牛’。”

“没烧鸡吃，肚子都饿扁了，哪还有气唱？真是暮归的老牛了。”孙红星撇撇嘴。

“要唱就唱《抗日军政大学校歌》，有气魄。”徐志文道。

“我同意。”覃红枫朝徐志文敬了个军礼，“军人就唱军人的歌，唱什么港台的靡靡之音？”

“孙红星没劲唱，是吧？来，先吃我的烧鸡！吃饱喝足了，你再唱。”覃红枫拿出自己的烧鸡。

“你不拿回去给你父母了？”

“给你吃，你就吃！哪还那么多废话。”覃红枫嗔道。

“行，还是你对我最好。”

“我们呢？我指挥就不需要力气呀！”费鹏怪道。

“你那指挥轻飘飘的，像在撩妹一样，哪需要什么力气？”覃红枫笑言。

“我那是海鸥展翅，引一众美女尽折腰。”

“还海鸥展翅哩，老鹰扑腾差不多。”孙红星讥道。

“你们这一对红，其实就是一对黑，唾沫横飞，喷别人最拿手了。”费鹏好脾气，不跟他俩计较。

“黄河之滨，集合着一群中华民族优秀的子孙。”徐志文挥着手，先唱了起来。覃红枫和我跟着一起唱。孙红星鸡也不吃了，抹一把嘴，加入了进来。

这是一首很有气势的歌。车厢的旅客听得激情澎湃，也跟着费鹏的指挥一起唱了起来。曲毕，大家噼里啪啦地拍起手。“好！好！”有人高声喝彩。

这时，一个模样清秀的小姑娘走到费鹏身边，“请问大哥哥，你们是军校大学生吗？”

“是呀。”孙红星替费鹏回答了。

“我最崇拜军人了，也崇拜大学生。你能给我留个地址吗，我回去给你写信。”

“可以呀，小妹妹。”孙红星又替费鹏回答了。

“干脆你来写。”费鹏白了孙红星一眼，从笔记本上撕下一张纸，给小姑娘“刷刷”写了几行字。

“谢谢大哥哥！谢谢大哥哥！这朵玫瑰花送给你。”说完，小姑娘蹦蹦跳跳地离开了。

“卖饭了，卖饭了。”火车餐饮人员推着车过来了。

“买饭，大富豪。”孙红星踢了踢费鹏的脚。

“你那只烧鸡还没吃饱。”

“有你在，就不饱。”

费鹏一摸裤带，“我的钱包没有了。”他惊叫了起来。

“什么，钱包没有了？”覃红枫也跟着叫起来，“肯定是那小姑娘偷的。怪不得呢，你给他写地址时，她老往你屁股上靠。我还以为她心情急切，却原是要摸你屁股口袋。”

“赶快找她去。”徐志文的英雄气概又上来了。

“算了，刚才停了一个站，她早下车了。我们费富豪又不差这点钱，回去找他老爸要得了。大度一些。”孙红星说。

“扶贫，扶贫。”覃红枫也说。

“这就是权贵、富豪家庭跟我们贫下中农的不同。我要好好研究一下《中国社会各阶层分析》。”徐志文冒出一句酸溜溜的话。

“我们的大诗人又酸了。林灵，你这个才女怎么不说话，我又没吃到你的烧鸡。”孙红星朝我喊道。

回到家，父亲一见我，眼角就流下了泪来。我不知他是想念我，还是因为我终于可以知道母亲去世的消息了。因为我看到了墙上的黑框，我那半年没见的母亲，正微笑地望着我。

“这是怎么回事？”我问父亲。

“你母亲去世了。”

“你怎么没拍电报告诉我？”我叫了起来。

“部队纪律严，怕学校不批准，就没给你发电报。”

我这下明白父亲信中说的“有些事回来再说”的意思了。

四姐为了安慰我，指着墙上挂的腊鸡说：“这是阿妈做给你的，说等你回来再吃。还有，她给你留下了一百元，说是你的嫁妆钱。”

她不知道，她这番话不仅没有安慰我，反而让我的眼泪夺眶而出。

我走进妈妈的房间。床旁的柜子上，放着我跟母亲的通信。有一封信里装着我去少林寺时给母亲买的小纪念品。四姐跟进来说：“阿妈把你送她的东西拿去给邻居看，说这是我女儿从河洛市寄回来的，邻居都很羡慕。还有这些《散文》《诗刊》等杂志，是她喘着气，用细铁丝给你一本一本串起来的，说你回来看起来方便。”我的眼泪又止不住地落了下来。

火车先经过柳宁市，再到南原市，孙红星要先覃红枫一步下车。

覃红枫很想跟着他，到他的家见见他的父母亲，跟他的关系就可以稳定下来了。这寒假一个多月，她怕发生什么意外，孙红星会变卦。但孙红星不同意。她想，不能硬着来，只能智取。等孙红星下车后，她立马提着行李也下车了。

费鹏和徐志文都很奇怪，“你怎么也下车了？”她朝他们做了个鬼脸，“你们继续哈。”

她随着孙红星出站，看着他上了一辆黑色的轿车。乖乖隆个咚！居然比军用吉普车还气派，她心里叹道。她招手打了一辆的士，“师傅，请跟着前面那辆黑色轿车。”

黑色轿车驶进一条幽静的街道。两旁绿树掩映，鲜花盛开。真是一块风水宝地啊！怪不着平时那么高傲，原是贵胄子弟。覃红枫眼睛都看花了。黑色轿车停在一道黄色雕花的铁门前，她也赶紧叫的士司机停下。待孙红星进去，要关门时，覃红枫已到了他身边。

“你怎么来了，像个特务一样。”孙红星惊呼。

“你的衣服忘在我这儿了。”覃红枫早有准备。

孙红星拿过衣服，正想叫覃红枫快走，妈妈艾丽雅走了出来，“星儿，到家了。”

这是个美丽优雅的女人，却也是个势利的女人。她当初选择大她二十多岁的孙红星的父亲孙来武，并非出自崇拜英雄，而是看中他的权势、地位。当生下儿子孙红星后，她才和他慢慢地有了一些感情。

“你看，我专门请假在家等你。”艾丽雅袅袅娜娜地走到孙红星面前，挥洒了一路的香水味。

“阿姨好。”还没等艾丽雅发问，覃红枫先叫她了。她忍住那浓艳的香水味，满脸堆着笑。要得到孙红星，必须先得到她的欢心。这是个厉害的女人，覃红枫不敢造次。

“哦，你是?”艾丽雅有些困惑。

孙红星本想说“是同学”，覃红枫又抢先一步说：“我是他女朋友。”

“噢，星儿交女朋友了。那就快进屋吧。”艾丽雅虽然势利，但并不粗俗，有着良好的教养。进门时，她故意停在覃红枫面前，将鞋换了不少时间。

保姆小薇马上明白她的意思，拿了一双拖鞋给覃红枫。

“坐吧，小薇端些水果出来。”她的话得体客气，却有着一种居高临下的意味。

孙红星的傲气原来是这么来的。真是有其母，必有其子啊。覃红枫又叹道。

“你家在哪儿？”

“南原。”

“今晚最后一班火车是9点半，吃完晚饭正合适。”艾丽雅看似热情的话，却是一道逐客令。

儿子怎么可能交这样的女友，长得不漂亮不说，还门不当户不对的，一看就是平常人家的孩子，只不过有点胆大。军校生活枯燥单调，孙红星不过是寂寞而已，跟她玩一玩，不会长久的。她对儿子太了解了，比她还骄傲自大，怎会看得上她？看在她是孙红星同学的份上，她才对她稍微客气些。

覃红枫也不是那么好打发的。她千方百计、不顾脸面来到孙红星家，就是想坐实她是他的女朋友这个身份的，怎么能屁股都没坐热就灰溜溜地走了呢？她可不能当逃兵。从小父亲就教她，宁可像《上甘岭》中的王成高喊：“向我开炮！向我开炮！”也不能后退半步。

“今晚上这班火车，我父亲的警卫员不知道，没人来接我。我告诉他们，是明天才回南原的。”

“你父亲的警卫员？”正跷着二郎腿、玩着红指甲的艾丽雅把腿放了下来，坐直了身子。

“是的。”覃红枫不动声色，心中却高兴起来。

“你父亲做什么的。”

“我父亲是南西省军区司令员。”

“啊？”艾丽雅有些失态地叫出声来。这是将军啊。孙红星的父亲转业到地方时，还只是个大校。

“今晚9点半那班火车，好像延迟了。太晚，你一个人回去不安全，就住下吧。小薇，收拾一张床。”

覃红枫差点儿笑出声来，但她捂住了嘴。

孙红星看着母亲艾丽雅和覃红枫的这台戏，有点干着急。谁的忙他都帮不上，谁的忙他都不想帮。两个女人都很强势，他又是个“母管严”。在外面，他可以调皮捣蛋，上蹿下跳，在家他可不敢。母亲是“吃人不见血的母老虎”，虎威不在表面，而是于无形之中。就连他那个战功卓著的父亲，都要惧她几分。何况他这个毫无战绩的毛头小伙子。最终，他只好由着她们去，睁一只眼闭一只眼，听之任之。这一放任，他就钻进了覃红枫的套，迷迷糊糊地失去了男儿身。

覃红枫以一副胜利者的姿态回到家。等着她的，却不是父母颁给她的军功章，而是“家事法庭”的审判。

“你到哪去了？打电话到你们学校，他们说你昨天就应该到家了。”她的母亲，温柔娴静的女军医问道。她的声音不像平时那般温柔，严厉极了，好像正拿着手术刀给病人动手术，手术刀还明晃晃的。

覃红枫打了一个冷战。“柳宁市一个军校同学的衣服我忘了给他，就跟去他家还给他。天太晚，他妈妈留我住了一晚。”

“那你怎么不打一个电话回来？你看你妈妈急得眼泪汪汪的，一晚上没睡好。”父亲覃天地恰好这个时候也回到了家。

“不敢打，怕你们骂我。”

“你不打，才更要骂你。尽在外面给我惹事，丢我覃天地的脸。上次从军校偷跑回家还没惩罚你，这次又跑到同学家住了一晚。今晚先别急着吃饭，下到院子里去，先给我踢五十个正步，跑五十个来回，齐步走五十个；再写两份检查：一份是从军校偷跑回家的，一份是昨晚偷溜到同学家的。现在听我口令，立正！向后转，跑步走！”父亲像对着演习部队，冲着覃红枫高喊着。

母亲本想规劝她的父亲：“枫儿刚回来，让她歇会儿！”但想到覃红枫这般野来野去的，不给点儿教训，她不会长记性，话到嘴边就又给她吞了回去。

谷小粒自动留校，不是缺爱。她跟黄莲不一样，有父母亲的爱，是她自己不想要这份爱。确切地说，她不想要这份来自穷山沟的爱。她不像覃红枫有背景，也不像刘美娜有朱荔香的保护，她只有通过自己的努力，才能改变自己的命运，唯一的出路就是积极表现。

大学第一个寒假就申请留校护校，放弃春节与家人团圆的幸福，这不是每个人都愿意做的，尤其是女学员。她的申请，肯定会给队干部留下个好印象。放过这个机会，那才是真的笨了。谷小粒总有安慰自己、嘲笑别人的理由，这也是她屡败屡战、屹立不倒的原因。

期末考后，我们又搬回了12人的大宿舍。此时，偌大的宿舍只有谷小粒和黄莲两个人。最开始，她们也是瑟瑟发抖的，尤其是晚上熄灯后，北风呼呼吹，就像鬼在叫一样。

“那个给开除的小偷学员不会回来找我们报仇吧。”黄莲学着她母亲，跪在床上，双手合十朝下拜。每次母亲跟父亲闹一次，就是这动作，半夜里睡着的她常常给惊醒并吓着。“观音菩萨保佑我啊，不是我把你抓起来的。我也是受害者啊。”黄莲头磕在床上，头磕得砰砰作响。

谷小粒胆小的程度不亚于黄莲，全身缩在被子里，头也不敢伸出来。“要是有覃红枫在，那就什么也不怕了。”她干脆就睡到覃红枫的床上壮胆。这一招果真有用，兴许是覃红枫给了她力量，兴许是黄莲这一通求神拜佛灵验了，佛祖的光照到了她身上，她胆儿大了起来。第二天晚上，拉着黄莲去教学楼巡逻。队里另外几个留下来的男生要跟着，她也拒绝：“不用，三班倒。我们轮着来。”她有她的如意算盘。如果让队干部知道她们两个女生晚上去巡逻要男生跟着，那在队干部面前她的印象就会丢分。这番留校，也是白留了。

谷小粒和黄莲背着枪套，每人手拿一根棍子，走在黑黢黢的路上。手电筒的光并不起作用，反而像鬼影在一下、一下地扑腾。黄莲抓着谷小粒的手一直在抖，“你一个人去吧，我害怕。我后悔留校了。给鬼吓着，还不如回去给我妈吓，她还是个大活人。”

“你是军人，鬼才怕你。况且这世上哪有鬼呀，都是自己吓自己。你既然留下来，就要值好班。否则，队干部怎么看你！”

谷小粒这句话没说完，就听到一阵轻微的脚步声，一束手电光也照了过来。“妈呀，鬼来了。”黄莲扯着谷小粒就跑。

“别跑，我是你们的教导员。”

“你敢过来，我们就开枪了。我可是背着枪的。”谷小粒关键时候也会吓唬人，但声音是颤抖的。

“我真是你们的教导员。不信，你们用手电光照照我。”

谷小粒刚想照，黄莲扯住她说：“不能照，鬼的样子更吓人。”

“放心！狼怕火，鬼怕光。照一照，自消亡！”

手电光照过去，果真是袁哲教导员——他矮胖的身材和微微的笑脸，就像佛祖一样安详宁静。

“我来宿舍看看你们几个留校的学员。他们说你们来教学楼巡逻了，我不放心，就跟了过来。以后晚上巡逻，让男生跟着你们。”

原来是虚惊一场，但随后而来的“真惊一场”让黄莲觉得，此番留校太值得了。

大年三十晚上，郑山河队长邀请留校的几个学员去他家里包饺子。师母莫玉人漂亮，饺子包得也漂亮。快吃完的时候，郑山河接到一个电话，他说：“黄莲，你出来一下。”

在凛冽的寒风中，在昏黄的路灯下，一个高大的男人向她走来。这不是她害怕的鬼影，而是她害怕的父亲。因为他的背叛，母亲变得神经兮兮，拿她当出气筒。她好不容易躲进了军营，没想到他又找了过来。她转身想跑开，郑山河拉住了她。“听听你父亲怎么说。可能并不是你想象的那样。”

“莲儿，父亲来看你了。”她的父亲伸出双手，想拥抱她。

她用力推开了他。

“不是我对你们娘儿俩不闻不问，而是身不由己。你的母亲要强，外面装得没事一样，背地里却写信告我，让我职称没评上，手术做不成，没病人敢找我看病。我事业受了很大影响，收入不如以往，后面又生了孩子，家里捉襟见肘。我不是不管你啊。”

“你还好意思哭诉自己，开脱自己。我和母亲给你害得够惨的了。我现在考上军校了，跟你没有任何关系。你来这里干什么？快走吧，我不想见到你。”

“没有我，你是读不了军校的，女儿啊。”

“没有你，我读不成军校？你胡说八道吧，我的分数都可以上清华、北大了。”

“你的母亲不想让你读书，不想让你摆脱她的控制，是我跟招生的人说，我的女儿黄莲成绩很好，吃苦耐劳，勤奋努力，是读书的料、当兵的料。她从小就想当外交官，我是她的英语启蒙老师。我女儿学外语有天赋，她的英语学得顶呱呱的。”

“真是这样的？”黄莲的心松动了。

“你的母亲毁了我的前程，我无论如何不能让她毁了我女儿的前程。莲儿啊，爸爸是爱你的啊，是希望你好的呀。”黄莲的父亲老泪纵横。

“爸爸!”黄莲扑上去，抱住了父亲。

第十一章

我是最后一个回到解放军河洛外国语学院的。

三姐说：“你从河洛市回到柳宁市，只有座位票，腿都坐肿了。寒假结束后回河洛市时，我给你买卧铺票吧。”三姐是柳宁市铁路局的，家里人坐火车出行，基本上都是她帮着买票。但卧铺票并不那么好买，三姐得托关系。这一等，就等了不少时间。我都很担心，能不能按时返校。

进到宿舍，还没放下行李，覃红枫就大呼小叫地迎上来了：“这个大粽子，就等你一个人了。你真有口福!”

宿舍正中间，摆着几个床头柜，合成了一个正方形的桌子。桌子上放了不少零食，一个硕大的粽子端放在中间。不用说，这肯定又是覃红枫的杰作了。只有她，能有这么大胆新奇的想法。

“看，我们都不敢动筷子。覃红枫说谁敢动筷子，她就敢把谁的手给剁掉。你再不进来，我宁可她把我的手剁掉，也要动筷子了。”刘美娜拿筷子的手哆哆嗦嗦，在粽子边游移着，随时可能戳进去。

“这究竟是什么庞然大物？我长这么大，还第一次见。覃红枫在火炉上差不多烤了一个上午，才把它烤熟。比烤全羊还难烤。”黄莲的手虽向上，筷子却是朝下的，给人一种很滑稽的感觉。

“你们四川人没见过、没吃过这种大粽子，我们南西人却是常见、常吃的。”周健秀很不以为然，“倒是你们这又麻又辣的牛肉干，让我觉得太过瘾了。”她吃一口牛肉干，咂咂嘴，又喝一口水，止止辣。

谷小粒正在地上捡她扔下的牛肉干小袋子。“不用急。刚回来，不检查内务卫生。”周健秀说。

“她不干活就闲得慌。”覃红枫说完谷小粒，又去说周健秀，“你得小心，不要又得个阑尾炎。吃不了辣，就别吃。你吃吴瑕的杭州桂花糕，甜蜜蜜，暖你的胃。别一会儿又住到999医院去了。”

“住999还好哩，我都想去住。那次我们煤气中毒，快死了。她倒好，在999舒舒服服地养病。”刘美娜笑言。

“哪儿舒服了？你不见我疼得在地上滚。”周健秀不满她这样说。

“哎呀，我的小姑奶奶，你的行李怎么还没收拾好？我的筷子可不等人了。”刘美娜转移话题，大叫着。“吴瑕呢？吴瑕怎么没来？”

此时，我才注意到，吴瑕正一个人站在窗前，怔怔地看着外面。

“吴瑕！吴瑕！”覃红枫也叫道。

吴瑕这才回过头来。“哦，你们先吃！我过一会就来。”她说完这句话，又呆呆地望向窗外。片刻，她又扭回头，木木地说：“你们要小心，不要被郑山河发现了。他会全部收缴你们的零食的。”

“郑变态又把它送到幼儿园去吧？哈哈哈，那敢情好，让小朋友们品尝南西、四川、杭州美食。”覃红枫开心地躺在床上，两脚朝上举着，乱晃。每次郑山河把她们的零食收缴了，就送到解放军河洛外国语学院幼儿园，给那帮孩子们吃。他妻子莫玉在那里当老师。

“我可不愿意。除了这个大粽子，其他随便拿。哎，林灵，你怎么还没来？我可要开吃了哈！”刘美娜第一次见这个庞然大物，已经急不可耐了。

“你急啥？钟思丹又不会来收这个大粽子走。大家发现了没有，钟思丹自从被男生浇了那盆水后，几乎不到女生宿舍来了。哈哈。”覃红枫在床上抱着腿，翻滚着。她可开心了，没人来管她了。

“不来才好，我们安静多了。他那张乌鸦嘴婆婆妈妈，唠唠叨叨的，烦死了。”黄莲对钟思丹也不喜欢。她有一次去图书馆看英语原著，赶不及回来排队吃晚饭，给钟思丹好一顿训。

“有人不烦，巴不得他天天来查岗。”覃红枫朝着黄莲挤眉弄眼。

“烦死了。不吃了，我找孙红星去。”刘美娜把筷子一扔桌子上，白了覃红枫一眼，就走了出去。

我再次发现吴瑕一个人待在窗边时，宿舍空无一人。窗外冰天雪地，白茫茫的一片，吴瑕的脸也是惨白得如同白雪一般。我缓缓走到她的身边，问道："遇到什么事啦？"

"他跟我分手了。"吴瑕漂亮的樱桃小嘴紧抿着，眼睛里蓄满了泪水。

"谁，谁跟你分手了？怎么从来没听你提起过。"我紧张万分。

"就是这个人。"吴瑕递过来一张照片。因为攥得紧，照片有些发皱，但仍可看出一年轻俊美的男子坐在长椅上，头微微偏着，凝视着远方。那种冷峻沉着的气质的确令人心头一振，仿佛遭受电击一般。

"真的很美！美男子，和你很搭。怪不得你看不上费鹏。"

"我不喜欢费鹏那种黏黏乎乎的劲儿。"

"所以，你喜欢这样冷冰冰、拒人于千里之外的。但最后，真的给他拒于千里之外了。"

"我们是高中同学。高中三年，也没感觉他有什么特别的。高考完后，同学们聚会，不知怎么就对他有了感觉。是我先提出来的，我们就这样开始了通信。哪里想到这个春节回去，他就跟我吹了。"

"啊，你胆子还这么大？真看不出！"吴瑕这么娴静淡雅的人，主动提出跟别人谈恋爱，打我一顿都不相信。但好像跟她有心灵感应似的，后来我跟安以康的恋爱也是我主动提出的。真的不是好朋友，不做同样事啊。“每次看到你收信，还以为你跟他是普通同学。你可真沉得住气，连我都瞒。”

“那时才刚开始，还不知能不能成，心里没底，也就不敢跟你说了。”

“吹了也好。一个连的人排着队在追你呢！”

“你没有过喜欢人的感觉，是不会知道的。他是第一个让我动心的男人，你说我心里能不难过吗？”吴瑕说着，说着，都要掉下泪来了。

“他没说原因吗？”

“他说我太完美了，像名字一般无瑕，他没有勇气和信心保护我，怕让最美的东西蒙尘。还是留给最能疼我、爱我的男人吧。”

“这是什么屁话，完美也是一种错？对于这样没有责任、没有担当的人，吹了更好，免得你以后受他的苦。”我文静，与世无争，但对好朋友也是两肋插刀的。

“不说他了。我们去雪地上走走吧！”吴瑕擦了把眼泪，坚定地说道。实际上，她比我坚强、成熟得多。

我们在校园的雪地上，深一脚浅一脚地走着。突然，吴瑕发出了一阵哈哈大笑。这笑声听起来有些鬼魅，我的心一颤。

雪地上这一走，吴瑕活了过来。听到钟思丹在楼道里高声嚷嚷：“出来扫雪了！去河洛市大街扫雪！”她第一个整理好行装，走了出去。

刘美娜看着她的背影，有点惊讶。虽说吴瑕各方面表现都很优秀，但在钟思丹组织的活动中，能比她更早、更积极的，她还是第一次见。她究竟想干啥？这次回来就见她怪怪的，总一个人站在窗前木木的发呆。刘美娜心里起了疑。

钟思丹在楼道里叫喊完后，不敢站在宿舍楼前等了，怕第一个下来的是刘美娜，又向他发起那股逼人的青春热浪的袭击。他躲进宿舍楼一楼的门槛里，想等大家出来后，他再走出路面来。但这次第一个下来的是吴瑕。他对吴瑕的感觉一向很好，聪明漂亮，才艺好，学习也好，训练、内务、劳动都好，简直是样样好。他一直都很欣赏她。

“既然你下来了，就负责整队吧。”吴瑕是日语班的副班长，又是军训时的班长，有带队经验。钟思丹顺水推舟，就让她组队了。

“怎么不让我带队呢？”紧跟着吴瑕出来的刘美娜不满地说。她怀疑这阵子木木呆呆的吴瑕会有什么见不得人的事情，果然钟思丹让她整队了，有些吃醋的她抢白道。

“你从来没有带过队，行吗？”有吴瑕在旁边站着，钟思丹有底气了。刘美娜不敢当着吴瑕的面，往他身上蹭。但他想错了，刘美娜以这件事为矛，直接贴近他。

“我怎么不行？你从来没有把机会给过我。”刘美娜往前跨了一步，直挺挺地站在他的面前，胸脯高耸着。

他往后倒退了一步。一个趔趄，险些站不稳。“吴瑕，集合队伍！”他以声音为盾，高喊着。

“全体注意，向右看齐！向前看！报数！”吴瑕熟练地喊着口号，整理队伍。

钟思丹走在队伍的最前头。刘美娜个矮，走在队伍的最后。他尽量离她远远的。

刘美娜看出了钟思丹对她的疏远，故意在队列里挑逗孙红星说话。“孙猴子，你这通身红从南方刚回来，还没在雪地里撒个欢，堆个雪人，就变成通身白了。”

“就是。刚回宿舍屁股都没坐热，就出来吹北风，挨雪淋，红屁股都要变成白屁股了。”

听到的人吃吃笑了起来。

“队列里不要说话。”吴瑕说。

“美人开口，我就闭口。”孙红星又是一副嬉皮笑脸样。

“皮真厚！”覃红枫白了他一眼。

学院大门往前走不远，就是河洛市中心很有名的一条大道，叫洛州大道。钟思丹把铲子、大扫把发给我们。我们搓着冻红的双手，还真不知该从哪里下手。

刘美娜拿着大扫把，把雪故意往钟思丹身上扫。钟思丹故作不解，“你怎么老把雪往我身上扫？”

“我第一次扫雪，手冷，大扫把又不好使，不好意思哈。钟区队，你大人有大量，原谅我。”

“你这还看不出来吗？你又帅又美，雪当然往你那边扫去了。”覃红枫为钟思丹打抱不平。

钟思丹的脸一阵红，一阵白，走了开去。刘美娜本想也跟过去，但又不想表露得太明显，就把雪往孙红星那边扫。

“唉，我拜托你了，不会扫就别扫。拿铲子铲雪去。”孙红星有点生气道。

孙红星递给刘美娜一把铲子。刘美娜伸手去拿，却握住孙红星的手不放。她是故意做给覃红枫看。谁叫她刚才帮着钟思丹说话来着。

覃红枫倒是大度得很，看也不看，就朝我走来。“林灵，你真是不会干家务活。怎么把雪都扫进自己鞋里去了？那该有多冷！”她抓过我的大扫把，呼噜几下，就把雪扫在一起了。

刘美娜也不想再气覃红枫，看到钟思丹跟吴瑕在一起扫雪了，心一紧。吴瑕各方面都优秀，胜过自己，她又看不上费鹏，刚回来不知什么事，有点神经兮兮的。她担心，万一钟思丹跟吴瑕走到一起，那可就大事不妙了。遇到事的人，心灵是很空虚的，最易找人来填补。她得把钟思丹看紧了。

郑山河对我们的内务进行了一次突袭检查。其实，就算他不突袭，我们的内务也是乱七八糟的。刚回来，大家都没心思整理，被子没有叠成豆腐块，毛巾、牙刷、牙膏没有放在规定的位置，衣服到处乱扔，宿舍里都是垃圾。他的脸色比猪肝色还要猪肝色，中午的内务讲评直接变成了内务动员。

“刚回去过了一个寒假，你们就变成老百姓了？成了地方大学生？宿舍像个猪圈。除了大小便没有随便乱拉，哪有一点军人的样？卫生根本没有打扫，内务根本没有整理。军人的条令条例，你们都忘得一干二净了吗？从今天开始，进行内务大评比。被子叠不好的，统一到大教室去叠。叠得有模有样了，才可以拿回来盖。否则，你们晚上就不用盖被子了。”

这个反传统的“霸王”内务大评比，受到了我们的集体抵制，但也仅限于口诛口伐，没有谁敢公然对抗郑山河。虽然才当了一年军人，军人的令行禁止、服从命令、一切行动听指挥，已经根植于我们的脑海里、心田里。

“郑变态把我们当作了猪，那他就是养猪的了。”刘美娜这把嘴，的确很厉害。

“对，养猪专业户。”覃红枫积极响应。在管理的严苛方面，她是很愿意跟刘美娜站在一起的。

“给我们吃的都是猪饲料，才那么难以下咽。”刘美娜越说越来气。

“猪饲料还能把猪养肥。你看我们这么瘦，都不知吃的是什么饲料。”覃红枫是最不满食堂伙食的。

“你们算好的了。我们的被子要抱到大教室去了，还不知晚上能不能拿回来盖。到时，真要冻成狗了。”听到郑山河如此整治内务，被子叠不好的我最害怕。

“不，冻成猪。”谷小粒纠正道。

她这一纠正，如同说她，我们都笑了起来。谷小粒反应过来后，脸一阵红，一阵白，抱起被子就往大教室去了。走之前，还拿走了她那个绿色的军用搪瓷缸。我拿走的是小板凳。

大教室里，已经铺开了好几床被子。袁哲教导员正在让一些被子叠得好的人指导我们怎么叠被子，又像新兵训练一样从头来过。我用小板凳压，谷小粒用搪瓷缸碾，被子始终不那么方方正正、有棱有角。我以为晚上真拿不回被子盖了，眼泪都滴在被子上了。

“其实，真正叠好被子是在手的力道上，小板凳、搪瓷缸压的作用并不大。”袁哲教导员走到我的身边，直接给我示范。“看，是不是叠得很好了？抱回去吧，晚上有被子盖了。郑队长不过是吓唬你们的，不要哭鼻子了。”

“那我的呢？”谷小粒见我开心地把被子抱回宿舍，急得也要哭起来。

“你也差不多了，可以走了。”

冰雪还未消融的时候，来了一个新教员。她不仅带来了春天，也带来了夏天和冬天。她叫苏菲菲，接替兰沁，担任我们的越南语教员。兰沁教员考上了研究生，要离开我们了。

苏菲菲来上课的那一天，早读进行不下去了。

刘美娜像一阵旋风似的旋进了教室。“我看见新来的教员了。她不像中国人，大大的眼睛，高高的鼻梁，金色的卷发，深深的眼窝。”

“现在是早读时间。”朱荔香提醒道。他不想大家掉进她的漩涡里。

“那就是外星人。”孙红星早已掉进去了。

“什么外星人、中国人，看看不就知道了。我不相信还有哪位教员会比兰沁教员更美、更香的了。”费鹏颇不以为然。

“话别说得那么早。说不定，她就让你吃香的、喝辣的了。”覃红枫哈哈大笑道。

覃红枫真是预言家。苏菲菲不仅让费鹏吃香的，而且也让他喝辣的了。苏菲菲教员是中法混血儿，母亲是法国人，父亲是中国人。父亲的祖先来到越南经商，创立了家业，成为越南富甲一方的华侨。就像法国作家玛格丽特·杜拉斯的中篇小说《情人》所描述的，她母亲与她的富家子父亲相识并相爱了，只不过她的母亲并非小说中贫穷的法国少女，而是生活在越南的法国有钱人家的女儿。苏菲菲在越南出生，长大，留学法国，再回到越南工作。年纪轻轻的她，就会流利地使用中、法、越三国语言。她的长相不仅随了母亲，是标准的法国美女；个性也随了母亲，开放、洒脱、浪漫。

早读后的第一节课，兰沁和苏菲菲走进了教室。

“给大家介绍一位新来的教员，越南归国华侨苏菲菲。”兰沁依然用她那一贯温柔娴静、淡雅如水的语调说着。

“Hello，大家好！我叫苏菲菲。今后就是你们的语法课教员了。我初来乍到，请大家多多关照。”苏菲菲边说，边扭动着腰姿。

那种妩媚优雅，让班里的男生都看呆了。“真是一朵法兰西玫瑰，像苏菲·玛索。”孙红星低语着。

“我也想起了一首歌——《玫瑰人生》。”费鹏道。

“《玫瑰人生》这首歌你们也知道？会唱吗？”苏菲菲教员听到了他们的低声交谈，深蓝色的大眼睛望向了费鹏。这样毫无顾忌、火辣辣的凝视，让费鹏微微红了脸，低下了头。

这羞红着脸的一低头，却触动了苏菲菲。真是一朵水莲花，不胜凉风的娇羞，她在心里暗赞道。谁说徐志摩这首诗不能形容男的？似羞还羞、似语非语，适合任何年龄的男女。

“那我唱给你们听吧！”苏菲菲用法语悠然唱起了《玫瑰人生》。那优美动听的声音，让我们听得如痴如醉。

“苏教员，这首歌真好听，但我们听不懂。”覃红枫说道。

“苏教员是用法语唱的，你当然听不懂。”刘美娜得意道，有点巴结苏菲菲的意思。

“可以用越南语唱吗，苏教员？”覃红枫问道。

苏菲菲用越南语唱出了《玫瑰人生》。那是另一种风格，有着东南亚槟榔的味道，越嚼越有味，再配以她柔曼的舞姿，课堂展现出了从未有过的活跃和开心。大家都热烈地鼓起掌来，费鹏和孙红星更是激动地站了起来。

费鹏这一站，站出了他的高大挺拔，也站出了他跟费翔相似的长相。苏菲菲眼睛一亮，指着费鹏说道：“这位男生叫什么名字？长得好像一位什么歌星的，应该也能歌善舞吧？”

“他叫小费翔。他什么都会，唱歌跳舞，还有指挥。”刘美娜快言快语。

“那请上台，跟我共舞一曲如何？”

费鹏脸更红了，不敢上台。

“这么扭扭捏捏的？你指挥我们唱歌那潇洒劲儿到哪里去了。”覃红枫激将道。

“上台去！上台去！”孙红星和一些同学起哄着。

说也奇怪，上得台来，费鹏一反刚才的扭捏害羞，自如洒脱地唱起了《冬天里的一把火》，跳起了当时流行的狐步舞。

苏菲菲也在旁边拍着手，和着节奏，翩翩起舞。

不可否认，苏菲菲教员给大家的第一印象是极好的，她美艳性感，撩人心魄，歌舞俱佳，越南语、法语、英语都极其流利，信手捻来，课堂气氛活跃，让同学们有耳目一新的感觉。

男生、女生都喜欢听她的课，甚至一些不爱学习、偷看课外书的学员都专注起来了。外班的同学如果经过我们班门口，也会探个身子，露个头，倾听她的讲课。可是，好景不长。

我们在做作业的时候，她坐在窗口，点燃了一支烟，潇洒地吐出一个个烟圈，烟圈打转成团，袅袅上升，把费鹏和孙红星都看傻眼了。下课时，胆子大的孙红星说道："苏教员，你抽烟真洒脱啊，还能吐出一个个烟圈。"

苏菲菲说："想学吗？我教教你们！"

她从烟盒里抽出两支烟，分别递给费鹏和孙红星。"你们要吗？"又对聚拢过来的覃红枫和刘美娜说道。

覃红枫摆摆手，"我拿枪可以，拿烟可不行。"

刘美娜伸手要了一支，"我拿枪不行，拿烟行。"

苏菲菲自己也拿出一支，点上，然后深吸一口，慢慢吐出烟圈。她抽烟的动作很是优雅迷人，孙红星、费鹏、刘美娜也照着学。上课铃声响了，他们还没回座位。

孙红星和费鹏吸烟上瘾，课间吸，上课也吸，慈父般和蔼的肖长喜终于发火了。他从讲台上"蹬蹬蹬"地走到孙红星和费鹏的面前，一把夺过他们手中的烟，往地上扔去。"我带过那么多届学员，从来没有像你们这样抽烟的，而且还是上课抽。哪来的胆子！？不想上课，现在就给我站到门外去！"

孙红星和费鹏脸通红，大气都不敢出了。

"我要把你们这种行为，告诉队干部。"

我第一次见肖长喜教员发这么大火。他脸色铁青，脖子上的血管一条一条的，清晰可辨。

孙红星和费鹏一下课，就软磨硬泡地缠住朱荔香。把宿舍楼的钥匙拿到手后，他俩一溜小跑地冲回宿舍，把藏在褥子下面的烟和打火机，扔到了厕所里的垃圾桶。

肖长喜教员只是吓唬这帮孩子们，并没有真想告诉队干部。发现他们抽烟的是袁哲教导员。

上课的时候，袁教导员照例来巡视课堂，正看见苏菲菲给孙红星和费鹏发烟，又见三人很享受地抽一口烟，吐出烟圈。他不动声色地走开了，将这件事告诉了郑山河队长。

郑山河队长把朱荔香叫了过去，“男生吸烟，你这个班长不知道吗？他们的烟都藏在哪里？”

“他们的烟都没有了，今天是苏教员发给他们的。”朱荔香憨厚老实，却也有急智。孙红星和费鹏如果知道他出卖了他们，哪还有他的好果子吃？他只能为他们打马虎眼。

“你这个班长怎么当的？你为什么不阻止他们？他们吸烟，你怎么不向我们汇报？是不是你也参与了吸烟？”

“我阻止不了他们。我不是不报，只是时候未到。”朱荔香也变得油嘴滑舌了。

“有同学看到你把宿舍钥匙给他们，让他们回去把烟和打火机藏起来了。还时候未到？我看是你这个班长不想当了，是时候该换人了。”郑山河也拉长着脸，极为恼火。

刚来当队长时，他就在晚点名上宣布“三不准”了。好家伙，大一还没结束，这“三不准”都变成“三准了”。谈恋爱的有之，抽烟、喝酒的也有之，烟还抽到课堂上了。他必须及时刹住这股歪风邪气。

郑山河跟教研室主任通了个电话，教研室主任对苏菲菲抽烟的事也很头疼。“她在教研室里也抽烟，比男教员抽得还厉害，烟雾缭绕的，一些教员很有意见。于是，她就到走廊去抽，弄得走廊也是乌烟瘴气的。真不知她为何有那么大的烟瘾，那么一个年轻美丽的姑娘？”

“关键是她带坏了学员，让他们跟她一起抽，上课抽，下课也抽。学员们意见很大，课都上不成了。”

“这我也听说了。很多任课教员都反映，有的学员无心上课，像抽了鸦片一样，昏昏沉沉的。你们队干部要下决心整顿一下了。”

郑山河放下电话，跟袁哲教导员商量，“是不是该换走苏菲菲了？”

袁哲说：“现在还不能换。学校倡导学员跳交谊舞，她是教员。再说也不敢换，她有背景，是院领导的亲戚。”

1980 年代初盛行交谊舞，苏菲菲是学院交谊舞教员，不只在我们八系三队教，也被其他队请去教。每周五傍晚时分，是我们队练习交谊舞的时间。在教学楼的大教室里，一个男学员牵着一个女学员，排着长长的一列，变换不同动作，踏歌起舞。交谊舞的歌曲很优美，当时流行的是《金梭、银梭》《南屏晚钟》《年轻的朋友来相会》。苏菲菲牵着费鹏的手，在前面领舞。牵着，牵着，就牵出了她对费鹏的一段情。

苏菲菲美艳、性感、大方、开朗，很多男人拜倒在她的石榴裙下，但她貌似开放，实则传统，家教很严。她在法国曾经有一个男友，情投意合，两情相悦，都到了谈婚论嫁的时候。

她爱他爱到了骨髓里，从来不正眼望别的男人，但阴差阳错，两人最终没能走到一起。伤心欲绝的她抽烟抽得越发厉害，想在烟雾缭绕中忘记他。但这段刻骨铭心的爱恋岂是抽抽烟就能忘的，只要他跟她去过的任何一个地方，都会让她泪流满面。父母看着陷在痛苦中不可自拔的女儿，觉得最好疗伤的地方应该是中国。这是父辈的祖籍地，是她很少踏足的地方。她离开了法国，离开了越南，离开了任何一个可以让她回忆起他的地方。在中国这个陌生的环境里，她想彻底忘掉他，把有关他的记忆一笔勾销，重新开始。而世界如此之大，却又如此之小，她见到了费鹏，见到了跟他男友长得如此相像的学员，就无法淡定了。

费鹏对漂亮女子没有抵抗能力，常常陷进温柔乡里左右逢源，又左右开弓。他唯一钟情的是吴瑕，一直追求却一直没有结果，令他好不懊恼。现在倒好，有个美艳的女子主动送上门来了，且是他的教员。别说他抵抗不了她那魅惑、妖艳的神情，就是她那教员的身份，也把他给吓住了。万一不从了她，她给他穿小鞋怎么办？她随便找个借口就可以收拾他，何况现在还是她主动投怀送抱。

苏菲菲真正让郑山河震怒的，是他对费鹏的勾引。这个勾引有点难听，是郑山河这样认为的。对于苏菲菲来说，她不认为是勾引，她觉得这是对费鹏的喜爱。自从发生抽烟事件后，郑山河为了保护自己的学员，责令朱荔香戴罪立功，密切关注苏菲菲的动向，一有情况就向他汇报。朱荔香为了保住自己班长的职位，让他在刘美娜面前有更多爱的筹码，坚决执行了这一任务。他这一观察，就观察到了苏菲菲跟费鹏暧昧的感情。他把这件事汇报给了郑山河，郑山河叫他盯紧费鹏，任何风吹草动都不要放过。

傍晚，朱荔香集合队伍去吃饭时，费鹏也在队伍中。可当他打完饭回到饭桌后，就一直不见费鹏回来。问孙红星和徐志文，他们也说不知道他去哪儿了。朱荔香觉得大事不好，得赶快让郑山河队长知道这件事。

接到当日值班的区队长钟思丹的电话，郑山河饭也不吃了，叫上袁哲教导员，领着几个男学员，找遍了学校的角角落落。他们哪里想到，此时的费鹏跟苏菲菲在教工餐厅吃了饭后，正往苏菲菲的宿舍走去。

费鹏这个时期的变化，吴瑕也看在眼里。以往他总是没事找事地黏着她，她不喜欢他，但也不反感。那种黏的方式会让人生烦，却并不让人生厌。可最近，吴瑕发现费鹏不怎么黏她了，原来他被苏菲菲黏上了。说也奇怪，费鹏黏她时她没什么感觉。一旦费鹏不黏她了，她又有一种失落感，反而关注起他的一举一动来。

傍晚，她拉上我去教工宿舍区的小书店买书。偶然之下，看见费鹏和苏菲菲经过。苏菲菲还把手挽在费鹏的腰上，很是亲昵。吴瑕很惊奇，就和我说："跟过去，看看他俩在干啥？"

这一跟，就看到苏菲菲挽着费鹏，走进了她的宿舍。"你赶快回去告诉郑队长，我在这儿盯着。"

我匆匆忙忙往宿舍走去，在三道门那里碰到了郑山河、袁哲、朱荔香和几个男学员。听我一说，郑山河大惊。正当妙龄的男女亲密地同处一室，莫非要发生不正当的男女关系。这可了不得。他迈开大步，飞跑而去。我们几个跟在他后面，也快跑起来。

苏菲菲今天过生日。她跟费鹏说，要请他吃饭。这个理由，不好拒绝。费鹏先假装去食堂，趁打饭没人注意，就溜了出来。两人在教工餐厅吃完饭后，苏菲菲又心生一计，“去我的宿舍喝杯法国咖啡吧。”喝了几杯啤酒的费鹏晕乎乎的，好像给灌了迷魂汤似的，不敢也不好拒绝，就跟着她走了。

苏菲菲倒给他喝的，除了法国咖啡，还有法国红葡萄酒。微醺之时，苏菲菲将外衣脱去，慢慢向费鹏靠近。

此时，郑山河的敲门声急促响起。苏菲菲将衣服穿好，没好气地问道：“谁啊？”

“我是郑山河！”

苏菲菲无奈地开了门。

郑山河进来，拉起眼睛发红、眯眯瞪瞪的费鹏就走。走之前，丢下一句话：“你要为你的行为负责！”

当夜，郑山河紧急召开队部会议。他叫来教研室主任和系里的干事，决定向院里申请，将苏菲菲调离教学队伍。

袁哲教导员沉吟了一下，说道：“她是院领导的亲戚，还是慎重一些，记大过处分吧。”

教研室主任也附和：“尽管她把我们教研室也搞得乌七八糟，抽烟，喝酒，跳舞，但没有特别出格的事，我们也不好说什么。”

“还没有特别出格的事？差点儿把我们的男学员拉上她的床了！这样的人，怎么能留在教学队伍里？学员无心上课，队里军心不稳——这支队伍，你让我们怎么带？”郑山河气不顺。

“老郑，别发那么大火！这样吧，我们先跟系里打个报告，看看系里什么意见再说！”袁哲教导员劝道。

“不管系里什么意见，都要让她走。系里不同意，我们就反映到院里。院里再不同意，就是我这顶乌纱帽不要了，也不能让她继续待在八系教研室，祸害我们的学员！”郑山河把他的军帽往桌子上一摔。

第十二章

通讯员把韦英的来信递给莫玉时，莫玉的心里挺不是滋味。她都毕业两年多了，心里怎么还惦记着郑山河。幸好信先给了她，要不，这事还不知怎么收场。

她这不是吃醋，她这是爱憎分明。她对郑山河很爱，就会对破坏她家庭的人很憎恨。既然郑山河娶了她，就应该对她忠贞不贰。背着她偷偷摸摸地跟旧情人通信，算怎么回事。她是西北女人，性子刚烈、实在、真诚，见不得虚情假意。

她把信封撕开，才不管郑山河会不会埋怨他。她不埋怨他，就是好的了。还好，信没有折成弯弯绕，而是对折再对折；信纸是单位的，不是那种带花边的粉红色信笺。内容也是说她工作突出，和另外一个叫鲁南的男同志一起立了三等功。此外，没有什么出格的话。但写这封信，本身就出格了。你立功，关我们家郑山河什么事，还要专门给他来一封信。莫玉心里恨恨道。她本想把信撕掉，犹豫了一下，还是把它收在包里。

郑山河看到韦英这封来信，已是一个月以后了。他因为苏菲菲的事，心里很不痛快。虽已将她调离八系教研室，但队里的学习风气受了很大影响，学员们几乎都像霜打的茄子一样蔫蔫的，提不起劲来。

“如果有前线的英雄模范回来做场报告就好了，振一振学风和士气。”他跟莫玉吃饭时，自言自语道。

莫玉看着日渐消瘦的丈夫，这段时间吃不下饭、睡不好觉，很是心疼。她想起了韦英的那封信，她不是和一个男同志在前线立了功吗？一心想帮丈夫的她，忘了这封信拿给郑山河后会有怎样的后果。

郑山河看到信时，还是满心欢喜的。他欢喜的不是因为这是韦英的来信，而是信的内容——他终于找到回校做报告的英雄了。但一看落款，就火冒三丈，整整给他压了一个月。

“你为什么现在才给我看？”他质问莫玉。

“我忘了。”莫玉也想到了应对的话。

“你忘了？你是故意不给我看的吧。”

“我就故意不给你看，怎么着？没想到她毕业后，你们还藕断丝连。”郑山河这句话刺着莫玉了，她腾地一下站了起来，怒视着郑山河。

“你怎么这么不通情理，我早都不跟她来往了。”

郑山河还是八系三队的区队长时，女学员韦英喜欢上了他。他当时已和中学同学莫玉谈恋爱了。为了不伤害莫玉，他申请调离了学员队。这一点，莫玉很感激。但韦英的这封突然来信，还是让她心里很别扭。

“不来往，怎么还有信来？”

“我怎么知道？你问她去。”

“问个鬼。早知我把信撕掉就好了。”

“那你怎么不撕？”

“撕了，现在能帮上你吗？”

“就是啊。你撕掉信，还怎么帮你老公？”郑山河又露出了那丝神秘的笑容。

“那你还说我不通情理。”莫玉也破涕为笑。

两人吵着，吵着，就和好了。

郑山河拿着莫玉这封信，跟袁哲教导员商量后，两人一拍即合，决定请韦英和鲁南——也是八系三队毕业的，一起回来做报告。莫玉又不干了，请鲁南回来就可以了，还要把韦英也请回来？不仅不跟她断了联系，还要和她重续旧情？

她说不通郑山河。他那个西北男人的火爆脾气，跟她一样。两人如果再吵起来，说不定会把房顶都掀掉。关键是郑山河认死理。只要他认为对的，十头牛都拉不回来。她只好求助于袁哲。

袁哲大郑山河五六岁，郑山河很尊重他，把他当老大哥。莫玉也把他当老大哥，有什么想不开的事，也总跟他说。

“他丢乌纱帽，我可以陪他回家卖红薯。但请韦英来，我不同意。”莫玉哭哭啼啼，但话语很坚定。

“郑队长是为了工作。韦英和鲁南一起立功，肯定得一起请回来。他跟韦英没什么。你要相信他，支持他的工作。”

“我哪点不支持他的工作。我跟他一样是大学生，在家乡教中学。为了照顾他，来到这里教幼儿园。我为他做出了多大的牺牲。他怎么就不明白，还要请旧情人回来。”韦英一把鼻涕、一把眼泪地说着。

“知道你做出了牺牲，他不是也很疼爱你吗？那哪是旧情人啊，只是韦英的一厢情愿。为了你，他连区队长都不当了。”

“我不管。总之，韦英不能回来。她一回来，郑山河就会意乱情迷。他是不是连队长也不想当了？害我这么多年白白牺牲了。”

“没有这么严重。她只是回来做一场报告而已，马上就走的。你既然那么在乎郑队长的前途，就得为他着想啊。”

袁哲这番话，让莫玉停止了哭泣。她看重的就是郑山河对工作的责任心，对家庭的担当，她不想找一个平庸、平凡的丈夫。只要对郑山河有利的事，她一定会深明大义。

“那她来后，你要给我寸步不离地盯住她，不要让她对我们郑山河想入非非。”莫玉不甘心道。

“那是必须的。”袁哲给莫玉弄笑了。

·

前线英模代表团要来队里做报告的事，徐志文比谁都兴奋。他就是看了电影——《高山下的花环》《凯旋在子夜》，听了歌曲——《血染的风采》《望星空》，为英雄人物的模范事迹所感动，才萌发了投笔从戎的念头。他哪里知道，他这颗英雄的种子在娘肚子里就有了，不是他看电影、听歌才有的。他身上流着的，就是英雄父亲的血啊。

他写了一首诗，想在报告会上献给师哥、师姐们。

"你帮我改改这首诗吧！"他跟我说，"他们做完报告后，我们就上台朗诵。"

"在英雄面前献丑，我可不敢。我普通话又不标准。"

"这没关系。你不是都代表新生上台发言了吗？师哥、师姐的普通话也不一定标准，他们还做报告哩。"

"但他们是英雄啊。"

"英雄也是人。"

"我看你就像个英雄，关键时候总是站出来。"这是我的真心话。

"那你还怕什么，我缺点一大摞。"

"那你问问教导员吧。"

袁哲看了徐志文的诗，直呼好。但他说，英雄模范做完报告后就是学员提问环节，没有时间朗诵了。不过，可以拿到校报上去发表。

朱荔香集合队伍、报完数，前往阶梯教室的路上，孙红星和覃红枫趁着夜色偷偷溜了出来。他们对鲁南和韦英两位英雄人物的报告并不感冒。

“这种英雄人物的事迹，我听得耳朵都出茧了。一到吃饭，父亲就跟我灌输。还不如到图书馆去看几本书自在。”孙红星边走，边跟覃红枫说道。

“我也是。我父亲一回家就叫我立正站着，滔滔不绝地先讲上几小时，什么董存瑞炸碉堡啊，黄继光堵枪眼啊，这些故事我都能倒背如流了。”

图书馆的阅览室灯火通明，他们把学员证放在门口旁边的桌子上，就径直走到里面的书架上翻阅起来。孙红星拿了几本杂志，找了个角落的位置。覃红枫也一样，坐到了他的对面。当他津津有味地读着莫言的《红高粱》时，关门的铃声响起了。

孙红星朝覃红枫挤挤眼，小声道：“我没看完。特想看，咋办?”

“带走?”覃红枫试着说道。

“那就带走。明天上午再放回去。发现了怎么办?”

“那么多杂志，他们不一定会发现。发现了，也不知道是谁拿的。我这有本杂志也没看完。”

“那就这么定了，一起拿走吧。”孙红星下决心道。他把杂志塞进军装，用手捏住衣边。出门时由于紧张，两人都忘了把学员证取回来。

在一阵热烈的掌声中，鲁南和韦英走上了讲台。鲁南很高，很帅，韦英却有些普通。但她的发言一点也不普通，是一个有内秀的人。没有这点本事，她怎么敢喜欢郑山河？即便现在她是作为优秀毕业学员回校做报告，望向郑山河的目光依然是崇拜和敬仰的。郑山河在介绍他们两人。

“韦英和鲁南是78级的学员，是你们的师哥、师姐，是八系三队的骄傲。他们在毕业两年的时间里，就在工作上取得非凡的成绩，立了功，受了奖，成为了英雄模范，是你们学习的榜样。今天请他们回母校做报告，你们一定要认真地听，从中汲取经验和力量，振奋精神，努力学习，争当先进。”

我们没有鼓掌，我们期待着他们的发言。第一次直面英雄模范，还这么年轻，还是我们的师哥、师姐，我们都有点望穿秋水的感觉。

“今天很荣幸回到母校，跟师弟、师妹们共同学习。见到你们，就想起了6年前我们的样子。青春多么美好啊！”韦英以一段充满感情的话，开始了她的发言。“一定要珍惜这大好的时光，好好学习。学到本领，才能更好地报效祖国，报效军队。书到用时方恨少。基础一定要打扎实，到工作单位遇到难题，才能迎刃而解，而不是后悔不迭，当初怎么没有好好听课。台上一分钟，台下十年功。在工作单位，一个小小的差错就可导致重大的失败。反之，一个小小的正确，也可导致一场重大的胜利。”

哇，这么可怕啊。我们屏息凝气地听着，很新鲜，也很震撼。

“举个例子：一个音你听错了，本来是调兵遣将，却听成休息待命；一句话翻译错了，本来是集结兵力，却译成换防休整——失之毫厘，差之千里啊！只有平时认真学习、刻苦钻研，练就一身真功夫，才能在工作时游刃有余、得心应手，不漏过任何点滴的信息，为部队赢得时间和生命。”鲁南的发言结合实际，让我们有了更直观的感受。

全场爆发出雷鸣般的掌声。坐在我旁边的徐志文拍得最响。鲁南和韦英成为了他的偶像。他写了很多问题在小纸片上，由工作人员传递给韦英和鲁南。

“有同学问道，在校期间我们的学习体会、人生的理想和规划。说实话，在校期间，我们真的没有什么人生理想，只想着不要辜负时光，不要让父母亲失望，要对得起国家和军队的培养，好好学习，掌握本领，报效国家和军队。”韦英拿着一张纸条说道。这张纸条肯定是徐志文写的，他的目标远大。

“有同学问，留校考研与上战场建功立业，有矛盾冲突吗？一点都没有。”鲁南也拿着一张纸条说道：“留校考研是为了掌握更多的知识、更多的本领。有了知识本领，才能更好地在战场建功立业。”鲁南的回答赢得一阵掌声。

“这个问题有意思。有同学问，前线的工作生活环境、条件待遇怎么样？危不危险？怕不怕？有没有女兵？好不好找对象？”韦英话音刚落，全场爆笑。笑声停后，韦英说：“前线的工作生活环境，肯定不如学校。大学是象牙塔，花香鸟语、诗情画意。工资待遇肯定比学校高，工作挣钱了，不是拿津贴费了。危险肯定有，但不怕，怕就不当军人了。”这段话给掌声打断了，“军人就是保家卫国、流血牺牲。女兵当然有了，好不好找对象？这个，就看你们各人的本事了。”大家又笑了起来。

“总之，小语种有大作为。英雄是靠平日的学习、勤奋刻苦、点滴积累练成的。只有公而无私、勤而忘我、甘于奉献、乐于吃苦，才能当好无名英雄，当好千里眼和顺风耳，才能为国家、为军队奉献青春和热血，才能树立正确的人生观、价值观和世界观。”又是一阵暴风雨般的掌声。

气氛如此热烈、励志、正能量！毫无疑问，这两个刚刚毕业两年就立了战功、当了英雄的师哥、师姐，成为我们顶礼膜拜的人物。谁都想成为他们那样的人，戴着大红花、披着彩带回来做报告，激励后来者奋勇向前。就连莫玉，见了韦英后也对郑山河放宽了心。她的英雄气概，的确令人敬佩。她和鲁南的到来，为郑山河的工作打开了一道天窗。她还得感激她帮了自己的丈夫。更重要的是，她和鲁南已经结婚，永远也根本不会动摇或影响她和郑山河的小家庭。

郑山河、袁哲陪着鲁南和韦英在学校转转后，刚回到办公室，就看到桌面上由图书馆管理员送来的孙红星和覃红枫的学员证。图书管理员说，有两本杂志也不见了，怀疑是他俩拿走了。这还得了？英模报告会不去听，还偷拿图书馆的杂志！郑山河让朱荔香把孙红星和覃红枫叫到队部。

“你们昨晚报告会不去听，跑去图书馆看书？英雄在你们眼里，都不算什么事？”

“英雄的故事我从小听到大，都记着了。”孙红星很不以为然。

“你这是什么态度？你父亲是老英雄，你就可以忽视年轻的英雄？”

“英雄就在我们心里，已经成为我们的榜样了。”

“还有你，覃红枫！跟着他不去听报告？”

“不是跟着他，是我自己不愿意去的。”

“你倒老实，不打自招了。”郑山河哭笑不得，“你也是从小听你父亲讲故事听腻了？老子英雄儿好汉。怎么在你们这里，就成了差汉了？”

“你不能这样污蔑我们。”孙红星和覃红枫几乎异口同声。

“污蔑你们？昨晚你们忘拿了什么？”

“学员证。”

“还拿了什么？”

“没拿什么。”孙红星和覃红枫对望一眼，说道。

“没拿什么？偷了人家两本杂志！”

“没有的事，我们从来不偷东西。”两人又是异口同声。

“好好想想，是不是你们干的。”

“没有证据，不要乱说人。”

“学员证都紧张得不拿了，还说没证据。”郑山河气得快拍桌子了。

“我相信你们不是偷的，你们只是借的。你看学员证都不拿回来，就证明你们是在用学员证做抵押，借了他们两本杂志回来看，归还时再取回学员证的，对吗？”袁哲教导员出来圆场了。

“对的。我是借了他们两本杂志，太精彩了没看完，想着看后归还的。”孙红星实话实说。

“你们两个人，抄一百遍‘三大纪律八项注意’去！学学怎么叫‘不拿群众一针一线’。”

“太多了，他们还要专业学习。五十遍可以了。”袁哲道。

钟思丹没想到，孙红星、费鹏这几个刺头兵也能这么准时下来集合。队长、教导员都不好管理的他们，那么给自己面子。殊不知，他们这是把拉练当成了游山玩水。这么大群人，走在春天绿油油的小麦田边，走在中原大地的田埂上，不比自己一人或二三人出去逛街遛达好玩得多。

“费鹏，起头唱支歌！”钟思丹说道。

“走在乡间的小路上，唱。”

“走在乡间的小路上，暮归的老牛是我同伴。蓝天配朵白云在胸膛，缤纷的云彩是晚霞的衣裳。”大家兴致盎然地唱了起来。

“停下！唱的什么歌？”钟思丹打断道。

“这不是走在乡间的小路上吗？唱张明敏的这首歌正合适。”费鹏解释道。

“你们是军人，拉练途中要唱军人的歌！重新唱一个！”

“我从垄上走过，垄上一片秋色。唱！”

大家大笑起来。

“费鹏，你是存心跟我作对！心情不好，就别来拉练，自个儿闭门思过去。”自从发生苏菲菲事件后，费鹏的情绪就一蹶不振，做什么事都好像在应付。“吴瑕，起首歌。”

“革命军人个个要牢记，三大纪律八项注意。”吴瑕的声音一起，嘹亮的歌声就飘荡在田间麦穗中。

刘美娜走在田埂上，也不忘展示曼妙的身材，把胸脯高高地挺起来，胯部不时地扭一扭。不懂的人还以为她是因为路窄、走不稳所致。其实，她是故意扭给钟思丹看的。下楼集合第一个到，这一招不灵了。钟思丹只要一见到她，立马躲到一边。她总不能追着他跑吧，只好像现在这样，时不时在他面前扭扭胯，挺挺胸。

刘美娜的一举一动，钟思丹看得真切。自从看了《女性生理结构》和《青春心理学》这两本书，对女性的身体和心理也有了模糊的认识，甚至涌现过一探究竟的欲望。但转而又觉得，这是多么的肮脏和淫秽。刘美娜的姿势和身材越美妙，他这种念头就越强烈。他不想让刘美娜继续污染自己的眼睛，正好一辆拖拉机“突突突”地开过来，就灵机一动，大喊着：“敌人坦克过来了，迅速隐蔽！”

哪有坦克？大家都没反应过来，面面相觑。

“动作快！全部趴路边去，就地隐蔽！”钟思丹又大叫道。

徐志文最先反应过来了，“拖拉机就是坦克！大家快趴到路边！”他平时喜欢看些军事类的著作，对坦克、装甲车、火箭等武器都颇有研究。

“像演戏一样，边斗有坦克。”费鹏用广东话小声嘟囔道。

“这就是在演戏。钟思丹能整出什么幺蛾子？”孙红星差点儿跟费鹏撞在了一起。

刘美娜、覃红枫、周健秀慌不择路，把路边的麦田踩倒了一大片。我没站稳，一脚踩到了刘美娜的脚背上。

刘美娜大叫道："你把我踩疼了！"顺势把我推了一下。

吴瑕伸手把我拉到身边，我才不至于跌倒。

"不要大声说话！坦克开过来了，小心敌人射击！"钟思丹吼道。

"炮都没有，往哪儿射击！"刘美娜不满地撇撇嘴。

覃红枫和周健秀相视一笑。

拖拉机"突突突"地开走了，钟思丹起身，"警报解除！整理装备，继续前进！"

我们一个个站起身，拍拍身上的尘土，惊魂未定。刘美娜故意把衣服拍得啪啪响，在向钟思丹示威。

"保持队形！一个一个跟紧！"

长长的、绿色的队伍在田埂上蜿蜒而行，绿油油的小麦已不是风景，我们倒成了一道风景线。

"传口令：坚持到底！"

第一个传口令的人声音洪亮，越往下传，声音越小。到了我这儿，就成蚊子叫了。

"再传一遍！后面的声音不要小！"

这时，我快走不动了，累得迈不开步子。刘美娜更是不能高高地挺起胸脯了，脚上已走出了血泡。她弯下腰，疼得龇牙咧嘴。

钟思丹好像没看到这些，又在高喊："跑步前进！"

我和刘美娜掉队了。

后面追来了两个老乡，扣住了我和刘美娜。刚才我们躲避“坦克”，踩了麦田，他们要求赔偿。

听到刘美娜的呼救声，钟思丹带着几个男兵返了回来。“这样好不好，老乡，到五六月份麦子成熟时，我们来帮你收麦子，怎么样？我身上还有几元钱，算是暂时赔偿你们的。”

看到钟思丹诚恳的样子，老乡钱也不要了。“本来收割麦子也不需要你们的，但既然你们心诚，那就来吧。”

4月中旬的运动会，是学院上半年例行的文体工作。对学员队来说，是件大事，各个队铆足了劲，都想争第一。那些体育好的人，都成了香饽饽。我这个“体育盲”，以为可以借此清闲三天，不用学习，好好看比赛，好好为运动员加油。袁哲教导员却在晚点名的运动会动员上让我负责八系三队的宣传报道，还是组长，徐志文是副组长。

我从来没干过这个活，心里一点底也没有。徐志文鼓励我说：“不就是写稿子吗？有什么怕的，反正你也喜欢。”

想想也是。写东西对我来说并不难，尤其是这种不需要文采、鼓动性的宣传报道。

“到时你们可得多写，光靠我一个人不行。巧妇难为无米之炊。”我担心地说。

“那当然，包在我身上了。”徐志文拍拍胸口。

有时，我挺为他这种英雄气概所感动。但奇怪的是，我却对他一点感觉也没有。可能是我不喜欢同种类型的人吧。我写诗，对方也写诗，日后夫妻俩不都要喝西北风去啊。这种思想，很影响我的择偶观。

运动会上，全院各系队都围着大操场坐。我们八系三队的位置离主席台很近。我写了稿子，或者宣传报道组写了稿子，还有其他热心学员写了稿子，我就送上主席台。主席台上有一个广播员，还有一个负责挑选稿子的宣传处干部。他对我送去的稿子从来不挑选，直接就递给广播员。我很纳闷，他怎么对我这么好。但这个念头只是一闪而过，连他长什么样也是模糊的。只依稀记得，他好像是我代表新生上台发言时坐在院机关领导席位上专注听讲的教员。广播员是一个长相甜美、声音也甜美的姑娘，我几乎每次都是站在她旁边、等她播完才离开。运动会结束后，八系三队居然给评了个“宣传报道奖”。

比拿奖更高兴的是，安以康坐在我的身后。他所在的是三班，我是一班。如果二班有事不排队，排在最后的我和排在第一的他就是紧挨着的前后两人。他个子很高，有一米七八，我当时只有一米五八。如果谷小粒不在，我就排在队伍的最后一个。我喜欢个高的男子，关键是他的笑，憨憨的，很有特点，笑起来眼睛都不知跑哪儿去了。他跟我说了很多话。这是我们作为老乡，在同一个学员队入学以来说得最多的一次。基本上是他在问，我在答。但从此以后，我就特别想看到他的身影、他的笑。有时走在队伍里，我会神经质地突然回头，看他是不是就在身后。

黄莲和谷小粒参加了运动会的 3000 米长跑。女生一般对长跑都望而生畏。看到袁哲教导员因没有女学员报长跑而略显失落，黄莲主动请缨。如同袁哲教导员对她有一种特殊的感情，她对袁哲教导员也有一种特殊的感情，就如父亲般的依赖和信任。虽然她并不知道自己和袁哲教导员的女儿是同一天生日，但感情会互相传染的。在她的带动下，又有几位女生报了长跑项目。

谷小粒是不需要带动的，早已跃跃欲试，要在运动会的长跑上一显身手，为队争光。其实，她是为她自己争光。如果能在女生们畏惧的长跑中拿得名次，队干部自然又会高看她几眼。只是在运动会报名时，她去打扫宿舍卫生了，这才让黄莲率先报了名。她很不服气，本来可以借机引起队干部注意的。这下倒好，让黄莲抢了先。她暗下决心，正式比赛时一定要跑在黄莲前面，夺回这一局。

黄莲的爆发力比谷小粒强，号令枪一响，就跑在所有人前面。谷小粒在倒数第三，但她耐力好，第三圈时就跑到了第二，紧随黄莲之后。

全队都为她们加油、鼓劲。孙红星、费鹏、徐志文的口号喊得震天响："黄莲第一、谷小粒第二，八系三队了不得！"

刘美娜喊不过他们，不知从哪儿找来了一面鼓，身姿婀娜地敲起鼓来，惹得全院的人不看长跑了，注意力全到了她身上。这也是她颇为得意的——为黄莲、谷小粒鼓劲，却让自己赚足了大家的关注，虚荣心得到了极大的满足。

覃红枫则是找到了一面锣，用锣棰使劲地砸向锣面，咣当咣当，好像打枪那般的畅快。

就在这群情激奋中，就在还有一圈半就可以冲线的关口，黄莲不知怎么突然摔了一跤，膝盖皮瞬间磨破了，猩红的血流了出来。为不影响跟在身后的谷小粒，她顺势翻滚到一边。所有的声音都静止了，口号声、敲锣打鼓声。覃红枫正想冲过去扶起黄莲，黄莲却一个鲤鱼打挺，站了起来。她先是一瘸一拐地跑着，慢慢地加快了步子，最后越跑越快。全场都为她鼓起掌来，广播员也及时喊出了振奋人心又感人肺腑的话语："八系三队的黄莲摔倒后又爬起往前跑。看啊，她从最后又跑到了前面！她超过了第四名，超过了第三名！她获得了第二名！我们要学习她这种坚韧顽强的精神，一不怕苦，二不怕摔！"黄莲成为了全院学习的榜样，尽管她丢了第一名。第三名是谷小粒，她依然还是没能跑在黄莲前面。

周健秀是运动会当仁不让的明星，一个人包揽跳高、跳远和跨栏冠军。此后三年，全院没有一个人能超越她，每次都是她自己破自己的纪录。但在 4×100 米接力赛的预赛上，她犯了个错误。二系一队跑第一棒的人掉棒了，捡起棒继续跑的时候，让周健秀挡了道。原来八系三队在最里面的跑道，二系一队在最外面的跑道。周健秀跑完第二棒后，以为外面的跑道没人了，就走到外面来。她近视眼，没看到二系一队掉棒的人，两人撞上了。我们八系三队本来是小组预赛的第一名，二系一队不服气，向组委会告了我们，取消了我们的复赛名额。进不了复赛的二系一队得以进入，并最终获得决赛冠军。

孙红星、费鹏和一些男生很不服气，吵吵嚷嚷着，说要告回他们。谁让他们先掉棒的，就算周健秀没挡道，他们也不一定能进入小组复赛，更别提冠军了。二系一队真是拣了大便宜了。最后，他们达成共识，在男子接力上也故意掉个棒，再挡他们一次道。反正拿不了冠军，那就牺牲自己，只为把他们男子接力拉下马。刘美娜和覃红枫也是女子 4×100 米接力赛的主要成员，对周健秀的失误很是痛心："好端端的冠军，就这样让人不劳而获了。"说了几句酸溜溜的话后，也声援孙红星和费鹏他们，誓要报复二系一队。

郑山河本是运动员出身，当然希望他所带的学员队能夺标。周健秀这个意外事件，让八系三队痛失一块金牌，他心里也不好受。但用这种方式去报复别人，他心里更不好受，就把大家批了一通。"体育运动的精神是什么，拼搏、健康、向上，更快、更高、更强！不是互怨、互恨、互踩，互骂、互告、互斗。我们不如人家就要使绊子，就要把人拉下来，这种心理太阴暗，太不道德，太不文明了。我们虽然失去了一个冠军，但可以从其他项目夺回来。要赢，就堂堂正正地赢，实实在在地赢，让别人心服口服。不要搞什么歪门邪道、耍什么手段心眼。运动会的宗旨是增强学员体质，培养集体主义精神，并非为了争名夺利。"

郑山河的正气凛然、坦荡宽容让周健秀更觉羞愧，躲到操场一角哭了起来。孙红星悄无声息地跟了过去。自从周健秀在运动会上大放异彩，连夺跳高、跳远、跨栏三个冠军后，孙红星对她的爱慕之心重新燃了起来。实际上，他从未放弃过对周健秀的喜爱。如果说他有初恋，周健秀就是。覃红枫夺去了他的男儿身，但夺不去他的心。他身体可以对覃红枫忠贞，但他的心不能。

“不要伤心了。这事不能全怪你。你为队里争了光，争了荣誉。功过相抵，心里要平衡才是。”

“都是我不好，害得我们队女子接力复赛都进不了，本来可以拿冠军的。”周健秀靠在梧桐树旁，瘦弱的身子哭得一颤一颤的。孙红星看了都难过。

“郑变态和袁不则不是说这个冠军可以从别个项目再拿回来吗？你体质弱，这样哭坏了身子，该如何是好？”嬉皮惯了的孙红星想逗周健秀乐一乐，说出的话却饱含关怀。他自己也奇怪，怎么在周健秀这儿，他的个性就不灵了呢。

“别个项目再拿回来，终究也是丢了个冠军，我们队的总分排名也要落后了。我真是太对不住队里了。”

“这也是。”学院看重运动会的成绩，不亚于外语专业的学习。有的队招生专门招体育尖子，分数不够就以特招生入校。孙红星找不出什么话来安慰周健秀了，就从裤兜里掏出块手绢，递给了她。

没想到，这块手绢可给他惹了大麻烦。他没了覃红枫不说，连周健秀也没了。

覃红枫经过周健秀的床旁，看见枕头上有一方印有红枫叶的手绢，很是惊诧。

“你这手绢哪来的？”

“那天接力赛后心情不好，孙红星递给我的。”

覃红枫的脸霎时变白，二话不说，抓起手绢就走了。运动会上，她看见孙红星去安慰周健秀，心里就不甚舒服了。但想到周健秀因丢了冠军而伤心，也就不计较什么了，但孙红星居然把她送的手绢转送给周健秀。是可忍，孰不可忍。她覃红枫不是软柿子，任由别人捏。

周健秀望着她的背影，一脸茫然。刘美娜提醒她，“这手绢上是不是印有红枫叶？”

“好像是的。”

“覃红枫送给孙红星的。”

“哦，我怎么没注意哩。”

“你给一个个冠军冲昏了头脑。”

“不是。是丢了冠军昏了头。这下麻烦了。”周健秀冲了出去。

覃红枫气鼓鼓地来到孙红星宿舍门口，一脚踹开了宿舍门。

穿着大裤衩在床上四仰八叉背乐谱的费鹏惊叫了一声，赶紧将被子扯开，盖住下身，“失身了！我失身了！”

覃红枫丝毫不理会费鹏的大呼小叫，就当他不存在。实际上，她这时气昏了头，眼里除了孙红星，谁都看不见了。

“说！这是不是你给周健秀的？”覃红枫把手绢甩到了孙红星的脸上。

“是又怎样？”覃红枫一脚踹开门时，孙红星就知道她来者不善。早有心理准备的他，睥睨着覃红枫，一副满不在乎的样。

"你凭什么把我送你的手绢给她?"

"不凭什么，喜欢。"

"你喜欢她就不要来喜欢我。"

"我没有喜欢你，是你上赶着来喜欢我的。"

"你们别吵了！我在下围棋哩，要动脑。"正坐在宿舍中间看棋谱的徐志文，慢条斯理道。

"你出去！别在我这儿影响安定团结!"孙红星指着门口，吼道。

"你才影响我们之间的安定团结。"覃红枫也吼道，并不惧他。

"你出不出去?"

"不出!"

孙红星一把抓住覃红枫的头发，就往外拖。

朱荔香推门进来，看到这一幕，惊呼："你们俩干什么?"孙红星已顺势把覃红枫拽到了门口。

周健秀也来到了近前："孙红星，你放手!"

孙红星放下覃红枫的头发，"这不关你的事。"

覃红枫用手理理头发，整整衣衫，昂首从周健秀面前走过，看都不看她一眼。

紧张的运动会之后，就是河洛市牡丹花盛开时节。临来河洛市读军校前，父亲为了安慰我，跟我说，河洛牡丹甲天下。他不知道，我并未因他没征求我的意见就让有作家梦的我来读军校有想法，当时真的什么也不懂。不过，我却记住了他的话，河洛牡丹花开时，一定要去看看。我还想拍几张照片寄给父亲。母亲的去世对他打击很大，他常常孤独地坐在门口，看着来来往往的人群发呆。每每想起他的背影，我就心酸，即便无法释怀他没让我见母亲最后一面。

吴瑕知道我的心意，主动提出陪我一起去。她最喜欢的是桂花。那也是她家乡杭州的市花。她质朴典雅的性格也像极了桂花，真是一方水土养一方人啊。不过，她说牡丹花雍容华贵，像个贵妇人，要去看看贵妇人怎么胜过小家碧玉的。

我们走出学校大门口，看到费鹏和覃红枫正在吃凉皮。这是用面粉做的、类似于我们南西省的米粉，但我吃不惯，没有汤水。

“林灵，你也来吃一口吧！好吃极了！跟我们南西省的米粉不相上下。”覃红枫远远地向我招着手。

我想走过去，吴瑕扯了我一下，“有费鹏在。”

“我不喜欢吃，没有汤水。我们要去看牡丹花。”

费鹏看见吴瑕，剩下的那半碗凉皮也不吃了，尾随我们走了过来。“你们听说过河洛市的水席吗？那个汤汤水水多，味道好极了，是著名的宫廷菜。我请你们！”

“不要你破费了！你请覃红枫吃凉皮就好了。”吴瑕虽然躲着费鹏，语气里却带着醋意。

费鹏听出来了，“是她请我，别搞错了。她有点音乐上的事要请教我。”

“是我请他的。”覃红枫也跟了过来，“正巧我和费鹏吃完凉皮后要去上海市场新华书店买几本小提琴乐谱，我让费鹏帮忙挑选一下。我们可以一起先去看牡丹花吧。”

黄莲一直有大使梦。来读军校的另一重要原因就是，看到中央首长出访国外，身旁站了一个穿军装的翻译。听了肖长喜教员的故事，学越南语也能当领导人身边的翻译，就激发了学习热情。跟父亲关系的缓和，又让她获得了亲情的温暖。她如虎添翼，期中考试时，成绩从全年级倒数第四一下冲到第四。她想期末考到前三。只有成绩优异，才能被选拔进外交部，她想当然地认为。因此，牡丹花她也不想去看了，要去图书馆学习。

路过操场时，看到篮球场上围了一群人，高声欢呼着，就放不过自己的好奇心，也走过去观看。一个高大俊朗的男生正跳跃起来投篮，那动作真是优美潇洒极了，跟他父亲年轻时很像。她好像给电击了一般，心里“咯登”一下，但很快又平复下来了。父亲的出轨导致母亲的精神异常，让她对男人没有好感，尤其是相貌堂堂、很招女人欢心的男子。她早已抱定此生做一个独身主义者的想法了，转身朝图书馆走去。

这一幕给洪宇宁看得真切。别看他在腾跃投篮，跑动运球，场外发生的一切——谁在为他喝彩，谁在为他加油，他全都眼明心亮。运动会时，他就注意到了这个女孩，3000 米长跑摔了一跤，本来跑在第一名的，落到最后一名，膝盖上还鲜血淋漓，却仍坚持跑完全场，还冲到了第二名。这种顽强拼搏的精神，让他觉得她有种独特的魅力。他找周健秀了解了情况，知道她叫黄莲，是个苦命的人，却一直没机会接近。今天她的到来，让他有了信心。匆忙结束打球，回宿舍冲了个澡，换了身便装，他朝图书馆走去。

黄莲在图书馆的自习室里，找了个靠窗的角落，复习越南语语法。越南语看似比英语好学，没那么多单词要记，没那么多复杂的语法结构，但真正学进去，才觉得越简单的其实越难弄懂。正学在兴头上，突然一阵香风拂来。她以为是槐花香，可窗外并无槐树呀。这才发觉，旁边不知何时坐了一个油头粉面的人，一身华丽的便装——绸缎上衣，七分短裤。再定睛细看，原来就是刚才的扣篮人。她学不下去了，收拾东西走下楼。当她从一楼厕所走出来时，门口又站着这个扣篮人。是不是个流氓呀？她惊慌失措，欲从他面前走过。

“你是八系三队的黄莲吧？我是二系二队的洪宇宁，学英语的，高你三届。我跟你们队的周健秀很熟。”

“我不认识你！”黄莲边说，边快步走过他面前。

“但我认识你！”洪宇宁朝她的背影道。

“你认识没用！”黄莲的声音从背后射出，冷冷的，似一支冷箭。

但洪宇宁却被射中了，如同丘比特的——神箭。

在河洛市赏牡丹，王洛公园是必去的。这里的牡丹花品种齐全，不乏很多珍稀品种，如魏紫、姚黄、赵粉、二乔、白雪塔等，几乎应有尽有，琳琅满目。我们四个人开心得像幼儿园的小孩，手舞足蹈，拿着吴瑕的相机东照照，西照照，差点儿没把相机照爆。吴瑕急得直说：“没胶卷了！没胶卷了！”

费鹏说：“我去买！我去买！”

这时，一位穿着整洁的大姐走了过来，“军官兄弟，可否帮我父母照几张？我忘了带相机。”

费鹏说：“可以呀，大姐。但我不是军官，我是军校学员。”

给这位大姐照了几张后，费鹏说：“我去买胶卷，你们先赏花。我很快就会回来。”

这一买，就没见他回来了。“又去哪里招蜂引蝶、乐不思蜀了。”吴瑕说不清是嗔怪，还是怨怒。

赏花的路上，我们看到一群人，好像在指责、谩骂什么。围在里面的人大声辩解：“不是我！不是我！我是好心扶他的。”听声音像是费鹏。

覃红枫奋力拨开众人，挤了进去。我和吴瑕也紧随其后。

费鹏的身旁，坐着一位老人，好像有些神志不清了。有人问他家住哪里，跟谁一起来的，他神情木木的，不知大家在说什么。

“你以为老人家说不出，就不是你撞的了？他倒下时，只有你在他身边，不是你还是谁？”一位中年妇女指着费鹏，骂骂咧咧的。

“真的不是我。他倒下时，我正好经过他身边，就把他扶了起来。你们错怪我了。”费鹏急得满头冒汗。

“不是你，你能拿出证据来吗？”又一老年男子说。

“你们怎么狗咬吕洞宾，不识好人心。他都说了不是他撞的，是扶他起来的，你们还讲不讲道理！”覃红枫气不过，率先回击。

“来帮手了，好啊。你以为你们是军人，就可以睁眼说瞎话了吗？”中年妇女唾沫星子都快喷到覃红枫身上了。

“你才睁眼说瞎话。说不是他撞的就不是他撞的。你以为你们人多，就可以仗势欺人、抹杀事实吗？”清纯典雅的吴瑕如此的义愤填膺，既源于她的正直，也出于对费鹏日益增强的好感。

“是啊，是啊。如果是他撞的老人，他怎么不溜走？”我也大着胆子，帮着说话。

“你们这几个黄毛丫头嘴厉害啊，看我不教训、教训你们。”一个青年男子面对吴瑕，卷起了袖管。

费鹏站到了吴瑕面前：“别打人！别打人！要打，你就打我好了！”大高个的费鹏黏黏乎乎、软软塌塌的，没有徐志文的英雄气概。换作徐志文，可能要跟他们打起来了。

“你们真是丢河洛市人民的脸了，一群大老爷们欺负四个军校小学员。”刚才叫费鹏帮忙照相的大姐冲了进来，把那个青年男子的手推开。“我可以给这个军校学员作证：他没有撞到这位大爷，是他自己摔倒的。”

“你作证？证据呢？”唾沫星子横飞的中年妇女道。

“证据就是我们的眼睛，我们亲眼看到了。”大姐的父母挤进来，一起说。

“是呀，是呀。没有证据，就不能乱说人。”围观的人群中也有人说话了。

“他不仅没撞倒老人，还是见义勇为，扶起了他。他应该得到表扬。”大姐又高喊道。

这时，警察来了。摔倒在地的大爷也清醒了一些，口齿不清地说："是我自己摔倒的。"

众人渐渐散去。

"你的家人在哪里？"吴瑕柔声问道。

"我一个人来的。"

"那你住在哪里？我们送你回家吧。"覃红枫很热情。

老人说出了他的住址。原来就在我们学校附近。

"警察同志，我们送他回家吧。我们顺路。"吴瑕说。

警察有些犹豫。

"你放心好了，我们是军人，学员，还能把他怎么着。这样吧，我留下我们的名字，学员队名，你们可以随时打电话来问。"覃红枫豪气冲天。

在学院门口下电车后，已经7点了。离7点半点名，只剩半小时，覃红枫和吴瑕都想送老人回家。费鹏说："你们两人就别争了。覃红枫挨过批评，不能再做检讨了；吴瑕表现优秀，也不能做检讨。还是我一个人去送吧，我没少挨批。"

"费鹏，我跟你一起去吧。"我说。

"你去还不给我添乱。你跟她们一起回去吧，别忘了帮我请假。管他们信不信，问心无愧。"

我看到，吴瑕望向费鹏的眼神，已是情意绵绵的了。

队部里，我们帮费鹏请假时，郑山河还将信将疑，以为我们为晚归的费鹏打马虎眼。正在这时，电话响了。他边听边露出了笑容。"警察打来的，你们去点名吧。"会上，他充满自豪和骄傲地表扬了我们四个人。

我们轻松学习的日子没多久，郑山河又挥舞着会操的大棒“折磨”我们了。5 月会操，9 月阅兵，是学院的硬性规定。

每天早上 6 点、中午饭后，下午自习的时间，甚至晚饭后，郑山河将我们拉到操场上，把新生训练时的那套动作重新来一次，且是从最基础的开始：立正、稍息、敬礼、停止间转法、齐步走、跑步走、正步走。整套动作下来，他就发现了不少问题。

“我相信，你们新生训练是做得很好的。要不，也不会拿新生阅兵第一名。可能是我对你们要求不严，让你们在学习阶段的队列训练松散倦怠了，以致到现在，敬礼时还有人手掌向上、左右转分不清、齐步走手臂摆动幅度大、正步踢出去脚尖向上、顺拐，还有人驼背。军人首要一点，就是身板挺直，昂然向上，就像一棵棵小白杨一样地精神。”

我们都知道他说的是谁——谷小粒的左右不分，我的摆臂幅度大，徐志文的顺拐，费鹏的驼背。有些陋习，关键时候可以不出现，比如阅兵，但平时训练中，紧张程度不高，又会犯此类错误。

孙红星的队列动作是很标准的，但他不喜欢郑山河所说的平时对我们要求不严，反而觉得他要求太严了。否则，他也不会给他起个外号叫“郑变态”。“还说不严，我们也要跟着变态了。”他小声嘟哝了一句。

郑山河的耳朵是如此之尖，居然听到了，但一点也不生气。他欣赏孙红星的队列动作。虽爱憎分明，却也爱屋及乌。

“孙红星，出列!”他大声叫道。

孙红星心里说，完蛋了，又撞到郑变态的枪口上了。他不会让自己在大庭广众之下又做200个俯卧撑吧。都怪自己这张臭嘴。但他还是以标准的动作走到了队列前。

“看到了吧，无论任何时候，孙红星的队列动作都是最标准和规范的。不像有些学员，阅兵时做得很好，平时训练就会出现这样、那样的毛病。这不是天赋的问题，这是平时养成的问题。养兵千日，用兵一时啊！希望你们都能像孙红星这样，随时都能拿得出来！随时都是一个标准的军人!”

“还随时拿出来哩，看他平时那吊儿郎当的样。”徐志文不服气地嘀咕着。

“徐志文，你给我到队列前，踢50个正步。每有一个顺拐出现，加踢10个。孙红星入列。”

这时的队伍，没有人敢再出声了。郑山河真是千里眼，顺风耳啊。稍有风吹草动，他一清二楚。他应该到战场上去杀敌的，保管敌人闻风丧胆，丢盔弃甲，落荒而逃。

郑山河没有像厉芬芳那样，用树来作为我们训练提高的武器。他的方法更绝，用的是“抠”。就是一点一点抠你的动作，一个动作可以重复成百上千次——不痛，却累得慌。真是道高一尺，魔高一丈。

我们个个怨声载道，却又不敢给他听到。刘美娜就以不服从口令，来表示她的不满。郑山河发出原地踏步的口令时，她的脚一直在踏，不停下来；郑山河喊停，她也不停。

“怎么回事?”郑山河怒言。

“重复做动作，脚不听使唤了。”

我们轰地笑起来，但马上发现笑惨了。刘美娜被罚跑步50个来回。

“你不是停不下吗？那就不要让脚停下来！”我们集体被罚正步走50个来回，脚踢在地上要发出整齐划一的“啪啪”声。“看是笑声大，还是你们的正步声大！”

一踢正步，费鹏的驼背更明显了。郑山河找来一根细长的树枝，严肃却又带着一丝神秘的笑，对费鹏说：“这是治疗你驼背的灵丹妙药。”他将树枝一头插进费鹏的武装带，另一头贴在他的背上。费鹏不得不挺直脊背。“这根树枝，你要当作宝贝一样，拿到宿舍继续练。孙红星负责监督。”

孙红星怎么会理会这个所谓的任务！回到宿舍，就把这根树枝折断了。“费和尚，你怎么能让郑变态戴上紧箍咒呢？紧箍咒是我老孙的专利。”

第二天，郑山河见费鹏没拿小树枝，明白怎么回事了。一气之下，让孙红星折下十根小树枝交给朱荔香。

“费鹏在宿舍的练习，就交给你了。他的背挺不直，你们的背上都要插上小树枝。”这种罪，孙红星最不愿受。回到宿舍，他把费鹏的背捶了几十下。“再不把背挺直，我就捶弯你的脊梁骨。”费鹏痛得连连求饶。

钟思丹匆匆走进食堂，找到正在吃晚饭的我。“你是不是有个大姐叫林雯？”

“是呀。”我惊了一下，不知钟区队此问何意。

“她正在学校大门口，你去接她进来吧。”

我将剩下的饭菜随便扒拉几口，将碗筷洗洗干净，就赶紧往校门口走去。

大姐林雯是去北京出差，路过河洛市，顺便过来看望我的。她到了学校大门后，门岗将电话打到八系三队队部。正在值班的钟思丹恰巧接到了这个电话。

我将林雯带回宿舍。路上，看着宽阔洁净的校园、井然有序的宿舍、整齐行进的军人队伍，她不无欣喜地说道：“我让你上这个军校好吧，纪律严明、统一规范，穿上军装真神气。关键是不用交学费，还包食宿，发津贴。”

我没有做声。家里面都是大姐说了算，这个军校是我稀里糊涂来读的。我心里很清楚，大姐让我读这个军校，是为了减轻家里的负担。父母亲没有收入，我和哥哥还在上学，靠四个姐姐每人每月给十元生活费度日。

“你还差点儿读不成。你的体育成绩勉强及格，我跟招生老师好说歹说，说你的成绩非常优秀，是尖子生，本来可读北京大学、复旦大学、南开大学的，只是高考发挥失常，分数才不高。”

这倒是真的，这件事我明白。

“还有一件事，幸好在家庭出身那一栏，父亲国民党军官的身份，我给你填的是职员。我考大学那一年，虽然是全省的高考状元，但填的是国民党军官，报的哈尔滨军事工程学院就没录取我，只能去读昆明大学。”

这事我不清楚，看来姜还是老的辣。没有大姐这样填表，或许我真的读不了解放军河洛外国语学院。但没准我就能读其他大学的中文系了，塞翁失马，焉知非福呢？但我不敢说出口，我怕大姐骂我。她是个很强势的女人。

我和大姐回到宿舍不久，吴瑕、周健秀、覃红枫、刘美娜、谷小粒、黄莲就走了进来。吴瑕手里端着饭盒，里面装着包子。她说："大姐，你运气好，今天吃包子。以往吃的都是咸菜、馒头。"

"我还是能吃苦的。我们那个年代，能有窝窝头吃就不错了，这种白面馒头已是最好的食品。'文革'大串联那会儿，我们从南西省走到北京，在天安门广场还见到了毛主席。"大姐说。

"大姐，你见到了毛主席？"刘美娜一脸羡慕的神情。

"是呀，但只是远远地望了个身影。在天安门广场上，他对我们这些红卫兵挥手致意。我们可是光着脚板走到天安门的，不像我这次是坐火车去的。"

大姐拿出在北京买的伏苓饼，"这是用马蹄做的。你们尝尝，味道很不错的。"

正说着话，徐志文走了进来，"大姐好，我这儿有相机。待会儿陪你们在校园照几张相吧。"

"你这相机哪来的？"刘美娜问道。

"借费鹏的。他那儿好东西多，还有录音机。"

徐志文陪着我和大姐在大锅、三道门边的鱼池，还有大门口，照了几张相。"大姐，我洗好再给你送去。"

"你这照相机可以借我吗？明天我自己在校园照几张。"

“好的，我问问费鹏。”

第二天上午，我去上课时，大姐拿着照相机在校园里到处转悠，这里拍拍，那里照照。没提防两个纠察已出现在她面前。

“不要拍照，这是军校！”他们呵斥林雯。

“昨晚还有学员帮我拍照！”林雯有些不解。

“昨晚你就拍照了？”

“对呀。我妹妹在八系三队，我来看看她。”

“你做什么工作的？”

“我是纺织学校的老师。”

“跟我们走一趟。”

郑山河接到军务处的电话后，先把我叫到队部，问了下情况。等他来到军务处，林雯已经走了。

“这是她照相机里的胶卷，我们没收了。照相机还给你们。不过，我们了解到，她的父亲是国民党军官。林灵在你们那儿表现怎么样？我们这可是保密单位。”军务处长说。

“她表现一直很好，文文静静的，不爱说话，爱学习，成绩很好，文章写得也好。”

“招生的时候，你们要了解清楚。她大姐说，给她填个人履历表时，家庭出身那一栏填的是职员。她报哈尔滨军事工程学院时，家庭出身填的国民党军官，就没录取她。”

“那是1960年代的事。现在是1980年代，时代进步了。”

“但脑袋这根弦是不能松的，老郑啊。”

“你们想怎么样，开除她吗？现在考上一个大学多么不容易，百分之五的录取率。”

“我们派个人，到她的家乡去外调一下她父亲，看情况再说吧。”

“我们也去一个人。”

“我们军务处的事，你们去干吗？”

“牵涉我们学员的事，当然要去，不能你们说了算。”郑山河口气很坚决。

“行，知道你老郑的脾气。”

郑山河回来跟袁哲说了这事。袁哲说：“你做得对。我们的学员不能由他们去决定生死，林灵一定要保住。她爱写文章，常在校报上发表；运动会负责宣传报道，又获优秀报道奖。是很有才的一个女学员，不能毁了她的前程。”

“行。那就让钟思丹配合军务处去柳宁市搞外调吧。”

刘美娜好几天没见着钟思丹了。起先以为他在躲着她，但转念一想，故意躲也不用那么长时间呀。他难道不用上班吗？可不要出什么事了。她有点为他担心，就去问朱荔香。于公于私，朱荔香都不想告诉她。这是队里的机密事，关系到一个学员的命运。从保密角度来说，他不能够泄密。从个人感情来说，刘美娜如此关心钟思丹，他很吃他的醋。但只要刘美娜开心幸福，他就是开心幸福的，他不想看到她难过的样子。他只好采取一个折衷的办法，含混其词地跟她说，钟思丹出差去了。但去哪出差，出差干什么，他说他不知道。刘美娜明白他有所隐瞒，但只要钟思丹没出什么事，她也就放心地不深究到底了。

她喜欢钟思丹，采取的是欲擒故纵的策略。一是她脸皮薄，甚至有点骄傲，不可能跟他直截了当地和盘托出；再就是他是区队长，虽然刚毕业，经验尚缺，但好歹也是个队干部，加上那么英俊那么帅，总让人有种高攀不起的感觉。以她漂亮的脸蛋、骄人的身材、聪明的头脑，她不相信钟思丹不会对她动心。只是她在请君入瓮，等着他自投罗网，她便可轻松地瓮中捉鳖、网中捞鱼了。可是，等来等去，她等来的却是他对她的疏远，一而再、再而三，一次比一次距离远。这次，更是离她十万八千里。她觉得，她得改变策略了。再这样下去，她不是守株待兔了，而是让兔子跑了——很有可能会被别人捷足先登，横刀夺爱——她必须先下手为强。

钟思丹在柳宁市的外调工作很顺利。他和军务处的一位参谋在我父亲所在的单位——柳宁市食品公司，找到了我父亲的履历表。虽然父亲官至国民党少校，却是负责后勤军需工作的，没做过什么杀人放火、伤天害理的事。在食品公司工作时，一直勤勤恳恳，任劳任怨，为人谦和有礼，群众反映很好，领导评价也高。

工作后第一次出差，就顺利地完成了队长、教导员交代的大事，钟思丹心情爽极了。他一路快马加鞭地赶回学校，要把这个好消息告诉他们。他把离刘美娜越远越好的念头抛到了九霄云外，等于自己把自己，快马加鞭地送到了刘美娜的怀里。

傍晚，刘美娜在澡堂洗澡时，特意往身上多擦了几遍香皂，尤其是胸部，她是擦了又擦，把两个白白的乳房，揉搓得如桃子般红艳艳的。跟她一块来洗澡的黄莲，闻到了她身上的香味，更看到了那两个鲜艳欲滴的“桃子”。

“巴适得很哪，朱荔香闻不到，也看不到，更吃不到。”她用四川话说。

“哪个是给他闻的，看的，吃的？”刘美娜也用四川话回。

“那你是做啥子吗？”刘美娜诡计多端，黄莲真不懂她。

“爱干净嘛。”

“这干净也是过头了嘛。男人这样香，女人也这样香。”黄莲想起了香飘飘的洪宇宁，脱口而出。

“哪个男人这样香？”刘美娜像嗅到什么似的，警觉起来。

“乱说的，哪个晓得？”黄莲闭口不言了。她可不想洪宇宁被刘美娜包打听。她现在专心学习，平静如水，那种鸡犬不宁、鸡鸣狗跳的事，千万不要扰得她心烦意乱、心神不宁的。

出差回来的钟思丹也是真累了，有人叫他去打羽毛球他也不去。他手长脚长，羽毛球打得很不错，还获过全院比赛的单打第三名。去澡堂洗澡回来后，躺在床上，把这几天的工作想了一遍，迷迷糊糊地就睡着了。一阵轻轻的敲门声好似从梦中传来，他又好像梦游般的开了门。“你来干啥？”看到刘美娜，他清醒了一半。

“教导员让我把鲁南、韦英这两位师哥、师姐的报告资料交给你。”刘美娜从小练字，字写得相当漂亮。袁哲就让她把英模报告会的资料誊写一遍。这是几个月前的事了。

钟思丹侧过身，刘美娜走了进来，还带进了一缕奇异的香气。他吸了吸鼻子，随手把门关上。三年后，当他因和刘美娜谈恋爱被调离区队长职位时还想不明白，当时为什么不接过资料而是让刘美娜进门？为什么又随手关上门让刘美娜有了可乘之机？为什么又不怀疑教导员让刘美娜拿资料给他这件事？难道是她带进来的那股香气迷倒了他？

刘美娜将资料摆在钟思丹的桌子上，看到钟思丹已帮她关了门，放心地“啊哟”一声。

钟思丹赶忙走过来，“你怎么了？”

“桌子上怎么有颗大头针？扎着我的手指了。”

“没有呀。我桌子上哪有大头针？”

“不信，你看。”刘美娜伸出了左手食指。

钟思丹凑近过来时，刘美娜顺势倒入了他的怀里。瞬间，这股奇异的香味席卷了他的全身。这是迷迭香吗？母亲怎么没告诉自己。女人的身体是这般的清香，这般的美妙，这般的柔嫩，有如花骨朵一般。早知如此，他何必做这么多年的苦行僧呢？错过女人，不碰女人，真是枉做男人了。母亲怎么能这么自私，为了自己的情伤，就让儿子孤单。连他的名字也起得那么玄幻，真是暗含了自己的命运——思丹，就是思单啊。幸好世界上有一个勇敢无畏、奋不顾身的刘美娜拯救了自己。要不这一生，真就给母亲毁了。

周日上午，楼道里响起了一阵尖利的哨音，接着是钟思丹的叫喊声，“全体楼下集合！割麦子！带上水壶和毛巾！”

宿舍里难得的没有抱怨声。不是各种各样的劳动让我们麻木了，而是我们早就知道割麦子的事。春季拉练时，我们几个女生不小心把老乡家的麦田给踩了，钟思丹诚心诚意地要帮他们收麦子，他们才放过我们。本来割麦子就是公对公的事情，每年 5 月底 6 月初的麦收时节，学院都要和附近的农民联系去帮忙收麦子，钟思丹不过做了个顺水人情罢了。

“麦田里有蚊子，你们准备清凉油没有？要不要我给你们提前抹一下？”覃红枫从她的百宝箱里拿出一瓶清凉油，挨个递给我们。当轮到周健秀那儿时，她没有停下来。自从发生手绢事件后，她就一直不理周健秀。

周健秀也当没看见，正津津有味地读着男朋友的来信哩，还故意把信纸翻得哗哗响。我们都知道她的意思：我有心上人了。你跟孙红星的事，与我无关。覃红枫哪会不懂，她只是咽不下这口气。

刘美娜磨磨蹭蹭地拿着她的小圆镜，在整理头发。她没必要再提前下楼了，已不需要在钟思丹面前展露她曼妙的身材了。对她的身材了如指掌的钟思丹，跟她约法三章：一不能公开他们的恋情；二不能当众有亲昵的举动；三不能影响他的工作。否则，他就跟她分手。她坚决照办。煮熟的鸭子哪能让它飞呢？与其说钟思丹在限制她，不如说她在控制他。

朱荔香、吴瑕在给我们发镰刀、草帽，谷小粒背着一个卫生箱。她不知怎么又弄了一个队里的卫生员来当。总之，跟劳动和服务有关的，她总能沾上边。印着红十字的卫生箱吊在她又圆又胖的屁股后面，实在有些滑稽。

我们都是第一次割麦子。很多人麦子没割着，倒把自己的手先割了。孙红星和费鹏捂着鲜红的伤口去找谷小粒包扎时，谷小粒错把碘酒当成红药水涂在了孙红星的伤口上，孙红星疼得一脚就把她的卫生箱给踢翻了，药品滚落一地。

“不懂包扎，你当什么卫生员？割麦子去！”

谷小粒也不恼，把药品捡回卫生箱后，把卫生箱扔给孙红星和费鹏，“你俩背着吧！”

她拿着孙红星和费鹏的两把镰刀，左一下右一下，像双枪老太婆一样，成片的麦田就倒在她的脚下。她在农村，常跟父母一起收割水稻。割小麦对她来说，如同杀鸡一般容易。

和她一样有这特异功能的，还有朱荔香。他好像在跟谷小粒较劲似的，也是左右开弓，轻易地就降服了大片麦田。其实，他是在跟自己较劲，割一片麦子就说一句：“谁叫你没本事得到刘美娜，让她倒进钟思丹的怀抱？让你倒！让你倒！”没有人听得见他的话，他已经甩我们一里地了。

徐志文望着他的背影，急得直跺脚，“班长，你还让我们休不休息呀，跑那么远？我这写诗的手怎么能割麦子嘛，我也要去背卫生箱了。”

刘美娜早就不想割了。她根本就没割几根麦子，腰都没弯下来，一直是挺直的。“我的手给蚊子咬了好几个包，真痒啊！覃红枫，拜托你把清凉油再给我涂一下吧。”她边说，边跟钟思丹使了个眼神。

钟思丹就高喊：“休息了！休息了！”

在旁边看着我们收麦子的老乡拿了几瓢冷水过来，覃红枫“咕咚咕咚”地喝了几口，问：“厕所在哪？”

老乡指了指远处的一个简易厕所。我们女生一个接着一个去上都没事，最后一个是吴瑕。她刚进去几秒钟，就发出惊叫：“有人啊！”

费鹏第一个健步冲过去。提着裤子出来的吴瑕，正好倒在他身旁。偷看吴瑕的人溜走了，费鹏却抱得美人归。

经此一吓，吴瑕明白，身旁不能没有一个护花使者。

第十三章

第一学年的期末考试，全年级排名，黄莲第二，从期中考试的第四到期末考的第二，她取得了质的飞跃。但是，以这么优异的成绩，黄莲却没有获评“三好学员”。在开学时的全院大会上，公布了“三好学员”的名单：吴瑕、我、朱荔香和徐志文都榜上有名，唯独没有她的名字。

坐在黄莲旁边的我，当时就感觉到了黄莲的不正常。她在嘴中喃喃自语：“我全年级第二名，全年级第二名，怎么会没有我？”回到宿舍放下小板凳后，她就不见了踪影。

我把自己的不放心告诉了吴瑕，“要不要去找找她？”

吴瑕说：“她现在状态好了很多，应该能控制得了自己。可能是找个地方消解愁绪去了吧。”

黄莲跑到图书馆对面的小树林里，放声大哭：“我的命怎么这么苦？都是这名字惹的祸！我要改名，叫黄甜。”

“要改名，就要吃甜的东西，甜到你的五脏六腑里，甜到你的血液里，甜到你的骨骼里，甜到你的心坎里，你的命就改了，由苦变甜了。”刚从图书馆走出来的洪宇宁，看到黄莲一边哭，一边跑进小树林，担心出什么事，就跟了过来。

“我的事跟你有什么关系？我又不认识你！你给我走！”黄莲抹了把眼泪，正襟危坐道。

“现在不就认识了。你的事就是我的事。战友之间，要互相关心和帮助。其实，上次我们在图书馆就算认识了。”

“真没见过这么赖皮的人。你以为你不搽脂抹粉、油头粉面、香飘十里了，就是个正人君子啊。你以为你不穿绸缎衫、七分裤，就是个好人了啊。再不走，我就要喊‘抓流氓’了。”

“你喊，你喊！看有谁相信你？”一身军装的洪宇宁英气逼人，潇洒帅气，正直诚恳，还真看不出一丝流氓的样。

“呜呜呜！”黄莲又放声大哭，“怎么什么人都合起来欺负我啊？怎么没有人心疼我啊，呜呜呜。”

“哈哈哈，哈哈哈。”洪宇宁放声大笑。

“你笑什么？”黄莲瞪了他一眼，“幸灾乐祸，恁不厚道。”

“你自己要苦，谁都帮不了你。你只有自己让自己甜起来。我们去摘苹果，怎么样？”

“我没有钱。”

“那我们就去偷。哪样开心，我们做哪样。”

黄莲想，与其在这儿哭，不如跟他去玩。大白天的，谅他也不敢做出什么事来。他们从后门出去，来到一个苹果园里。洪宇宁跟黄莲说：“我负责偷，你负责装。我偷一个，你就装一个到书包里。”

黄莲书包快装满时，不知从哪儿跑出一只狗来，对着他俩狂吠。

洪宇宁抓着黄莲的手就跑，却和孙红星、费鹏撞在一起了。原来狗是朝他俩叫的。四个人跑出很远，回头一看，狗没追来——它给铁链子拴住了，人却追了出来，手里还拿着一本越语书。那是孙红星慌不择路时掉的，上面写着：“八系三队，孙红星。”

这本书摆在了郑山河的桌面上，费鹏、孙红星没有供出黄莲和洪宇宁。他们很害怕黄莲再受刺激。

“果农说有四个人的，另两人是谁？”郑山河挺恼火。怎么什么事都有费鹏和孙红星？偷苹果都给抓个现形！

“我们真不知道。当时只顾跑了，没看清那两人是谁。可能是别个队的吧。”孙红星一副打死都不说的样。

“你们呀，你们呀！让我怎么说你们好呢？”郑山河用手指着费鹏和孙红星，一副恨铁不成钢的样。“你们不是跑得快吗，果农都追不上？现在去操场给我跑五圈！跑完了，才去吃饭！”

“郑山河又变态了。”费鹏走出队部办公室时，忍不住说。

“他一直都变态。”孙红星不以为然。

黄莲寻开心不成，却寻来了打击。她骂走了洪宇宁，“你根本不是开心果！你就是颗扫帚星，跟你在一起就是倒霉。”

她躲在图书馆，怕郑山河和袁哲找到她。一直到晚上熄灯前、大家都忙着洗漱时，她才回来，也不去洗漱，直接钻进被窝里。晚上，大家又听到了那种略带哀伤的梦呓：“不是我偷的！不是我偷的！不要抛弃我！不要抛弃我！”

吴瑕忙下床，来到黄莲的床边，“黄莲，你醒醒！你醒醒！不要再说胡话了！”我也跟了过去。

覃红枫拉亮灯，“给她喷点六神水，清醒一下。”她从床头柜的百宝箱里摸出一瓶六神水。

“灯先别开！今天值班的是袁不则。该讲原则的时候，他比郑变态都变态。小心为妙。用手电筒吧。”周健秀边说。边递给吴瑕一个手电筒。然后，把灯拉灭了。

六神水一喷上脸，黄莲腾地坐起，“啊，出什么事了？又要紧急集合吗？”

“你说梦话了。”覃红枫看她这样，没好气地说。

“我说什么了？我没说什么吧？”

“对。你没有说什么，没有说什么。安心睡吧。”吴瑕拍拍她的背。

“还没说什么？都快给你吓死了！”刘美娜冒出一句。

“就你话多！赶紧睡，明天一早又要出操。”周健秀怼了她一句。

起床号响了，吴瑕走过来跟我耳语，“一步不离地跟着黄莲，我去跟教导员汇报。”

袁哲听吴瑕汇报完，直后悔：“都怪我疏忽了。黄莲的

‘三好学员’我是报上去了，院里没批。因为‘三好学员’不仅要学习好，还要品德好、身体好。可能因为之前她偷东西那件事闹得院里对她印象不好，没有批，但也没通知我们，就在大会上宣布了。这里面有误会，我找他们谈谈。你把黄莲叫过来，我跟她解释一下。”

肖长喜教员走上讲台时，本就笑眯眯的脸更加笑眯眯了。他咧开那张标志性的大嘴道：“你们有没有兴趣拍一部教学录像短剧？”

“拍电影？是要拍电影吗？”教室里瞬间炸开了锅，大家兴奋异常，七嘴八舌地议论开来了。

“没想到我们也能演电影，上大银幕，当电影明星！”孙红星把课外书合上，一把推上抽屉门，昏昏欲睡的他像打了一针强心剂，精神振奋了。

“我毛遂自荐演男主角。谁让我长得这么高大俊美！”费鹏得意洋洋道。

“你演勾引妇女的流氓、汉奸还差不多。”覃红枫笑得合不拢嘴。

“我勾引妇女？妇女勾引我的，好吧？”费鹏不满地回击着。

“那是，那是。我毛遂自荐演女主角，决不被你勾引，更不勾引你。”刘美娜扑闪着她那长睫毛，很自信地说着。

“你演女主角？你哪有一点像越南人？你演美女间谍还差不多。”孙红星指着刘美娜，笑得前仰后合。

坐在他后面的徐志文把他的脑袋往前一推，“肖教员，是什么题材的？需要编剧吗？”

肖长喜正一脸慈爱地看着这帮热闹的孩子们，没有听到徐志文的话。

“肖教员，徐志文问你是什么题材，需要编剧吗？”朱荔香把手举起来，向肖教员示意着。

肖长喜听到了，平摊着双手，往下压压，“同学们，静一静！听我说！”

大家停下了笑闹。

“你们刚才说的，跟我们这个电影的内容很契合。”

“很契合？就是说美女汉奸的故事？”孙红星专注地望着肖长喜。他上课从来没有这么认真专注过。

“不是美女汉奸，”肖长喜嘿嘿笑着，“就是一对夫妻在新婚之夜，丈夫给抓了壮丁，妻子又给区主席强奸了，就盼着丈夫回来报仇。就是这么一个简单的故事。”

班里又像热水煮沸了一样，扑扑地翻滚着热浪。

“这不就是美女汉奸的故事吗？刘美娜就演那个妻子，费鹏演那个区主席。至于丈夫吗？老朱演了，让他戴一顶绿帽子，哈哈哈。”孙红星笑得简直要在地上打滚了。

“越南女人哪有那么漂亮的？‘哥枫’演最合适。她最像越南女人了。”徐志文纠正道。“哥枫”是越南话 cofeng 的中文音译。

覃红枫白了一眼徐志文，“你才像越南男人呢。”不过，能演女主角她也很高兴。“丈夫由朱荔香演最合适。他成绩好，口语也很好，关键是长得像越南人。”

“‘哥枫’你口语更好，标准的越南语发音，妻子就是你演了。区主席由费鹏演。”朱荔香几乎是一锤定音了。

“好好好，等着看费美男在大银幕上怎么勾女。”孙红星得意地朝着费鹏笑。

“放你的猴屁！我等着看你在大银幕上怎么做狗腿子。”

课堂上笑成了一锅粥。肖长喜教员看着我们开心，他更开心了，那张大嘴一直就没合上过。

电影还没开拍，又来了一个更好的消息：队里要选拔一些同学去国外留学。但当时我们都很年轻幼稚，不知道这是一个改变命运的时刻。

洪宇宁懂，他刚毕业留校，在二系当参谋。他找到黄莲，跟她说：“你不是想当外交官吗？这是个好机会。军校外语生如果能被选派出国留学，毕业后有可能进入驻外大使馆当外交官，很符合你的理想。”

黄莲给他说动了。没想到这个扫帚星、灾星还是颗福星，给她带来个这么好的消息。她本来都不想理他了。

黄莲去跟袁哲教导员说了自己的想法。在队里，她最信任的人就是袁哲。从他的身上，她感到了一丝久违的父爱。郑山河队长虽然对她也挺好，但她总有点怕他。

“这次出国留学不要女的，很遗憾。你好好学习，看毕业时有没有机会吧。但是，一定要加强心理素质的培养。现在，父亲不是经常给你写信了吗？慢慢修复跟他的感情。有他的爱在，晚上就不会说梦话了。还有三年时间，好好努力吧。”

黄莲使劲地点点头，眼泪在眼眶里打转。

孙红星和朱荔香都在这一批出国留学的选拔名单里，但最后两个人都没去成。

郑山河和袁哲出于爱才，不想这么聪颖的孩子荒废了自己，就给孙红星一个机会，让他在国外陌生的环境里磨练一下。孙红星对出国留学倒是可去可不去的。得知自己居然入选，还有点小骄傲——我这种人都能被选上，说明我还是可造之才。

覃红枫就不这么想了。她可不想孙红星离开她。自从发生了手绢事件，她把孙红星看得很紧，须臾不离他半步。如果孙红星真出国了，天远地远，说不定饱受寂寞之苦的他会泡上一个洋妞。

“你是不是真想出国了，那边有无数个周健秀？”在小乐队的排练室里，覃红枫拿着费鹏的吉他，左一下、右一下地乱拨，拨一下就问一句。

孙红星不喜欢听到她提周健秀，赌气说：“我就是想出国，就是想找个洋妞周健秀。”

覃红枫给他气着了，把吉他朝他扔过去。孙红星避开了，吉他落在刚进门的郑山河身上。

郑山河球打得好，音乐也好，在小乐队里吹黑管。不用说，两人又挨了郑山河好一顿批。“都报你出国了，还不知道珍惜？”

“队长，我也要出国。”覃红枫不敢摆明她和孙红星的恋爱关系，只好旁敲侧击。

“你们这个样子，谁都出不了国。”

郑山河的话应验了，却不是他的原因，是系里不批。孙红星的调皮捣蛋全系都有名，跟覃红枫一吵架，揪住她的头发就耍横，无论在教学楼、图书馆还是宿舍。

孙红星落选了，才知这是一个良机。学越南语的毕业后大多分在南西省、南云省边疆地区，条件艰苦，发展受局限。如果出国留学，有可能进入驻外大使馆当外交官，很风光、很荣耀，有地位、有前途。这是在军校学外语最好的出路。

他对郑山河有成见了。平时老看他不惯，动不动就批评他。这次肯定是他使绊子，说不让他去就不让他去，真是说到做到。这样一想，他就有点破罐子破摔了，早操不出，课也无心上，整天拿着长笛在宿舍里乱吹。这一吹，就给偶然路过的吴建峰院长听到了。他到系里跟系政委说，八系三队是谁，上课时间还在吹笛子，给个警告处分。

郑山河和袁哲联名给系里写信保孙红星，郑山河还把责任往自己身上揽，说是自己让孙红星练长笛的，八系三队小乐队马上要有演出了，系里才没给处分。

朱荔香很疑惑。他去训练场练武，教练为什么对他那么凶，一见到他就说：“朱荔香，你不要来了！不要来练武了！”朱荔香想问问原因，但教练不让他说话，只是不断地重复，“你今后都不要来了，我不要你这种人。”之后，就当他空气般的存在，不再理他了。

《少林寺》《霍元甲》电影、电视剧的热播，掀起了全国的习武热。朱荔香壮壮实实的身材最适合练武，耍大刀。去少林寺回来后，禁不住孙红星、费鹏的撺掇，他加入了学院武术训练队。

武术教练叫常力劲，是学院的体育教员，武艺高强，表情严肃，不拘言笑，那种又酷又帅的样子颇似日本电视剧《姿三四郎》中的日本武士姿三四郎。他非常认真，要求很严格，每天都要学员练压腿。学员两手背在后腰撑地而坐，张开两腿，他帮忙按压，骨骼撑开的"格格"声都听得到。有的学员柔韧性较差，疼得哇哇叫，眼泪直流。但名师出高徒，学员们的武艺大有长进，踢腿，空手翻跟斗，还有少林拳、少林棍、少林刀都像模像样。

不明真相的朱荔香，依然天天去练武场。常教练不理他，他也觉得非常别扭，私底下问队员，到底是什么原因把他给开了，很多队员都说不知道。

后来，有个队员悄悄问他："你前不久是不是请假上门诊部了？"

朱荔香说："是啊，我感冒发烧了，跟常教练请了假，有两三天没有来。"

"这就对了。"他说，"孟杰在你请假不来时，练武拉伤了去门诊部治疗，医生跟院长说了这件事，院长就在学院交班会上批了常教练。孟杰没有向教练请假，教练不知他去过门诊部，就以为是你告的状，才这么恼火的。"

原来如此。朱荔香觉得真冤，多次想跟常教练解释，但他就是不理他，也不让他说话。朱荔香希望孟杰能跟教练说一下，但他也害怕，担心常教练把他也开了。这样继续去练武毫无意义，朱荔香也就不去了。他把队员集体订购的一把很长的武术大刀——很漂亮，一甩出手就呼呼作响，还有一个刀鞘——花 26 元买的，只好以 20 元转卖了。当时的津贴费 6 元，他存了 5 个月才买下的。他对这把刀爱不释手，担心被偷，一直藏在床垫下，睡觉时也是刀不离身。

钱损失了，还被开除，朱荔香的心情很不好受。更不好受的是，常教练把他告到了系里，说他道德品质不好，背后打他的小报告。因此，系里自然就取消了他出国留学的资格。

郑山河把朱荔香叫到队部，跟他说了这件事。“你各方面表现都很优秀，符合选拔的标准。真的很遗憾。”

他以为朱荔香会很难过，朱荔香却说：“没事，队长。我也不想去国外留学。”

郑山河惊呼：“为什么？队里很多人都想去啊。”

朱荔香不做声，心里的秘密是不能说出来的。他怎么能离开刘美娜呢？他是她的守护神。就算她现在投入到了钟思丹的怀抱，潜意识里他却总觉得，她最终是要回到自己怀抱的。

“既然不想去，那就不去吧。我和袁教导员也不相信你是品德不好的人。你和武术教练常力劲之间一定有误会，找个机会帮你们消除一下吧。”

朱荔香真心谢过郑山河。出不出国，他无所谓，但他的名誉不能受损。他不是背后爱打小报告、道德品质不好的人。

1985年，部队换了新军装，取消红领章、红五角帽徽，戴起了大檐帽，开始佩戴圆形八一红五星帽徽和肩领章。本来要实行军衔制的，却因百万大裁军延迟了。这身新军装，无疑比原来的更神气、更精神、更带劲。

刘美娜去烫了头发。她觉得，时髦的发型才能配得上新型军装，原来的直发太老土、太过时了。原以为烫发不过肩，就不算违反规定。可那个像非洲人般满头卷曲的"爆米花"让全宿舍的人笑弯了腰，也让纠察把她逮了个正着。一缕卷发俏皮地露出了大檐帽，怎能逃过警通连那些纠察犀利的眼睛。换了新军装后，军容风纪要求比以前更严了。

刘美娜向这帮憨直的纠察兵们忽闪着美丽的大眼睛，又露出那对深深的酒窝朝他们甜甜的笑。哪知纠察兵丝毫没有醉倒，疾言厉色地问："哪个系、哪个队的？"

一招不行，刘美娜又来一招："一系三队的。"

纠察兵们深信不疑，倒不是因为受她的美色所迷惑，而是他们当时正站在一系的地界上。

撒了谎的刘美娜心里也是慌的。万一查下来，这欺君之罪，她担待不起，就找到钟思丹，希望他能跟警通连说一说，度过这一劫。

钟思丹一听，脸色大变，根本就不敢帮她。他跟她的恋爱处于地下状态，这一说不就暴露了两人的关系。再说，他是区队长，学员犯了错，他不仅不批评，还去说情——这顶乌纱帽还要不要？

"你说，保住我们的爱情重要，还是通报批评重要？"

他知道刘美娜是不会拿爱情做交易的。在他一顿雨点般的狂吻和火一般的抚摸下，刘美娜又想献身了，钟思丹及时制止了她。刘美娜启动了他的情欲按钮，让他饱尝男欢女爱的快乐，但他也不会拿他的事业和前途做交易。一旦刘美娜怀孕，他知道那意味着什么。

费鹏和孙红星没有刘美娜这么幸运，只是通报了事，他俩给直接带去了警通连。因为不认为头发过长，他们跟纠察据理力争。

“你们的头发比我们的还长。不信，你用尺子量一量。没有尺子，那就用手。”孙红星用手比划着，并试图去测纠察的头发。

纠察个个牛高马大，人又凶神恶煞，岂是个儿不高的孙红星够得着的？他们一挥手，就把孙红星给撂开了。

“你们怎么打人？”费鹏个子跟他们差不多，上去推开了纠察的手。“不要欺负弱小的人！要打就打我！君子动口不动手！”

纠察以为他是来干架的，正准备再挥一下手，却给他后面这句话弄笑了。这是一个既勇敢又懦弱、既仗义又胆怯的学员，怎么敢跟他们动手？

“跟我们回警通连，通知你们队长来领人！”

孙红星想偷溜，不跟他们走，但还未转身，高大挺拔的纠察已站在他的身后了。

“反抗无效，乖乖地跟他们走吧！”费鹏劝道。

这一幕，恰巧给经过的谷小粒看到了。警通连的纠察居然把我们的学员带走，她觉得这是天大的坏事，又觉得是天大的好事。对于她来说，得赶紧把这个消息告诉队长。她脚底生风，跑到了队部，一五一十地把纠察怎么查孙红星和费鹏，又怎么对孙红星挥手的经过描述给了郑山河，没有一丁点的添油加醋，不会也不敢添油加醋。

郑山河一听，脸都气白了。“警通连的兵还敢打我们的学员？他们吃了豹子胆了？”他用力朝桌子上一拍，桌上的纸张飞了起来。“就算军容风纪不整，也不能动手打人！”

一旁的袁哲也很不满。“老郑，你赶快去警通连看看！”

警通连的电话打到队部时，郑山河已经到了警通连。

“你们警通连怎么能对学员动手？我带回我的学员，你批评你的兵！”郑山河的火爆脾气，全院都有名。

警通连连长赔着笑脸说：“这里面一定有误会。郑队长，你消消气！我让这两个纠察来跟你赔礼道歉。”

“道歉就不必了，我的学员先有错。”连长的好态度，让郑山河气消了不少。

这番话，孙红星和费鹏听得真切。他们七上八下的心平复了下来，一块石头落了地。原以为给带到警通连，郑山河来领人，不死也得掉层皮。哪知郑山河对内严格，对外却是保护学员的。

“你上次宿舍吹长笛，吴院长听见了要处分你，也是郑变态保了你。”

“当真？”孙红星不信。

“千真万确。”

“那你怎么不告诉我？”

“没想起来呀。”

孙红星擂了费鹏一拳。“该说不说，不该说又说！”

郑山河晚点名时，说了一番振聋发聩的话。“新军装发放后，军容风纪要求严了。我们女学员烫头发的有，男学员留长发的有。我知道你们爱美，但军队有严格的纪律，要求整齐划一、规范统一。谁逾规，谁就要受惩罚。我不允许我的学员们挨通报批评，甚至给带到警通连，丢我们八系三队的脸。从现在做起，从头做起！我们队干部先理个光头，你们男生都给我理光头！让警通连的纠察失业！”

郑山河脱下了帽子，露出了一个锃亮的脑袋，袁哲、钟思丹脱下帽子，脑袋也是亮闪闪的。

“啪啪啪。”男生们犹豫了一下，纷纷都鼓起掌来。

“我们女生怎么办，也剪光头吗？”覃红枫叫道。

“女生不用。想剪的话就剪个小平头。”郑山河说。

覃红枫真剪了一个小平头。这让她更像假小子了。在她的带动下，我们队女生几乎都剪了小平头。反正头发都要剪短，那就让它短下去吧。

上公共课时，一脱帽，八系三队白花花的脑袋，差点儿亮瞎了哲学教员马东革的眼睛。他摘下眼镜擦了擦。“读哲学，使人心明眼亮。你们这一个个灯泡，不用学，心都亮了。”

其他队的学员哄堂大笑，只有我们队的学员没笑。

孙红星照样趴在桌上睡觉，坐在他后面的刘美娜把手伸到他光头处，比比是她的手白还是他的光头白。孙红星感到后背一阵发凉，还有私语声，猛一回头，刘美娜下意识地尖叫起来。整个阶梯教室的人都望着他们，还有马东革老师。“你们两人咋回事？雄鸡一叫天下白？”马教员打趣道。

“是母鸡叫，马教员。”孙红星气不过，又回头说了句刘美娜，“比你的钟思丹去。”

奇怪的是，剪了光头的男生和剪了小平头的女生，训练起来的劲头比以前更足了，喊出的口号也比以前更响了。郑山河带领我们在操场上跑步，练军姿，别个队的女生们数着我们男生的光头，男生们数着我们女生的小平头，眼睛看花了，手指点累了，依然数也数不清。我们丝毫不受他们影响，反而受了激励般精神振奋，中气十足。练习意志更坚韧顽强，队列动作更规范标准，无论下雨还是日头曝晒，都不为所动。这一年的国庆阅兵，我们队拿了第一，被誉为“光头八系三队”。

10 月下旬，我们日盼夜盼的电影终于开机了。电影片名叫《报仇雪恨》。未曾想，演员私下里都憋着一股劲要报仇雪恨了，弄得肖长喜教员直呼戏假情真，他这个导演轻松了不少。

第一场戏是新婚之夜。郑山河在学院大门旁帮忙找了一间低矮平房，费鹏按越南穷人家结婚的样子，在房间靠墙处放置了一张简陋的大床。床上有被子和枕头，墙上还贴了大红“囍”字。费鹏除了做演员，还做副导演、剧务、美术和音乐编辑，比谁都忙。

朱荔香和覃红枫坐在床沿上。郑山河和负责摄像的电教中心毛军教员成了导演嚷嚷着：朱荔香要把手放在覃红枫的肩膀上，跟覃红枫脸贴着脸，柔情蜜意地用越南话说："阿梅，我爱你!"覃红枫也同样深情地看着朱荔香说："阿成，我也爱你!"

朱荔香第一次拍电影，从来没有如此近距离地接触异性，只觉心跳加速，浑身燥热，说不成句。连续拍了几次，都不成功。

肖长喜、郑山河和毛军三位导演不停地安慰他："这是拍戏，别紧张。想象一下新婚之夜新郎对新娘说的甜言蜜语，就好了。"

覃红枫却很放松。从没拍过戏的她正和孙红星谈恋爱，显得很老练。"你就这样把手放在我的肩上，这样握着我的手，这样看着我。孙红星又不在这儿，你怕什么?"最后这句话她是跟朱荔香耳语的，郑山河没听到。

还是她的最后这句话起了作用。为避免干扰，新婚之夜这场戏除了两位演员和三位导演，其他人禁止入内。朱荔香一直不入戏，就是担心孙红星盯着他看。实际上，孙红星的确趴在外面墙上透过窗户在往里看，他吃醋了——朱荔香对覃红枫这种亲昵的举动。终于，他逮住一个机会报仇雪恨了。

在朱荔香扮演的阿成被抓去当壮丁时，扮演区政府主席的费鹏和扮演狗腿子的孙红星、徐志文将阿成押上卡车。阿成不愿走，其中一个狗腿子用枪托打阿成，阿成被强行推上卡车带走，覃红枫扮演的阿梅痛哭，几名群众敢怒不敢言。阿成被狗腿子用枪托打时，孙红星扮演的狗腿子下手很重，朱荔香的屁股被狠狠打了两枪托，拍完戏好几天了还隐隐作痛。

在场的徐志文看得真切，说："老朱啊，谁叫你新婚之夜动了人家老婆呢？人家借机报复了。"

朱荔香揉揉被砸疼的屁股，自认倒霉。

费鹏拍戏的这段时间里，忽略了吴瑕。他以前就像吴瑕的跟班似的，鞍前马后地伺候着，端茶倒水地服务着，为她去图书馆占位，为她借阅日语资料，为她去书店买书。而现在，他是神龙见首不见尾，吴瑕要见他一面比登天还难。他基本上早出晚归，吃饭都很少去。他要忙的事太多了，写分镜头剧本，场地、道具、服装要准备，拍完后的剪辑、配音和音乐编辑要完成。好几个晚上要在电教中心熬着，协助电教中心毛军教员做好电影的后期工作，潜心研究每场戏的音乐风格。有时还要出外买盒带，一点点地听并编辑。

吴瑕干脆彻底地忘掉费鹏，专心致志地学习，好似之前跟他谈的是一场假恋爱。她失恋过一次，再失恋一次也不算太难过。她向来就很理性和成熟。

费鹏电影的事忙完后，来找吴瑕了。吴瑕哪还会搭理他，当他空气一样的存在。费鹏只好在我这儿找突破口了。那时流行琼瑶的小说，他买了好几本送给我。条件之一就是，让我帮他传纸条给吴瑕。这几本琼瑶小说的确打动了我，关键是他那副可怜兮兮的样子让我忍俊不禁——一向高傲的王子，也有屈尊求人的时候——当起了他们的信使。

费鹏去电教中心做电影后期时，经过电教中心值班室，探头进去看了一下。里面屏幕很多，有很多当时是很开放的外国电视节目，他受了影响。吴瑕这一不理他，让他很是惶恐不安。他是不能失去吴瑕的，她好似他的命根子。要把她牢牢地抓在手，就得突破男女关系最后一道防线。他忘记了吴瑕有可能会怀孕；忘记这一怀孕会对品学兼优的吴瑕，还有才华横溢的他，造成多大的伤害和危害。

我萌发了向解放军外国语学院院报投稿的念头，是在跟徐志文打乒乓球时。那时，解放军河洛外国语学院已改名为解放军外国语学院，去掉了“河洛”两字。教学楼的大教室里放了一张乒乓球桌。我在初中时就在家里的墙上练习乒乓球，又在中学的石砌乒乓球桌上跟同学对打，在没有教练的情况下，练得一手不错的乒乓球技。徐志文打不过我，就问：“你向院报投稿了没有？”

我说：“还没有。”

他说：“我去投过了。那位叫汪文华的校报编辑还问我，你们队那个叫林灵的怎么没见来投稿。”

“哦，好不好发表呢？”我很担忧。这么多人向校报投稿，我的会不会石沉大海。

“我觉得汪编辑挺和善的，写得好他会发的。他还夸你在新生大会上的发言稿写得很好哩。”

一个秋日的下午，在温暖的秋阳下，我穿过那片绿草如茵的操场，路过那棵飘香的桂花树，走进了中心马路右边的学院机关办公大楼。秋天是学院最美的季节，中心马路那两排金灿灿的梧桐树叶好像要燃烧起来，仿佛一幅天然油画那般的壮美。而我写的这篇稿子，正是散文《秋之思》。沿着学院机关办公大楼弧形弯曲的楼梯，我走上了二楼。左边的第二间房的门开着，上面挂着牌子：宣传处。我轻轻地敲了敲门。一个温和的男中音说："请进。"我知道，他就是汪文华编辑了。他面带微笑地望着我。此时，我才看清他的长相：炯炯有神的大眼睛，高挺的鼻梁，坚毅的嘴唇，好一个英气又文质彬彬的军人。他看了一下我的稿子，说："好！下一期就发你的！"

这么快，这么确切——我有点不相信这是真的，而这又是的的确确存在的。半个月后，《解放军外语学院院报·绿园》上，我的《秋之思》赫然在目，位于显眼的版首。之后，我给他的文章，他篇篇都发，几乎都放在版首。有一次，我写了一篇怀念友人的文章，想在她生日那一天发表，他就撤了其他稿子，放上了我的这一篇。有一次，我给了他一篇比较长的散文，他就用三分之二的版面发了。走在路上，都是他跟我先打招呼。"你去哪儿？"他并不叫我的名字，而是和善地望着我，用那浑厚的男中音问道。他给我的，都是这么美好的感觉。我就不免想，如果他跟我提出来，我是一定会答应的。可是，人生就是这么捉摸不透，我先跟安以康提了出来。多年后我才想明白，这叫"近水楼台先得月"。

河洛市电视台喜欢放香港电视连续剧，继周润发、赵雅芝主演的《上海滩》后，又接着放汪明荃主演的《万水千山总是情》。很多同学又搬着大凳子到大教室占位置。我没有追这部剧，因为没有我的偶像周润发。一日晚自习，我从教室门口走出，安以康正挥舞着他瘦长的双臂，唱着《万水千山总是情》的主题歌《万水千山总是情》从我面前经过，走向大教室。他是用粤语唱的，我父亲会讲粤语，我听得懂。汪明荃唱的是一种味，他唱的又是另一种味。就是这一瞬间，我觉得我爱上安以康了。爱情这东西，真是说不清，道不明，不知不觉间，你就陷了进去。

我不知道我怎么会这么勇敢，表面文文静静的，心里却如火般炽热。我先给安以康写了一封信，那时已放寒假。他的通信地址，我是偶然得知的。放假前一天中午，经过他们班教室时，他班里的一位女同学邀我进去坐坐。教室里四下无人，我就跟着她走了进去。其实，我是想去安以康的座位上看看。我对他的一切都产生了兴趣。

“这期黑板报出得真好！插图这么漂亮，字也写得好。”我借故去看教室后墙上的黑板报，走到了最后一排。我想，安以康个子这么高，肯定在最后一排。

“安以康出的。”

“哦，他这么有才。”我装作很平静，其实心里有些激动。

“他多才多艺，唱歌、书法、打球都擅长，是我们班的团支部书记。”

“这是他的座位吗？”我装作漫不经心地问道。

“是他的。”

我看似随意地浏览他的课桌，实则在用心观察。桌上有一封信，是他家里寄来的。我记下了他的家庭地址。还有一个摊开的歌本，扉页上画着一对男女在奔跑，女的胸脯勾勒得丰满圆润。还敢这样画女人，我好像有点吃醋了。

安以康收到了我的来信，真的找来了，按照我给他的家庭地址。我只是试探着问他，可以来我家里玩玩吗？

他坐在椅子上，我坐在床沿，我的房间很小。我们有一搭没一搭地说着学校里的事。突然，我冒出了一句："我爱上你了！"我低垂着头，心扑扑直跳。我的声音很小，但他听见了。

我看见他的脸涨得通红，沉默了许久，他起身说道："家里还有事，先走了！"

之后，他告诉我，那天回到家，他蒙住头睡了一天，饭也不吃。

黄莲这个春节，是在洪宇宁家里过的。她不是被绑架去的。再说，洪宇宁怎么绑架得了她呢？她不愿意做的事，就是把刀架在她脖子上，她也坚决不从。

她是自觉自愿去的。她无家可归，有人愿意收留她也是好的。她慢慢看出来，洪宇宁对她是真心的。他不像外表那般公子哥儿、纨绔子弟，他的内心很厚道，很质朴。

"到我的家乡去看看桂林山水吧，甲天下啊。跟你们四川的峨眉山、乐山大佛是完全不一样的景致。"在图书馆，洪宇宁发纸条问黄莲。

只要有时间，洪宇宁都来给黄莲占位子。他在二系，离图书馆近，顺便也给自己占个位子。坐在黄莲旁边，他基本上不用看书，闻着她的气味，都觉得吸收了知识。她的侧面就像

《魂断蓝桥》的费雯·丽，高挺的鼻梁，微微卷曲的头发，看一眼他都会醉倒。正面则像《罗马假日》的奥黛丽·赫本，大大的眼睛，性感的嘴唇，俏丽而又活泼动人。他们英语系有外国原声电影视听课，他看黄莲如同看了电影，一举两得。

黄莲可不这么想，洪宇宁坐在她的旁边，极大地影响了她的学习。且不说他的绸缎衣、七分裤、十里香，就是他着军装，味道正常，她也无法静下心来。

“你给我坐到一边去！”她没好气地跟他说，“你不走，我就走。”

“我走，我走。”洪宇宁收拾书本，走到她的对面。

“不行，离得远远的。”

洪宇宁走到她后面几排。黄莲以为他走得远了，他却斜着能看到她。

黄莲离开图书馆，他也跟着离开。那是晚上 9 点多，没到图书馆关门的时间。洪宇宁看她摇摇晃晃的，好像马上就要昏倒在地。

下午文体活动，郑山河率领全队练军姿，站得她精疲力竭。晚饭是馒头，她根本就吃不下。在往二系宿舍拐弯的那条路上，她两眼发黑，支持不住了。

就在要倒地的一瞬间，洪宇宁快步向前，扶住了她。她只听到他说：“到我宿舍休息一下。”就什么都不知道了。

洪宇宁留校后分有一间单人宿舍，就在附近。他扶她进了宿舍，脱掉她的鞋子，让她躺在床上，轻轻地给她盖上被子。然后，用炉子给她熬了点红枣桂圆粥。他母亲是广东人，他从她那里学到煲粥汤的好手艺。

黄莲给一阵刺鼻的香味惊醒了，迷蒙中看到一个男人的身影，正想喊“救命啊，抓流氓啊”，洪宇宁却微笑地回转身，望着她，“你醒了。你只是身体有些虚弱，喝碗粥就会缓过来的。”

黄莲看自己衣衫完整，身上还盖着被子，没有遭受侵害的样，有点不好意思。“谢谢你。快吹熄灯号了，我要赶回宿舍了。”

“还来得及。你喝一碗粥再走吧。”

黄莲肚子也咕咕叫了，一仰脖子，就把粥“咕噜咕噜”地全灌进了肚子。粥温刚好，不烫也不凉。

“煮好后，我给你盛了一碗放在外面，你喝的时候正好。”

黄莲发现自己的眼泪滚落下来了。她假装低头穿鞋子，不让洪宇宁看到。别以为我已给你软化，我的心还是硬的。她边想，边系鞋带。她可不是那么容易屈服的，对爱情也是。

黄莲知道，洪宇宁一直在后面默默地跟着她，直到她进了八系三队的宿舍楼。她没有回头，假装不知道。

从此，她接受了洪宇宁隔三岔五给她煲的汤汤粥粥。她不忍拂他的好意，做朋友也可以呀。接受他的关爱，并不一定要接受他的爱情。

正如这次去他家里过春节，她也只是找点家的感觉。他说家里还有姐姐和妈妈，有那么多的女性在，他不敢对她为所欲为的。再说，他真的是个正人君子。

洪宇宁的家靠近桂林象鼻山，他给她照了不少的相。她寄回给父亲，却招来了母亲。父亲见她母亲思念女儿，就给了几张照片给她看。好家伙，她就直接杀到桂林去了。她现在不敢去学院闹了，曾给那些穿军装的队干部震住了。但洪宇宁的家她是敢去的，不就在桂林吗？不就是象鼻山吗？她跟黄莲的父亲谈恋爱时去过。这回故地重游，睹物思情，让她的心更痛，更想在黄莲身上报复。

她在象鼻山附近转了几天，终于看到了黄莲和洪宇宁的身影。她尾随他们回到了洪宇宁的家，就在他俩开门的那一刹那，她冲了进去，并随手关上门。她好面子，不会在大庭广众之下教训黄莲。她揪住黄莲的头发，对她劈头盖脸就是一顿打，一边打还一边骂："你躲得了初一，躲不过十五！永远逃不过我的拳头。"

洪宇宁给这一幕震住了。他反应过来这是黄莲的母亲后，用扣篮的手有力地攥住了她的双手。"不许在我家里打人。再打，我就要报警了。"

黄莲母亲的手动弹不得，但嘴可动："我打我的女儿，关你什么事？报警好啊，我告你一个拐卖妇女罪。"

"是她自愿到我家里来的，她不想回到你那个家。"

"我们家里的事关你屁事。放开我的双手！"

洪宇宁的母亲和姐姐开门回到家中，看着在一旁头发凌乱、脸上淌血、瑟瑟发抖的黄莲，知道她的母亲杀过来了。洪宇宁带黄莲回家前，跟母亲和姐姐说过黄莲的事。两人合力将黄莲的妈妈拉到沙发上坐下，左右按住她。"大妹子，作为女人，作为母亲，作为妻子，我要说你一句，你真的不合格。"

洪宇宁的母亲是老师，讲话很有水平。

黄莲的母亲不吵闹了，看到墙上他们一家三口的合影，没有男的。“关你们一家屁事。”这句话，她没有说出来。

“我也是给第三者插足的人，当时我的儿女还小。我说，只要你不带走他们，你要跟谁走你就走。”

黄莲的母亲露出惊讶的神情。

“我跟前夫也是师范学院的同学，也是因为比我年轻漂亮的老师插足，他是教研室主任。大妹子啊，我们不能失人又失志，应该活得更好，更体面，更自尊，才是对他们最好的报复。儿女是自己的心头肉啊，怎能拿他们撒气呢？”

黄莲的母亲低下头来。

“你如果愿意，就叫我一声姐姐吧。黄莲是个坚强、懂事的孩子，有抱负，学习好，各方面表现也好。长得又漂亮，像你。我儿子遇见她，喜欢她，是他的运气和福气啊。你就在我们家住下来，我们姐妹好好聊聊。”

第十四章

心有灵犀一点通。它对于恋爱期间的男女适用，对于暗恋期间的男女同样适用。

寒假回来后，徐志文已经感应到我在恋爱了。是不是跟安以康，他不敢肯定，也不愿肯定。他甚至不相信我已经在谈恋爱，宁肯相信他的灵感有误。晚 10 点熄灯后，他翻来覆去地睡不着，时不时还长叹一声。

“你咋回事呀？春节回家一趟，就中了邪？唉声叹气，垂头丧气的。睡不着就拉灯看徐志摩。”孙红星由骂变嗔怪。

“看个鬼徐志摩，她的林徽因都飞走了。”我把跟安以康谈恋爱的事告诉了吴瑕，吴瑕又告诉了费鹏。

“真的，假的？那就把她夺回来。撬墙脚，我最拿手了。”孙红星来劲了，“我给你出个主意，每天给她写十首诗。”

“那有什么用？林灵自己都会写诗，她看得上你的？”费鹏觉得这主意太不靠谱了。

“那你让吴瑕去劝劝林灵，她俩是好朋友。肥水不流别个班。林灵得跟我们班的好。”

“那怎么行？我现在还靠林灵帮我传纸条给吴瑕呢。”

“说到吴瑕，我觉得郑山河对她是偏爱的。大会上批评谈恋爱的，你、我和覃红枫都被点名，唯独不点吴瑕的名字。”

“去你的。他对吴瑕纯粹是师生之谊。”

“不一定。你没听说郑山河当区队长时，就有女学员对他喜欢得不要不要的，就是那个回来做报告的女英雄韦英。他老婆莫玉还很吃醋，到教导员那里哭诉。”

“你们谁把衣服挂在宿舍中间了。”朱荔香突然说道。

“没有。这几天检查内务，郑变态把宿舍中间的铁丝都剪了，不可能有衣服。”孙红星不相信。

“肯定有。衣服还在晃。”费鹏有些害怕了，声音发颤。

“你们这几个，除了朱荔香，全部到队部写检查。”郑山河指着孙红星、费鹏和徐志文说道。他今天值班，听到有说话声，就推门进来。没想他们议论的竟是自己。

我们队有一个阅览室，就在大教室的旁边。有天晚上，我正在里面看书，徐志文悄悄走近我身边，“出去走走吧。”

我不知道他什么意思，就跟着他走了出来。他领着我沿着校园走了一圈，从学员教学区走到教员生活区，又走到图书馆，然后从食堂这边走回教学楼。他不像平时在我面前那么勇敢，像个小媳妇般害羞、絮絮叨叨说了一堆他家里的事：他未见面的英雄父亲，他坚强慈爱的母亲，他善良忠厚的继父。我没有记住他说了什么，只记得空气中飘着淡淡的槐花香。

第二天上午，我在教学楼后面那棵长了眼睛的白杨树旁早读时，他又来到我的身边跟我道歉说：“真是对不起，昨晚上耽误你的学习时间了。”

我感觉他有些怪怪的，但并未细想。我对别人的爱真的很迟钝，以至于我觉得没人会爱上我。我就是个喜欢读书、喜欢写点文章的小姑娘，就像吴瑕说的，日本女孩长得不算漂亮，清秀而已。我没有周健秀的端庄、刘美娜的活泼、谷小粒的勤快、覃红枫的豪爽、吴瑕的美丽，不谙世事，不懂人情世故，又一根筋，固执倔强得很，爱就爱，不爱就不爱。

爱上安以康后，为表示对爱情的忠贞，我把和于一帆的通信全烧了，甚至连他想要我的一张照片作纪念都狠心拒绝了。他毕业后分到了四川成都一所军校，给我的来信末尾喜欢用英语写上：*A best wishes for a special friend*！现在想想，这些信烧了真可惜。当时只留下他送我的一张明信片，背面是一首小诗：月亮升起来了，白杨树用绿叶去迎接，花朵用芬芳去迎接。我看到有人攀援着云梯，在山顶用心去迎接。

还有那个高中同学，总给我贴美丽的邮票，信纸折成弯弯绕的。有个暑假，我跟另一个高中女同学去他家，见到了他的母亲。他父亲在他很小时就去世了，母亲一直没有再婚，独自拉扯他长大。出于同情，我在给他的信中就有了关心体贴之意。他误会了我，拒绝了另一位女同学的喜欢。我感觉事情有点不对，就给他去了封长信，跟他说明我并没有那层意思。他没有说什么，春节时叫上我，还有另外几个高中男同学一起去公园，希望能挽回那个女同学的爱。我一见这个女同学，就觉得他不该拒绝她，她真的很美丽，性格也很温婉，特别是那脸蛋，白里透红的，不像有些女孩子，很白，却没有一丝红润。可挽不回了，她和全家已经从柳宁市搬到了河南开封。高中男同学哭了，眼泪一串串。我难过极了，也内疚极了，却不可能跟他。我把爱情奉为圭臬，不能有丝毫的亵渎和侵犯。那个女同学悄悄跟我说："其实，我们都是同情他，他从小就没了父亲。"

在学院第一届团委成立大会上，费鹏和八系三队的小乐队狠狠地出了一次风头。

这一届团委，费鹏当选为文化部副部长，吴瑕当选为宣传部副部长。吴瑕不想去，日语课程、高等代数、计算机编程都要学，功课太重，她想以学习为主。

费鹏劝她："你老说我忙于拍电影、搞音乐忽略了你，你也体验一下，看我们是怎么忙的。"

郑山河也语重心长地对她说："多参加社会活动，对你的成长是有利的。"我们都看出了郑山河对她的偏爱，冰雪聪明的吴瑕能不知道吗？

吴瑕同意出任院团委宣传部副部长，她和费鹏终于比翼齐飞，并驾齐驱了，也免了我给他们传递纸条之苦。她再也不抱怨费鹏忙于工作冷落了她、陷于红粉佳人中抽不开身了，她自己都身陷男子汉的包围圈中，忙得不亦乐乎了。吴瑕还帮费鹏管理合唱团，她任领唱。费鹏实在忙不过来，舞蹈队、健美队、乐器培训、火花协会、集邮协会、武术协会都是他负责，恨不得生出三头六臂。

团委成立大会是在阶梯教室举行的。开会前，费鹏站在院机关领导和各系队干部、学员的面前，指挥一千多人唱《国际歌》，身后的八系三队小乐队在伴奏。当费鹏的手如海鸥一展翅，雄壮宏伟、激昂嘹亮的歌声就回荡在阶梯教室里。徐志文的鼓点、刘美娜的电子琴、朱荔香的小号、覃红枫的小提琴、孙红星的长笛，和着歌声，激情洋溢。他们的神情既严肃又兴奋，既凝重又自豪。不久，院长吴建峰亲自批示组建解放军外国语学院军乐团，归政治部宣传处管，团长由学院俱乐部主任兼，请总政军乐团副团长来指导，以八系三队小乐队的成员为主，国庆节阅兵仪式前在全院师生面前演奏。作为组建者之一的费鹏又忙得脚不点地，开会、考核入团成员，印录取通知、培训、指挥，跟打仗似的，吴瑕和他又是近在咫尺，远在天边。

河洛市艺术学校的俞树林老师接受费鹏的邀请，帮忙培训小提琴演奏员。他也交给费鹏一个任务，关照一下她的女儿。她女儿考上了我们学院的英语走读生。费鹏在俞树林家见过他女儿，一袭白裙，飘飘若仙，纯洁、天真、乖巧。小嘴很甜，见到费鹏就亲切地叫“费哥哥，费哥哥”。她的名字就叫俞甜甜。费鹏也很喜欢她。他们家有一架钢琴，费鹏跟俞树林学钢琴时，俞甜甜就在旁边捣乱：“费哥哥，费哥哥，我来教你。”她弹得一手好钢琴。

朱荔香常常在食堂后面的小山坡练习吹小号。正得意这地方清净，怎么吹破音都没人笑话时，看见一男一女走了过来，高高大大的男子很像费鹏。他以为看走眼了，擦了擦眼睛，还是费鹏。“这两人真会找地方谈恋爱？我这号音还是不惊扰你们为好。”他正欲离开，一想不对，吴瑕怎么穿起便装了，还是大红裙子。他再擦擦眼睛，才看清这不是吴瑕。

费鹏正带着俞甜甜穿过这个小山坡，去后门外的院办幼儿园。那里有一架钢琴，幼儿园有老师参加院团委组织的乐器培训班，他跟她们很熟。他拗不过俞甜甜的央求，陪她练了下钢琴。她又说肚子饿了，“费哥哥，你是大款。请我吃大餐吧。”折腾了一下午、一傍晚，俞甜甜还是不放过他。“费哥哥，晚上陪我看电影。”

费鹏忙着文化部和军乐团的工作，有时不排队吃晚饭，郑山河也没怎么责难他。晚上看电影，队与队之间的拉歌就由区队长钟思丹上阵。费鹏和俞甜甜坐在银幕的背面，听着“八系三队来一个，来一个”的拉歌声，心里痒痒的，很想抬脚走到前面去，但胳膊给俞甜甜紧紧地抱住了。

朱荔香本不想告诉刘美娜，他今天在小山坡见到费鹏和另一红衣女子的事。她是个小喇叭，弄不好把他也给牵扯进去了。他不想得罪任何人，尤其现在刘美娜跟钟思丹谈上了，他的一举一动都会让人认定为报复心作祟。朱荔香的宽容并没有得到刘美娜的宽容，她吃上了吴瑕的醋。

队里进行新一届团总支委员改选的时候，她很想当上团总支的宣传委员。前一届的宣传委员是吴瑕。每到周四文体活动的时候，她就在大教室教大家唱《山楂树》。她事先在黑板上写好《山楂树》的词曲，然后拿着教鞭教大家一字一句地唱。刘美娜觉得吴瑕真是风光极了。这种风光，自己怎么能不沾上呢？自己舞跳得那么好，也可以做宣传委员，教大家跳跳舞呀？况且，吴瑕的宣传委员她也是不承认的。她怀疑是郑山河指定的，他喜欢吴瑕。刘美娜先找到钟思丹，让他在这次团总支的改选中指定自己当宣传委员。

“这怎么可能？我又不是郑队长。我小小的区队长指定你来当宣传委员，人家怎么想我们的关系？你是要爱情，还是要宣传委员？”他又使出了杀手锏。

其实，他的潜台词是，我还要不要当区队长？在爱情和事业面前，他肯定选择的是事业。

这一招果然很灵，刘美娜不跟他闹了。

看着她楚楚可怜的样，他建议道："你去找朱荔香吧。他是军人委员会主任，他的提议，队干部也会考虑的。再说，他在学员中有威信。鼓动一下，大家会给你多投几票。他对你那么好，不会不帮你的。"

刘美娜破涕为笑。

朱荔香是个诚实忠厚的人。这种拉票选举的方式，他并不喜欢，也不懂得去做。而且，他觉得刘美娜不如吴瑕够格当宣传委员。"吴瑕各方面都要优于你。就算队干部不指定她，同学们也会选她。你竞争不过她。我就算帮你拉票，他们也未必会做。况且，我也不会去做这样的事。"

"你这么帮着吴瑕说话，难不成你是喜欢她，那你就去追她好了。反正费鹏现在忙得很，哪里顾得上她？你刚好从中插一脚，看你能不能追得上，人家看不看得上你。你就是一只蠢猪。"刘美娜可以肆无忌惮地骂朱荔香。

"大家都对吴瑕有好感，我当然也不例外。但我心里喜欢的是谁，你最清楚。"朱荔香定定地望着刘美娜。"再说，当宣传委员有什么好的？你看吴瑕也忙，费鹏也忙，两人都没空见面，其他女孩就钻了空档。"

"你说费鹏有新欢了？"刘美娜眼睛放光了。她正希望有什么事能挫一挫吴瑕。

"我没说。我只是说不要太忙，否则，会给人钻空子。"

刘美娜才不理朱荔香的辩解，赶回宿舍，似有似无地把这个消息说了出去。"费鹏这个小费翔，真是春风得意啊！军乐团组建者，文化部副部长，身旁哪能没几个红粉佳人？"

似是无意的话，吴瑕听起来那么刺耳。联想到费鹏这段时间对她的冷落，也不传纸条给她了，就警惕了起来。不能让费鹏如此逍遥自在，得看看他究竟在干啥。

俞甜甜有睡懒觉的习惯，在家是闹钟闹醒的，可在宿舍就不能闹了，会把其他人吵醒。她上课迟到好几次了，也给教员批了好几次。她就问费鹏："费哥哥，有什么办法来帮帮我？"

"那就拉一根绳，一端在你手上，另一端绑在窗上。我早上7点来拉你的绳子，你就知道起床了。"俞甜甜她们住的是平房。

吴瑕发现，费鹏7点多就往招待所那边跑，就跟住他。看到他来到走读生的宿舍下，把窗台上的绳子一拉。

"你在这干什么？"冷不丁出现的吴瑕把费鹏吓了一跳。

"我叫醒一个人。"

"叫醒谁？"

这时，俞甜甜听到了两人的对话声，探出一个头来。"费哥哥，你在跟谁说话？"她看到了吴瑕，"吴姐姐，你也在这。"吴瑕跟费鹏去过她家。"费哥哥把我叫起床。我睡懒觉，起不来床。"

这一声吴姐姐，把吴瑕的骨头都叫软了，"俞妹妹，以后有什么事就找费哥哥和吴姐姐吧。"

"谢谢。"俞甜甜对吴瑕敬了个军礼，很不标准。

吴瑕回了个标准的军礼。

爱情你没投入进去，都是平静如水的；一旦投入了，那就是波浪起伏的。

自从爱上了安以康，我的整个魂就好像是给他勾掉了似的，任何时候都想看到他的身影。除了上课和睡觉见不到他，排队吃饭、饭后帮食堂摘菜、出操、队列训练、傍晚打球，他的身影一旦出现，我的心里就欢快地跳起舞来。但这人群中的一瞥，不过是隔靴搔痒，我更渴望的是跟他在一起，跟他的肌肤相亲。这种机会在军校严格的纪律下，微乎其微。有时我们会趁夜色，假装上图书馆，偷偷溜进图书馆对面的小树林；或一前一后，散步到后门的农民麦田里。这种约会都是提心吊胆的，害怕同学看见，更害怕纠察抓到，又担心第二天的出操和功课。而且，总觉得时间不够用，刚刚拥抱在一起，刚刚接吻，熄灯号就吹响了。

运动会三天，不用上课，不用出操，这让我们的恋爱有了喘息之机。我们不用背着书包假装上图书馆，也不用躲在远远的农民麦田里，我们轻松自在、悠哉游哉地上了校园里的一座小山。这座小山挨近三系宿舍楼和印刷厂、靶场。上山的时候，看见有几个男人坐在山坡上窃窃私语，并没有多想什么。我们给爱情冲昏了头脑，上到山顶树林深处，就忘情地拥吻起来。

突然，身边出现了几个男子，厉声喝道："把钱交出来。"我们是学员，每月只有 6 元的津贴。如今已近月中，所剩无几。见我们拿不出多少钱，他们就要安以康脱下手表。安以康动作稍微迟缓，他们就挥拳向他打去。

安以康叫我"快走"，我怎么能离开他，自己逃走呢？急中生智，我就大喊起来，“救命啊！救命啊！”

三系宿舍楼就有人打着手电，叫嚷着，朝小山坡冲来了。这几个男子没想到我这么勇敢，可能也是第一次抢劫，心虚得很，把表匆匆递回安以康后，就溜走了。

下山的时候，我又灵机一动，拉着安以康朝靶场那边走了。如果朝三系宿舍楼这边走，必定会和闻声而来的学员们碰上。到时我们谈恋爱遇歹徒的事，肯定会上报给郑山河，不被开除也要给处分了。当时的我们，的确承受不了这样的打击。

此后，我们再也不敢上这个小山坡了。

拍电影时孙红星吃醋了，让覃红枫知道他的心中是有她的，过了一段甜蜜幸福的日子。可没多久，又给一床被子破坏了，他们险些打了起来。

周末的时候，孙红星和费鹏洗了被子。这还是他们来军校后第一次洗被子。再不洗不行了，被子已给生理反应污得一块一块的，像画地图一样。郑山河命令他们必须马上洗掉，否则，这周宿舍的内务评比就拿不到红旗。

“怎么办，郑变态叫我们洗被子，却不教我们缝被子。我这手从来没缝过被子，这如何是好。费大个，你快想个办法。”

“你老孙没办法，谁还有办法。我这手除了拿指挥棒，又何曾拿过针。”

吴瑕和周健秀正好走了进来。

“宣传处要拍几张反映军校学员青春生活的照片，你们两个人有没有空，一起去拍一下。”吴瑕问道。

“你们就没人了吗？一定要叫上我们两个人？”孙红星不愿意，就算有周健秀在场。

“你们形象不错，况且今天周末，的确没人。”

“行，我们去帮忙好了。”吴瑕的事，费鹏岂有不帮之理。

“且慢，你们两人心灵手巧，答应帮我们缝被子，我们才去。”孙红星一副讨价还价的样子。

“没问题。”吴瑕也很干脆。

去操场拍完宣传片回来，吴瑕和周健秀分别在费鹏和孙红星的床上帮他俩缝被子。

覃红枫兴冲冲地拿了几袋家里寄来的荔枝干给孙红星吃，正巧看到这一幕。她压抑不住心头的火气，冲到周健秀身边。“之前，你拿我的手绢擦汗，我忍了。今天，你又来帮他缝被子。你都有男朋友了，怎么老缠着他？”

“你弄错了，是我们找他俩有事，刚好碰到的。况且女学员帮男学员缝被子，也正常啊。”吴瑕赶快劝说覃红枫。

“那你叫黄莲来帮费鹏缝被子，你看正不正常？你心里好不好受？”覃红枫口气很冲，火气很大。

“你给我出去，又在这里发什么疯、撒什么泼？有本事，你来帮我缝呀！”孙红星走过来，又想扯覃红枫的头发。

“帮你缝，有什么难的？谁不知我被子叠得最好，缝被子也最好。但你得让她出去。”覃红枫用手指着周健秀。

“行行行，我出去。”周健秀很大度。她很怕牵扯进孙红星和覃红枫的关系中。

6 月份，我们开游泳课了，游泳教练是教我们跳马的周伶俐教员。她娇小玲珑、姿势优美，像凌波仙子一般在水里信步，又像出水芙蓉一般从水里绽放出来。看得刘美娜、覃红枫心痒痒的，早想跃进水里小试牛刀，我和谷小粒则频频地往后躲。本来谷小粒就站在队伍的最后面，前面的女生替她挡住了对面男生的目光。

谷小粒很不想上游泳课，紧身的游泳衣让她扁平的胸脯显露无遗。让这帮男生看到自己的缺陷，她还怎么交男朋友？男人嘛，一般都是喜欢丰乳肥臀的女性，尤其对面男生还有她中意的朱荔香。虽说他拒绝了她，但这并不妨碍她在意他的感受。也许有一天他会回心转意呢？她对他始终抱有一份幻想，这份幻想让她每天的心里都是美滋滋的。

但不来上游泳课可不行啊，游泳课不及格是拿不了毕业证的。她来读军校，就是想要“鲤鱼跃龙门”，脱离那个贫瘠的山村。她可不能像去澡堂洗澡那样，不想去就不去，在水房对付一下。想到进水以后对面男生就什么也看不见了，她鼓足勇气穿上了游泳衣。可真正要下水的时候，她就像在澡堂脱光衣服那般的恐惧。她是旱鸭子，从小生活在大山环抱之中，水洼都难得一见。看到所有人都下到水中，她一个人站在游泳池边更让对面男生注目，就一闭眼，几乎是从扶手上翻滚入水的。水花击到了扶手边的我，我差点儿也翻滚入水了。

我天生就怕水，陆地上摔倒了还有东西可以扶；水里摔倒了，什么可扶的都没有。我也是给逼到了游泳池里。周伶俐教我们最基础的游泳动作：双手抱住头，屏住呼吸，将头浸到水里，让身体浮起来。我怎么也做不到。只要眼睛、鼻子一浸到水里，我就觉得要淹死了一般，赶紧将头露出来。急得周伶俐指着我说："要领不掌握，你就学不会游泳。"她走了过来，我以为她要把我的头按进水里，紧张得直发抖。哪知她却是把谷小粒的头往水里按了几下。"你看，她比你壮实，都能将身子浮起来。你这么苗条，怎么不可能?"我偷眼看了一下谷小粒，她哪是浮了起来，是倒栽在水里了，只露出圆滚滚的屁股。

刘美娜终于忍不住笑了起来。听说开了游泳课，她比谁都兴奋。游泳衣可以把她曲线玲珑的身材展露无遗，只要站在游泳池边，她就是一道美丽的风景，对面的男生不都得眼勾勾地看着她。她把钟思丹警告她"不要张扬、不要得意"的话抛在脑后，下水之前总要站在最前面，就好像站在舞台中央万人瞩目、光彩照人一般。但下到水里后，她就觉得光彩淹没了。得像周伶俐教员那般擅长游泳，才能展露风采的。她也是初学，连呛几口水后，就坚持不下去了。她看着我和谷小粒笨拙的动作偷着乐；看着覃红枫和周健秀潇洒的泳姿赞叹不已；看着没有水性的黄莲一下又一下地将头浸到水里苦练，佩服得抿紧嘴唇，露出双颊两个深深的酒窝。她来军校最大的收获是学会欣赏别人，终于知道很多技能是有童子功的，她做不到事事都优于别人，也做不到黄莲那般能吃苦、能用功，何苦为难自己呢？有点小聪明，行走江湖足矣。

某著名国画大师的夫人要来学院作报告的好消息，像长了翅膀，不胫而走。阶梯教室离我们八系教学楼最近，很多同学先拿一本书去占位置。大部分是情侣帮情侣占，好同学帮好同学占。覃红枫是“飞毛腿”，她要干的事儿，谁也争不过她。她占到了前三排的好位置。我来迟了，只能占到最后三排。孙红星不愿坐那么靠前，担心他的瞌睡虫一上来，会控制不住。而倒头大睡，会对不起美丽贤淑的国画大师夫人，虽然他对这类讲座是很有兴趣的。他回头看见我和吴瑕坐在后三排，起身过来，跟我们换位置。我和吴瑕当然很高兴，这是天上掉馅饼的好事儿。覃红枫无奈，孙红星到哪她就跟到哪。她对艺术的兴趣高不过对于枪械的兴趣，只是想听听大画家的爱情故事。她觉得这契合她目前的心情，与之有共鸣。

已是花甲之年的国画大师夫人依然年轻美丽，看起来就像四十多岁。她在吴建峰院长的陪同下，款款走上讲台，温柔似水的声音将我们带入一个又一个生动感人的故事中，掌声也是一阵又一阵。

突然，几下“啪啪”的掌声响了起来，还伴有几句叫好声。光听这声音，我和吴瑕不用回头看，就知道是孙红星发出的——他从睡梦中醒来了。

正在台上讲话的国画大师夫人愣了一会儿，然后风趣地说道：“这位男学员的掌声响得很及时，感谢你们的热情。”这番善解人意的话，又获得了一阵雷鸣般的掌声。

报告会结束，众人都蜂拥上去跟国画大师夫人合影留念时，袁哲教导员挤到了孙红星面前，“到队部来一趟！”

孙红星以为，这次又要进队里的条例强化学习班了，垂头丧气地等着袁哲的一顿批。袁哲教导员却是让他抬起头来，“你看这是什么？”一本绸缎面的获奖证书摆在孙红星面前，他所书写的“万马奔腾”书法作品在全院书法比赛中荣获一等奖。“愿不愿意把这幅作品贡献出来，送给国画大师夫人？”

孙红星一下就明白了袁哲教导员的意思。“只是我这幅作品稚嫩得很，怕丢学院的脸。”一向骄傲的孙红星在国画大师夫人面前，也是知进退的。

“没事，我们学院学员的一点心意。国画大师马画得好，你写马，刚好合适。”袁哲教导员通过院办秘书，把孙红星这幅字送给了国画大师夫人。

院长吴建峰听秘书说了这件事，对孙红星在报告会上独自喝彩的事，也就不了了之了。

徐志文的英雄气概的确让我很惊讶，居然敢和炊事班打架！他瘦弱的身体怎么会是他们的对手，况且他还手无寸铁。炊事班可是有武器的，随手就可以抄家伙上阵。那些家伙真的直接可以要人命的，菜刀、炒菜的大铲子、劈柴的斧头，他哪是他们的对手。如果不是队长郑山河、司务长施峰和朱荔香及时赶到，他的小命可能就不保了。

司务长施峰跟我还有一段缘。郑山河来当我们的队长不久，他听说我代表新生上台发言，稿子是自己写的，表现还不错，就在宿舍楼前的操场上组织了一场活动。大家团团围坐在一起，拿一个排球来传。费鹏则背对着我们敲鼓，鼓声一停，球在谁的手上，谁就要表演一个节目，就像击鼓传花一样。不，应该叫击鼓传球。我的运气不好，球在我的手上停了三次，我就表演了三次节目。我只好将自己写的那首诗《啊，十八岁》，朗诵了三次。以后他们见我，就不再叫我林灵，而是叫我“啊，十八岁”。

那时正是傍晚，很多人过来观看我们的活动。司务长施峰也在其中。过了几天，郑山河跟我说：“炊事班的施峰司务长文化水平低，想请一个语文比较好的学员教教他。”我接受了这个任务。就在我们宿舍一楼，他的房间里，连续教了他几晚。不过就是说了说语文的遣词用句、语法结构、造句，等等，很简单的。他长得斯斯文文的，笑起来浅浅的，不像是在食堂干的人。他还很有礼貌地叫我“林老师”，让人受宠若惊。

早中晚餐，我们学员都要轮流值日。不用排队，提前到炊事班，等大家进来时，将饭车推出来，给大家打饭。那天轮到我和谷小粒。我们把饭车推出来时，我们队的餐位上已经排满了人。他们刚劳动回来，饿极了。饭车还没推到，大家就围了过来。那天吃的是肉包子，没等我们给他们打，七八只手就伸过来抓了。你抢我夺，装包子的竹筐“哗啦”倒在地上，一个个冒着油渍的肉包子滚落出来。争抢的同学们，包括我和谷小粒，都傻眼了，呆立在原地。

厨房里突然冲出一个肥头大耳、满脸横肉的炊事员，冲着我就嚷：“你会不会打饭，不会趁早走人！包子全洒在地上，今晚你们队什么都没得吃。”我眼泪汪汪，自知惹祸，不知所措。

司务长施峰出现了，给我解了围。“这件事不能怪她。去下一锅面条给大家吧。”肥头大耳、满脸横肉的炊事员瞪了我一眼，很不情愿地回到厨房。施峰则把地上的包子一个个再捡回竹筐里。“没事了。林老师，你回到座位上吃饭吧。”他安慰我。我哪里还坐得下，吃得下？众目睽睽之下，挨炊事班的人骂，脸都不知往哪搁了。

我到图书馆去复习国际关系史。这门课马上要考试了，我依然一知半解。以我当时的认知能力，世事都不甚了了，更别提政治了，还是国际的。我只能死记硬背，就这样还记不住，左脑神经给扯得紧紧的。第二天早上一起床，突觉两眼发黑，右耳轰鸣，倒在床上。两三分钟后，感觉好了一些，我还坚持出操跑步，跟谷小粒去食堂帮厨。那位肥头大耳、满脸横肉的炊事员见到我和谷小粒，很不高兴，扔了几个油腻腻的蒸笼叫我们洗。我们两人用了吃奶的力气都没洗干净。“真是笨手笨脚！还大学生哩，比不上我们这些大老粗。”他嘴里又骂骂咧咧的，好像我们前世欠了他什么似的。

早读时，我左脑神经疼得厉害，右耳更响了，实在很难受，就摇摇晃晃地走出教室，想去门诊部。正在走廊拖地的徐志文问我：“你怎么了？”我没有回答他。门诊部那位毕业于医科大学的美女医生听我讲述了一下症状，就说：“你得的是美尼尔氏综合征，需要好好休息。”她开了些药给我，还有三天的病假单。

午饭时，徐志文来看我。“中午我不在，谁和谷小粒一起打饭？那位炊事员还骂不骂人？”我问道。

徐志文很诧异，“难道你的病是他骂出来的？”

“没有，没有。”我矢口否认。

“我明白你这病是怎么得的了，肯定是那个满脸横肉的猪头炊事员上午又骂你了。昨晚骂还不够，今早又骂，我要为你讨个说法。”徐志文霍地站起来，我叫都叫不住他。

他回到宿舍，跟孙红星和费鹏讲，“林灵的病是那个猪头炊事员骂出来的。你们谁跟我去讨个说法！”

“昨晚他骂林灵，我就气不过，早想揍他了。”孙红星听了很气愤，到处找棍子。“我的金箍棒呢？哪去了？”

“你一直拿拖把、扫把当金箍棒，这次就免了吧。拿脸盆去，扣住他那猪头。”费鹏真把脸盆拿了出来。

朱荔香阻拦他们，“炊事班的人不讲道理，你们不要去招惹他们，小心打起来。”

“你这胆小鬼。”孙红星骂了一句，拿起拖把，就和拿扫把的徐志文、拿脸盆的费鹏，朝食堂走去。

路上碰到覃红枫，她很诧异：“你们师徒三人搞卫生去啊？”

“去食堂取经。”孙红星很得意地迈着猪八戒的步子。

一行三人进到食堂，徐志文冲着满脸横肉的炊事员就喊：“你怎么那么横，把我们女学员都骂病了。欺负女学员，算什么好汉？”

满脸横肉的炊事员本就横，看着他们拿着拖把、扫把和脸盆，更是来气。“你们来找茬的，是吧？给我滚出去！”

“要滚出去的是你！不想干就别干！”孙红星也高声嚷嚷。

“妈拉个巴子！”满脸横肉的炊事员拿起案板上的菜刀，就朝徐志文砍去。徐志文一躲，后背军装给割了一道口子。

此时，正好郑山河、朱荔香和司务长施峰赶到。朱荔香紧紧抓住了他握刀的右手，他练武的手劲很大。炊事员挣脱不了，就用左手抓起了案板上的另一把菜刀。郑山河和司务长施峰又紧紧抓住了他的左手。

原来徐志文、孙红星和费鹏三人出门后。朱荔香不放心，告诉了值班的郑山河，还有司务长施峰。

两把菜刀夺下来后，满脸横肉的炊事员不敢再动了。郑山河义正词严地对施峰说道：“施司务长，你们的人居然敢用刀子砍我们的学员？这样的人不处理，我们全队罢餐。”

夏晔铮在我们新训结束后，就调到了系里当参谋，负责后勤保障工作。他严肃处理了那位用刀砍学员的炊事员，将他开除军籍，退回老家。徐志文也因打架，受到了通报批评。为给他压惊，他把徐志文请到家里。

夏晔铮的妻子周清萍贤惠善良，知道徐志文的父亲就是夏晔铮寻找多年的救命恩人后，精心炒了几个南西省口味的又酸又辣的菜。看着徐志文狼吞虎咽的样，一脸的爱怜。“食堂的伙食的确要改善。老夏，你看孩子们都吃不饱。”

“不是吃不饱，阿姨。食堂的伙食挺不错的，有包子、炒面和米饭。我不过是喜欢吃家乡的菜，半年没吃了。”徐志文没等夏晔铮回答，就先说了。“阿姨，你怎么会做我们那里的菜?”

“我也没怎么会做，知道你爱吃，就学着做了几个。”

“哦，那你们怎么不吃呢?”

“我们不是那地方人，吃不惯。老夏还能吃几口……”

“我去招生的时候吃过，还能接受。”夏晔铮担心周清萍说出他在南西省当兵的事，用眼神制止了她，并接过她的话来。

“我去把汤端过来。”周清萍怕自己说漏嘴，借故走开。夏晔铮专门交代过她，不能把他和徐志文父亲的事说出去。

“南西省人都很好，纯朴、厚道、讲义气。只是以后不要这么冲动。如果郑山河队长没及时赶到，你很可能不只挨一刀。如果受伤了，你母亲会很难过的。有什么事，跟队干部反映就好，不要亲自上阵。上次打靶私自放枪的事，你还没有教训吗?”

“我正想问问你，夏队长。上次我讲我父母的故事，你为什么一直流泪呢?我看你也是不轻易流泪的人啊，上前线打过仗，铁骨铮铮的。军训时，我们都有点怕你。”

“哦，你父母的故事太感动人了。你母亲把你带大，真不容易。她是一位伟大的母亲，像你的父亲一样也是英雄。我看，可以拍一部电影了。”夏晔铮低头，不让徐志文看见他的眼泪。

“是啊，我以后想写一部他们的电影。我听母亲说，父亲好像是救人才牺牲的。这段故事，我很想挖掘一下。”

“先喝汤吧，孩子。现在写电影还早，先把身体养好。身体是本钱啊。以后遇到什么事，就跟阿姨说。你这么瘦弱，容易受人欺负。你是烈士的后代，理应受到保护的。”周清萍端汤的手微微发抖。

第十五章

周健秀去登州参加解放军某部首届田径运动会，孙红星叫费鹏跟他一起去为周健秀加油鼓劲。费鹏不愿去，沉浸在爱河中的他，一步也不愿离开吴瑕。“你也不要去了。覃红枫对你那么好，洗衣做饭还不算，就差没给你生孩子了。”

孙红星啐了他一口，“去，让吴瑕给你生孩子。你不是老孙我，哪知我老孙心。我要去登州摘紧箍咒去。”覃红枫对他的爱，就像一道紧箍咒，将他勒得死死的，没有自由。周健秀的宽厚温存，好比观音温柔的手，让他箍紧的脑壳得以放松舒服。

周健秀并不知孙红星来看她比赛，且还是没有向队干部请假就来的。如果知道，当他来宿舍找他时，就一定会规劝他回去。在宿舍里，她和孙红星匆匆见了一面，就去训练了。孙红星也跟到了训练场，但被教练劝走了，让他不要影响周健秀。周健秀比赛的成绩很好，跳高、跳远、跨栏均获第二名。比赛完后，学院代表队一起去黄河边游玩合影，晚上聚餐。此时，周健秀又看到了孙红星。

聚餐时，有人提议，各语种的学员拉拉歌，唱本语种的歌，唱得好拿冠亚季军。毫无争议的，俄语的人多，六七个人，歌也好听，《莫斯科郊外的晚上》《红莓花儿开》，冠军非俄不可；英语四五个人，唱美国电影《毕业生》的主题曲《斯卡布罗集市》，悠扬悦耳，非亚军莫属；日语两三个女生的《四季歌》柔情缱绻。越南语只有周健秀和另一男生，两个人，势单力薄。就算他俩唱《越南中国，山连山，水连水》这么有气势的歌，依然进不了前三甲。周健秀都有些泄气了。唱到一半时，突然一个男声加了进来，歌声瞬间洪亮了。

“你怎么来了？”拉歌完后，周健秀问孙红星。

“给你加油、鼓劲啊。”孙红星以为周健秀会很高兴。

谁知她听后脸色大变。“你还没回去？跟队干请假没有？”

“请了他们会让我出来？”

“坏了，坏了。你要倒大霉的。今晚你就赶紧回去。”

郑山河早已从费鹏口中得知孙红星去了登州，就问袁哲，“这种不请假、私自外出的行为，院里是怎么处理的？”

袁哲说：“开除！”

郑山河说：“这么严重？”

“就在前几天，四系一队的一个学员谎称生病住进了999医院，然后偷跑回家会女朋友。正巧队长带小孩去医院看病，想探望他，他却不在。队长、教导员按规定给学院打了报告，院办批示：开除！他还是他们队的篮球队队长，率领全队拿过学院比赛冠军。”

“这件事我们要慎重。孙红星顽皮是顽皮，但他聪明、热情、仗义、有才华，足球踢得好，笛子吹得好，家里父母也很宠爱他。如果给开除回去，他整个人生都会受影响。考上一个大学很不容易啊。”

“我也是这样想的。给个警告处分，让他受个教训，警醒一下，改正错误。他一旦明白，回到正道上来，一定大有作为。”

队长、教导员放过孙红星，覃红枫却没有放过他。手绢事件后，她不计前嫌，依然爱他，对他好，处处让着他。他打她，骂她，她都不计较。但他却不知珍惜，专门跑去登州看周健秀比赛。再大度的人，都难以容忍。她跟孙红星摊牌：要不一心一意跟她好，不再跟周健秀来往；要不两人分手。

孙红星虽然受不了覃红枫的野蛮性格，刁钻任性，但很享受她对他的好，对他的包容和宠爱。在她面前，他简直过着衣来伸手、饭来张口的公子生活，跟家里没什么两样，只是换了个女人照顾他。周健秀是不可能跟他的，即便没有男朋友，她也不会跟他。这一点他心里很清楚。周健秀只是把他当弟弟，当个不成熟的小孩来看。而他，也不过是贪恋她那一点大姐的慈爱和柔情而已。跟覃红枫分手，他不想。跟周健秀断交，他更不想。他的情绪降到了冰点。

处在两难境地的他，又犯了一个严重错误，直接导致覃红枫和他的决裂。这件事的起因也是因为郑山河，他好心办坏事了。他以为孙红星是因为警告处分萎靡不振，就叫周健秀去开导一下他。孙红星听周健秀的话，他相信。他不太相信孙红星和覃红枫的爱情，或者说，他们的违规恋爱让他不愿相信。他没有棒打鸳鸯之意，但无意中他棒打了。

周健秀找孙红星谈话，不是在校园操场、宿舍、教学楼或其他任何一处，却跑到了校外的水库。我们班曾经去过那里春游，是个风景美丽的地方，湖水清澈，野花盛开。在那里，孙红星可以解开风纪扣，敞开军装，把军帽反转过来戴。他觉得，这样太自由、太畅快了。校园里哪敢这样，随时就会冒出一个纠察。他们好像埋在地下的雷，一踩就爆，有可能还会把他再拉到警通营去。他不确定郑山河会不会保他第二次。这个警告处分，让他对郑山河又起了戒心。

周健秀既然是来开导孙红星的，也就顺了他的意。郊外的景色很美，对孙红星郁闷的心情也有帮助。她没跟他说是郑山河让她来的，她想代表她个人，以大姐的身份好好劝劝他。

“警告处分没有什么，毕业时学校会从档案里取出来的。”

“你就这么肯定？”

周健秀能主动约谈心，孙红星当然很开心。他早已把覃红枫的最后通牒抛到了九霄云外。他顺着周健秀的话往下说，虽然他并不很在乎这个警告处分。

“以前有过这种情况。没什么大不了的，你不要太在意。”

“这件事太大了，我太在意了！”一声怒吼似惊雷，在他俩的头上炸开。他们惊奇地回转头，覃红枫正叉着腰，怒视着他们，威风凛凛。她是在晒衣服的时候，看见他们两人并肩向后门走去了。她不想跟他们在校园吵，就尾随而去。

“我原谅了你们无数次。你们还要在我眼皮子底下偷情，你们还要不要脸？太过分了！”覃红枫黑黑的脸都发白了。

“不是这么回事。你误会了。”周健秀忙解释。

“误会什么？运动会拿我的手绢擦脸；不久，再去帮他缝被子。然后，登州又在一起幽会。今天，公然到水库谈情说爱来了。一步比一步亲热，真是步步为营啊。是可忍，孰不可忍？”

“不想忍就别忍。谁也不要你忍！你在这里撒什么泼？发什么羊角疯？”覃红枫一顿劈头盖脸的臭骂，让孙红星的火直往上蹿。

“好，你居然骂我泼妇！那我今天就泼给你看！”覃红枫一拳就朝孙红星打去。“平时都是你打我，揪我的头发，今天让你尝尝覃家拳的厉害！”

孙红星没提防覃红枫这一拳，四脚八叉，摔倒在地。周健秀去拉他，却给覃红枫抓住头发往后一扯。“还有你这个狐狸精！我念在宿舍情、同学情的份上，没对你怎么样，你却不知羞耻自重，有男朋友了，还要来勾引别人的男朋友。”

孙红星爬了起来，正要还击覃红枫，解救周健秀，周健秀朝他大喊：“不要动手，是我们不对！”

覃红枫放开了周健秀，指着孙红星：“孙红星，你这个龟孙子，还想打我？从此跟你一刀两断，永不往来！我算看透了你！”她拍了拍手，从容离去。

“你以后会明白的。你误会孙红星了。”周健秀大喊。

“明白个屁，我的事用得着你来管！”覃红枫恨恨地说。

朱荔香不是很情愿搬到宿舍楼队干值班室去。住在队干值班室，他觉得好像脱离群众了。不跟群众打成一片，他今后的工作也不好开展。队领导和系领导找他谈话，把他作为留校干部人选时，他就表过态，他不想留校。他想和刘美娜在一起。但这句话他没有说出口。刘美娜是留不成校的，他很有把握。以她的个性、她的表现，学校不会考虑她，钟思丹也不一定能把她留校。但他就是喜欢她，她的缺点成为他眼中的优点。他是她的保护神，她在哪他就在哪。他打定了主意。

“留不留校，先不说。你住在值班室，帮帮队干的忙吧！管理队里的大小两个库房，还有文体用品，负责一下冬天取暖炉子、煤球发放、男女宿舍内务检查等，分担一下队干部的工作吧。”

这相当于命令了。朱荔香不想让郑山河为难。能有一个清净地，脱离孙红星、费鹏的打打闹闹，也很不错。但他的算盘打错了。搬过去的第二天傍晚，孙红星就打上门来了。

这天傍晚，郑山河让他组织全队学员去奶牛场帮忙绞牛饲料。学院养了几十头奶牛，向院里教职员工提供鲜奶。他吹了哨后，孙红星就来到值班室，在那个装球的大木箱里左翻右翻，然后抱出一个足球。

“你干吗？没听到吹哨声，要去绞牛饲料吗？”

“没看我抱着球，要去踢足球吗？”

换在平时，朱荔香也就任由他去了。但今天是他第一次组织队里的活动，他也有些拧。“把球放回原处，下去集合！”

孙红星自从覃红枫跟他分手后，心情一直不好。出国留学去不成，还受了个警告处分。最后，连爱情也没有了。他越想越觉得，这是队干部在整他。凡是队里的各项活动，他都无心参加，天天泡在足球场上挥洒汗水，挥洒苦闷。

“我就不放。”孙红星抱住球，往门口走去。

朱荔香上去夺他的球，他挥手一拳，就像覃红枫打他那一拳。他觉得真是畅快淋漓，好似报了一箭之仇。

朱荔香练过武，一个马步站稳了，眼睁睁地看着孙红星把球拿走。路过门口，看到这一幕的覃红枫帮他骂了一句，“他就是个混世魔王！不要跟他计较，我们挤奶去！”

奶牛场旁边就是玉米地。从玉米地抱秸秆到奶牛场里粉碎，粉碎机马力大，能绞很多。刘美娜抱得又累又烦，仍然抱不完。她就跟粉碎机师傅露出甜甜的酒窝，“师傅，我帮你操控粉碎机，如何？”

“粉碎机不是那么好操控的，这是技术活。把你的手搅到，就麻烦了。”师傅用一口河南话说道。

刘美娜下意识地看看手，发现玉米秆把她的手指头戳出血来了。“谷小粒，你的卫生箱呢？”她大呼小叫道。

“今天不背卫生箱。你到门诊部去吧。”朱荔香关心地说。

“没关系。”刘美娜又凑到覃红枫身边。“你不是要挤奶吗？看到那头漂亮的奶牛没有，白黑交加，去不去挤？”

覃红枫本想去挤，听到她说白黑交加就不高兴——她皮肤黑。“那奶牛白的多，你去挤，保准挤得出奶来。”

刘美娜太好奇，听覃红枫一激将，就走了过去。弄了几下弄不出来，反倒给奶牛踢了一脚。虽然是轻轻的一脚，没有大碍，她也不敢再挤了。

“谷小粒，你不是会挤奶吗，你家养了那么多头牛？挤一挤，朱荔香给你发外出通行证。”

“她家养的又不是奶牛，是水牛。”费鹏笑道。

“都一样，都是水。”

谷小粒也想在朱荔香面前露一手。他的心上人刘美娜都没挤得出奶，她挤出来了，那他对她就会另眼相看。她并不在乎拿到出外通行证——她基本不出外，看重的是朱荔香刚搬到值班室，是留校的人选。她想巴结他，毕业后分到个好单位。

她走到奶牛前，挤了半天，也没挤出来。奶牛突然撒了一泡尿，尿了她一身。

大家笑得前仰后合，刘美娜直接滚到了地上。“幸好我没去挤！幸好我没去挤！否则，一身臊味，洗都洗不掉。”刘美娜捂着胸口，笑得上气不接下气。

操控粉碎机的师傅也停下了手中的活，看着这帮青春而又朝气的孩子们，嘿嘿笑着。

孙红星在绿茵场上发疯般地踢着球，像头小野马一样横冲直撞——他撞倒别人，或是别人撞倒他。摔在地上后，他又爆发出一阵大笑。那种笑在偌大的操场，有种“壮士一去兮不复返”的悲凉。

郑山河看着他这个样，不是鄙夷，而是心疼；不是恨铁不成钢，而是恨钢不在刃上。他跟袁哲说：“孙红星好像已到了崩溃的边缘，得想个办法拯救他。再这样下去，他可能会疯掉。”

“你我跟他谈话都没用。现在，他怀疑是我们在整他，公然与我们对抗，我的话他也不听了。”

“大三开二外了，他英语好，学英语的劲头强过越南语。教他们二外的是我一批的同学，刚从北京外国语学院读完博士回来。足球踢得好，文学、美术、书法的造诣也很深厚。”

“这个办法不错，也许会有突破。”

孙红星越南语课不是在睡觉，就是在看课外书。现在，他课也不想去上了。唯独这个二外——英语，是他每堂课必去的。吸引他的不只是英语本身，而是那个英语教员高光。他长得很帅，气质潇洒。如果不介绍他是教英语的，一定会认为他是电影明星。站在讲台上，他哪是在上课，是在演话剧——声音抑扬顿挫，时常手舞足蹈。尤其是讲到莎士比亚剧作时，他不仅将莎士比亚画在了黑板上，惟妙惟肖，简直就是演了起来。把孙红星看得眼睛都闭不上，如痴如醉。能让孙红星佩服的人不多，高光教员算一个。他想跟他接近，却又没有机会——上课他来，下课他走。他后悔自己不是女的，否则，就可以光明正大地追求他了。

郑山河组织了一场足球比赛，八系三队对二系一队。二系一队的守门员，正是这位高光教员。比赛前，好多女学员站在场外观战，就是来看自己的偶像高光的。有的女学员还举着牌子，上面用所学的各种语言写着：“男神高光教员加油!”除了中文、英文和越南语，孙红星看得懂，其他他都看不懂。

“写给我就好了。”孙红星对高光又多了一层崇拜。

高光教员守门有得天独厚的条件——身材高大、动作灵敏，一个个球射过去，就好像送给他的糖果，只需稍稍往前一扑，就可搂入怀中。高光扑球的动作就像他讲英语课一样，演一出好戏，潇洒不羁。孙红星是前锋，像小老虎一般踢进去的球，就像小绵羊一般温顺地给他抓住。孙红星看呆了，这球敢情是他们家生产的，听他指挥。

踢完球后，两个队聚餐。郑山河破例允许大家喝点啤酒。孙红星特意坐在高光旁边。他去，他必定会去；他不去，他肯定也不去。高光兴许是高兴，因为扑倒了好几个球，啤酒居然都喝醉了。

“孙红星，你送高教员回宿舍吧。”郑山河说道。孙红星第一次觉得郑山河的声音，像音乐那般动听，不变态了。

高光教员宿舍像个闺房，几平方米的狭小空间，给他布置得诗情画意、趣味横生。床上铺着淡蓝色的床罩，像大海般有梦幻色彩。书桌上铺着白色的塑料台布，整整齐齐地摆放着几本书，英语的、文学的、哲学的、历史的。一本《席慕蓉诗选》摊开在桌面上；还有一个雅致的花瓶，插着淡黄色的野菊花。书桌的墙上贴有四幅水彩画：春花、夏绿、秋叶、冬雪，就像他上课时画的插图一般美；一幅书法作品《晚秋》很是醒目。

孙红星把高光放在床上，他居然醒了过来。

“喝茶吗？桌上有龙井。”他不忘主人的身份，招待起孙红星来。

孙红星摇摇头。

“那给我倒一杯吧！”

“这画是你画的？”孙红星问道。

“是的。听说你也很喜欢画画。”

“队里的黑板报都是我出的。”孙红星浮出一丝骄傲。“这幅书法‘晚秋’也是你写的？”

“对。你的书法也很好，在学院比赛获过一等奖。”

“但我觉得比你写得差远了。你还喜欢席慕蓉的诗？”

“她的诗浅显易懂，能说到你心里去。”

“那萨特的哲学呢？”

“我不太读得懂。哲学家里我喜欢蒙田，他也是散文家。他的哲理都蕴藏在优美的文字里，很容易领悟。”

“我明天就去读读蒙田。高教员喜欢美的东西哈，所以你上课、打球都给人很美的感觉。”

“你足球踢得也很美，飘逸洒脱，很迷惑人，进球率很高啊。”

“都进你高教员的怀里了。”

“哈哈哈。”两人都笑了起来。

“你刚从北京外国语学院读完博士，为什么不留在北京？”

“我喜欢军营。”

“看你的爱好，是个浪漫自由的人。为何要受军队的约束？”

“我不觉得军队约束我，我觉得是在锻炼我。”

“锻炼你？”孙红星惊奇了。

"你想想，让你按时起床，按时休息，按时吃饭，是不是养成你有规律的生活，使你身体健康？出操跑步，是不是使你坚韧顽强？劳动公差，是不是让你吃苦耐劳？所有这一切，是不是在锻炼你？地方大学看起来自由自在、无拘无束，却也让你散漫，不守规矩，没有时间观念；让你遇事退缩逃避，不负责任，没有担当。所以说，部队是个大熔炉啊，把人锻造得如钢般坚不可摧。"高光吹着茶杯里的茶叶，喝了一口。

"你学的是好语种，可以这样说。"

"我们是解放军唯一一所外语院校，外语力量在全军甚至全国都是最高的，包括你们越南语。有的教员当过胡志明主席的翻译，有的学养深厚、儒雅淡泊。大学四年，不多学点专业知识，学习他们的为人为师之道，真是浪费时光啊！"

孙红星若有所思地点点头。"你教学这么优雅从容，就是从老师身上学来的？"

"是呀，我的老师们板书一流，讲课一流，学富五车，厚积薄发。听他们的课，就像听音乐会，很享受，很美妙，很陶醉。教你们的肖长喜教员，慈祥和蔼，知识丰富，越南语发音标准，上课睡觉，会睡去他的精彩和光华啊。"孙红星听得脸有些发红了。

"高教员，你休息，不打扰了。"孙红星走出宿舍，深深地吐出一口气。他第一次感到，学院的空气是这般的清新美好。

全院迎国庆文艺汇演，郑山河势在必得拿第一。吴瑕的独唱，刘美娜的独舞，孙红星的长笛独奏，还有八系三队小乐队的其他成员，任何一个人拿出来，都是响当当的。这个稳拿的第一，却差点儿给费鹏毁掉了。郑山河把费鹏好一顿臭骂。

俞甜甜在文艺汇演中也有一个节目——小提琴独奏，但她发挥得不是很好。费鹏送她出来时，她在小山坡上大发小孩脾气。“都是因为你，费哥哥，我才没拉好。”

“这跟我有什么关系？”费鹏很纳闷。

“你站在台下，不看着我，只看着吴瑕姐姐。我精神不集中，就拉错音了。”

“吴姐姐是报幕员，我是文艺汇演的统筹，我不看着她，我看着谁？”

“我上场的时候，你只能看着我，不能看着其他人，尤其是吴姐姐，我分心。”

“好好好，我知道了。下回我改。我现在得赶回去，还在比赛。我走开了，他们会找我的。”

“不行。你必须将功补过，好好陪陪我。”

“我真陪不了你，真得走了。”

“就两分钟。”

“已经够两分钟了。”

“还有一分钟。”

郑山河在会场前台、后台都找不着费鹏。马上到他指挥的八系三队小乐队上场了，他不在，比赛进行不下去。郑山河平时的大将风度没有了，急得团团转。他向吴瑕使眼色，让她报后面的节目，但吴瑕没看见，仍然报了八系三队。这下糟了，乐队的人全上场了，还不见费鹏。下面宣传处和俱乐部的评委、领导都在窃窃私语了。

就在这千钧一发之际，费鹏突然出现在台上，好似从地下冒出来的一样。有惊无险，八系三队还是拿到了河外迎国庆文艺汇演的冠军。

但费鹏依然逃不了郑山河这顿劈头盖脸的臭骂："太无组织、无纪律了！这不是军人的作风，也不是指挥的作风！八系三队差点儿毁在你的手里。我不是锦标主义思想作怪，非得拿冠军不可，而是你的集体荣誉感太差！这怎么能当好指挥？指挥指挥，一指之挥，你挥到哪里了？指挥家的基本素养都没有，当什么指挥？还怎么指挥军乐团？"

这一顿骂，让费鹏的自信心受了摧毁。他连指挥家的素养都没有，怎么还能当指挥？他怎么指挥得了国庆节的军乐团演奏？他跟袁哲说："教导员，我指挥不了军乐团。你跟军乐团团长说，换个人指挥吧。"

"临阵脱逃，不是军人的作风。你代表的不是个人，是八系三队，是院首支军乐团。充满信心去吧，你能行的。"袁哲批评、鼓励双管齐下，但费鹏还是信心不足。

吴瑕对他这种优柔寡断的作风很不满，明确跟他说："你如果放弃，我就放弃你。"

国庆阅兵的时候，军乐团第一次亮相，费鹏指挥。临上场几分钟，他的脚还在哆嗦，还想跟团长提出，是不是换别人来指挥。吴瑕在阅兵的队列里一直握紧拳头高举着，对他示意。

郑山河在军乐团里吹中音号，特意走到他面前，紧紧握住他的手说："一定要给八系三队争光，不能掉链子。"

八系三队军乐团成员也对他竖起了胜利的手指。

说也奇怪，当费鹏站在指挥台上时，脚不颤抖了，手也自如了，两只手臂如海鸥般一展翅，雄壮的《抗日军政大学校歌》就响彻了整个校园。

我是偶然看到一篇写木棉花的文章的，不知怎么，忽然就被这种花击中了心灵，如同突然被一位异性击中一样。对河洛市这么有名的牡丹花，父亲特意告知我的牡丹花，我都没有这种感觉。系里举行演讲比赛，我代表八系三队参加，演讲稿就以木棉花为主题。挺拔的躯干，红硕的花朵，用来赞美英雄再合适不过了，木棉花的别称就是"英雄花"。

演讲是在阶梯教室进行的，全系四个学员队整齐划一地坐着，比赛前的拉歌也是响彻云霄。我在前排的位置上，又看到了院报编辑汪文华教员。他是作为评委参加的，依然是和蔼的微笑，平静的面容，但那微笑似乎蕴藏着一种力量。不知怎么，看到他，我心定了很多。

我不记得这次演讲获得了什么名次，只记得演讲完后徐志文告诉我："汪文华教员说你的演讲稿写得很好。院里要举行第二届《军校生活》征文比赛，说你可以参加。"

徐志文还说，他正在筹备的学院诗社，名字一直没确定下来，现在可以确定了，就叫"木棉花"，并嘱我为诗社成立创作一首诗。我说没问题，这首诗的题目也叫《木棉花》。

"木棉花"诗社成立大会是在宣传处的会议室举办的，汪文华教员也来了。我顺便把参加第二届《军校生活》征文比赛的散文——《那里的木棉花一定很红》交给了他。

第二年的1月份，快放寒假时，徐志文跟我说：“你去宣传处领奖，你的征文获得了一等奖。”

我像上次那样，沿着院务部大楼弯曲的楼梯，上到了二楼，怯生生地走进了宣传处。正听到汪文华教员跟别人说：“我们给她评了一等奖。”

“我们中文系的都写不过她。”另一个人说。

我知道他们说的是我。一等奖的奖品是一本精美的影集，封面是一个可爱的金发小姑娘，身上长着一对美丽的翅膀，似要飞往梦想的地方。

“这影集是我去上海市场买的，26元，相当于我半个月的工资哩。”汪文华教员把影集递给我时，幽默地说道。

离开宣传处，曾经那个念头不知怎么又冒了出来，“如果你跟我提出来，我一定会同意的。”而那时，我跟安以康已恋爱了一年多。

第二届《军校生活》征文获奖名单，宣传处张榜公布在大礼堂旁的宣传橱窗里。我看见时，正是午饭后，学院广播正在播放徐志文的宣传稿：“八系三队学员林灵的散文《那里的木棉花一定很红》获我院第二届《军校生活》征文一等奖。她还有一篇散文——《杏花的芬芳》，获《中国青年报》征文二等奖。她把奖品——一套《中国古代历史故事丛书》捐给了八系三队阅览室。”

这个徐志文怎么什么都写，我心里嗔怪道。收到《中国青年报》的奖品后，我的确捐给了队里的阅览室。我经常去那里看书，希望能为阅览室做些贡献。

为此，郑山河队长还在队务会上，表扬了我。

高光在英语课上提出，要排演英语话剧——《罗密欧和朱丽叶》时，关于主演的人选问题，大家一致觉得应是费鹏和吴瑕。

“我们队没有谁比我更像外国人的了，我的外号就叫‘小费翔’。费翔是中美混血儿，父亲是美国人。”

“你父亲是美国人吗？”孙红星当场反对，“演英语话剧，一定要英语口语好的。这里英语口语最好的，就是我。”

“我长得才像外国人呢，是吧，高教员。”刘美娜扑闪着她那双大眼睛，露出甜甜的酒窝，望着高光。

“你像哪个外国人？”孙红星不怀好意地笑着，“对了，你像玛丽莲·梦露。”教室里笑声一片。

“还有黄莲。她英语口语是我们女生中最好的，而且她长得就像《罗马假日》里的奥黛丽·赫本。个性也像她，聪明美丽。”吴瑕这句话，把全班人都震住了，更把黄莲震住了。

吴瑕入党后，黄莲去问她：“为什么你入党了，我没入？”

“这是队干的决定，我也不知道。”吴瑕实话实说。

“你觉得我和你相比，还有哪些差距？”

“我觉得你各方面挺好的，学习好，训练好，劳动好。我们之间没有差距。”吴瑕说的也是心里话。

“演话剧，口语一定要好。孙红星口语好，由他演罗密欧吧。朱丽叶由吴瑕来演，她个性温婉，跟朱丽叶像。”高光说。

“话剧是文艺，不能由有政治倾向的人去演。”刘美娜这句话又把大家震住了。吴瑕在女生中第一个入党，刘美娜也是有几分醋意的。

“我不管什么倾向，我只管适合。”高光说。

“最适合的是黄莲，她个性忧郁，口语也好，真的很适合朱丽叶这个角色。高教员，你就定她吧。”说完这句话，吴瑕忍住泪，走出教室，来到队部。

“郑队长，我这个日语班的副班长不当了，请换别人吧。”

“为什么？你当得好好的。”

“我要准备考日语研究生，时间不够。高等代数、计算机编程，等等，挺难的，要花好多时间去复习。”

“你一向成绩优秀，当个副班长并不影响学习啊。”

“总之，我不想当了。你换别人吧，党员我也不想当了。”

“什么？党员你也不想当？”郑山河表情严肃了，“副班长可以不当，党员却不能不当。这是你的政治生命。作为军人，不能这样说话。”

“那我就不当副班长了。”

吴瑕说完这句话，刚走出门去，高光就走了进来。

“老同学，今天吴瑕哭着不演朱丽叶，有同学说她有政治倾向。这是咋回事？”

“我明白是怎么回事了。”郑山河似在自言自语，表情很凝重。

炊事班要我们队出公差，派几个人把大白菜、萝卜等蔬菜放到地窖里。队里把这个活派给了我们班。大冷天的，天寒地冻，还下着雪，地窖又在室外，没一个人愿意去干这活。班长朱荔香一筹莫展之际，谷小粒自告奋勇。她什么脏活、累活都抢着干，习以为常了。大家都没有怀疑她有什么目的。

朱荔香倒有些警觉。自从谷小粒向他示爱遭拒后，任何时候，他都尽量避免与他单独待在一起。同为农民家庭出身，他觉得两个人有一个共同的个性，那就是拧巴、犟、一根筋，对爱情很执著，越是得不到的越想得到，越想得到就越会有耐心和毅力等待。他对刘美娜就是这样的。但现在时间紧、任务重，大家都不愿去干这份苦差事，他一个人也搬不了那么多大白菜，有个帮手也挺好的。傍晚时分，天也还亮着，想必谷小粒也不敢有什么过分的语言和行动。

朱荔香的怀疑是正确的。谷小粒看大家都不愿去，觉得这真是天赐良机，老天爷给她大发慈悲了。冬天水房里，男生们洗冷水澡时会发出大喊和尖叫声，朱荔香却会吼几嗓子，那是电影《红高粱》的主题曲："妹妹你大胆地往前走啊，往前走，莫回呀头！"她给这男性荷尔蒙的声音撩拨得心痒痒的，潜藏在心底那份对朱荔香的爱又冒出来了。既然他唱"妹妹你大胆地往前走"，自己现在大胆地往前走一回也未尝不可。快毕业了，她要再搏一次。爱情要靠自己去争取，她又不是去撬别人的墙角。刘美娜已经死心塌地地跟钟思丹谈上了，朱荔香何苦再死心塌地地守株待兔呢？"我要把他拯救出来。"她暗下决心。

把大白菜、萝卜搬到地窖里，天已黑了。这是朱荔香始料未及的。原以为这几十颗大白菜、萝卜会在他和谷小粒这两个干农活的好手中十几分钟就搞定的，但谷小粒不如往日那般利索，慢吞吞的，像老太婆那样动作迟缓。也许是下雪路滑吧，朱荔香还下意识地为她着想。他“大意失荆州”了，哪想到谷小粒是在故意拖延时间——天黑了，她就好下手了。

朱荔香跟谷小粒说：“辛苦了，快回宿舍暖暖吧。”

他话还没说完，谷小粒已一个猛子，滑到了他脚下。她本想一个猛子扎进他怀里的，无奈路滑，她真的是不好行走了。

“你这是干什么？”望着紧紧抱住自己右脚的谷小粒，朱荔香又羞又恼，真不知她唱的是哪出戏。

“我不小心滑倒了，你扶我起来吧。”谷小粒庆幸这一跤摔得好，摔得及时。如果真是直接撞进他怀里，他肯定会将自己一把推开。这样好了，由他将自己扶起来，不就名正言顺地倒在他怀里了。

“这，这……”朱荔香意识到他落入谷小粒的圈套了。黑灯瞎火的，他若扶她起来，她势必会倒进自己怀里。那时，就是跳进黄河也洗不清了。如果不扶她起来，看她匍匐在自己脚下那真摔的可怜样，他又于心不忍。他这回可不能像上次那样拔腿就逃了，腿给谷小粒紧紧抱住了，无论如何拔不出腿来了。

沉思片刻，他计上心来，索性跟谷小粒摊牌。“我很欣赏你的勇气，也很感谢你对我的爱慕。但你知道，我是深爱刘美娜的。只要她不结婚，我就等。结了婚，我也等。我就做个不婚主义者，为她守着一片安宁和幸福。你这么吃苦耐劳、勤奋上进，一定会遇到一个比我更好的男性。请你放过我，好吗？”

谷小粒听着前面的话，心里还挺感动的。但最后一句让她很生气——“放过他”，好似我是毒蛇缠着他一样，好似我没人要一样。她的犟劲上来了，松开了抱住朱荔香大腿的手，一骨碌要爬起来。地滑，她翻了几个滚，还是起不来。

朱荔香见她放开了手，以为她想通了。发现她在地上爬不起来，就伸出手给谷小粒，想拉她起来。谷小粒拉住他温热的手，心一暖又改了主意，一把将朱荔香扯下来。

朱荔香一个趔趄，就在要滑倒在谷小粒身上那一刻，他用练武的双手撑在地上，一个鲤鱼打挺，翻到了她旁边。

谷小粒原想环抱他的双手落空，直挺挺地朝向天空，显得那般的无助和凄凉。

第十六章

洪宇宁陪着黄莲，在她上军校的第三个春节，回四川跟父母亲团聚了。临行前，他问黄莲：“怕不怕？”

黄莲说：“有你在身边，怎么会怕？”

“我问的是，你怕不怕我?”

“怕。火车上，我就喊抓流氓!”

洪宇宁穿着当时流行的喇叭裤和一件紧身带红边的夹克棉袄，头发梳成大背头，油光可鉴，看起来有些像二流子。“那我怕你。”洪宇宁故意退后两步。

黄莲得意地朝前迈开双腿，两臂像走正步般往后摆动着。

洪宇宁感觉，他们很像《罗马假日》中的男主演格利高里·派克和奥黛丽·赫本一起开启了《四川假日》。

这度假的步伐没走多远，就给一阵喧闹声中止了。购票大厅里，一男旅客与一卖东西的男列车员打在了一起。身旁的小推车上，东西“哗哗”地往下掉，饮料瓶碎了，一地的水。周围有些人冷漠地看着他们，并不上前劝架；有的人看都不看，匆匆而行。洪宇宁把行李递给黄莲，“看好东西”。

“你要小心。”黄莲话还没说完，洪宇宁已一个箭步冲了上前。他是运动员，跑百米的，创下的院里冠军纪录没人能打破。他拼命拉开厮打的两个人，可两个人的拳头全落在他身上了。他就像咏春拳的木桩一样，站在中间，让他们练身手。

黄莲急了，把行李一扔，也冲了进去，“你们打够了没有。”两个人看见一个弱女子突然出现，还这么漂亮，都停住了手。

“有什么事不能好好解决?打人就能解决?”黄莲对母亲的打骂不还手、不还嘴，源于一种恐惧。在外面，这种恐惧却不存在。骨子里，她跟她母亲一样，有一颗勇敢好斗的心。

洪宇宁把她推开，“去看好行李。”

“你们不要再打了。误伤行人，你们会吃不了、兜着走的。把地上的东西捡好！冷静一下，互相检讨。”

打架的两人给洪宇宁的气势震住了，定定地看着他离去。

“受伤了没有？”黄莲对走过来的洪宇宁担心地问。

“还好，衣服厚。”洪宇宁把衣服理理，头发抹抹，很有风度地跟那两个打架的人挥挥手，“再见！”

黄莲的母亲已经把房间打扫干净了。她宁静下来时，显出一种高贵和优雅，与之前的泼辣野蛮相比，真的像换了一个人。黄莲跟她长得很像，一瞬间，洪宇宁觉得，自己是不是已结婚成家，黄莲正为这个温馨的小家辛勤操劳着。

黄莲并不适应母亲的转变，躲在洪宇宁身后，眼神露出一丝恐慌。母亲大方得体地拎过他们的行李，热情地招呼他们坐下。“莲儿，给宇宁倒杯茶。你是主人呀。”黄莲好像回到了父亲还没有出轨前那种家庭的温暖和关爱中。她的神态自然了一些，但又怕母亲是装的，掉转头就会对她抡起拳头。她将洪宇宁拽到了她的房间。整个房间笼罩着粉红色的浪漫气息——粉红色的床、粉红色的桌椅，粉红色的摆设。黄莲小时候的一幅照片放大后挂在床后的墙上，也是粉红色的。

“这多像我们的婚房啊。”洪宇宁一脸的羡慕。

“美的你。”黄莲踢了他一脚。洪宇宁顺势抱住她，跟她滚在床上。

洪宇宁下厨做了一桌菜，叫来了黄莲的父亲。他这一手好厨艺也是跟他母亲学的，是粤菜风味。为了适合黄莲一家的口味，他每道菜都撒了花椒和辣椒，川粤菜合璧。黄莲和父亲、母亲居然吃得津津有味，赞不绝口，“好吃，好吃”。

洪宇宁端起一杯酒，敬了黄莲的父母：“叔叔，阿姨，血缘是割不断的，打断骨还连着筋。你们生了个好女儿，她聪明漂亮，坚强勇敢，学习优异，有理想，有抱负，是你们的骄傲啊。要给她一个安定团结的后方环境，做她的强有力的后盾，让她有一个光明的未来！”

“是啊，是啊。洪参谋所言极是。我们没有做好父母亲，惭愧啊。”黄莲父亲端杯的手，微微颤抖。

“是你没做好父亲吧。”黄莲的母亲白了他一眼，把酒一饮而尽。

“是是是，我没做好父亲。从今往后，莲儿指东我不敢往西，莲儿指南我不敢往北，一切唯莲儿的马首是瞻，做好莲儿的后勤保障工作，让她安安心心地学习和生活，决不给她添乱。”黄莲父亲老泪纵横，酒里是一滴一滴的眼泪。

“放马后炮你最会，我就做马前卒了。莲儿，妈妈永远为你冲锋陷阵，摇旗呐喊。你就大胆地往前走吧，莫回头。”

黄莲“扑哧”一声笑了出来，又忙用手捂住嘴。实际上，她捂住的是她的泪。

艾丽雅听孙红星说他跟覃红枫吹了，有点不高兴。“她是将军的女儿。以后有什么事，可能要他们关照一下。”

“我还用她关照，她自己都关照不了自己。她老爸比我老爹还正统，回到家就要她走正步、练跑步、立正稍息，我可受不了这种罪。”

艾丽雅止不住笑起来。“吹了也好，我本来就不太同意你跟她的。我的宝贝儿子这么有才，怎么样也得找个如花似玉的姑娘回来。”

这句话说得孙红星心花怒放，他又骄傲起来。“这个寒假我不回去了。我要留校，我要看书学习。”

艾丽雅一听孙红星不回家过春节，就着急了。“你不习惯河洛市的面食，回家我给你补补。看书学习，哪儿不能？”

“我要看的是越南语的书。我要钻到图书馆去看越南语原著，家里哪有？”高光教员跟他说，学习语言一定要看所学语言的原著，才会有提高，有进步。

艾丽雅知道儿子是头倔驴，决定的事十头牛都拉不回。她采购了一堆东西，给孙红星寄去了。

孙红星想当然地认为，郑山河和袁哲不会同意自己留校的，能留校的都是表现积极的人。在学院征集元旦书画作品时，他写了一幅毛笔字，“浪子回头金不换”，叫徐志文交给袁哲。徐志文也很喜欢书法，毛笔字写得很好，负责队里书画作品的收集工作。

郑山河看到这幅字笑了，“他还真是意味深长啊。”

“他能主动提出寒假留校，说明他懂得责任和担当了。”

“是啊，高光真是有两下子，解决了我们最头疼、最棘手的问题。得好好感谢他。”

年三十的时候，郑山河邀请高光和孙红星一起去家里过节，高光说他已经和孙红星在去西安华山的路上了。

收到家里的东西，孙红星拿到高光宿舍，跟他一起吃。高光说：“年三十，郑队长邀请我们去他家。你把这些东西拿去他家吧，他有个三四岁的儿子。”

“我才不去他家。他和袁不则对我看不顺眼，处处与我作对，刁难我，整我。不是处分就是批评，罚这罚那的，害得我出国留学去不成，女朋友也吹了。真是竹篮打水一场空。”

“你真是错了。如果不是郑队和袁教保你，你已经给开除了。别个队是不是有私自回家会女友给开除的？还有，你出国留学，以你的表现，怎么够格推荐你？你榜上有名，不是郑队和袁教爱才？你去水库那次，也是郑队安排周健秀去开导你的。”

孙红星有点傻呆呆了，扔了一粒花生米进嘴里。“你的话不能全信。总之，我不想去郑变态的家，我们去爬华山吧。”

孙红星和高光是从河洛市步行去的西安。在路上，有一群羊走到了路中间，迎面来了一辆大客车，远远就按起了喇叭。赶羊的老大爷急了，越想把羊往路边赶，羊越是不走，“咩咩”地叫着，站在路中间。大客车已到了近处，大喇叭按得更响了。羊一脸惊恐地望着大客车，与司机对峙。老大爷拿起鞭子就抽羊，羊“咩咩”叫着，跳着，就是不走。高光走到羊群中，把羊抱到路边，可他刚想去抱另一只羊，路边那只羊又蹿到了路中间。

此时，大客车的门开了，车上下来一位着军装的苗条秀丽的女子。拿过大爷的鞭子，嘴里轻轻哼着什么小曲，动作轻盈，姿态优美，羊就跟着她，乖乖地走到了路边。孙红星看傻了，这不就是《少林寺》中的牧羊女吗？他正想上前说几句，她却走到高光面前说："羊不能一只只抱离地面。它们是成群结队的，狼才是孤独的。"她朝高光敬了个礼，转身走向了大客车。

"哎，别急着走！你叫什么名字？哪个学校的？我们是解放军外国语学院的。"孙红星朝她喊着。

"我叫胡扬扬，是解放军西安通信学院的。"大客车从他们身边疾驰而去，胡扬扬在客车里朝他们挥着手。

"真是天上掉下个胡妹妹呀！"孙红星一脸的向往。他转头一看，高光正目送着大客车的方向，痴痴的。

"高教员，你在想什么？"

"嗯，"高光回过头来，脸红了，"没什么。"

"你在军校谈过恋爱吗？"

"没谈过。"

"四年都没谈过？"

"对。"

"不相信。你这么优秀，就没女生爱上你？也没有值得你爱的女生？"

"校规是严禁恋爱的。我们那时比你们现在严多了。要诫勉谈话，毕业分配对谈恋爱也不照顾。"

"你是这个原因不谈恋爱的？"孙红星露出了个鬼脸。

"我是班长，怎么能带这个头？"

"所以，你就禁欲了？佩服！"孙红星朝高光竖起了大拇指。

刚才路过的大客车突然停了下来，那个叫胡扬扬的姑娘下了车，朝他们跑来。“解放军外国语学院是我想考的，阴差阳错去读了西安通信学院。”她将手中的《席慕蓉诗选》递给高光。“我很喜欢她的诗，希望你也能喜欢。”她的脸微微红了，又朝高光敬了个军礼，转身跑了。

高光打开书，扉页上写着：“胡杨杨：西安通信学院五系三队。电话：1932079（军线）。”

“这也是你喜欢的诗啊！”孙红星笑着推推他的手。

高光脸上红得如火烧云。

站在华山的门口，孙红星如释重负。“终于来到西岳华山了。华山的险，是我最想挑战的。中岳嵩山去过了，还有南岳衡山、北岳恒山、东岳泰山。黄山也想去。”

“华山险，衡山秀，泰山雄，恒山幽，嵩山峻——五岳各有特点，各有千秋，但黄山最牛——五岳归来不看山，黄山归来不看岳。”高光接着说。

“三山五岳，黄山、庐山、雁荡山也是想去的。把一座座山峰征服，那是勇士的行为。”孙红星有点得意。

“华山很险，要小心，不能得意妄为。”高光提醒道。

“Yes，Sir。”孙红星向高光行了个军礼。

“你看了电视剧《射雕英雄传》吗？我们先去‘华山论剑’处吧。”孙红星蹦蹦跳跳的，一步两个台阶，把登山拐杖当作金箍棒，在手中舞来舞去。“这段路不险，高教员放心。”

“我没看电视剧，我看的是书。书要比电视剧有味得多。电视剧以画面、镜头取胜，经演员一演绎，味儿就变了。”

“我也觉得。不过，《射雕英雄传》的演员都还不错。尤其是华山比武那几个老戏骨，真是演绝了。”

看到“华山论剑”那几个笔力遒劲的红色大字，孙红星感叹道：“金庸先生也是位书法家啊！你看他那一笔一画，劲力十足，几乎刻进石头里面去了。”

“那几个字本来就是刻在石头里的嘛。不过，这几个字写得的确有风骨，有劲道，力透纸背，侠风霍霍。金庸生性就有股侠气，真是字如其人，书如其人啊！书中的华山论剑写的不是这座北峰，他写的是南峰。”高光站在挂满锁头的铁索旁，遥望着南边那座山峰说，“当时，他已年过八旬，无力再上南峰。”

“高教员，你看这是连心锁。如果那位胡杨杨小姐跟你登山，你们也可挂一把。”孙红星指着锁，笑言。

“别逗了，八字还没一撇。”高光脸又红了。

“哈哈，高教员看剑。”高光回过头来。

只见孙红星手中的登山拐杖已变成一把长剑，向他刺来。

高光退后一步，使出一招“降龙十八掌”，将剑牢牢攥在手中。

“高教员还会武功啊，佩服佩服。”

“书看多了，也学着书中的招式比划一下。”

“弟子甘拜下风。”孙红星双手合十道，“高教员，我们去长空栈道看看吧！”

“长空栈道是华山第一险。栈道上下，皆是悬崖绝壁；其下还是万丈深渊——不去为好。冬天栈道也滑，不安全。”

“你不是说作为学者，要有探究事物起源之勇气吗？长空栈道距今有 700 多年历史，在绝壁上镶嵌石钉和石柱，由条石搭成路面，即便不爬，看看也很有收获。”

当长空栈道出现在孙红星面前时，他可不是看看而已了，而是跃跃欲试了。“你看，高教员！这么一条古老壮观的栈道，不上去爬一爬，真是枉来华山，枉做男人了。”

孙红星这一激将，高光只好接招了。况且这条栈道的确诱惑人，像一条长龙盘踞在悬崖峭壁上。往上攀爬，的确有踩在龙身上飞舞的感觉。

孙红星和高光抓住铁链，紧紧贴着山壁，往前慢慢移动。孙红星忽然觉得后怕，“高教员，我后悔了。还能回头吗？”

“不能走回头路。你是军人，只能往前。”

“但我怕啊。下面万丈深渊，我腿直打战。”

“别往下看。抓住铁链，你能行的。要坚强勇敢，军人可以战胜一切艰难险阻。”

孙红星忽然一滑，手要松开铁链。高光抓紧他的手，将他拉回铁链。他用坚定的眼神看着他，如火如炬。“你是一名军人。记住，军人什么都不怕！越是困难越向前！”

“你是一名军人，什么都不怕！越是困难越向前！”直到走过长空栈道，这句话依然在孙红星的脑海里回旋。如同凤凰涅槃、浴火重生，经此一走，军人的形象在他的心中是如此高大。他下定决心，要做一个军校教员，向高光看齐。

春节过后，回到学校不久，我就发现我的肚子大了。这可把我吓坏了，以为怀孕了。春节在柳宁时，我曾跟安以康偷吃了禁果，莫非是这次造的孽？军校不准谈恋爱，怀孕更是大逆不道。果真如此的话，我和安以康都要面临被开除的危险。这是一向脸皮薄、自尊心强的我，无法面对的。

我跟安以康说了这件事，他也不知道怎么办。他看起来成熟稳重，实际上却是个懦弱、没有主见的人。这件事不能让队干部知道，不能让同学知道，也不能让家里人知道。父亲是反对我谈恋爱的，担心影响我学习。“安以康长得不秀气。”他以这个理由来劝我。不秀气就不能跟他谈吗？我弄不明白。安以康的鼻梁高挺，这是我看重的。眼睛小点、皮肤黑点，都无所谓，只要以后小孩能继承他的高鼻梁这个基因就好。我鼻梁不高挺，小时候老被取笑塌鼻梁，见着我就来揪我的鼻梁，但还是没揪起来。

父亲又动员大姐来劝我。“他的家乡以卖假药出名。”大姐说。我知道她的意思，就是安以康这个人有可能也是假的。

人怎么能假呢？他在队里人缘那么好，我很纳闷。“他对人很好的。”我说。

“他对别人好，就对你不好了。”大姐差点儿叫了起来。她经历的风风雨雨太多了，看人有一套。

我又弄不明白了：对他人好，为何对我就不好。

在跟安以康交往的过程中，我发现他的确是挺好的一个人，还庆幸自己赌对了。我们属于先恋爱再了解的人。事先，我对他一点都不了解，仅凭一时之感觉就掉进了爱河里。我天真地以为，只要我学习好，不因谈恋爱而掉下来，家人就会同意，并宽容我在大学里就谈的恋爱。然而，当我再次获得了院里的“三好学生”时，家人对安以康还是不理不睬。我才算弄明白，原来他们是不同意我把爱全给了安以康。

我想起安以康在校外认识的一位大姐，她对军校学员很有好感，曾经请过他们班的人去她家里做客。

“去问问冯大姐吧，心安一点。”

安以康没做声。他不拿主意，但考虑问题还是全面周到的。这样冒昧唐突地去问冯大姐，会不会影响他在班里的形象，他是他们班的团支部书记。

“如果真是怀孕了，那我俩就死定了。冯大姐对你印象好，会替你保密的，不会乱说的。”

经我这一逼，安以康同意了。他本来就是一个很容易说动的人，或者说，他是一个很听话的人，很没有原则的人。

河洛市是一个工业城市，全国一些大中型企业都落户于此。这些企业的工人住宅楼房不高，但整齐统一，外墙颜色红黄相间。安以康记性不好，我们找了很久，才找到冯大姐的家。此时，已是午饭时间。她见到安以康很高兴，把正在打牌的老公叫回了家。我们是周日去的。他老公亲自下厨，做了不少菜。趁他和安以康聊得正酣时，我瞅准一个机会，看到冯大姐进到房间，就跟着走了进去。

“冯姐，你看我是不是怀孕了？”我脱下裤子，露出圆滚滚的肚子。

“哦，你跟他有过这种事吗？”冯大姐温和善良，她的问话不让人不舒服。

我点点头。

她紧张了："军校纪律严，怀孕后果严重。"

"不过，关键时刻他没有进行下去。"我又说道。

"哦。"她如释重负，"那就问题不大。可能是春节你吃多了，肚子鼓起来了，慢慢就会瘪下去的。记住，以后不要让他随便碰你的身体。"

过了一阵，也许是学习、出操、劳动的压力，冯大姐说的话应验了，我的肚子瘪了下去。我和安以康都松了一口气。

袁哲跟郑山河商量："是不是让黄莲写入党申请书？"

郑山河有点犹豫，"虽说她现在表现不错，但之前有过自杀倾向，怕同学们不服。"

"我们的工作方针是惩前毖后，治病救人。她现在的学习和表现有目共睹，成绩在年级数一数二，出操跑步、军容风纪、劳动训练从入校时就很突出，脏活、累活抢着干，吃苦在前，享乐在后。"

"脏活、累活抢着干的是谷小粒。"

"她那是好表现。如果让她入党，同学们才是不服。"

"他们这一批，学习好、表现好、一向都很稳定的就属朱荔香和吴瑕了。费鹏专注于文艺工作，学习不怎么上心，表现也不怎么样，讲排场，讲吃喝；刘美娜爱虚荣、爱显摆，心眼多、闲话多，有点小聪明；林灵文静，爱学习，但天真，不成熟；徐志文看似文弱，却有英雄主义气概，遇事易冲动，不太沉稳；孙红星转变巨大，一门心思搞学习，出操训练、内务军容也都是上乘的了，成绩跟黄莲不相上下。”

“孙红星人聪明。他想通了，别人就搞不过他了。”

“那要不要这一批发展党员也报上孙红星，也算是对高光的一个安慰吧。他谆谆诱导、关心指引的学员，正在以他为榜样，努力学习，加油上进。”

“他的目标是留校当教员，想和高光有更多的接近和交流。他最崇拜的就是高光了。”

“是啊。他有方向，有目标，就会有动力，有奔头，入党也是对他最好的激励。”

“他现在入党还不够火候。于队里而言，刚刚变好，入党不很服众；于他个人而言，入了党说不定又得意起来。他一得意，就有可能泄气。让他保持这股劲头，一直努力吧，不要给他横生枝节。希望他以优异的成绩、最好的状态，实现他留校的愿望。这对他是最重要的。黄莲不同，她转变很长时间了，已经到了入党的时候了。”

刘美娜从钟思丹的嘴里听说了郑山河和袁哲的决定，有点不服气，“你怎么不想办法让我入党？入了党，我也有可能留校，就能跟你永远在一起了。”

“我刚一毕业留校的小小区队长，怎么可能说动队长和教导员给你入党。本来我们谈恋爱就是违规的。”

“好好好，我知道你那句潜台词了——你是要爱情还是要留校。你也不想想，教导员让黄莲入党，明摆着就是给她当外交官的梦想铺路。有了这张护身符，她想什么就得什么。”

“黄莲的确很突出，各方面都很优秀。”

“我看这事没那么简单。”

不久，队里就有了风言风语，说袁哲偏爱黄莲，因为妻子去世了，对她有其他方面的意思。

洪宇宁不相信这件事，但故事传得有鼻子有眼的，说在女生晒衣房看见袁哲跟黄莲谈心，还看见袁哲在家里给黄莲过生日，甚至还有黄色笑话：袁哲妻子离世多年，很久没有行男人之事，让黄莲去他家过生日是有所图的。

洪宇宁一想也是的，黄莲过生日那天他正好出差，打电话问黄莲过生日了吗？她说过了。问她跟谁过的，她就有点支支吾吾，说是自己一个人过的。

洪宇宁不怎么搭理黄莲了，见着她就躲到一边。黄莲去找他时，总是吃闭门羹，洪宇宁在里面也不给她开门。黄莲的精神又有些恍恍惚惚了。

这些风言风语，也传到了袁哲的耳朵。在军校，队干部和女学员有不正当关系那是要开除的。他心里很不痛快。

就连郑山河也有点不相信他了。问道：“老袁，这究竟是怎么一回事？”

袁哲说：“我那天跟黄莲在晒衣房聊，是因为我在队部值班，去查房，看到她在晒衣服，就过去跟她说了几句话。旁边同学都看见，可以做证明。她的生日跟我女儿同一天，我就把她请到家里，跟我女儿一起过生日。我真的弄不清楚，怎么突然冒出这么多闲话。我招谁惹谁了。”

看着袁哲这副苦恼的样，郑山河笑了。“我帮你解除这个危机吧。”

洪宇宁接到郑山河的邀请，希望他能参加八系三队的周日点名，他还有一丝紧张。难道是他跟黄莲谈恋爱让郑山河很不爽，专门拎他过来开一个批斗会？但他看郑山河那笑眯眯的样，又不太像。如果是那神秘一笑，倒有可能。他跟郑山河是院排球队的，郑山河是二传手，他是主攻手，平时关系还不错，既然叫到了，不去也不好。他抱定一个信念，且看郑山河葫芦里卖什么药。

点名接近尾声，一个扎着马尾辫、秀丽聪慧的姑娘落落大方地走上台。"我叫袁园，是袁哲教导员的女儿。"

"哗！"大家都有些惊讶。

"我是河洛大学英语系大三学生。耽误大家几分钟，我想给大家讲一个故事。我的母亲五年前因病去世了，那时我正读高二。母亲临终前嘱咐我父亲，一定要把我培养好，让我考上大学。为了让我有个良好的成长环境，父亲一直没再给我找继母。他除了工作，就一门心思照顾我。我的高考分数可以上你们这所军校，我也喜欢当兵，但父亲怕我读军校他不好开展工作，就让我读了河洛大学。黄莲姐姐跟我同一天生日，缺少父爱，父亲就想给她一份父爱的温暖，在我生日那天请她来我家跟我一起过。那天，我和黄莲姐姐很开心，很温暖。希望你们不要误会我的好父亲，他是你们的好教导员。"袁园说不下去了。

袁哲教导员没有去大教室，他待在队部。好似有心灵感应般，此刻的他，老泪纵横。

孙红星不学习是一个样，学习起来又是另一个样。教我们越语翻译的齐明芳教员是个湖南辣妹子，全身上下都透着一股辣劲。她以高考状元的身份进入八系学习，又以全国第一名的成绩考取北京外国语学院的硕博连读，毕业后回到母校从事越南语翻译的教学和研究，在全国大型刊物上发表论文多篇，出版专著数部，是国内越南语翻译的领军人物。不用说，她的脾气也是辣得很的，心直口快，有“齐大炮”之称。长得也很辣眼睛，水灵灵的，皮肤白得吹弹可破。她上课时喜欢讲她的光荣历史，然后就让我们自己看书。书也是她编的，看完书后就做她布置的作业，自己对着答案修改。

孙红星最初很喜欢听她讲课，没有学习的压力，自由自在，天马行空。她也很喜欢孙红星，常跟他交流一些对越南服饰的看法。她喜欢穿越南服装，军装上衣里还着一件越南丝绸面料的高领衫，淡黄的色泽跟绿军领很衬。不穿军装时，她就穿越南传统服装“国服”，类似我们的旗袍。只是腰以下开高衩，配上同花式或白色布料的宽松长裤。她身材高挑颀长，格外婀娜多姿。

孙红星喜欢美术、画画，对服饰也颇有兴趣，两人很谈得来。但孙红星专注学习后，总觉得齐明芳上课时没讲什么东西，收获不大。有次在齐明芳让我们自己看书做作业后，他就说了一句，“齐教员，你不能多给我们讲些东西吗?”

齐教员很诧异，漂亮的丹凤眼瞪圆了，“我讲的不够多吗?”

“你讲的都是你的光荣史。我们想听翻译史。”

“我的光荣史就是翻译史呀。”

“你的翻译史就是让我们自己看书，做作业。”

这句话把齐明芳惹火了。“你不想上就出去，谁也没有请你来上我的课。”

她本是吓唬孙红星的，但孙红星真的收拾课本，离开了教室。

这下可把齐明芳气坏了，朝我们吼：“你们自己按答案改作业。”气呼呼地走下讲台，走进了队部。“你们队的孙红星怎么是这样的，居然敢挑战我这位翻译专家，说不上就不上我的课了。”

“不会吧。他平时对你挺尊重的，你们很谈得来，忘年交啊。”袁哲说。

“什么忘年交？他跟我好，只不过要套我的题，每次考试能考好些。像他这样一上课就打瞌睡、看课外书的学员，我不漏题给他，他能考及格？”

“是这样啊，那问题就严重了。我了解清楚情况，再给你答复。”郑山河把朱荔香叫来，问是怎么回事。

朱荔香不敢隐瞒，一五一十告诉了事情真相。

郑山河跟袁哲交换了一下眼神，觉得孙红星也没有做错什么。他说：“我们不好批评或表扬孙红星，他会去找高光的。”

孙红星在高光宿舍等到了他，“原来是这么回事啊。”高光沉吟了一下说道，“齐明芳是我师姐，我跟她交情不错。跟我去她那里道个歉吧。其实，她人挺好的，有自己的教学方法。只要能学到东西，就不要苛责她了。”

“我不去，她都把我赶出教室了。不上就不上，谁稀罕她的课了。好马不吃回头草。”孙红星倔劲上来了，脖子一拧，看着天边。

“这你就不对了。她是翻译专家，她编的书都是她的心血精华，布置的作业也有针对性。看懂了她的书，也就学会了知识。你不上她的课，是你的损失。再说，你想毕业留校，少了她这门成绩，你留不成。”

高光最后那句话，对孙红星起作用了。“你说怎么办，就怎么办吧。”

“你画一幅越南仕女图——穿越南‘国服’，气质优雅，长相是齐明芳那样的。”

高光拿了这幅画，还买了一束百合花，跟孙红星去齐明芳家。“高教员，你不是对她有意思吧？”孙红星看着高光手中的百合花问道。

“瞎讲。她有老公，是我们院大名鼎鼎的英语教授。在她面前，可别乱说话。”

齐明芳看到花和画，非常高兴。“我那天也是气极了，不好意思哈。你是很有才的学员，我很喜欢。”

“是我不好，齐教员。你的精华都在你那本教材里了，我要好好学习。”

齐明芳笑得就像那束百合花，那般美丽。

覃红枫跟孙红星分手后，心情也不像外表那么洒脱，时不时会到河洛市中心的“小酒馆”点一杯鸡尾酒，望着外面熙来攘往的人群发呆。

有一天，一个英俊高挑的外国小伙子坐到了她的对面。“你好！我看你经常一个人来喝酒，不会有什么心事吧？”

覃红枫有些愠怒，一看是调酒师，就不发火了。他每次给她调酒，都慢条斯理，认真细致，将柠檬切片，把汁挤入摇酒壶中，加入蜂蜜，量取葡萄酒，倒入摇酒壶中，再加入冰，慢慢搅拌，然后淡淡笑着，将这杯微酸、微甜的柠檬鸡尾酒递到她手上，也不跟她说话。她不知道，他还能说如此流利的中文。“你会说中文？”覃红枫很纳闷。

“是啊。我喜欢中国，就学中文了。”

“你在哪儿学的？”

“在英国曼彻斯特。那是我的家乡。”

“哦，你是英国人。”

“我想成为中国人。从曼彻斯特大学毕业后，我就来到了河洛市。”

“为何到河洛市？中国有那么多好地方？”

“河洛，是古都啊。我喜欢中国历史，还有牡丹花。”他露出了大男孩般的纯朴一笑。“对了，你问了我那么多，还没回答我的问题哩。你为什么总是一个人来喝酒？而且总是点柠檬鸡尾酒。”

“我喜欢酸酸甜甜的感觉。”经受了和孙红星的爱情，覃红枫也变得沉稳谨慎多了，不太像之前那般没心没肺、大大咧咧了。

“哦，你穿着军装，是在解放军外国语学院读书吗？”

这句问话，让覃红枫警惕起来。“你怎么知道的？”

“我也很喜欢校园生活。在曼彻斯特大学毕业后，本可以继续读研、读博留校的，但我就想来中国，所以放弃了。”他又露出那纯朴的一笑。

“那你为何不到中国的大学教书？‘

“我不认识人啊。所以，先做调酒师，慢慢找机会吧。”

覃红枫对他仍有戒心，借故军校要点名，离开了。

一向笑眯眯的肖长喜教员，第一次冲着我们发火了。不知是谁跟教研室主任告了他一状，说他听力课资料没录好。

我们的听力课，每人一个座位，戴着耳机，听着事先录好的音，在规定时间将录音内容写出来。那一次考试，我也遭了殃，录音资料很模糊，怎么也听不好。我还以为是我的原因，这篇课文很难，我听不出来。听力不是我的强项，我的强项是语法和翻译。出了电化教研室，才听同学们说，录音资料有问题，但不是每个座位都出错误，也有可能是播放时出现了杂音。我挺着急的，很看重考试分数，就跟刘美娜、谷小粒和几个没听好的同学一起去找肖长喜。路上碰到他，听到我们的申诉，他咧开一张大嘴，哈哈地笑着。我心想，我们分数都低过别人了，你怎么还那么开心？就说了一句气话：“我要把这件事反映到教研室去。”我看到，肖长喜的脸色一下就变了。以我当时那个胆子，怎么敢去反映这件事，不过是无心之言。后来，教研室让我们重考，可能也是肖教员的意思。考完后，他来教室宣布分数，说到我考了100分时，不像平时那样慈祥和蔼地望着我微笑，面色还是铁青。

“听力课录音资料没有录好，同学们没有考好，是我的问题。不是让你们重新考了吗？我不知哪位同学反映到教研室去了。我勤勤恳恳、任劳任怨地工作了四十多年，第一次被人打小报告，还是我当作孩子、疼爱的学员。你让我今后怎么面对你们？”他的眼光扫过全班，最后停在我的身上。

我害怕得低下了头，不知他为何要这样看着我。难道他认为是我反映到教研室的吗？

“做人要堂堂正正，光明正大。对我有意见，可以当面跟我提出。背后告状，不是一个大学生应有的行为，更不是一个军人应有的做法。军人大学生要正直勇敢、品行端正。念你们年轻，不懂事，这次就不跟你们计较了。有则改之、无则加勉。”

这件事在班里引起了不小的波澜。下课后，同学们聚在一起，都在猜测这个告状的人是谁。我感觉有人在我后面指指戳戳，又听到有人小声说：“不可能是林灵，她胆子小。”

“你看到肖教员的眼睛了吗？一直看着她。知人知面不知心。别看她平时不吭不哈的，演讲时声音却那么大。”

此时，我真希望地下裂条缝，让我钻进去。

这时，覃红枫站出来了，“捕风捉影的事，不能乱议论，除非你们拿出证据来。肖教员都说这件事不计较了，你们还在这里瞎叨叨什么。真是皇帝不急太监急。”

我相信自己是清白的，也不想揣测是谁去教研室告的状。我想，他们也是因为没考好，着急了才这样的，并不是真心要打消长喜的小报告。我提醒自己，以后不要乱说话，让别人误会了。可是，紧接着又发生了一件事，我的情绪再次失控。

教我们跳马、游泳的军体室教员周伶俐组建了健美操队，准备在运动会上表演健美操。她把我也叫了去，我没有一点舞蹈基础，很没有自信。她端详了一下我的全身，说：“身段蛮好的嘛，就不要退缩了。一起跳吧。”

跳舞的确不适合我。我没有节奏感，总和音乐踩不到一个点子上。我终于烦了，就大叫了一声：“我不跳了，我写篇文章表扬你吧。”

我的原意是，我跳舞不行，但写文章行；与其让我跳舞，不如让我写篇文章好了。但周教员误会我的意思了，她的脸色即刻变白，一挥手，把大家集合在一起。“我组建健美操队，不是为了表扬，是让你们锻炼身体，是为了活跃校园文化。刚才有位同学这样来说我，她要对自己的言行负责。今天不练了，解散。”

各系队的学员都走开了，我还呆立在原处。吴瑕走到我身边说：“我们都知道，你不是那个意思。周教员批评错了。回宿舍休息吧。”

那几日，我坐卧不安，心神不宁，害怕得不得了。周伶俐的丈夫是军体教研室主任，我体育又不好，尤其是大二开的游泳课，学不会，就没有毕业证。我是旱鸭子，特怕水，学了一年多，依然没有一丁点进步。周伶俐会不会记我的仇，给我小鞋穿，让我毕不了业。

我和安以康吵了一架，心情不好的我迁怒于他。他的军装领口上缝了一圈手钩的领边，“这是谁钩的？你母亲？”

“高中一位女同学在我考上军校时，送给我的。”

“你是不是跟她谈过恋爱？”我吃醋了。

“没谈。就是通了几封信。”

“通信就有问题。以后不许再跟她通信。”我在最亲近的人面前，喜欢耍小性子。

“可以。答应你。”

“答应不行，得把她的信给我烧了。”我就是这样烧掉于一帆的信的。

“可以。我把她的信烧掉。”没想到安以康这么听话，我有点沾沾自喜。

“烧掉也不行，先给我看看。”

“我放在箱子里，箱子在队储藏室，门锁着。”

“你找钥匙开门，我必须立即看到你和她的通信。”

安以康把信拿来了，我一看就很生气，全都是关心他的话。“还说没有问题，比我还关心你。一般的同学关系，怎么会这样写信？我要跟你分手。”我把信撕得稀巴烂，扔在他的面前。

发完这通脾气后，我觉得心情好受多了，就去图书馆值班了。我是图书馆管理员。

过了不久，安以康走了进来。他不跟我说话，径直找个地方看书去了。外面下着小雨，他的衣服给打湿了。我也不理他，在一旁抿着嘴偷笑。

这个好脾气的安以康给我带来了福音。第二天，周伶俐在健美操训练前，居然当众跟我道了歉。“上次健美操训练时我批评了一个学员，我今天正式向她道歉。之后，有学员跟我说，她的确是爱写文章，经常在校报上发表。我没有了解情况，就不分青红皂白地批评了她，真是对不起了。”

我的眼泪“哗”地掉了下来，一直悬着的心也随之掉了下来。

学院大门外，不时有农妇挎个小篮子出来卖鸡蛋。每次从家里返回学校，父亲都给我准备不少粮票，因为可以用粮票换鸡蛋。我和吴瑕傍晚走出校门，换好鸡蛋后，她突然发现农妇还有一个篮子里装有一粒粒鲜红的小果子，就问：“这是什么？”

“樱桃。”

“可以尝一个吗？”吴瑕拎起一个，尝了一口。

“怎么样？好吃吗？”我也拎了一个，尝了起来。

“有些酸，有些涩，还有些甜。”吴瑕说道。

“很甜的了，姑娘，就像你这樱桃小口一般。”

樱桃小口，这个词从农妇的口中吐出，我们俩都大吃一惊。河洛市的农妇也太有文化了。就冲她这句话，我和吴瑕几乎把她篮里的樱桃全买光了。

“你让我写黑板报，就写樱桃，题目叫《爱的滋味》。你说好不好？”吴瑕要在日语班教室门外的黑板报上出一期，找我约稿。我一直没想好写什么。

“写樱桃，还是爱的滋味，又酸又涩。莫非你跟安以康吵架了?”吴瑕鬼笑地望着我。

“去。你才跟费鹏经常吵架哩。你们是三天一小吵，五天一大吵。”吴瑕人很完美，却喜欢欺负爱她的人。费鹏常常招架不住，找我来诉苦。

“知道安以康脾气好，人又正派，你们的爱情比蜜甜。不过，他毕业听说要分到海南岛。那可是天之涯，海之角，你要有苦吃了。”

“什么?你的消息准不准确?他表现那么好，不是说要留校的吗?”我樱桃也不吃了，撇下吴瑕，迈开大步去找安以康。

安以康看见我站在他的宿舍门口，就走了出来。

“你以后少来找我。上次陪你去练游泳，手把手地教了你一下，我们的关系就公开化了。我入党给推迟了半年转正。”

“什么?游一个泳就出事了?”我的惊奇接二连三。

因为担心游泳过不了，影响毕业，我就让熟悉水性的安以康教我。他当时还犹豫，害怕游泳池人多，给看见不好。在我的坚持下，他不得已陪我去了几次游泳池。

“军校不准谈恋爱，你又不是不知道。”

这还怪到我头上来了，我很生气，怼了回去：“你入党延迟半年转正，我都不知道。你为什么瞒着我?”

“这不是怕你担心吗。”

“那你分到海南岛，就不怕我担心了?你可以留校的呀。”

“我不想留校。待了四年，想到外面看看。”

“那你就到海南岛看去呀。你也不为我想想，那可是比南蛮之地还南蛮之地的地方。”

“你毕业可以不分去那里。”

“我不去那里去哪里？反正你在哪我就去哪。”在我心里，爱情大过一切，热恋中的人忍受不了分离之苦。

“这鸡蛋，你自己冲开水喝吧。”以往，我都是把鸡蛋用一个小电壶煮熟后交给他，但现在，我非常生气。倒不全是因为他分到海南岛，而是因为他重要的事都瞒着我。说是怕我担心，其实还不是把我当作什么都不懂的小丫头片子。

第十七章

孙红星以黑马的姿态，在期末考试中名列全队第一。

黄莲屈居第二。她像找吴瑕入党取经一样，又来找孙红星取经了。“我想问问你，为什么你考了第一，我才考第二呢？”

“我也不知道啊。可能你没发挥好吧。”

“你觉得，我在哪些方面还要改进提高呢？”

“你精读、语法都比我好，翻译和泛读分比我低，可能要多读越南语原著，多看报吧，扩大知识面。”

教泛读的教员也是一位越南归侨，也曾留学法国，不像苏菲菲那么年轻开放，也不像肖长喜那么中年沉闷，介于两者之间，既有着年轻人的时尚朝气，也有着中年人的稳重沉着，是个很儒雅的教员。他教学水平很高，整个越南语教研室泛读课的教材都是他编的。他还时常从报纸、杂志、电视上找些时政新闻给我们阅读，考题有时也从那里出。教材上的东西我们好复习，但从报纸、杂志、电视上来的，我们就找不着北了，只有靠平时的积累。他的名字也很有意思，叫曾知否。

毕业考马上就要来了，黄莲特别渴望能拿第一。那样一来，毕业分配当外交官的胜算就会高些。她想接近曾知否，却不知怎么去接近。正好洪宇宁给她煲了汤过来，她就把汤拿到了教室。

孙红星闻到了香味，“有福同享，有难同当。不给老孙喝一口，我也不给你传经了。”他嗅了嗅鼻子。

“我费和尚不能开开荤，吴瑕以后也不会把朱丽叶让给你演了。”费鹏也学着孙红星，嗅嗅鼻子。

“那是吴瑕让的好不好。”刘美娜手指头快点到费鹏的头上了。

“没有我同意，她怎会让?”费鹏大言不惭道。反正吴瑕跟他也不是一个班，在隔壁的日语班。

“脸皮还真厚。”自从跟孙红星分手后，好久没参加他们说笑的覃红枫，也骂起了费鹏。

“你们烦不烦呀，想喝自己煲呀。”黄莲朝他们冲了一句。

这时，曾知否教员走了进来。

朱荔香大喊：“起立!”

我们一起站了起来，“老师好!”

黄莲起立幅度大，椅子后移时碰翻了汤，汤汁倒在地上，香味四溢。

曾知否教员说："坐下。"

黄莲依然呆呆地立在原地，不知所措。我们也都屏住呼吸，看着这一幕。

曾知否从讲台走下来，"真香啊！这堂课我们不仅有精神食粮，还有物质食粮了。"他边说，边扶起了汤具。

谷小粒也已拿了拖把过来，把洒在地上的汤汁拖干净了。

"你早餐没吃饱吗？"他和善地问黄莲，并轻轻地按住她肩膀，让她坐下。

黄莲脸通红，一声不吭。

"她是拿给你吃的。"孙红星说道。

"噢，我这么有口福？那就谢谢黄莲了。"

"今天我们这堂课哩，就讲讲越南的饮食。越南饮食较清淡，以清水煮为主。虽接近广东南西，却不像广东人那么会煲汤。他们喜吃生冷酸辣的食物。食粮以大米为主，肉类有猪、牛肉和鱼。尤其喜欢用鲜鱼加工的鱼露。这是京族日常生活中不可缺少的调料。"曾知否的声音浑厚圆润，听他的课很享受，有身临其境之感，那些越南美食好像就在我们面前。

黄莲这堂课没怎么听好，汤不仅曾教员没喝成，还打翻在教室里，让她里外都不是人，尴尬得很。她哪想到好心却有好报，曾知否教员给了她一个大大的惊喜。下课时，曾教员把他从报纸、杂志、电视上弄来的泛读资料交到了黄莲手上。"你们以后谁想看这些资料，都可以找我来拿。"

孙红星高呼："曾教员万岁！黄莲的汤万岁！"

此时，黄莲才敢把一直低垂的头，抬了起来。

覃红枫本不想再去河洛市中心的小酒馆了。那个英国调酒师看出了她是解放军外国语学院的学员，部队的保密纪律她是深知的，但拗不过那杯柠檬鸡尾酒的诱惑。她想，不穿军装去，穿便服去，会安全些吧。

可是，英国调酒师依然认出了她，意味深长地看了她一眼后，认真细致地调出了一杯柠檬鸡尾酒。就在她掏出钱包付款时，一个黑人冲过来，抢走了她的钱包。覃红枫大叫着追了过去。眼看黑人小偷即将冲出门口，英国调酒师飞奔过来，一个扫堂腿，黑人小偷就扑倒在地。英国调酒师从他手中拿过钱包，递给了覃红枫。

覃红枫坐回她常坐的地方，望着窗外出神。英国调酒师走了过来。

“你还会武功?”覃红枫主动问道。

“这是电影《少林寺》的故乡嘛。在附近武术学校，学过一点三脚猫的功夫。”

“谢谢你帮我拿回了钱包。你叫什么名字?”做好事可以不留名，但恩人的名总该要知道的。

“我叫鲍比。不用客气。你穿军装，他们不敢动你；你不穿军装，就遇到了这种事。还是当军人好!”鲍比竖起了大拇指。

覃红枫喝了口鸡尾酒，笑笑。“你是不是还想到学校当英语老师?”她问。

“是啊，我特想当老师。我教中国学生英文，中国学生教我中文，还有中国的历史文化，多么好。”鲍比很真诚。

“我们学校好像在招外国教员的，有外教。”覃红枫为了感激他，透露了这个消息。

“哦，如果能到军校教书，那更好啊。”

“我带你到学校问问。”

感激之心，让覃红枫忘了保密规定。涉世不深，又让她想当然地以为到军校就能问出个所以然来。可是，在大门口，她就遭到了卫兵的盘查。

“这个外国人是谁？”

“他是我的朋友。”

就那么不巧，刚好军务处的一个参谋走了出来，看见覃红枫带着一个外国人站在门口，警惕性让他上前盘问：“你是几系几队的？”

“八系三队。”

“叫什么名？”

“这需要告诉你吗？”覃红枫反问。

“我是军务处的。”他拿出了军官证。

覃红枫此时清醒过来，明白闯祸了。

“你私自带外国人进学校，违反了保密规定。我要向你们队长郑山河汇报。卫兵，不能让这个外国人进校门。”

覃红枫受到了队里的严厉批评。她幸好给拦在了学校大门外。如果带进校园，她可能受处分。但这件事影响了她的毕业分配，因为在军务处挂了号，造成了不好的影响。不过，她也并不在乎是否能分到一个好单位。全院为此在各学员队开展了保密观念的学习教育，八系三队首当其冲。会上，郑山河先作了检讨。

“快毕业了，你们放松了保密观念，我也放松了对你们的保密教育。军人最重要的素质就是保守军事秘密，维护国家的军事利益。从现在开始，你们以班为单位，每天抽出一小时来学习《中国人民解放军保密条例》，每天都要写一篇心得，由班长统一交到钟区队手里，心得不少于一千字。”

“天哪，临毕业了，郑变态也不让我们好受。我拿一本书砸死我自己算了。”孙红星回到教室，怪声怪气道。但他学起保密纪律来，比谁都认真，每次心得都写了两千多字。字工整，心得实诚又有文采。袁哲教导员看了很高兴，把它贴在队里的黑板报上。

我上课很喜欢举手回答老师的提问，老师也很喜欢点我起来回答问题。从小学到大学，都是这样。肖长喜教员自从听力课那件事后，就很少点我回答问题了，见我脸色也不是那么温和慈爱了。有一次，他点我起来造句，我不知怎么就造了一句：“在肖教员的领导下，我们班在期中考取得了优异成绩。”他突然嘿嘿笑着，从讲台走到我旁边，又露出了那种温和慈爱的笑容。所以，吴瑕跟我说，我毕业考精读才得60多分时，我是不相信的。我成绩那么好，没有90多分也有80多分。不敢相信，肖长喜教员会是这样报复学员的。

“千真万确。我去队部帮抄分数时看到的。袁哲教导员也很奇怪，说林灵成绩那么好，不可能得这个分数啊。”

我想起了毕业考的时候，拿了一瓶墨水放在桌面上。这瓶墨水是安以康毕业时留给我的。墨水瓶的壳子上写满了越南语单词，我当时也没怎么在意。因为我的单词是记得最牢、最多的，才不在乎这墨水瓶上写的什么单词。监考老师看到了这瓶墨水，特意走到我面前，盯着墨水瓶看了一会才走开。我想，会不会因为这件事，我的分数给拉下来了，他以为我单词作弊。

吴瑕说：“去跟肖长喜教员讲清楚。”

我想了想，说：“还是算了吧。我毕业后肯定要去海南岛跟安以康在一起的，这分数对我影响不大。”

“就算这分数对你影响不大，你也要讲清楚，你不是作弊。还有，肖长喜教员误会你告状那件事，你总不能背着这个包袱毕业吧。”

肖长喜为这事批评我的时候，我告诉了吴瑕。她当时就让我去跟肖长喜说清楚，我不敢去。此时，我被吴瑕说动了。我是清清白白的，不想毕业后还要背黑锅，就跟她去找了肖长喜教员。

“你的分数是 89 分吧，我记得。你这回没考好，以前都 90 多分的。是不是安以康毕业走了，你心情不好了？”肖教员慈爱地望着我。

我脸红了。的确是，安以康走后，我魂也走了，天天盼着他的来信。

“可是，怎么成了 60 多分呢？”肖长喜也很奇怪。

吴瑕就跟他说了安以康送我墨水瓶的事。

“我知道是怎么回事了。”肖教员恍然大悟，”我去跟这个教员说一声，让他改回来。他误会你了。我分数报给他，他统一整理各班成绩后，交给你们队部的。”

“还有一件事，肖教员。”这时，我扯了扯吴瑕衣服，不想让她说下去了。她不管，继续说：“就是上次听力那件事，真不是林灵说的。她没这个胆子。她当时说那句话，也是无心的。”

“我知道，林灵胆子小，也不是多嘴的人，是我误会了她。不要记在心上哦。”肖教员慈爱地摸摸我的头，“还有，毕业了不要背包袱。到时，我还要去找你们玩的哟。”

刘美娜这阵子不知道什么原因，总是无端地发火，故意找茬。她上次把军裤改窄了出校门，门卫不让她出，郑山河刚好又在周末点名时批评私自改军裤的人，她就怪罪到吴瑕头上，认为是她告的状，重提她有政治倾向，为自己脸上贴金，顺带把黄莲也说了一顿，黄莲也是党员。

“你以后不要那么积极地搞卫生了，拖地、打扫厕所、擦窗子这些事，就由两位女党员去干。”她劝说谷小粒。

“我不干这些事，就真没事可干了。”谷小粒很无奈。

“你干那么多有什么用，入党的又不是你。”

这句话很刺耳，吴瑕忍不住顶回去，“你不要指桑骂槐的，有什么意见，就光明正大地提出来。什么政治倾向不倾向的，我不懂。”

刘美娜正愁没人回应，听到吴瑕这么说，更来劲了。“要光明正大地说，是吧？那就光明正大地说！你入党就是有政治倾向，往脸上贴金。你为了考研，晚上打手电看书，影响我休息了。要考研，到厕所看去。还有，你整天在宿舍里拉手风琴，咿咿呀呀的，让我好心烦。”

“你这话说得不对。入党是吴瑕各方面表现都好，有本事你也去入个党啊。”一向不参与争论的我，说的这句话让刘美娜措手不及。她没想到我会还击她，朝我直翻白眼。

“就是呀。吴瑕拉手风琴，也是你最欢喜的。她一拉手风琴，你就跳舞。怎么这么快就忘本了。”最爱打抱不平的覃红枫也说道。

“是啊，是啊。我们给吴瑕买手风琴时，你还说好，说宿舍里歌舞升平了。”日语班的几个女生也七嘴八舌地说着。吴瑕的手风琴是她们几个凑钱买的。

刘美娜看这么多人声讨她，刘跑跑的个性又出来了，赶紧脚底抹油，一走了事。反正，她也过足了嘴瘾。

刘美娜这些奇怪的表现，是她压抑已久的心理爆发。

她在钟思丹的严格要求，甚至是严密监视下，一直都是小心翼翼、如履薄冰般地跟他谈着恋爱。外号小喇叭的她，到处广播别人的桃色新闻，却从来不敢声张他和钟思丹的恋情，以至于覃红枫拿住了她的命脉，有恃无恐地讥讽她时，她也只能充耳不闻、一笑而过。这对于爱招摇、爱显摆而又争强好胜的她，实属不易。可是，她做到了。这就是爱情的力量。谁让她那么地爱着钟思丹呢。在爱情面前，人不仅变成了傻子，也变成了矮子、哑子和聋子。我是跟队干部谈恋爱，跟别人的不一样，当然就要苦我心志、劳我筋骨。刘美娜常常以此来安慰自己。就在她庆幸终于从大二熬到了大四，从地下转到了地上，毕业后可以公开地跟钟思丹出双入对、卿卿我我地秀恩爱、秀甜蜜时，胜利的果实冲昏了头脑，她大意失荆州了。不仅失去了钟思丹，也险些被当成精神病送到精神病院去治疗，更险些丧失了自己年轻的生命。

大三的时候，原来的大礼堂建了一个电影院。这电影院跟露天电影院不一样，是要付费看的。但电影也比露天电影要吸引人，都是港台电影或进口电影。刘美娜特别想看台湾电影《欢颜》，女主角是胡慧中，也有一对深深的酒窝。

“我们一起去看电影《欢颜》吧！”她跟钟思丹说，“里面有一首很好听的歌——《橄榄树》，是齐秦的姐姐齐豫唱的。”

钟思丹很喜欢这首歌，时不时会哼唱一下。“如果给发现，我们就完蛋了。”

“我们分开走，在影院再坐到一起。黑灯瞎火的，没人会发现我们。电影未散场，我们再分开走，提前出来。”

“万一纠察发现呢？”

“都大四了，我跟你地下情那么久，一直小心翼翼的。毕业我肯定不能留校，不知何时我们才能团圆，你就陪我一次吧。电影院开了那么久，我特别渴望能跟你去看场电影。再说，你又那么喜欢听《橄榄树》这首歌。”

钟思丹想了一下，刘美娜跟他这两年，这么开朗活泼的人一直压抑着自己的感情，不能光明正大地跟他在一起，的确受了不少苦。大四了，就让她开心快乐一回吧。

他们像地下工作者一样，一前一后进了电影院。刘美娜买的是最后一排，进好进，退也好退，也不会有人回头看他们，大家都朝前面的屏幕看着。刘美娜有些忘乎所以了，就把头枕在钟思丹的肩膀上，嗅着他的发香、体香，闭上眼睛，电影也不想看了。钟思丹推了她几下，都推不动她。

电影快散场时，他们一前一后走了出来。寂静的校园四下无人，刘美娜大着胆子，挽着钟思丹的手臂。

“会有人的，放开。”钟思丹小声呵斥。

刘美娜不放。“这哪里有人？让我享受跟你在一起的甜蜜时光吧！你看，只有天上的星星在看着我们！还有这槐花的香味，多么的香啊！跟你的发香、体香差不多。”

钟思丹给这一番浪漫的话语打动了，放松了警惕。

谁知道，早已有纠察悄悄跟在身后了。他们没有急着盘查刘美娜和钟思丹。看男的好像是一位队干部，他们不敢贸然行事，得搞清他们是哪个队的人再说。爱情的甜蜜让刘美娜和钟思丹并未意识到危险已慢慢靠近。当他们手挽着手，走到八系三队的宿舍楼下时，纠察看清了，男的是区队长钟思丹，就快步走上前去。见到突然冒出的纠察，刘美娜和钟思丹赶快松开紧握的手，但已来不及了，被纠察看得一清二楚。

这个晚上，对于钟思丹和刘美娜来说，注定是不平凡的一晚。刘美娜倒无所谓，恋情公开了还好，可以堂而皇之地跟钟思丹在一起了。反正入党、留校又没有她，只有爱情是属于她的。她想得太天真了，军校是不准谈恋爱的。尤其是干部和学员之间，处理会更严重。钟思丹太明白这个道理了。他苦心打磨自己的形象，经营起来的事业，就要被今晚的纠察给摧毁。他恨自己贪恋美色，贪恋情欲，误了自己；更恨这一切的罪魁祸首刘美娜，是她害了自己。如果不是她勾引自己，自己也不会陷于她的情色之中。本来他对她并不存在爱，或者可以说，他对女性没有爱。正是她设下圈套，让自己跳了进去。虽然后来有了些感情，也是在情欲的诱使之下产生的。怎么样才能渡过这个难关，保全自己好不容易才挣来的名声和地位？钟思丹觉得，只有丢车保帅了。

第二天出完操后，还没等郑山河、袁哲找他谈话，钟思丹先来到队部，把他和刘美娜的事一五一十地讲给了这两位队干部听。最后他强调："都是刘美娜勾引我的，队长、教导员。你们是知道的，我是不近女色的。除了工作，我对任何事都没兴趣。"

"你和刘美娜的事，我们都知道。这是不公开的秘密。只要没有捅到上面，我们都是睁只眼、闭只眼的。我们是讲人情味的，这你也知道。队里还有几对人在谈，只要没有太出格都行。但刚刚军务处来了电话，纠察已经把这事捅到了军务处，要求严肃处理。"

郑山河言毕，钟思丹的眼泪都快流出来了。

"你在队里的工作有目共睹，虽然经验尚缺，但一直很努力，学员反映也不错。但毕竟上级部门知道了这件事，你可能在队里就待不下去了。"袁哲说道。

"我知道，我知道。只要还能穿军装，还能在军队，去哪里都可以。”袁哲这番话让钟思丹看到了希望。

“我们帮你跟上面反映一下吧。”郑山河说道。

钟思丹说刘美娜勾引他的话，传到了刘美娜耳朵里。她并不觉得有什么可耻的，受到的打击并不大。“就是我主动爱他，追求他的，随你们怎么理解。”她对投来的嘲笑和讥讽的眼光，磊落而光明地回击道。她无法忍受的是，钟思丹果决地离她而去，不知所踪。她彻底崩溃了，这成了压死她的最后一根稻草。

“队长、教导员，钟思丹把我的肚子搞大了，人又不知去了哪里。他要负责任的。”刘美娜跟郑山河和袁哲哭诉道。

“你如果爱他，就要为他着想。他不离开你，要被开除军籍的。”袁哲开导她。他不相信刘美娜真怀了孕。

“我不管。他既然搞大了我的肚子，就要负责任。你们也是男的，你们是不是也要对家庭负责任?”

“我们不同，我们成家立业了。”郑山河觉得她有点无理取闹了。

“队长、教导员，你们不能这样包庇他。”

刘美娜在郑山河和袁哲那里寻求不到帮助，就冒着被开除的危险，在队里散布谣言，说钟思丹搞大了她的肚子，却不负责任地抛弃了她。她想用舆论的力量逼钟思丹现身。

郑山河和袁哲无奈，再次找她谈话。

“你真怀了钟区队的孩子。”郑山河目光炯炯。

“是的。”刘美娜毫不畏惧。

“你在学员期间怀孕，是要被开除的。你要想清楚。”

“开除就开除，只要他出来负责。”

“那就去门诊部查一下。如果真怀孕了，他就要负责。你去不去？”教导员问。

“去。”刘美娜明知山有虎，偏向虎山行。

一查，她处女膜完好无损。钟思丹为保全自己，一直没跟她有实质性的进展。

郑山河和袁哲知道她受了刺激，神经有些不正常了，并没有批评处理她，私下嘱咐女生多关心一下她，希望她能慢慢好转过来。但刘美娜岂是我们能关心得了的，差点儿没把我们也搞疯。

她无心上课，无心出操，无心吃饭，见着我们就说：“钟区队搞大了我的肚子，又不负责任地开溜了。”就像个祥林嫂似的，絮絮叨叨，眼睛经常望向天花板，空洞无神，笑起来也是一副皮笑肉不笑的样子。

覃红枫大声叫她，“刘美娜出操了。”

她瞪着覃红枫：“你喊什么？钟区队还没喊出操哩。”

周健秀温存地叫她去吃饭，她白了她一眼，“你急什么？钟区队还没吹哨去吃饭吧。”

黄莲提醒她去上课，她神经兮兮地对她笑，“钟区队没叫我们去上课啊。”

晚上吴瑕要熄灯，她也不让熄，“你听到钟区队叫熄灯了吗？”

她整晚在床上滚来滚去，动作之大，弄得我们也休息不好，还常在梦中大叫："钟区队，你不要丢下我！"

吴瑕、周健秀去拍醒她，她又紧紧抓住吴瑕和周健秀的手，"带我去找钟区队，带我去呀。他就在外面等着我。"她不知哪来的劲，一手抓住一个人，拖着她们就往门外走。整个宿舍乱成一团。值班的队长和教导员过来呵斥她，她才松手。

新来的区队长也给她弄得不知所措。她先是抓住他的手，然后再抱住他："钟区队，我爱你。你不要抛下我。"她这样的状态搞得队里人心惶惶，生活秩序大受影响。

郑山河和袁哲商量着，要不要把她送去精神病院。

朱荔香勇敢地站了出来，恳请郑山河和袁哲不要送刘美娜去精神病院，"让我试试吧，队长、教导员。"

他拿出她跳舞的照片，"认识吧，这是谁？"

"是我。我跳的《石榴颂》，无人可超越。"

他又拿出她穿军装的照片，"谁最美？"

"是我。谁都没有我穿军装美。"

"那你知道我是谁吗？"朱荔香点点自己的鼻子。

"你是朱荔香，猪八戒，烧成灰我都认识。"刘美娜哈哈笑了起来。

朱荔香又拿出他们中学时的毕业照，"还记得哪个是你吗？"

"记得。照片中最漂亮的就是我。我是校花，县城里的县花，多少人跟在后面追我啊。"刘美娜用手指着照片中的她，一脸自得地说道。

"那你看你现在这样，还美吗？披头散发、衣衫不整的。

你是我心中最美的一朵花，是我的女神啊。”朱荔香“哇哇”地大声哭了起来。

在朱荔香的哭声中，刘美娜的心智慢慢恢复过来了。“是啊，我是最美的。怎么却成了这样子？我没脸活下去了。”她抓起朱荔香用来冲印照片的定影粉，就想吞下去。

朱荔香迅速抓住了她的手，将定影粉夺了回来。

“你让我去死！让我去死！没人要我了，我没脸活下去了。”刘美娜也大声哭了起来

“你不是还有我吗？你还有我，还有我啊！”朱荔香紧紧地抱住了刘美娜。

第十八章

大四下学期的主要任务就是写论文。然后，基本没什么事，就等着毕业分配了。

论文也不是那么好写的，不像写一篇散文、一首诗容易，可以信手捻来。要查阅大量的资料，要像写议论文那样，有论点，有论据，有论证。这对我来说，真是个大难题。我不过是天真、单纯的小女孩，爱幻想，爱浪漫，有些文采，写些轻松的东西还可以。对于论文，无疑是“蜀道难，难于上青天”。我又像当初考国际关系史一样，神经揪得紧紧的。当初生病留

下的偏头痛，这时痛得更厉害了。我一趟趟地跑图书馆，面对那浩如烟海的资料、书籍，一脸苦恼，愁眉不展。

徐志文抱着一堆书，出现在我的面前，“你今天吃了黄连了。”

“你才吃了黄莲呢?”我知道他在一语双关。

“黄莲哪轮得到我吃？她现在叫黄甜了，苦尽甘来啊。”

我没理他。我对同学间这种谁好了谁又坏了的事，一点都没兴趣。

“你帮过她，不叫她帮帮你?”徐志文又凑过来问。

“我自己会写，干吗要她帮?”我很不服气。在学习上，我是独立自主的人。从小学到高中、大学，成绩都很优异。

“毕业论文，你写一篇优秀的出来。”徐志文有点不正经了。

“你写，你优秀。”我埋头于故纸堆中，没好气地说。

“天下文章一大抄，你明白吗?”他看出了我的愁绪，好心点醒我，让我心头一亮，却也差点儿害了我。我真找了一篇多年前毕业的师姐论文，改了下观点，就交给了指导老师肖长喜。

“林灵啊，你这篇论文是抄的吧。”肖长喜慈爱地望着我。

“肖教员，我真不会写论文。”我挺老实。

“你那么会写文章，论文不是难事啊。”

“论文跟文学作品不是一回事。”

“那就难办了。”

“肖教员，论文不过关，是不是就不能毕业?”我的声音带着哭腔了。

“那是的。不过，别紧张，你还有时间。你重新拟定一个熟悉又感兴趣的论文题目，比如《试论越南诗歌的特点》，多搜集资料，会写好的。”

徐志文一看这题目，就大惊小怪，“这不是跟我的论文题目——《试论越南文化的特点》很相像吗？我这篇论文要被评为优秀论文的。”

“你还想评为优秀论文，想得美？你是在质疑一位师兄的优秀论文。他的论文也是肖教员指导过的，肖教员会给你优秀？”我给他泼了瓢冷水。

“肖教员说过要给我评优秀的。他还说我质疑得对，学术就是要百家争鸣、百花齐放，不要禁锢在同一个论调里人云亦云。你是不是又想抄袭我的，就越南诗歌那一段。单独拎出来抄，也会获评优秀论文的，我写得那么精彩。”

我真想打他一个耳光，“就是你害的，说什么天下文章一大抄，让肖教员说了我一顿，得再写一次。”

徐志文一副委屈样，“我说天下文章一大抄，没说叫你全抄呀。你这里抄抄，那里抄抄，掐头去尾，让肖长喜看不出来，不就行了。”

“肖教员是火眼金睛，怎么看不出？况且，那篇是他指导过的学员写的。”

“那你撞到枪口上了，命真不好。这样吧，将功补过，我指点你怎么写好一篇论文，保准你过关。作为报答，你得给我的《木棉花》诗社投稿一篇。”

“我还将功补过，你真是黑白颠倒。你将功补过才是。看到阅览室门口那黑板报了吧。这个月轮到我们队出，你字好，帮我出一期。”

“行，我叫上孙红星。他会画画，插图好。”徐志文很爽快。

哪知孙红星跟图书馆是有深仇大恨的。自从那次跟覃红枫没听英模报告，被图书馆告状后，这次写论文他又给逮了个正着。他把从图书馆里拿出的书，写论文作参考的，又带进图书馆阅读，出来时警报响了。图书管理员要他在两分钟之内当场背出两页纸的图书管理规定，才能拿回借书证。这对孙红星来说，真是小菜一碟。只要不向队干部汇报，让他当场背诵五页纸都可以。他对着墙上的图书管理规定看了两分钟不到，就准确背出来了。在图书管理员吃惊的表情中，他拿起借书证，扬长而去。

孙红星一听徐志文说是给图书馆出墙报，立马沉下脸来。“将!”他拿起一个车将了徐志文一军。他俩正在宿舍棋逢对手。

这两个我们班的最强大脑，常常围棋、象棋互相厮杀不停，朱荔香、费鹏只有看的份儿。在他们眼里，朱荔香学习成绩好，不过是死记硬背，把整本《越南语辞典》背了下来，脑子并不灵活；费鹏根本就是一个不爱动脑筋的人。

朱荔香想插句嘴，孙红星不让他说。“老朱，你给我到一边去！背你的《越南语辞典》，或者去背你的媳妇刘美娜。不说还好，一说就是一步臭棋。”

朱荔香悻悻地走了，费鹏还站在徐志文这边出谋划策。孙红星把棋子往棋盘上一敲。“费大个，你再胳膊肘往外拐，我就拿棋子砸死你。”

费鹏赶紧退到宿舍一角，练哑铃，练健美。“我这么好的身材，怎么能让你砸？你敢砸我一个子儿，我这举哑铃的臂力可不答应。”

孙红星知道，费鹏是外强中干的人，不跟他斗嘴。只要他俩不来影响他下棋，就好。

“是帮林灵出的。他是图书管理员，每个队都需要出一期黑板报，这回轮到我们队了。”徐志文见朱荔香和费鹏都走开了，孙红星心情大好，就抓紧机会说道。

“林灵嘛，我考虑一下。”孙红星拿棋的手停在半空，犹豫了一下，才把棋子落下。“行，我帮这个忙。”

孙红星欠我一个人情。我父亲省吃俭用，花了20元从桂林给我买了一套《诺贝尔文学奖获奖作品集》，并在一张纸上用毛笔小楷工工整整地写上，“书山有路勤为径，学海无涯苦作舟”，然后把这张纸贴在书的扉页上。孙红星把我这套书借走后，还回来时写有这两行字的纸不见了。我很是伤心，这是父亲对我的要求和期盼啊！弄丢了它，就等于弄丢了父亲的心。

孙红星真的是将功补过，把那期黑板报的插图画得非常美观大方，图书馆给评了全院第一名。那位罚他背图书管理规定的管理员看他在黑板上龙飞凤舞地作画，很是惊叹和佩服。“以后你来借书，对你开启绿色通道，可免借书证。”她说道。

在毕业分配动员会上，郑山河用他西北汉子的粗犷豪放，给我们下了一剂猛药。“你们四年的学习即将结束，分配对你们是件大事。大家也议论纷纷，对分配名额各种打听。我确切地告诉你们，现在要人指标还没有下来，但边疆海防、高山地区一定需要人去的。你们要做好一颗红心，两种准备，党员和优秀学员要到最困难的地方去建功立业，把你们这四年学到的知识本领报效军队，报效祖国。”

重要的事情总是郑山河讲完后，袁哲教导员要补充说一下。他们的确是好搭档，就像演双簧一样，配合默契，伸缩自然，一个红脸，一个白脸，在兜头一瓢冷水泼来之后，又送上一条热毛巾。

“大家也不要紧张，无论分配到哪儿，对你们都是一种考验和锻炼——广阔天地，大有作为嘛。好男儿，志在四方！好女儿，志在四海！越艰苦的地方，党员干部越要带头。对于主动申请到边疆地区去的学员，会立功、入党，提前晋职晋级。”

“都是漂亮话。谁不知道党员和优秀学员分得最好。什么带头到边疆去，根本不可能。”好久没宿谈的覃红枫又挑起了头，这回没人应承她了。

周健秀自孙红星的事后，覃红枫已不再跟她说话，见面都好似仇人一样；吴瑕是党员，但队里已推荐她免试读研究生，她的分配是不用担心的；黄莲就是想当外交官，等着这个指标的到来，她的表现有目共睹，没人可以跟她争；刘美娜因与钟思丹的事受了打击，虽说朱荔香拯救了她，她人也变得没那么伶俐了，木木的，整天跟我坐在床上织毛衣，她织给朱荔香，我织给安以康。但她还是说了句，“我肯定是要发配到边疆的，用不着像党员那样写请战书。我又不是党员，即便写了，我也入不了党，立不了功。林灵，你说是吧。”

“我也是要到海南岛去的。我还怕分不到海南岛，有人抢我的名额哩。”

大家都笑了。

谷小粒没有笑。她在打她的小算盘。她怎么会回到边疆海岛去呢？好不容易才从穷乡僻壤考了出来。但她既不是党员，学习也不太好，好单位不会轮到她，她有点急火攻心了。

“我也是要分到边疆去的了。”周健秀愁上眉梢。

“你体育好，队里最想把你这类人留校了。”我开解道。

“我体育虽好，但母亲要我远离政治，就一直没入党。父亲曾因家庭背景受到冲击，我爷爷是从海外回来的归侨。”

“哦，这么回事啊。”我想起了大姐的遭遇。

“我们这几个不是党员，又有可能分到边疆去的，联名写请战书吧！哗啦啦，学校就都给我们入党、立功，提前晋职晋级了。”覃红枫接了周健秀的话说下去。其实，她跟她也只是赌气而已。她知道，一直是孙红星一厢情愿，跟她并无多大关系。快毕业了，她也想缓和一下两人关系。

朱荔香和徐志文都写了请战书，主动要求分到最艰苦的地方去。郑山河找朱荔香谈话，“你已经确定留校，不用分到边疆海岛。怎么还写请战书呢？”

“我不想留校。刘美娜分到哪，我就到哪。”

“她是犯过错误的，学院对这类人分配都不太好。”

“边疆海岛我都愿意去，把我这留校名额让给别人吧。”

郑山河给感动了，“你对爱情真忠贞，学院痛失一个优秀的人才啊！”他拍了拍朱荔香的肩膀，别过脸去，不让他看见自己眼里的泪花。

教导员找徐志文谈话，“你真确定要去南疆前线？”

“是的。我父亲是在那儿牺牲的，我要到他牺牲的地方去。”

“但已有人帮你打报告反映你的情况了，说你是烈士的孩子，部队有照顾政策，可以留校的。你的成绩那么好，学院缺越南语教员。”

“我不会留的，教导员。是谁帮我反映情况的？”

“他说你以后会知道的。”

“不管怎样，教导员，我是坚决不留校的。我一定要分到南疆前线去。请你一定、一定成全我。我努力学习，就是为了有朝一日像我父亲那样，报效国家，报效军队。”徐志文周身洋溢着一种奇妙的光彩。这让他瘦弱的身体，显得高大而挺拔。

费鹏知道郑山河为吴瑕申请免试攻读日语研究生后，他也想尽各种办法要留校，但都不成功。为了引起院长吴青峰的注意，他还和徐志文专门跑到院长家，说要给学院做一首校歌，徐志文做词，他作曲。吴青峰院长肯定了他俩的积极性和对学院的关爱，鼓励他们专心学习，成为有用之人。

“院长到底同意我们写校歌没有？”出了院长家，费鹏问徐志文。

“他没说写，也没说不写，那就是不用写了。”徐志文得意地晃着他那“小诸葛”的脑袋。孙红星不在，没人跟他比智商。

覃红枫的妈妈第一次动用关系，给院领导——覃红枫爸爸的老战友打电话，希望把覃红枫分回南原市。得知这一消息的覃红枫坚决不干。她写了封请战书，像徐志文一样，交给了队干部。“我是将军的女儿，理应到最前线的地方去。并非因为保密的事受学院处罚，分不到好单位，我是心甘情愿去的，我也不要求入党、立功，提前晋职晋级，我就想把热血洒在南疆前线那片热土上。说白了，我喜欢枪，我要到一个能摸枪、能开枪的地方去，我的人生才有价值。”

郑山河看着这份请战书，问袁哲：“你觉得，覃红枫说的话是不是真的？我在学院近十年，第一次见有女学员请战到南疆前线去，而且还是将军的女儿。”

“如果是别人，我不信，但覃红枫就是真有可能。她像男孩子一样，喜欢枪炮，豪放大气，侠肝义胆。她不会藏有什么不可告人的目的。况且，她母亲都找了院领导——他父亲的老战友来说情，她还写请战书，那就是誓要分到前线去了。”

“如果我们的学员，都是这么积极主动，我们的分配工作就好做多了。”郑山河感叹道。

“你当初那句话，王子犯法，与庶民同罪，还说不说得下去？”袁哲望着郑山河笑言。

“怎么说不下去，王子英勇，与庶民同辉。”

这两位心意相通的好搭档，连笑声都一模一样。

我第一次同父亲撒了谎，就像父亲跟母亲撒了那个善意的谎言一样。父亲特别希望我能考越南语的研究生，留校任教。但我能考吗？我必须跟安以康分在一起。否则，两地分居，这份爱情就有可能不保。我决定先要爱情后要事业，但我不能跟父亲明说，只能骗他：“我在准备考研究生了，你放心吧。”父亲后来偷拆了我和安以康的通信，他不相信我说的话。

我也不相信徐志文是真想到前线去，“你是不是骗队干部的，想入党、立功，提前晋职晋级？”在宿舍楼前进行手枪练习时，我问徐志文。我握枪的姿势不标准，他走过来教我。

他现在已练得一手好枪法，跟覃红枫不相上下了。“这怎么可能？连你都不相信我。”他写了请战书后，队里议论纷纷，以为他是在捞取政治资本。“我父亲牺牲在那片热土，我来当兵，就为了这个目的，就为了去那片热土。我觉得，父亲的灵魂一直在召唤我，如同他跟我附体了一样。现在终于实现了，我一身轻松。”

我又一次看见吴瑕一个人呆呆地站在窗旁，木木地看着窗外翠绿的梧桐叶。这是6月盛夏的时节，梧桐树上的蝉鸣一声紧似一声，不很凄凉，却很凄热。

“又发生什么事了？”每每看到她这样子，我就感觉有大事要发生。

“我怀孕了。”

“啊，这可不可靠啊？”上次我跟安以康也是假怀孕，幸好冯大姐指点了迷津。

“是真的。我有几个月没来例假了。”

“几个月没来例假很正常呀。我学习、训练一紧张，也不来例假的。”

“我去看过了，医生说是怀孕了。”

“你去哪里看的？你不怕传到学院里，要你退学？”我惊呼起来。

“我是穿便服以假名去的，在河洛市一个区级医院。”

“医生也可能有误诊的。”

“不会。她是有名的妇科大夫，我是慕名而去的。”

我相信了，她连怀孕这么重要的事，事先都没有跟我透露半句，可见她行事的谨慎稳重。她不会随随便便找个江湖游医的。

“那你怎么办？这事千万不能让人知道啊，你都免试读研究生了，大好的前途等着你。”

“我想过几天去找那个妇科大夫做流产。”

“她会给你做吗？”

“我是冒名顶替去的，我想她会做的。”

但这样的幸运，没有降临到她的头上。谷小粒在门口听到了我们的谈话。她正为毕业分配的事发愁。再分回老家的穷乡僻壤里，还是将吴瑕怀孕的事告诉队干部，她选择了后者。这样的选择对她有利，却害了吴瑕、费鹏和我三个人。

她不敢把这事汇报给郑山河和袁哲。她知道，郑山河喜欢吴瑕，让吴瑕免试读日语研究生就是他一手操办的。袁哲又是个好好先生，万一他们把这事隐瞒下来，她岂不是搬起石头砸自己的脚。于是，她直接走进了八系系部。

系里直接追查下来的事，队里不能不查。郑山河还怀着一线希望，这事不是真的，是谷小粒为了分一个好单位故意陷害吴瑕的。但他的希望破灭了。吴瑕见郑山河把她叫到队部，以为他已知道真相。她又是一个不会撒谎的人，就一五一十地承认了。

郑山河和袁哲想保她都保不住了，军校是严禁谈恋爱的，怀孕更是大逆不道。系里的电话又一个接一个地打过来，郑山河只好“挥泪斩马谡”。

吴瑕和费鹏退学的这一天，正是吴瑕免试读研究生的通知下达之时。郑山河看到这份通知，流着泪将它撕掉了。

与此同时，谷小粒揭露真相有功，被分到了北京，她最想去的地方。系里专门交代郑山河和袁哲，要替她保守这个秘密。

吴瑕给郑山河找到队部谈话的时候，就已经知道有人出卖了她。这件事她没有告诉过别人，只告诉过我。去医院看病的时候，她也是化名去的。从此，她不再搭理我。听到她怀孕要被退学的消息时，我也很惊讶，总想问问她是怎么回事，但她总是给我脸色看。

无奈之下，我只好去问费鹏。费鹏冷冷地说：“是不是你告的密？”

我说：“没有啊，我谁都没说。”

费鹏从鼻子里“哼”了一声，就把我孤零零地扔到一边，独自走了。

费鹏知道院里要开除他和吴瑕时，曾找过郑山河和袁哲。“你们要开除，就开除我一个人吧。吴瑕这么优秀，这么喜欢部队，又获准免试读日语研究生了，让她留下吧。全都是我的错，是我控制不住自己害了她。让我退学，她留下吧。”他单膝跪地，恳求两位队领导。

袁哲扶起了他，“男儿膝下有黄金，不要随便跪。如果能保吴瑕，我们肯定保了。她是我们队表现最好的人，但保不住啊。”袁哲老泪纵横，郑山河也流下了眼泪。

“退学后，凭你们的能力，可以东山再起的。不要自暴自弃！从哪里跌倒，就要从哪里站起来。吴瑕就拜托你好好照顾了。她是个好孩子，一定要多关心、关怀她。”郑山河哽咽得说不下去了。

我急匆匆地找到吴瑕，不管她理不理我，张开手臂拦住了她，“请听我说几句！我没有出卖你，我是冤枉的。”

“冤枉你？你不是一直想毕业留在学校吗，到宣传处院报当编辑？你一直想当编辑，不是吗？”

“我……”我不知如何作答，当编辑的确是我的梦想。

“宣传处那位汪编辑对你很好，对吧？整版给你发了《那里的木棉花很红》，他想把你留下来。”

“不是的。这篇文章表明了我要到海南岛去的意思。”

《那里的木棉花一定很红》是我参加第二届《军校生活》荣获一等奖的作品，怎么发表的我记得很清楚。那天我坐电车从上海市场返回学院时，汪文华教员正好也在电车上。他走过来跟我说了几句话，我就跟他说：“我想把《那里的木棉花一定很红》送你指点指点，可以吗?”开始我以为文章太长，他不会同意的，谁知他宽厚地一笑，“可以呀。你拿过来吧。”这篇散文整版发表后，我还以为大家知道我要去边疆了。因为文中的结尾就是女主人公放弃留校机会，到边疆找她的男朋友去了。没想到却让吴瑕误会了，我真是有口难辩。

“你根本就不想去海南岛，你父亲想让你留校。院里刚成立了中文系，你也一直想去读。你就想成为一个作家，当兵是你阴差阳错来的。所以，你就出卖了我，邀功请赏，作为你留校的资本。”

“我……”我对她连珠炮似的发问，哑口无言了。

“恭喜你，终于得逞了。我这四年真是白对你好了，一直把你当小妹妹看。谁知你却是城府最深的人。最毒不过妇人心啊。从此，我们恩断义绝。我从来就不认识你，你也不要再来找我。”

她和费鹏离开的那天，下起了小雨。我一直站在三道门那里，目送他们两人离去。

当他们经过我身边时，我似乎听到吴瑕说了一句，“猫哭老鼠”。看着他们昂首经过我的身边，渐渐消失在远方，我泪如雨下。

奇怪的是，吴瑕这事发生后，刘美娜的病居然奇迹般的全好了。她又恢复了之前伶牙俐齿、机灵精明的样子，指着我说："我和钟思丹的事，是不是也是你告密的？那晚看电影，我看到你也去了。"

"我是去了，我也看到你们了，但我没有告密。"那晚，我本来和吴瑕一起去的，因为她们班有人要跟她讨论计算机编程的问题，就临时不去了。

"你说你没有告密，谁信啊？你连自己的好朋友都告，还有谁不能告的？"她的手指快要指到我鼻尖上了。

"我真没有，我是冤枉的。"我的眼泪差点儿掉了下来。

"你没有证据，就不要乱说人。"覃红枫走了过来，把刘美娜的手推开。

"狗拿耗子，多管闲事！还没分到前线，就以为自己是英雄了。"刘美娜从鼻子里哼了一声，一扭腰，就走了出去。

"你迟早还要栽到你这张嘴里的。"覃红枫冲着刘美娜的背影，喊了一句。她转头看了一眼可怜兮兮的我，叹了声气，也走了出去。

我一下就像掉到了无底洞里。个个如同躲瘟神一样地躲着我，好像跟我在一起，我就要出卖他们似的。黄莲想跟我说几句话，刘美娜就呵斥她："不要跟她说话！你的外交官还想不想当？"吓得黄莲也离我数丈远。

徐志文也不同我说话了，但他远远地跟着我。有一次，走过操场，我突然回头，看到他正在我后面亦步亦趋。

"你跟着我干吗？"我问。

"怕你出事。"

我哑然失笑了。"放心，我没有这么脆弱。我没有做过的事，不怕别人泼脏水。”

我不知这种坚强从何而来。可能是有一次看到父亲右腿膝盖上满是疤痕，就很惊奇地问：“怎么回事？”父亲淡然一笑，“一次车祸，医生说我永远站不起来了，但我不信，天天练走路。不仅站了起来，还健步如飞。”许是父亲这种坚强和乐观，遗传给了我。

但我不敢把这件事告诉父亲，因为我一直瞒着他——不考研究生，要去海南岛。在队里的毕业分配意向栏上，我连写了三个：“海南岛！”“海南岛！”“海南岛！”如同高中分文理科时，在选择文科班的原因上，连写了三个：“我要当作家！”“我要当作家！”“我要当作家！”

临毕业前，我写了“四季歌系列”的最后一篇——《夏之雨》，交给了汪文华教员。7月1日，他在校报绿园版的头版位置上发表了，并写了编者按。

“灵子的《四季歌》唱完了。春、夏、秋、冬是文人墨客笔下永恒的主题，唱不尽，吟不完。但读完灵子的《四季歌》，你是否感到更亲切、更熟悉。再过十几天，她和她的同学们就要结束四年的军校生活，踏上新的工作岗位了。作为编者，对即将告别母校的同学们所给予校报的厚爱表示感谢。更希望你们走上新的岗位后，把自己的收获写给我们，用新的成绩谱写新的《四季歌》。”

灵子是我的笔名。父亲曾说这个笔名不好，要改为“也芳”。“芳”是他名字中的一个。但究竟是“野芳”还是“也芳”，我一直没有问他。

不知怎么，看完汪文华老师的“编者按”，那个念头又冒了出来：“如果你跟我说，我一定会答应。”可是，我都要走了呀，要到男朋友的身边去了。我苦笑了一下，望着中心马路旁的学院机关办公大楼。

此时，正是傍晚，夕阳给这栋大楼镀上了一层金色的光辉。如同我第一次去的那个金秋的时节，那么的辉煌，那么的灿烂，那么的温暖。

毕业分配去向公布了，孙红星留校，黄莲去外交部，谷小粒去北京，周健秀去南原市，我去海南岛，刘美娜和朱荔香也是去海南岛，徐志文、覃红枫去南西省边防前线。

从这份分配名单，大家都可看出端倪。但刘美娜还是不肯放过我。院里举行毕业典礼时，我们排着队走上主席台，接过院长和政委给我们颁发的毕业证。我一想到吴瑕没能上主席台拿毕业证，脚一软，就要倒下去了。还是走在我后面的覃红枫，一把扶住了我。照毕业照时，我也是想起吴瑕，脚一打滑，差点儿一个跟头栽在队长郑山河面前。

“真是做贼心虚，腿都站不稳了。”刘美娜阴阳怪气地说。

“你嘴里能不能积点儿德？还看不出来吗？”覃红枫说道。

“看不出来，就是看不出来。看电影时，只有她看见我和钟思丹，别人又没看见。别人表现好，当然分得好。对吧，谷小粒。走，聚餐去！”

我给刘美娜这句话呛得不想去聚餐了。覃红枫拖住我就走，“她还能把你吃了?!”

聚餐就在食堂，比平时的菜丰盛了很多。但大家好像都没心思吃，一种离别的愁绪笼罩在心上。郑山河展现了他西北大汉豪放不羁的风度，拿起吃饭的大碗，连喝了三大碗白酒，把我们惊得目瞪口呆。原来郑队这么能喝酒，平时他要求我们的那“三不准”之一“不准喝酒”，是怎么做到的?

“今天我开了酒戒，因为高兴，也因为伤心。高兴的就是，你们结束了四年的军校学习生活，即将奔赴祖国各地，终于从军校学员成长为军队干部。伤心的是，我们分别的时刻也到了。你们是我第一次当队长带的学员队，也是第一次从大一带到毕业的学员队。我跟你们的感情最深。我是怎么样一个人，你们心里都清楚。变态也好，山河也好，都是为了你们尽快从老百姓向军人转变，顺利地完成军校四年的学习。只要你们能像雄鹰一样展翅翱翔在祖国的蓝天，奉献自己的青春和力量，我再喝三碗酒都可以。”

“好好好!”男学员们齐声为郑山河喝彩。

“我喝不了三碗酒，我没有郑队的好酒量，但我可以喝一碗。你们说我袁不则，那我再袁不则一回。平时，我是滴酒不沾的。”袁哲教导员在我们的喝彩声中，一仰脖子，也干了一碗酒。“千言万语汇成一句话：到单位好好干！有时间回母校看看。我和郑队以前是你们的队长和教导员；今后也是；我们永远是你们的队长和教导员。”

“啪啪啪!”我们一起鼓起掌来。大家都捧起了手中杯，不会喝酒的也轻轻抿了一口。

突然，一个男学员将手中的酒杯摔在地上，呜呜呜地哭了起来，边哭边说："这次离别，不知何时才见面？"很多人也跟着他一起哭。眼看这顿饭吃不下去了。

"费鹏，费鹏呢？"孙红星含着泪，大叫了几声，然后才反应过来。"没人指挥是吧，那我来！"他跳到了凳子上，挥舞起双手。"黄河之滨，集合着一群中华民族优秀的子孙。唱！"没有一个人开口，就连郑山河和袁哲都在淌着泪。

静默中，一首富有西北特色的"花儿"突然响起："院子里长的是绿韭菜呀，不要割呀，你叫它绿绿地长着。高山顶上的山丹花呀，香味长呀，长长嘛久久的飘洒。"西北汉子郑山河以家乡的歌曲跟我们告别。

"花儿是西北汉子壶中的酒，花儿唱给最懂它的人听。听到花儿就想家。"袁哲教导员和着歌声，说道。

这花儿的穿透力太强了。如果每次点名，郑山河能唱这么一曲花儿，他的工作一定好开展得多。从孙红星望向郑山河的表情就得知，他们一直戏谑的郑变态还有这么一手，他后悔没有服服帖帖地听从他的管教。

"铁姑娘"覃红枫更是紧紧地搂着我，泪水长流。包括我在内，虽然蒙受了告密的不白之冤，即将离开母校，但此时此刻，也真想重新开始四年的军校生活，不舍分离，

不知谁把录音机提到了教室，齐秦的《大约在冬季》一直在回响。"轻轻地，我将离开你，请将眼角的泪拭去。前方的路虽然太凄迷，请在笑容里为我祝福。"如此应景的歌，听

着，听着，就很伤感。

学校发了一本毕业纪念册，里面有精美的图片和格言警句，还有空白处方便同学们互相写毕业留言。从同学们的留言中，我再次看清了我的真面目。原来我真是一个“浪漫，爱幻想、喜欢写诗的小女孩”。就连徐志文也用漂亮的正楷一笔一画地写下：“要快快地长大起来啊，不要再看琼瑶的小说了。”

为了快速长大，我再次走向了极端。在打包行李的时候，把琼瑶的小说，还有买的那些诗歌集，这些不利于我长大的书，统统拿去卖了，只留下些我看不懂的哲学书。徐志文经过，看到那些还没看过、崭新的琼瑶小说，拿了过去。“我跟你换。”不久，他抱下来一堆书交给我。

“你不是说不看琼瑶的书吗？”我不解。

“我是说你不看，不是说我不看。”

在他抱来的那堆书中，有本书夹有一封信，把他军校四年对我的感情全写了进去。“你就像一幅画般那么美，我不忍去触碰。”他是不知道我追的安以康，还是不愿承认，已无法问他了。这封信我没有看到，我把那堆书当作废品卖掉了，连同夹在书中的这封信。

这是后来覃红枫告诉我的。毕业去前线后，徐志文迟迟收不到我的回信，就跟覃红枫说了这件事。他牺牲在木棉树下，身上落满了火红的木棉花，与我那篇散文《那里的木棉花一定很红》描述的男主人公一样。

其实，就在徐志文离校前，夏晔铮已把他和他父亲的事告诉了他。他约徐志文到操场上，把他父亲留给他的唯一信物，那颗子弹的弹壳给了他。得知徐志文就是他苦苦寻求未果的救命恩人徐栋排长的儿子后，夏晔铮专门叫人把这弹壳找到了。

“我是真不想让你到前线去。你是你父亲唯一的儿子，我有责任和义务保护你。但你去意坚决，我拦都拦不住，你身上流着的是你父亲的血啊！”

“夏叔叔，不要哭。”徐志文拭去夏晔铮的泪水。他一直纳闷夏晔铮对他格外的关心和照顾，如今疑团解开，除了将夏队长改口为夏叔叔，却显得出奇的冷静。“我来读军校，就是听从了父亲的召唤。你该为我高兴才是。”

“是啊，是啊，志文。虎父无犬子。到前线后，一定要注意安全，努力工作。我和阿姨等着你的捷报传回。”夏晔铮哽咽着说道，他也改口叫徐志文为志文。

“你一定会等到捷报的，夏叔叔。我不会给你丢脸，不会给我父亲丢脸，不会给八系三队丢脸。”徐志文给夏晔铮敬了一个军礼，就消失在绿草茵茵的操场上，消失在他挥洒了四年青春的校园里。

终 章

河洛市高铁站靠近龙门石窟。有一次晚上拉练，郑山河曾带我们来到这里，天亮时又走回了学校，几乎没怎么好好看过。

我很想前往，但想到这是聚会报到的最后一天，我肯定是最后一个到学校的，而我似乎更迫切地想回到学校，想见到这些分别了二十六年的同学们。

我打了一辆车，来到了校门口。我没有跟覃红枫说一定会回来，并不是想给他们惊喜，是一直在犹豫。

校门口已变了模样，赭红色的大门恢宏大气，大门上方中间一个大大的红五星，令我既亲切又激动。

门卫听说我是毕业二十六年的学员回来参加同学聚会的，很是客气，让我签了个名就进去了。迎面那块路中间的牌子也换成赭红色的了，上书："汇通中外，忠诚使命。"道路中间种了些花花草草，一阵阵清香拂面而来。我闭上眼睛，深吸了一口，眼泪就一滴、一滴地滚落了下来。

阔别了二十六年的母校啊，我来了！

道路左边的门诊部依然还在。那是黄莲用石块划破手腕，我匆匆把她送来的；那是我背国际关系史、脑神经揪疼时一个人走来的。那位美丽善良的名牌医学院毕业的女医生还在上班吗？前方的三道门依然威严壮观，苏式风格的建筑历经风雨，昂然挺立。毕业前曾经在这儿照了张相，此时很想原地重照一张，可我的脚步没有停下来。我的心牵引着它，快速来到学院招待所，现在叫国际合作交流中心。

一块牌子立在交流中心的门口："八系三队入校三十周年母校大聚会。"它美观大方，一看就是孙红星的字。他不当书法家，太可惜了。我伫立在牌子前，静静地看着，百感交集。

突然，一个声音传来："林灵，你终于还是来了！"

不用回头看，就知道是覃红枫。

她冲了过来，给了我一个大大的拥抱，就差没在我脸上亲一口了。我闻到了她身上那淡淡的香水味。"你也用香水了？我以为你身上只有火药味哩。"

"我很有女人味的，你还别说。"

"怪不得假小子的短头发也变成了大波浪了。"

"去，你的嘴何时也变得这么贫了。我记得你是不爱说话的。"她在我的脸上轻轻揪了一下。

"林灵，还认得我吗？"黄莲仪态万方、端庄典雅地出现在我面前。当了外交官的她就是不一样，无论怎么激动都不形于色，只是那苦恼人的笑变成甜蜜蜜的了。

"当然认得。你如此位高权重，我怎敢不认识？"我们相互凝视着，眼里都闪着泪花。

"林灵。"周健秀大叫着，快步走了过来，如同她跨栏时的速度。体质弱的她现在神采奕奕、精神抖擞，还稍微有些发福了。"我们两个城市挨得那么近，离校二十六年来也还是第一次见。"

"是呀，而且是回母校见。没想到你也长胖了。我还以为我们班就我一个人长胖哩。"

"我们可以比谁更肥了。"

"哈哈哈。"我们大笑起来。

谷小粒变苗条了，也漂亮多了，穿着也很时尚，挎个名牌包包，比城里人还城里人，像归国华侨。她紧紧握住我的手，眼泪滴了下来。我知道她想说什么，轻拍她的手，示意她别说。

刘美娜的嘴比以前还要厉害，都是当电视台主持人练出来的。“林灵，我想，就不是你告的密。要不，你也不敢来。怎么样，没有我的刺激，你还当不了大作家哈。”

她可真是的，什么都是她的功劳。她是不会有一丁点儿错的。

孙红星依然顽皮得像猴子。快五十岁了，动作居然还像小伙子般敏捷。他不知从哪儿找了根木棒，腾云驾雾般的舞到了我的面前。“林灵，老孙迎驾，来迟了。你得感激我。没有我，就没有你的今天。”

又来一个插科打诨的，“这跟你有什么关系?”我笑眯眯地望着他。

“你没看我的毕业留言？我是怎么给你写的?”

“我忘了。”

“真是贵人多忘事。老朱，跟她说说，我是怎么写的?”

朱荔香看着我，憨憨地笑着。他明显发福了，一副领导的派头。

“贵人在那里，别盯着我们家老朱。”刘美娜用手指着我们身后。

我们一起扭转头去。吴瑕远远地望着我微笑，眼泪长流。费鹏紧紧搂着她，不让她因激动而摔倒。她向我伸出双手，我也伸出双手。我们几乎是小跑着搂在一起。“对不起！对不起，林灵。我错怪了你，让你受委屈了。”

“你不知道，你有多伤我的心呀！我怎么会出卖你呢？我那么喜欢你，那么爱你！”我在她的身上使劲擂了几拳，号啕大哭起来。

费鹏想分开我们，又分不开，也哭了起来，嘴里喃喃道：“林灵，对不起了！对不起了。”

“男儿有泪不轻弹。哭什么哭？”孙红星拿“金箍棒”敲了一下费鹏，眼泪也不自觉地滚落下来。

“同学们听着！同学们听着！不用等队长、教导员宣布，我现在就宣布：是我告的密。我想分到北京这座大城市，不想回到穷山沟。林灵、吴瑕、费鹏，对不起了！要杀，要剐，我今天任由你们处置！”语笨的谷小粒不知何时也变得如此伶牙俐齿了。

“我真想狠狠地揍你一顿！你让我误会了林灵，我最好的朋友！害得我们形同陌路，形同敌人！你是千古罪人！”温柔娴静的吴瑕说出了这样一番话，令人难以置信。

“大家二十六年没见，要开开心心的哈！不要老说打打杀杀的。四年的同学情，同吃，同住，同学习，多难得啊！只可惜徐志文不在了。”覃红枫一边劝说我们，一边黯然神伤。

“他到底是怎么回事？”刘美娜还是一贯的好奇。

“那天，我们奉命驻扎在山头上。徐志文在外面值班，一群敌特工悄悄摸了上来。他发现时，特工已用手勒住了他的脖子，并挥舞起了尖刀。他拼尽最后一口气，扣响了手中的冲锋枪，击倒了几个向他围拢过来的敌特工。我听到枪声，第一个冲了出来，直接就给那个勒住他脖子的特工一枪，正中他眉心。”覃红枫说不下去了，似乎又回到了那个惊心动魄的晚上。

“你们这批学员中，别看徐志文军训不怎么样，但他内心的军人素质和英雄气概却是你们谁都比不上的。”厉芬芳和兰沁突然出现在我们中间。

“厉区队，是你呀！”黄莲最先反应过来，冲过去紧紧握住了厉芬芳的双手，好似参加国事活动会见外宾一般。

覃红枫则是冲过去，紧紧拥抱住兰沁。“兰教员，你越来越美丽，越来越典雅了。”

“你们不也是一个个如花似玉吗？男的更有风度，女的更有光彩了。”兰沁教员依然柔柔地说道。

“以前你们一个个像豆芽菜一般，现在一个个像贵妇人般珠圆玉润，珠光宝气，男的像土豪一般的膀大腰圆，财大气粗。”厉芬芳像点名一样，点着我们说道。

“厉区队，你没看到朱荔香的头都秃了吗？这个老朱也修炼成精了，聪明的脑袋不长毛。”

“你这孙猴子才修炼成妖哩，妖风乱刮。”刘美娜的嘴怎么能放过孙红星。

“那是仙风道骨、仙气飘飘。”

“林灵，你手上拿的是什么？”厉芬芳不理这对活宝，看我紧紧攥着一本书，问道。

“拿的是徐志文的《三角帆》。这是覃红枫刚给我的。”

“上面还带有血迹啊！这说明他牺牲时还揣着这本书。”

“是的。里面有他为我那首诗《火红的木棉花》谱的曲。”

我的眼泪大滴、大滴地落了下来。

“我们唱首歌吧，就唱《火红的木棉花》。”费鹏抹了把眼泪，两只手臂张开，像海鸥一样舞动起来。“你树干挺直，威武不屈；你花朵火红，映照日月。你是英雄，顶天立地；你是一朵美丽的英雄花。”

歌声不怎么整齐，却足够雄壮。不知何时，郑山河、袁哲、夏晔铮也站在了我们中间。

“当徐志文申请上前线时，我就知道他会像他的父亲一样血洒疆场。他身上流着英雄的血，铸就了他英雄般的个性和风采。他虽然离开了我们，但我们却从来没有离开他。他还在我们的身边。”夏晔铮声音哽咽，老泪纵横。

“徐志文人如其名，文气瘦弱，心中却有英雄梦，无比热爱军队。他意志坚韧、勇敢顽强，敢打敢拼、不怕牺牲。身上自带一种军人的光芒。”袁哲教导员也眼含热泪。

“大家集合！”郑山河像当年一样，口号还是那么响亮。“立正，向右看！向前看！报数！齐步走！”

我们擦干眼泪，也像近三十年前一样，迅速步入队伍中，声音洪亮，动作标准，迈起整齐的步伐，身姿挺拔地行进在校园里——不穿军装，胜穿军装。

曾经的宿舍、教学楼、阶梯教室依然存在，却已经没有人烟的迹象，杂草丛生。仿佛有灵性一般，当我们经过这些地方时，铿锵的脚步唤醒了花草的记忆，一朵朵鲜艳的小花和雍容华贵的牡丹花都扬起头来，仿佛在倾听我们青春的步点，仿佛在回应我们青春的风采。

后 记

青春的呼唤

1984年至1988年，我在中国人民解放军外国语学院四系学习。就读这所军校，非我所愿，我中意的是名校的中文系，梦想当作家。但因高考发挥不好，估分过高，所填都是北京大学、复旦大学、南开大学、中山大学等名校，这样一来就只能读普通大学了。为了让我读上重点大学，父亲和大姐一合计，就给我报了第一批录取的军队重点院校。如此选择，也可以缓解家庭的经济压力，部队包吃、包住、包服装，还发津贴。

虽然没能读上心仪的中文系，但因成熟晚，并不知专业选择会对梦想造成怎样的障碍，依然以爱学习、不服输的个性投入军校的训练、学习和生活中，度过了四年无忧无虑、快乐美好的大学时光。尤其是《解放军外国语学院院报》的“绿园”版，让我的文学爱好得以延伸和绽放。

编辑孙国强老师对我投稿的每一篇文章不仅予以发表，而且基本上都放在版首位置。在第二届《军校生活》征文比赛中，我的散文《那里的木棉花一定很红》还被评为唯一的一等奖。这给了我极大的鼓励和信心，让我更加坚定地走在文学创作之路上。

2018 年长篇小说《反贪一线》出版后，我就想把电影剧本《特种兵的爱情》先写成长篇小说。去医院体验生活了几个月，觉得对医院太不熟悉了，完成《特种兵的爱情》这部长篇小说有难度。孙国强老师就建议我，写军校青春，写你熟悉的。我的确很怀念那四年的军校学习生活，但时隔多年，记忆模糊，很多事都忘了，再加上当时的我“两耳不闻窗外事，一心只读圣贤书”，对学院、队里发生的很多事都不知晓，孙国强老师就一点点地帮我恢复记忆。我问他的每一个问题，有的甚至很可笑、很幼稚，他都耐心地解答，并给我讲了很多故事，这成了我创作军校青春难得的素材。

我曾经所在的四系三队的教导员辛继才所说的“从学员角度去写”，让我的创作思路大开。李生元队长，接受了我两次采访，告诉了我不少队里发生的事。把我招来军校的新生训练队长吴延运，热情地接待我的到访。和我同一届的三系学员王娟，无论我何时找她，都不厌其烦地给我讲她所知的故事。同一个学员队的同学张为成，用手机发来了很多语音信息，使我的创作豁然开朗；陈俊清、卢德源、史云龙、李绍辉、苏秋海、廖春、卢天桥等同学，百忙之中还认真回答我的问题；湛江的张文革、黄小平、谢斌，海口的莫季涛、徐坚，昆明的刘宇、蔺忠义，南宁的蒋丽华、覃福生等同学都在我的创作上提供了很多帮助。

我逐渐步入军校，那个时时想念、不曾忘怀、位于河南洛阳的中国人民解放军外国语学院，如同三十六年前，1984年8月底，一个扎着两个小辫、穿着淡绿色连衣裙的纤细、娇弱、稚气的小姑娘一样，惊叹于两个绿草茵茵的操场之大，道路两旁冠盖如伞的梧桐树之美，操场旁矗立的两口大锅之奇，仿苏联模式建造的宿舍楼之特。四年军校训练、学习、生活的场景就像巨幕电影一样，一幕幕地向我袭来，那么熟悉，那么亲切，那么温暖。我仿佛看到了军训时汗流浃背的身影；似乎听到了集合的哨音、朗朗的读书声，还有那震耳欲聋的口号和激扬澎湃的军歌；好像闻到了同学们身上的气息——四年的共处一室，同吃，同住，同学习，同劳动，如兰之馨，如松之盛。

我选择很有代表性的、很有特点的七个女生、四个男生来展开军校青春的故事，并不侧重去歌颂什么，反对什么，而是从人性的角度出发，娓娓讲述他们的成长和命运。他们家庭背景不一样，个性气质不一样，爱好兴趣不一样，也就造就了他们的人生际遇不一样。但无一例外的，在军校这个大熔炉里，在军队严格纪律的淬炼下，他们都意志顽强、坚韧不拔、敢打敢拼、团结友爱、互帮互助、乐观向上。在队干部和教员的引导下，顺利地完成了老百姓向军人、中学生向大学生的转变。虽然转变的过程中饱含着阵痛、忧伤和眼泪，却也充满着欢笑、畅快和乐趣。我希望《青春不定式》洋溢的是爱和温暖，挥洒的是情和力量，令人感动、使人振奋。

每个人都有一段深藏于心的青春往事，无论岁月给予我们怎样的磨砺，那青涩的时光、清纯的笑容、纯真的爱恋总会时不时地，就向我们发出呼唤。清代诗人屈复先生《偶然作》言：“百金买骏马，千金买美人。万金买高爵，何处买青春?”即便我的文学创作水平仍有待提高，我也要饱含深情、排除万难来完成这部关于青春和成长的长篇小说的创作。既是对我三十六年前的青春做一次冲刺，也是对我三十六年后的创作吹一下号角。

巴金先生说：“作品的最高境界是把心交给读者。”现在，我把心交给了你们——笑骂由人，我心释然。

感谢在此书创作过程中，帮助我的老师、队干部和同学们！能和你们一起重温三十二年前的军校青春，洋溢我心的是无比的荣幸，无比的幸福，无比的快乐！谢谢你们！

党柳灵

2021 年 1 月 19 号

于广州